Sabine Riedel

Molanda

Dämonentochter

Roman

Deutsche Erstausgabe
Copyright © 2024 Sabine Riedel

Verlag GeschichtenZisterne, Steinfurt
Lektorat: Michael Siedentopf
Korrektorat: Silvia Klöpper
Umschlaggestaltung: Katharina Kolata
Umschlagmotive: ©
ISBN: 9825818-1-1
ISBN-13: 978-3-9825818-1-1

Alle Rechte, insbesondere das Recht der Vervielfältigung und Verbreitung sowie der Übersetzung, sind dem Verlag vorbehalten. Kein Teil des Werkes darf in irgendeiner Form (durch Fotokopie, Mikrofilm oder ein anderes Verfahren) ohne schriftliche Genehmigung des Verlags reproduziert oder unter Verwendung elektronischer Systeme gespeichert, verarbeitet, vervielfältigt oder verbreitet werden. Keinesfalls ist das Einscannen des Buches für öffentliche oder nicht öffentliche Medien erlaubt.

Ein Raunen und Wispern lag in den Wipfeln der alten Baumriesen. Ein Rauschen und Flüstern. Etwas störte ihren Schlaf. Ein fremdes Wesen war hier, sie fühlten es in ihren Blättern. Ein Ziehen in ihren Poren, ein Jucken in ihren Wurzelspitzen. Es ging eine Bedrohung von ihm aus.

Und noch etwas zupfte an ihrem Bewusstsein. Etwas das nicht hier sein durfte.

Es musste sterben, sie wussten das. Aber nun schien alle Hoffnung verloren. Es war bereits erwacht ...

Molanda lag in dunkler Nacht. Gwen durchstreifte die weiten Wälder, ohne zu wissen, wohin sie ihre Füße trugen. Sie fühlte sich wie im Traum.

Schon zweimal war sie mit ihrem Kleid an einem Dornengebüsch hängen geblieben. Sie nahm es nicht wahr. Auch das Stechen nicht, als das Geflecht aus Dornen ihr die Haut aufriss. Auf dem Weg tiefer in das Dunkel, spürte sie selbst die Kühle der Nacht nicht.

Raja, die Hündin an ihrer Seite, winselte. Gwen strich eine schwarze Strähne ihres langen Haares aus dem Gesicht. Eine fremde Macht schien sie anzuziehen. Aber wohin? Und woher war sie gekommen?

Ein Kribbeln erfüllte ihren Bauch. Eine Vorfreude auf etwas Wunderbares, das tief im Wald auf sie wartete und das sie herbeisehnte.

Sie fürchtete sich nicht. Sie fühlte sich wohl, wenngleich seltsam entrückt, als würde sie schlafwandeln.

Träumte sie? So musste es sein. Wie sonst könnte sie sich diese Taubheit erklären, die auf ihren Sinnen lastete. Wie ein milchiger Schleier, der sie einhüllte, ihre Ängste und Empfindungen betäubte. Sich über ihre Augen legte, sodass die Realität dahinter verborgen blieb. Einzig den Weg, den ihre Füße gingen, sah sie scharf. Alles an den Rändern ihres Gesichtsfeldes verschmolz zu einer im Wind wabernden Masse aus dunklem Grün und Schwarz.

Ja, sie träumte. Es musste so sein.

Kaum hatte ihr Geist diesen Entschluss gefasst, zerschnitt ein Schrei den Schleier und sie blieb abrupt stehen. Verwirrt sah sie sich um und die Realität brach wie eine Steinlawine über sie herein.

Die Wunden pochten und die Härchen an ihren Armen stellten sich auf. Sie schlang ihre Arme um den Körper.

Im nächsten Moment sah sie die Eule. Sie saß hoch über ihr auf dem Ast einer mächtigen Eiche und starrte sie an. Die Augen leuchteten im Mondlicht.

Einige Zeit verging, ehe Gwen sich dem Blick des Geschöpfes entziehen konnte. Ihr Herz begann schneller zu pochen, und Kälte kroch ihre Beine empor. Sie brachte eine Taubheit mit sich, die ihre Muskeln lähmte.

Eine Wolke schob sich vor den Mond und Finsternis breitete sich aus. Kälte kroch ihr in den Leib.

Sie tastete nach Raja, lauschte und flüsterte ihren Namen. Aber die Hündin war verschwunden.

Sie sah sich in der unfreundlichen Umgebung um, in die sie geraten war. Das Dickicht und die Bäume verschmolzen mit den Schatten zu Dämonen und bösen Geistern, die im Wind um sie herumtanzten.

Sie wollte um Hilfe rufen, aber statt Worte drangen nur krächzende Laute aus ihrer Kehle. Besser vielleicht, wer weiß, wen sie alles auf sich aufmerksam gemacht hätte.

Oder was.

Sie wimmerte leise und wollte sich auf den Boden kauern, nur noch weinen und die Augenlider fest zupressen, bis endlich die Sonne aufgehen würde. Wie lange dauerte es bis dahin?

Woher war sie gekommen? Sie hatte es vergessen.

Da, wo die Erinnerungen in ihrem Kopf wohnten, herrschte gähnende Leere. Alles, was zehn Schritte hinter ihr lag, schien ausgelöscht.

Die Eule schrie. Gwen blickte auf, gerade als das große Tier sich in die Luft erhob. Es stürzte direkt auf Gwen hinab.

Die Füße, die sie ohne ihren Willen bis hierhergetragen hatten, erwachten aus ihrer Erstarrung. Sie fuhr herum, hetzte ins Dickicht hinein und rannte, rannte und rannte. Entfernte sich immer weiter von dem Weg, der sie hergeführt hatte. Die Erkenntnis blitzte kurz in ihrem Verstand auf, nahm aber keinen Einfluss auf ihre Füße. Die Eule stieß dicht hinter ihr ihre klagenden Schreie aus und trieb sie weiter.

Ein Traum, oh bitte, lass es nur ein Traum sein! Sie würde aufwachen, sicher sein und sich an alles erinnern.

Sie könnte einfach stehen bleiben. Eulen machten keine Jagd auf Menschen. Aber Gwens Instinkt ließ sie laufen und laufen. Weg von dem riesigen Tier. Er hieb ihr einen Gedanken wie einen Faustschlag in den Geist: Eulen sind nicht so riesig!

Zweige peitschten ihr über das Gesicht und schlugen hart gegen ihre Brust. Sie schmeckte Blut auf den Lippen.

Ein letzter Ruf des Nachtvogels, dann krallten sich seine Klauen in Gwens Haar, schnitten in ihre Kopfhaut. Sie kreischte und verlor das Gleichgewicht.

Der feuchte Boden empfing sie weich. Aber in ihrem Kopf explodierte ein dumpfer Schmerz und etwas Warmes, Klebriges rann ihr in die Augen.

Dann kam der schwere Schleier, der sich gnädig um sie legte, zu ihr zurück. Sie schloss die Augen. Erklang da eine Stimme im Rauschen der Blätter? Sie verstand die Worte kaum.

Lass los. Lass einfach los.

Aber das durfte sie nicht. Sie würde sterben.

Sie spürte etwas in sich. Einen Funken, der ihr Kraft gab und sie nicht aufgeben ließ. Ihr Wille krallte sich an ihm fest. Zog sich mit letzter Kraft daran hoch, ehe sie das Bewusstsein verlor.

Das dunkle Nichts in ihrem Kopf wurde von gleißenden Blitzen unterbrochen. Im Rhythmus ihres Herzschlags pochten sie und wurden intensiver. Von Blitz zu Blitz kehrte auch der Schmerz zurück, der bald so intensiv wurde, dass er sie in die Wirklichkeit zurück zerrte.

Weicher Waldboden umfing sie gnädig. Sie schmeckte Erde. Sie hörte ein sanftes Rauschen und roch den würzigen Waldboden.

Gwen stöhnte.

Das Blätterdach des Waldes spielte unbekümmert im Wind und ließ nur wenig Licht passieren.

Sie setzte sich auf und der Schmerz in ihren Schläfen entflammte. Blitze schossen durch ihren Kopf. Ihre Zunge, die eben noch an ihrem Gaumen geklebt hatte, kam nun mit dem Schlucken des Speichels kaum hinterher.

Sie kämpfte die Übelkeit nieder und konzentriert sich auf ihren Atem. Nur nicht wieder ohnmächtig werden!

Minuten verstrichen, in denen sie dasaß und mit dem Schwindel kämpfte, bis das Flimmern vor ihren Augen endlich nachließ und sie etwas erkennen konnte. Ihre Umgebung sagte ihr nichts.

Schlagartig kam die Erinnerung zurück. Und das Unbehagen.

Über ihr stahlen sich schmale Sonnenstrahlen durch die Lücken im Geäst, die ausreichten, um dem Wald die dunklen Schatten der letzten Nacht zu nehmen.

Die Luft war milder geworden und roch nach warmem Herbstlaub. Sogar ein paar Vögel zwitscherten.

Der Wald wirkte so friedlich. War alles nur ein Traum gewesen?

Die unzähligen Striemen und blauen Flecken auf Armen und Beinen sagten ihr etwas anderes.

Ihr ganzer Körper tat weh. Neben dem Schmerz hinter der Stirn und in den Schläfen, spürte sie auch ein Brennen an ihrem Hinterkopf. Als sie ihn berührte, wurde ihr erneut schwindelig und sie fühlte Schorf und getrocknetes Blut unter ihren Fingern.

Da sah sie den Steinbrocken neben sich. Blut klebte daran und hatte das auf ihm wachsende Moos braun verfärbt.

Sie versuchte sich zu erinnern, wie sie hierhergekommen war. Die Eule ... die würde sie nie wieder vergessen.

Aber alles davor, der Grund, warum sie mitten in der Nacht in den Wald gegangen oder gar woher sie gekommen war, lag verborgen hinter einer dichten Nebelwand. Wo die Erinnerungen hingehörten, gähnte ein schwarzes Nichts. Als hätte sie vor jener Nacht nicht gelebt. Ihr Sein begann mit ihrem Erwachen im Moor. Dann die Eule.

Sie blickte an sich hinab, sah ein schlichtes Kleid aus grobem Leinen. Es klebte vor Dreck, Schlamm und Blut und das dunkle Blau des Stoffes, konnte sie nur noch erahnen.

Gwen. Ihr Name war das Einzige, das in ihr widerhallte.

Ein Windhauch ließ sie frösteln. Sie musste nach Hause finden. Sie musste sich erinnern. Wenn sie den Weg zurückverfolgte, den sie gekommen war, dann vielleicht.

Ihre Augen erkundeten die Umgebung. Bäume, Sträucher, schlammiger, von Herbststürmen aufgeweichter Boden wechselte mit festem Erdreich, darüber ein Teppich aus Moos und buntem Laub. Nichts deutete auf einen Weg hin.

Mühsam stand sie auf, ganz langsam, um den Schwindel und den Schmerz im Kopf zu überlisten. Diesmal gelang es ihr und sie kam auf die Füße. Taumelnd bewegte sie sich vorwärts zu einem Haselnussstrauch.

Etwas befand dahinter, sie konnte nicht genau erkennen was, aber es hob sich eindeutig von seiner Umgebung ab.

Sie schob einen Ast zur Seite. Ihr Atem stockte vor Grauen. Unter dem Busch lag der Kadaver eines Hundes, fürchterlich entstellt. Gwens Mund füllte sich erneut mit Speichel. Sie konnte sich nicht abwenden.

Ein Name erschien vor ihrem geistigem Auge. Raja! Die Hündin, die sie auf ihrem Weg begleitet hatte.

Rajas Augen waren weit aufgerissen und aus der halb geöffneten Schnauze tropfte Blut. Ihr einst flauschiges Fell hing in klebrigen Fetzen. Das Blut war noch nicht geronnen. Seit ihrem grausamen Ende konnte noch nicht viel Zeit verstrichen sein, und sie, Gwen, hatte nur wenige Meter daneben gelegen.

Unweit des Hundeleibes entdeckte sie eine große, lange Feder. Die Feder einer Eule.

Gwen würgte und diesmal erbrach sie sich.

Panik flammte auf. Ihr Instinkt schlug mit Fäusten auf ihren Verstand ein. Eulen zerfetzen keine ausgewachsenen Hunde!

Ihre Nackenhaare stellten sich auf. Sie blickte sich um und lauschte. Sie hörte nur das sanfte Rauschen des Windes in den Büschen und Bäumen und das Gezwitscher der Vögel.

Sie konzentrierte sich so intensiv darauf, den Schrei einer Eule unter den Waldgeräuschen auszumachen, dass sie das leise Knacken hinter sich fast überhört hätte. Sie fuhr herum und blickte in das runzelige Gesicht einer Frau.

„Keine Angst, du bist sicher!", sagte die Alte mit tiefer Stimme und wollte Gwen ihre Hand auf die Schulter legen, als der Ruf einer Eule aus dem Wipfel eines Baumes auf sie herabfiel.

Gwen zuckte heftig herum und der Schmerz in ihrer Schläfe explodierte so stark, dass sie erneut das Bewusstsein verlor.

Gwen erwachte in einem Bett. Sie setzte sich auf und zog die Bettdecke enger an sich. Kein Pochen, kein Schmerz. Sie seufzte erleichtert. Am Ende war alles doch ein Traum gewesen und sie befand sich in Sicherheit. Kein Wald, keine Eule. Stattdessen ein weiches Kissen und flauschige Laken. Sie wischte sich über die Augen. Die Erkenntnis kam wie ein Faustschlag in ihren Magen. Ihr wurde heiß und kalt zugleich.

Sie erkannte das Zimmer nicht.

Ein hoher Schrank mit bemalten Holztüren stand darin. Die verblasste Farbe blätterte an einigen Stellen ab. Auf dem Tisch davor stand eine Vase mit frischen Waldblumen. Ihr Duft erfüllte den Raum süß und einschmeichelnd. Bilder mit Waldmotiven hingen an den Wänden, die beruhigend und schön auf sie gewirkt hätten, wären da nicht die Bilder des Traumes in ihrem Kopf.

Gwen betastete ihren Hinterkopf. Feine Schmerzen wie Nadelstiche pulsierten unter ihren Fingern, wo sie die Kruste aus Blut und Schmutz berührten. Als sie die Hand zurückzog, zitterte sie.

Jemand klopfte zaghaft an die Tür aus dunklem Holz gegenüber dem Bett und ehe Gwen etwas sagen konnte, öffnete sie sich knarrend einen Spalt. Das zerfurchte Antlitz der Frau aus dem Wald linste herein.

„Ah, du bist wach. Guten Morgen!" Sie lächelte und öffnete die Tür zur Gänze, um einzutreten. Sie war klein, oder vielleicht nur gebeugt vom Alter. Sie hatte eine freundliche Ausstrahlung, gutmütige blaue Augen. Beim Lächeln bildeten sich unzählige Lachfalten um Mund- und Augenwinkel.

Gwen durchforschte ihren Geist, aber die Alte kam ihr nicht bekannt vor.

„Vor mir brauchst du keine Angst haben." Sie lachte. „Ich heiße Salabi!"

„Wo ..." Ihre Stimme versagte und sie musste husten. Ihr Hals fühlte sich ausgetrocknet an.

„Du bist in meinem Haus. Wie heißt du denn?"

„Gwen."

„Also gut, Gwen." Salabi trat ans Bett und fühlte Gwens Stirn. „Du kannst hierbleiben, bis du zu Kräften gekommen bist. Dann bringe ich dich nach Hause."

„Ich weiß nicht, wo das ist. Ich erinnere mich nicht mehr ... An gar nichts!"

Die alte Frau lächelte. „Das kommt schon wieder."

Gwen zweifelte. Sie packte die Alte am Ärmel. „Eine Eule! Da war ..." Das Erlebte erschien ihr zu unglaublich, um es auszusprechen.

Salabi löste sich behutsam und hielt Gwens Hand einen Moment lang fest. Der sanfte Druck beruhigte Gwens Herzschlag und sie fühlte sich weniger gehetzt. Die Alte bettete Gwens Hand auf die Decke und trippelte aus dem Zimmer, um kurz darauf mit einer dampfenden Suppe zurückzukehren. Diese roch köstlich und auf einmal war Gwen ihr Geisteszustand gleichgültig. Dankbar nahm sie die heiße Schüssel und aß, langsam Löffel für Löffel. Die Suppe schmeckte herrlich nach frischen Kräutern und es schwammen sogar Kartoffelstücke darin.

Salabi setze sich auf einen Hocker neben dem Bett und wartete, bis Gwen ihr die Schüssel zurückreichte.

„Gut. Nun schlaf!", meinte sie und ließ sie allein.

Gwen wollte nicht schlafen, obwohl sie die Augen kaum offenhalten konnte. Sie hatte viel zu viel Angst, dass sie erneut woanders aufwachen würde. Vielleicht sogar wieder an der Stelle, wo der Haselnussstrauch wuchs.

Ihr Blick glitt durch das Zimmer, als ob die Antwort auf all ihre Fragen hier irgendwo versteckt sein musste. Ein kleiner Gegenstand, den man nur verlegt hatte. Aber sie fand ihn nicht.

Sie sank zurück in das Kissen. Sie musste sich konzentrieren. Die Erinnerungen versteckten sich irgendwo in ihr. Sie musste nur nachdenken!

Ihre Lider wurden schwer. Die Suppe wärmte sie innerlich.

Sie hatte einen Traum:

Sie rannte durch das Unterholz eines fremden, fernen Waldes, aber diesmal war sie nicht auf der Flucht. Im Gegenteil. Sie jagte.

„Bleib stehen!", rief sie dem Schatten vor sich zu, und dieser hielt inne in seiner Hast.

Langsam wand er sich zu Gwen um, die wegen des unerwarteten Halts beinahe auf ihn prallte.

Obwohl sie ihr genau gegenüberstand, blieb die Gestalt eingehüllt in Schatten. Gwen kniff die Augen zusammen und sah nur Schwärze. Sie streckte die Hand vor, aber sie erreichte den Schatten nicht. Sie trat einen Schritt auf ihn zu. Dann noch einen und noch einen, aber sie kam ihm nicht näher, nicht einen Zentimeter.

„Geh nicht!", forderte sie. Zorn war das Einzige, was sie fühlte. Keine Angst oder Unsicherheit, nur heiß lodernden Zorn. Er roch nach Rauch und schmeckte metallisch. „Bleib bei mir!"

Kaum hatte sie diese Worte ausgesprochen, veränderte sich etwas. Der Wald erhellte sich seitlich von ihr an einer Stelle zwischen den Bäumen. Das neu entfachte Licht beleuchtete die Züge der Gestalt, einer Frau.

Gwen sah sich selbst, als blickte sie in einen Spiegel. Und auch wieder nicht.

Ihr scheinbares Ebenbild streckte den Arm aus und wies in Richtung Licht. Gwen sah hin. Ein silbriges Leuchten jenseits der Bäume.

Eine unendliche Sehnsucht machte sich in ihr breit und sie verspürte den überstarken Wunsch zu diesem Licht zu gehen.

Nachdem sie wie in Trance eine Weile zu dem magischen Platz hinübergesehen hatte, erkannte sie ihn. Ruhig lag er vor ihr und Gwen war auf einmal alles klar. Sie verstand.

Als sie den See sah, bekam sie die Antwort auf eine Frage, die sie noch nicht gestellt hatte.

Sie wollte hinüber gehen, doch als sie einen Schritt wagte, veränderte sich ihre Umgebung erneut. Das Leuchten verschwand und der See wurde schwarz. Verschmolz mit den Schatten, die um sie herum wuchsen. Das blasse Licht des Mondes ließ sie Umrisse von alten Bäumen erkennen.

Zwischen den Schatten wirkte der vor ihr besonders schwarz. Die Gestalt stand noch immer vor ihr. Eine Schattenhand wies auf die andere Seite des Waldes, aber Gwen wagte nicht hinzusehen.

Der Zorn in ihr war genauso verschwunden wie der leuchtende See und hatte sie schutzlos und voller Angst zurückgelassen. Sie wollte nicht hinsehen. Sie wusste, welcher Anblick sich ihr bieten würde.

„Nein!", schrie sie und schloss die Augen. Doch damit bewirkte sie nur das, was sie zu verhindern gewollt hatte.

Sie sah!

Den Haselnussstrauch, unter dem Rajas Kadaver lag, genauso wie die Eule ihn hinterlassen hatte.

„Nicht!" Sie riss die Augen auf, doch das Bild blieb.

Sie stand vor dem Busch, der genau dort wuchs, wo die Schattengestalt gestanden hatte.

Ein Lachen ertönte. Oder der Schrei der Eule? Nein, ein schreckliches, triumphierendes Lachen. Ihr eigenes Lachen!

Sturmwinde peitschten durch die Nacht, rissen morsche Äste von den schwindenden Bäumen und fegten sie erbarmungslos auf den steinernen Boden. Eine dicke Wolkenschicht verdeckte den Sternenhimmel und hüllte die Burg Plerion in ewige Dunkelheit.

Hydria stand am Fenster und sog den Sturm tief in ihre Lungen. Schreie dröhnten aus den Kerkern bis hinauf in ihr Zimmer. Übertönten aber nicht den unheimlich pfeifenden Wind. Sie lauschte den Klängen und ein Lächeln umspielte ihre Lippen.

Sie wandte sich vom Fenster ab und ihre Blicke wanderten – wie so oft am Tag – zu dem Bild, das über ihrem Bett hing.

Sie hatte sich jedes Detail genau eingeprägt. Jede Flamme und jeden Schatten und natürlich die dunkle Gestalt inmitten des Flammenmeeres. Das Feuer umarmte sie heiß und innig und doch blieb die Gestalt von Schatten umhüllt. Das Bildnis gab keinen Hinweis preis, wer oder was dieses Es war, das dort auf dem Scheiterhaufen verbrannt wurde.

Eine Hitze schien von dem Bild auszugehen, als würden die Flammen aus ihm heraus lodern und sich nach Hydria ausstrecken.

Die junge Frau trat einen Schritt näher.

Ein eisiger Hauch kroch durchs Zimmer. Die realen Feuer in den Kaminen der Burg schafften es kaum, die Kälte zu vertreiben. Die Wände, die hohen Decken und auch die Böden der Heimstatt ihres Meisters bestanden aus nacktem Stein. Die düstere Burg erhob keinen Anspruch auf Behaglichkeit. Immerhin zierten die Möbel, gezimmert aus dem schwarzen Holz versteinerter Bäume, kunstvolle Schnitzereien.

Rauer Fels und Möbel aus totem Holz. Ihrem Herrn gefiel es so. Sie interessierte es nicht.

Hydrias Zimmer war spärlich möbliert und das Bild vor ihr da gewesen. Hing es hier, als eine unausgesprochene Drohung ihres Meisters? Würde der Scheiterhaufen ihr Schicksal sein, wenn sie versagte?

Hydria wandte sich ab und schaute an die gegenüberliegende Wand des Raumes, wo der Spiegel hing. Wenn sie hineinblickte, sah sie die Flammen des Bildes im Hintergrund, als würde sie selbst im Feuer stehen. Ihre wilden braunen Locken verschmolzen mit den Feuerzungen.

Gardon hatte ihr den Spiegel zum Geschenk gemacht. Damals, kurz nachdem seine Häscher sie gefangen hatten. Aber das lag inzwischen viele Jahre zurück und sie betrachtete sich selbst nicht mehr als eine Gefangene.

Sie hatte den Spiegel selbst gegenüber dem Bild platziert. Ihr gefiel die Illusion, die sein kunstvoller Rahmen noch verstärkte. Er zeigte kleine menschliche Figuren, die am Rand des Spiegels kauerten und die Arme nach ihrem Spiegelbild ausstreckten.

Sie vernahm ein leises Klopfen.

„Was ist?", zischte die Schwarzmagierin.

„Der Herr will euch sehen", sagte eine Stimme hinter dem dunklen Holz der Tür und kurz darauf hörte Hydria Schritte, die sich eilig entfernten.

Ihr Lächeln verstärkte sich, als sie hinaus auf den dunklen Gang trat, der hinauf zu Gardons Gemächern führte.

Sie traf nur vereinzelte Wachen, die dem Blick ihrer braunen Augen auswichen. Sie hatte sich in den Jahren ihrer Gefangenschaft einen Namen gemacht und die Männer fürchteten ihren Zorn.

In der ersten Zeit gewiss noch nicht, als sie nur ein kleines Mädchen gewesen war, die Tochter eines Druiden.

Sie selbst hatte damals noch davon geträumt, auch eine Druidin zu werden. Sie hatte aus den magischen Fäden der Bäume, die unsichtbar durch ihre Welt flossen, Zauber spinnen wollen, so fein und kunstvoll wie das filigrane Wurzelwerk selbst.

Wie lächerlich!

Ihr Meister hatte ihr die Möglichkeiten gezeigt, die sich auftaten, wenn man die Kraft der Dämonen zur Verfügung hatte. So wählte sie den Pfad einer Schwarzmagierin.

Ihre Schritte hallten auf den Treppen. Es lebten nur wenige Menschen in dem Gemäuer. Hauptsächlich Kämpfer und einige Diener, die zum Großteil nicht freiwillig hier hausten.

Sie kam am Zimmer des höchsten Turmes an und hieb mit der Faust an die Tür.

„Komm rein!" Gardons Stimme klang gleichgültig. Aber schwang da nicht doch eine Spur von unterschwelligem Zorn mit? Ein Schauer prickelte ihr über den Rücken, ehe sie eintrat.

Sie entdeckte ihren Herrn in einem Stuhl nahe dem Fenster sitzend. Er beobachtete den Sturm und wandte sich nicht zu ihr um. Hydria betrachtete sein Profil. Das Licht einer einzelnen Kerze auf dem Tisch erhellte das Zimmer nur spärlich und warf einen unruhigen Schatten auf sein markantes Gesicht.

Eine ganze Weile sagte er nichts und beachtete sie nicht weiter. Ihr Selbstvertrauen begann zu bröckeln.

Schließlich strich er sich durch sein pechschwarzes Haar und wandte sich Hydria zu. Als seine dunklen Augen sie fixierten, verzog sich ihr Selbstbewusstsein tief hinab in eine dunkle Ecke ihres Unterbewusstseins.

„Ist alles erledigt?"

„Der … Donnervogel hat einen Fehler gemacht!" Sie drückte ihre Füße fest in den Boden.

Gardon hob eine dunkle Braue.

„Ein Mädchen ist dem Ruf gefolgt."

„Ein Mädchen?" Überraschung huschte über Gardons Gesicht. Ganz kurz nur, aber Hydria war sich dessen sicher.

Sie nickte. „Kaum älter als sechzehn. Sie tauchte mit ihrem Köter auf. Der Donnervogel hat den Hund getötet, das Mädchen ist ihm entwischt. Sie ist jetzt bei einer alten Druidin im Wald."

„Hm." Gardon wandte sich ab und sah hinaus.

Seinen Blick nicht mehr auf sich zu fühlen, glich einer schweren Last, die man von ihren Schultern nahm. Sie wurde kühn: „Mein Gebieter, lasst den Donnervogel das Problem aus der Welt schaffen und das Mädchen töten. Die irre Alte am besten gleich mit."

Gardon erhob sich.

Zu seiner vollen Größe aufgerichtet überragte er Hydria, die selbst hochgewachsen war, noch um einen Kopf und kam auf sie zu.

„Das schlägst du mir vor?"

Sie wich zurück.

„Erkläre mit lieber, wie es möglich sein konnte, dass ein Mädchen den Ruf gehört hat!"

Sie starrte auf ihre Füße. „Ich weiß es nicht, Herr."

„Sie ist die Einzige?"

Sie schüttelte den Kopf. „Nein." Sie reckte das Kinn. „Ich räume das Mädchen für euch aus dem Weg, Herr."

Gardon schaute zu ihr hinunter und jegliche Wärme floh vor ihm aus ihrem Körper. Ihr Meister war ein charismatischer Mann, der nicht älter als dreißig aussah. Aber sie wusste, dass der Schein trog und er in Wahrheit viel älter sein musste. Genauso, wie sein scheinbar kühler Blick, einen großen Zorn in seinem Inneren verbarg. Unberechenbar stieß dieser Zorn manchmal auf seine Untergebenen hinab wie ein Raubvogel auf die Maus.

„Nein."

„Meister, ich ..."

Gardon winkte ab. „Ich werde das Mädchen eine Weile beobachten." Er setzte sich wieder und sah hinaus, als habe er das Interesse verloren.

„Verzeiht mir, Herr." Hydrias Stimme hatte einen einschmeichelnden Klang angenommen. „Aber der Ruf, Herr! Das Mädchen ist nicht würdig."

„Das wird sich noch zeigen."

„Sie ist nur im Weg, so oder so!", knurrte sie trotzig.

„Aha", Gardon verzog den Mund zu einem Lächeln „Bist du etwa eifersüchtig?"

Sie biss sich auf die Lippen.

„Vielleicht werde ich sie herholen, damit sie deinen Platz einnimmt", fuhr er fort. Hydria entgegnete nichts darauf. „Hör zu, Weib!" Ein bedrohliches Funkeln trat in seine Augen und der Blick, den er ihr zuwarf, hielt sie gefangen. „Wir warten ab!"

„Wie ihr wünscht, Herr."

„Und jetzt geh!"

Hydria kochte vor Zorn, drehte sich mit einem Ruck um und ließ die Tür krachend hinter sich ins Schloss fallen.

Seine letzten Worte hallten durch ihren Kopf wie ihre Schritte durch den Gang. *Er erwog sie auszutauschen?*

„Niemals!", zischte sie. Und doch war sie beunruhigt. Dieses Mädchen ... Hydria eilte durch Gänge, erklomm unzählige Stufen bis hoch hinauf in den Burgturm zu einem Raum, zu dem nur wenige den privilegierten Zugang hatten. Sie ging hinein und betete zu allen Dämonen, dass sie falsch lag. Aber ihr Flehen wurde nicht erhört und sie atmete zischend ein.

„Verdammt!"

Gwen verschlief einen ganzen Tag.

Noch immer gähnte eine unerträgliche Leere in ihrem Kopf, die von pochendem Schmerz gefüllt wurde.

Es war dämmrig im Raum und sie brauchte einen Moment, um aus dem schwindenden Zwielicht zu erkennen, dass es früher Morgen sein musste. Das Klappern und Rumoren jenseits der Tür deuteten darauf hin, dass die Alte schon wach war. Tatsächlich ging, kaum dass Gwen sich im Bett aufgerichtet hatte, die Tür auf und Salabi brachte ihr Frühstück.

„Je älter ich werde, desto weniger Schlaf brauche ich!" Sie lachte und stellte Gwen Brot, Käse und eine große Tasse auf den Tisch. Gwen wollte endlich Antworten auf ihre Fragen, aber der gerade beendete Schlaf lag noch wie eine lähmende Decke auf ihren Sinnen. Ehe sie eine Frage artikulieren konnte, ließ die Alte sie allein.

Aus der Tasse dampfte es verlockend. Gwen stand mit langsamen Bewegungen aus dem Bett auf und wartete, ob der Schwindel zurückkommen würde. Sie ging zum Tisch. Im Stehen nahm sie die Tasse und angenehm ätherische Düfte erfüllten ihre Nase. Sie erinnerten sie an Harz. Sie nahm einen Schluck und aß von Brot und Käse. Sie schmeckten herrlich, als hätte Gwen tagelang nichts mehr gegessen. Trotzdem wollte sie sich nicht lange aufhalten. Der Wunsch, ihren Kopf zu füllen, war dringlicher als ihr leerer Magen. Nur den Tee trank sie ganz aus, denn er vertrieb den Kopfschmerz.

Sie wusch sich in einer Schüssel Wasser, die Salabi ihr hingestellt haben musste, während sie noch geschlafen hatte, dann folgte sie der Alten.

Jenseits ihres Zimmers lag ein großer Wohnraum. Trotz des Chaos aus getrockneten Kräutersträußen, Tiegeln und allerlei Gerätschaften wirkte er behaglich und sauber. Weitere Räume gab es nicht und Gwen fragte sich, wo die Alte geschlafen haben mochte. Die einzige weitere Tür führte nach draußen. Gwen schlang die Arme um sich. Die Morgenluft legte sich kühl auf ihre Haut. Sofort blickte Gwen hoch zu den Baumkronen, die sich wenige Meter vor ihr erhoben, aber in den Waldbäumen hockte keine Eule. Dennoch klang das liebliche Gezwitscher der Vögel trügerisch.

Sie ging um das Haus herum. Es befand sich auf einer kleinen Lichtung und besaß auch einen Garten, der üppig mit bunten Blumen bepflanzt war. Gwen entdeckte die Alte darin.

„Wie steht es mit deinen Erinnerungen?", fragte Salabi, ohne sich nach ihr umzudrehen. Sie wandte ihr den Rücken zu und jätete in einem kleinen Gemüsebeet Unkraut.

„Ich ... ich weiß nicht." All die Fragen, die Gwen auf der Seele lagen, schienen plötzlich wie weggespült. „Kann ich dir helfen?", fragte sie stattdessen.

„Aber nein, ruh dich aus." Salabi winkte ab und deutete zu einem nahen Birnbaum. Gwen setzte sich darunter und beobachtete den Himmel.

Die Sonne streckte sich nach den Baumwipfeln aus. Rosa Lichtbänder drängten die letzten Fetzen der Nacht fort. Sie sah es durch das dichte Blattwerk. Die Äste des Birnbaums bogen sich unter der üppigen, süßen Last der Früchte. Gwen schmiegte ihren Rücken an den samtroten Stamm.

„Wenn du dich kräftig genug fühlst, bringe ich dich ins Dorf. Es ist nicht weit. Vielleicht kommt dann die Erinnerung zurück. Oder ...", fügte sie hinzu, „... jemand der Dorfbewohner erkennt dich."

„Danke", seufzte Gwen. Sie empfand eine unendlich große Dankbarkeit, weil diese alte Frau sie so ohne weiteres aufnahm, als sei es das Selbstverständlichste auf der Welt.

„Ich bekomme hier nicht oft Menschen zu Gesicht", sagte Salabi und richtete sich auf. Sie klopfte Staub und Erde von ihrem abgenutzten Kleid und kam zu Gwen unter den Baum. „Es ist schön, etwas Gesellschaft zu haben."

Gwen schloss einen Moment die Augen. Der Garten roch herrlich nach Kräutern und Herbst. Plötzlich wollte Gwen ihren Aufbruch aufschieben.

„Es ist alles so unwirklich gewesen", flüsterte sie und Salabi legte ihr eine runzelige Hand auf den Arm.

„Die Bäume im Wald hier sind sehr alt und beherbergen viele unheimliche Dinge. Das mit deinem Hund ..." Salabi schüttelte den Kopf. „... ist dennoch seltsam."

„Raja." Gwen bekam ein schlechtes Gewissen, wenn sie daran dachte, dass der zerschundene Körper ihrer Hündin irgendwo lag und sich die Tiere des Waldes daran satt aßen. Aber allein der Gedanke zu dieser Stelle zurückzukehren, schnürte ihr die Kehle zu.

Salabi lehnte sich zurück und steckte die Beine im Gras aus. Sie schnaufte zufrieden.

„Fühle den Baum, Gwen. Die Bäume sind die wahren Herren unserer Welt. Sie schenken uns Leben und Zuflucht. Sie überdauern die Jahrhunderte. Fühle, wie die Kraft des Baumes im Rhythmus mit dem Mond durch den Stamm bis in die Zweigspitzen aufsteigt. Fühle, wie der Saft durch den Stamm fließt. Wie die Wurzeln weit in den Boden reichen und unsere gesamte Welt durchziehen. Nimm etwas Kraft davon in dich selbst auf!"

Sie schaute zu Gwen und zwinkerte. „Hab keine Angst mehr. Was immer dich gejagt haben mag, wird nicht wagen, dich hierher zu verfolgen." Sie deutete auf die hohen dunkelgrünen Tannen, die ringsum auf der Lichtung wuchsen, auf der das Häuschen stand. Ihre Kronen bogen sich im lauen Wind. „Sie passen hier sehr gut auf uns auf."

Verwundert beobachtete Gwen die hutzelige Frau von der Seite. „Bist du eine Druidin?"

Die Alte zwinkerte. „In der Tat, ja. Ich nutze die Kräfte der Natur. Vor allem der Bäume." Sie wies auf die Tannen. „Die Bäume wurzeln tief. Tiefer, als alle Menschen ahnen. Sie ziehen Leben aus der Erde und wandeln sie in pures weißes Licht. Weiße Magie, die uns alle umgibt."

Ein Leuchten trat in das Gesicht der Alten. Gwen verstand ihre Worte nicht so recht. Aber sie wusste, was Druiden taten und dass sie – im Gegensatz zu Schwarzmagiern – im Einklang mit den Mächten der Natur lebten und Gutes mit ihr bewirkten.

„Aber hast du keine Angst, ganz allein?"

Salabi lachte. „Nein, ich habe keine Angst! Ich sagte doch schon, die Bäume passen hier gut auf mich auf. Im Übrigen …" Ein seltsamer Ausdruck trat in ihr Gesicht. Gwen konnte ihn nicht deuten. War es Wehmut? Oder Zorn?

„Im Übrigen ziehe ich diesen Ort dem Dorfleben vor. Ich wohnte auch einst dort. Aber das ist schon sehr lange her und …" Sie seufzte. „… man schätzt mich dort nicht besonders."

„Warum nicht?" Gwen betrachtete die Tannenriesen und fragte sich, ob ein Zauber auf ihnen lag.

„Das ist vergangen." Salabi stand auf. „Komm mit, ich möchte etwas probieren."

Sie setzte sich in Bewegung und lief mit überraschend schnellen Schritten aus dem Garten und zwischen weiteren Obstbäumen hindurch in Richtung Wald. Gwen, die sich noch etwas wackelig auf den Beinen fühlte, hatte Mühe Schritt zu halten. Sie gingen nicht weit in das Dickicht hinein. Nach wenigen Metern standen sie vor ihrem Ziel. Einem kleinen Waldsee, eigentlich mehr einem Teich, auf dem rosa Seerosen blühten.

Gwen stutze und sah sich um. Aber nein, das war nicht der See aus ihrem Traum.

„Setzt dich hier ans Ufer und schau in das Wasser", wies Salabi sie an und holte einen Lederbeutel aus der Tasche ihres Kleides. Sie streute ein rötliches Pulver daraus auf ihre Hand und während sich Gwen gespannt auf den mit Laub bedeckten Boden setzte, schloss die alte Frau die Augen und begann eine Melodie zu summen.

Die leisen Töne vibrierten durch die Luft und hüllten sie ein wie eine samtene Decke.

Plötzlich brach das Summen ab und Salabi blies das Pulver von ihrer Hand auf den See hinaus. Sobald der rote Staub sich auf das Wasser legte, stieg Nebel aus dem See auf und wich an seine Ränder zurück. Die Wasseroberfläche waberte, als ob kein Wasser, sondern eine tranige Flüssigkeit darin wäre, die sich plötzlich glättete und dann pechschwarz wie ein tiefes Loch vor ihnen lag.

Gwen zuckte zurück, spürte aber die warme Berührung von Salabis Hand. „Keine Angst. Sieh hinein."

Sie versuchte es, aber da war nichts zu sehen. Nur ein tiefes, unergründliches Schwarz. Sie starrte hinein, tiefer und tiefer, bis der Schmerz jäh in ihrem Kopf zu neuer Kraft erwachte, wie ein greller Lichtblitz, der vor ihren Augen aufflammte.

Aber nein, so grell flackerte er nicht. Er zeigte ein leuchtendes Orange.

Oder eher ein Rot?

Beim nächsten Aufblitzen schien er gelb zu sein, teilweise durchtrennt von schwarzen Rauchfäden, die sich in die Abendluft schlängelten. Mit jedem Aufleuchten wurde der Blitz größer und sah bald gar nicht mehr wie ein Blitz aus.

Gwen erkannte, dass dort in Wirklichkeit ein großes Feuer loderte, das sich gierig weiter ausbreitete, um nach Nahrung zu suchen.

Es verzehrte Häuser und Scheunen. Ganze Straßen verbrannte es zu Asche. Menschen liefen schreiend umher, versuchten das Inferno mit lächerlich kleinen Wassermengen zu löschen oder irrten zwischen den Rauchfahnen herum, um nach Angehörigen zu suchen.

Bevor sich Gwen des schrecklichen Bildes bewusst wurde, verschwamm es und kehrte zur Schwärze zurück. Das Schwarz wurde langsam heller. Ein leichter Blaustich verdrängte nach und nach die Leere und das klare Wasser des Waldsees kehrte zurück. Kleine Wellen zogen ans Ufer und Insekten summten munter auf der Wasseroberfläche.

Gwen fasste sich an den Kopf. Der Schmerz war verschwunden, diesmal ganz.

Ihre Schulter, auf der Salabis Hand ruhte, kribbelte. „War das ein Zauber?"

„Ja, Kind." Salabis Stimme klang wie aus weiter Ferne. „Was hast du gesehen?"

„Ich ..." Sie überlegte und versuchte die Bilder einzuordnen. „Ich sah ein Feuer. Ein Dorf. Es hat gebrannt. Überall waren verzweifelte Menschen."

Salabi nickte. Der Ausdruck auf ihrem Gesicht schien besorgt.

„Was hast du mir da gezeigt?" Gwen ahnte die Antwort.

„Das war ein Zauber, der dir geholfen hat, dich an etwas aus deiner Vergangenheit zu erinnert. Er klärt die Gedanken und befreit sie vom Schleier des Vergessens."

Gwen fröstelte und schlang die Arme um sich. Dann war dieses schreckliche Bild eine Erinnerung?

„Ich muss das Dorf suchen, Salabi. Ich muss es finden."

„Natürlich, Kind." Die Druidin strich sich eine graue Strähne aus dem Gesicht. „Es gibt nicht viele Dörfer in der unmittelbaren Nähe dieses Waldes. Wenn wir den Pfad finden, den du gegangen bist ... Hast du etwas Markantes im Dorf erkennen können? Welcher Marktbaum wuchs dort?"

Gwen schloss die Augen. „Ich weiß nicht, der Marktbaum stand in Flammen. Aber da stand ein Brunnen, aus dem sie das Wasser geholt haben. Etwas zierte die Umrandung. Es waren Vögel."

„Störche?"

Gwen wischte sich über das Gesicht. Tränen benetzten ihre Wangen.

„Ja, Störche." Sie lauschte in sich hinein, ob die Erinnerung etwas in ihr zum Klingen brachte. Nichts. Es blieb nur ein Bild.

„Kennst du es?"

Salabi nickte. „Ich kenne ein Dorf, das den Storch in seinem Wappen trägt. Seine Bewohner bauten es im Schutz eines Walnussbaums. Aber dann musst du einige Stunden gelaufen sein. Viel weiter als bis zum nächsten Dorf."

Sie klatschte in die Hände und lächelte: „Also komm, ich bringe dich hin!"

Die Sonne strahlte hoch vom Himmel, als sich das Dickicht der Bäume teilte und der Weg auf einen sanften Hang hinausführte. Es konnte nun nicht mehr weit sein. Eine vage Vertrautheit stieg in Gwen auf. Sie kannte diesen Ort!

Sie schaute zurück auf den Pfad, der sie aus dem Wald herausgeführt hatte. Sie waren einen halben Tag gelaufen und Gwen staunte über die Kondition der Alten, die nach Stunden der Wanderung keine Anzeichen von Erschöpfung zeigte.

„Hinter dem nächsten Hügel müssten wir es sehen." Salabi deutete voraus. Sie war der Alten so dankbar. Auch wenn sie sehr wenig gesprochen hatten, tat es gut, nicht allein zu sein.

Jeder Schritt fiel ihr nun schwerer. Das beklemmende Gefühl in ihrer Brust wuchs.

Als sie am Ziel ankamen, umhüllte sie ein Ort des Schweigens. Ein Leichentuch aus Asche und Staub spannte sich über dem Dorf. Kein Gebäude, das nicht in Trümmern lag. Verbranntes Holz verströmte noch immer den rauchigen Geruch nach lodernden Flammen, die über die Häuser hinweggefegt waren.

Gwen fröstelte. Hin und wieder krächzte ein Rabe. Keine schwätzenden Stimmen, keine lachenden Kinder und kein lärmendes Vieh. Ein Schauer lief ihr über den Rücken. Dieses Dorf war verlassen. Wie tot. Und es war kein friedlicher Tod gewesen.

„Bei allen Wäldern!", flüsterte Salabi. Ihre Stimme zerschnitt die Stille wie ein scharfes Schwert.

„Vielleicht konnten sich die Menschen retten."

„Nein." Salabi schüttelte das alte Haupt. „Ein paar wenige vielleicht, aber nicht viele. Das Feuer schloss sie ein. Ich spüre es."

Gwen schritt an den zerstörten Häusern vorbei, die sie kaum noch als solche erkennen konnte. Salabi folgte ihr. Sie hörte ihren zitternden Atem hinter sich.

„Wie ist das passiert?"

Die alte Druidin zuckte mit den Schultern.

Als sie den Marktplatz erreichten, ging sie, ohne innezuhalten, zum Dorfbaum. Ein verkohltes Gerippe mit pechschwarzem Stamm. Ob es sich um einen Walnussbaum handelte, ließ sich nicht erkennen.

Salabi lehnte ihre Stirn gegen den Baum, dessen Schutz sich die Gründer dieses Dorfes einst erhofft hatten, und schloss die Augen. So verharrte sie einen Moment und presste dann die Lippen aufeinander. Ihr Atem ging unrhythmisch und schnell. Sie schnaufte schwer.

„Er lebt", sagte sie schließlich. „Das Feuer konnte die tieferen Wurzeln nicht erreichen. Es drang nicht in seinen Kern." Salabi schlang die Arme um den Stamm. „Das Feuer kam in der Nacht."

Gwen nickte. Sie glaubte der alten Frau, auch wenn sie nicht wusste, woher sie dieses Wissen nehmen mochte.

Salabi löste sich von dem Baum und wischte sich Ruß von ihrem Kleid. „Etwas Dunkles hat dieses Dorf heimgesucht!"

Sie verließen den Marktplatz und durchstreiften die Gassen. Vor einem kleinen Gebäude, dessen Dachstuhl zwar verbrannt, aber dennoch zur Hälfte intakt war, hielt Gwen inne.

„Kommt dir etwas bekannt vor?"

Gwen zuckte die Schultern. Erinnerung regte sich in ihr, aber ein dunkler Vorhang hing davor. Gwen trat zwischen die Trümmer und ließ ihren Fuß in der Asche wühlen. Als er auf etwas stieß, bückte sie sich danach. Ein Hufeisen.

Eine Woge vertrauter Wärme schwemmte durch ihren Körper und der Vorhang bewegte sich etwas.

„Der Hufschmied und seine Frau haben hier gewohnt", hörte Gwen die Druidin hinter sich sagen.

Gwen drehte das Hufeisen langsam. Es lag kühl in ihrer Hand. „Hast du sie gekannt?"

„Ja."

„Hatten sie ein Kind?"

Salabi antwortete nicht und Gwen drehte sich zu ihr herum. Ein seltsamer Ausdruck erschien auf ihrem Gesicht. Es lag mehr als Entsetzen darin. Etwas Tieferes.

„Das ist das Dorf, aus dem du damals fortgegangen bist."

Salabi schaute in die Ferne.

„Warum bist du von hier weggegangen?"

„Damals ..." begann sie und ihre Blicke glitten über Gwens Körper. „Damals ist etwas geschehen. Viele Jahre ist es her." Sie wandte sich in einem Ruck ab und kehrte Gwen den Rücken zu. „Ich habe mich mit den Menschen hier überworfen. Es war für alle das Beste, das ich gegangen bin. Ich ... Ja, ich glaube der Schmied hatte tatsächlich eine kleine Tochter damals."

Gwen spürte, dass die Druidin nicht mehr über die Vergangenheit sagen wollte und konzentrierte sich auf das Hufeisen.

Gehöre ich hierher? Ist dieses Dorf meine Heimat? Bin ich die einzige Überlebende dieser Katastrophe?

Sie seufzte. In ihrem Kopf begann wieder ein dumpfer Schmerz zu pochen.

Wenn sie ein Kind dieses Dorfes war, musste sie dann nicht mehr für die vielen Toten empfinden als Bedauern? Aber sie fühlte nichts, als wären mit ihren Erinnerungen auch alle

Empfindungen und Gefühle hinter dem dunklen Vorhang verborgen worden.

„Komm Kind." Salabi legte ihr die Hand auf die Schulter. „Wir gehen noch ein Stück. Vielleicht erinnerst du dich noch an etwas."

Aber mit jedem Schritt wurde die Leere in Gwen größer. Der Vorhang bewegte sich nicht mehr.

Als sie um eine Ecke bogen, kamen sie jäh zum Stehen. Salabi sog scharf die Luft in ihre Lungen und Gwen brauchte einen Moment, bis sie begriff.

Der Anblick wirkte bizarr. Als erlaubte sich das Schicksal einen morbiden Scherz.

Vor ihnen lag der Richtplatz. Auch ihn bedeckten Asche und Unrat. Und doch gab es etwas in seiner Mitte, das gänzlich unangetastet von den Flammen geblieben war und sich triumphierend dem blauen Himmel entgegen reckte.

„Kann es sein?", flüsterte Salabi. Ihre Stimme bebte. „Kann es sein, dass ..."

Gwen hörte nicht mehr hin. Sie starrte auf das Einzige im ganzen Dorf, dass das Feuer nicht angetastet hatte, einen Scheiterhaufen.

Auf dem Weg zurück blieb Salabi sehr schweigsam und wenn sie etwas sagte, so schien es mehr wie ein Murmeln zu sich selbst, das Gwen nicht verstand.

„Die Bäume", hörte Gwen schließlich. „Sie sind die Wächter unserer Welt seit Anbeginn des Lebens. Es ist ihre Energie, die die Welt erfüllt und alle Wunder hervorbringt. Sie nähren uns, sie beschützen uns und sie schenken uns Heim und Zuflucht."

Gwen nickte. Das wusste sie natürlich. Alle Bewohner Molandas wussten es und lebten im Einklang mit den stummen Riesen.

„Aber," fuhr Salabi fort, „du weißt nicht, dass sie krank sind!"

Salabi blieb stehen und deutete auf eine stattliche Eiche am Rande ihres Weges. Gwen bemerkte keine Anzeichen an dem Baum, die auf eine Krankheit hindeuteten.

„In manchen Wäldern ist es nur spürbar. In anderen Wäldern aber ist es schon weit fortgeschritten." Die Druidin berührte den Stamm der Eiche, als wäre sie ein alter Freund. „Parasiten schwächen die Bäume und stören den natürlichen Kreislauf unserer Welt."

„Was kann man dagegen tun?", fragte Gwen.

„Sie werden stärker", ignorierte Salabi ihre Frage. „Und ihr dunkler Herrscher wird die schwarze Nacht nutzen, um sich weiter auszubreiten." Salabi zog die Hand zurück und legte den Kopf in den Nacken. Ein braunes Blatt segelte sacht auf sie herab und legte sich auf ihre Schulter. „Die Nacht der Mondfinsternis schwächt die Bäume. Ihre Schutzzauber kommen zum Erliegen. Wir müssen vorbereitet sein."

„Salabi?" Gwen verstand nicht, was in der alten Frau vor sich ging.

Die Druidin wirbelte zu ihr herum und das Eichenblatt fegte zur Seite davon.

„Man muss die Parasiten ausrotten", sagte Salabi jetzt und setzte ihren Weg fort. „Sie gehören nicht in diese Welt!"

Gwen versuchte Salabi weitere Antworten zu entlocken, aber die alte Frau schüttelte nur den Kopf.

Manchmal murmelte sie ein paar unverständlichen Brocken.

Parasiten? Meinte sie Käfer oder eine Art Pilz? Und warum beschäftigten die sie gerade jetzt?

Gwen wischte die Fragen beiseite. Sie hatte ihre eigenen Probleme. Das Feuer, das Dorf und ausgerechnet der Scheiterhaufen, der nicht verbrannt war. Gwen versuchte noch einmal, in sich hineinzulauschen. Fühlte sie etwas? Ihr Daumen strich über das Metall des Hufeisens. Sie hatte es mitgenommen. Aber es half ihr nicht, ihre Erinnerungen wiederzufinden. Die Wärme, die sie kurz im Haus des Hufschmieds gefühlt hatte, war fort. In ihr blieb nur Verwirrung.

An Salabis Haus angekommen, wollte diese sofort zum See gehen. „Vielleicht kann ich etwas mehr über das Unglück herausfinden. Geh du doch schon einmal rein, Gwen." Ohne eine Antwort abzuwarten, verschwand Salabi und Gwen stand allein vor dem windschiefen Haus. Sie fühlte sich verlassen und einsam und erwog, der Frau nachzugehen. Aber Salabi wollte offensichtlich allein sein.

Gwen ging in das Zimmerchen, das Salabi ihr überlassen hatte und streckte sich auf dem Bett aus.

Durch das Fenster beobachtete sie, wie die Welt sich langsam schlafen legte.

Trotz ihrer tagesfüllenden Wanderung verspürte Gwen keinerlei Hunger. Sie wollte nur noch die Augen schließen und vergessen, dass sie eine Gestrandete war, die nicht wusste, wo sie hingehörte.

Gwen schreckte auf. Dunkelheit herrschte im Zimmer. Ihr Herz raste und als sie sich im Bett aufrichtete, ging ihr Atem schwer. Eine finstere Bedrohung umspannte ihr Herz. Nur wurde diese Bedrohung nicht schwächer, je mehr der Schlaf sie entließ. Sie wurde größer, realer. Wurde zu einem materiellen Ding, das in einer Ecke des Raumes saß und Gwen anstarrte.

Etwas stimmte nicht. Und ihr Unterbewusstsein wusste das und schärfte ihre Sinne.

Sie hörte, wie sich die Bäume draußen im Wind knarrend bogen, wie ihr Blut durch die Ohren rauschte, und wie Schritte jenseits der Zimmertür näherkamen.

Sie glitt aus dem Bett und presste sich an die gegenüberliegende Wand.

Es konnte Salabi sein, nur die gütige alte Frau. Bei dem Gedanken lachte die Bedrohung aus ihrer Ecke heraus.

Die Türklinke quietschte leise, als sie heruntergedrückt wurde. Eine kleine gebeugte Gestalt schlich ins Zimmer und tastete sich näher an das Bett heran.

Einen kurzen Augenblick war Gwen erleichtert. Trotz der Schwärze hatte sie Salabis Umrisse erkannt und wollte die Druidin ansprechen, aber da griff die Bedrohung mit einer eisigen Klaue nach ihrem Herzen. Ihr Unterbewusstsein fürchtete Salabi. Aber warum?

Gwen presste sich stärker an die Wand und verschmolz ganz mit den Schatten.

Sie beobachtete die Alte, wie sie an das Bett herantrat und einen Arm hob. Der andere Arm kam zu Hilfe und mit beiden Händen umfasste sie etwas, das Gwen nicht erkennen konnte.

Ein kleiner Mondstrahl stahl sich durch die Wolkendecke ins Zimmer herein. Er schimmerte matt, aber hell genug, damit Salabi erkennen konnte, dass Gwen nicht im Bett lag. Und auch hell genug, um die Klinge des Dolches aufblitzen zu lassen, den Salabi in den Händen hielt.

Die alte Frau zuckte zusammen und löste eine Hand von dem Dolch, um damit über das Bettlaken zu fahren. Dann erstarrte sie in ihrer Bewegung. Eine Wolke verhüllte den Mond.

„Gwen." Ein Seufzen. Bedauernd.

Gwen antwortete nicht. Ihre Kehle war wie zugeschnürt, als sich Salabi umdrehte und ihr durch die Dunkelheit direkt in die Augen sah.

„Verzeih mir, Gwen. Aber die Mondfinsternis naht. Ich hätte es damals zu Ende bringen müssen! Du hättest niemals so alt werden dürfen!"

Das war das letzte, was die alte Frau sagte. Dann stürzte sie sich auf Gwen, die Klinge schnellte vor und zielte auf deren Herz.

Gwen stieß sich von der Wand ab und packte Salabis Handgelenke, um den Stoß abzufangen. Die alte Frau besaß enorme Kräfte und so stieß der Dolch noch immer auf Gwens Herz zu. Zwar langsamer, weil Gwen sich mit aller Macht gegen Salabi stemmte und versuchte, ihre Hände mit der Klinge wegzudrücken, aber die Druidin war stärker.

Gwen schrie vor Anstrengung auf. „Warum?"

Aber Salabi antwortete nicht. In einem Akt der Verzweiflung duckte sich Gwen zur Seite weg und zog Salabi mit einem Ruck mit sich, so dass die Alte mit Wucht gegen die Wand prallte.

Gwen entriss ihr das Messer, aber die Benommenheit Salabis währte nur kurz. Sie kreischte, griff in der Dunkelheit nach etwas und schon explodierte ein höllischer Schmerz in Gwens Beinen. Das Knarzen von Holz und anschließendes Poltern verrieten ihr, dass Salabi mit einem Stuhl nach ihr geschlagen hatte.

Tränen traten Gwen in die Augen, während sie zu Boden stürzte und hart mit dem Kopf aufschlug. Die Schwärze um sie herum begann, sich zu drehen. Mit einem Fauchen hob Salabi den Stuhl hoch, um erneut nach Gwen auszuholen.

Gwen versuchte, nach ihr zu treten. In der Dunkelheit konnte sie kaum etwas sehen. Aber anscheinend traf sie, den Salabi keuchte und stürzte auf sie.

Gwen riss schützend die Hände hoch und Salabis Körper begrub sie unter sich. Gwen schrie vor Angst und wand sich unter der alten Frau, rechnete jeden Moment mit einem neuen Schlag. Aber es kam keiner. Salabi lag auf ihr und bewegte sich nicht mehr.

Gwen stemmte die Alte von sich, sprang in die Höhe und sah einige Herzschläge lang nur flimmernde Sterne vor ihren Augen. Keuchend taumelte sie zurück und blieb an die Wand gepresste stehen.

Lange stand sie so da und wartete ab. Ihr Atem fiel langsam zurück in seinen normalen Rhythmus.

Sie weinte und ihre Beine brannten wie Feuer, aber sie wagte nicht, sich zu bewegen oder auch nur einen Laut von sich zu geben. Alles blieb still.

„Salabi?", flüsterte sie schließlich.

„Salabi!"

Sie ließ sich auf die Knie sinken und tastete sich auf dem Boden an die reglos daliegende Frau heran. Das Dielenholz war feucht und klebrig. Ihre Hand berührte Salabis Schulter. Rüttelte vorsichtig an ihr. Drehte die alte Frau sanft auf den Rücken.

„Salabi?"

Der kleine Mondstrahl schaute noch einmal in das windschiefe Haus hinein. Beschien eine alte Frau, die auf dem Boden lag. Um sie herum glänzte alles von Blut und ein Dolch steckte in ihrem Leib.

Als Gwen die Hände gehoben hatte, um sich zu schützen, musste sie auch den Dolch hochgerissen haben. Salabi war genau hineingestürzt.

Salabis Dolch bohrte sich nun in ihr eigenes Herz und nicht in das von Gwen.

„Nein!", stieß diese hervor. „Salabi nein, das wollte ich nicht!"

Doch, wolltest du, meldete sich eine Stimme in ihr.

Salabi hatte sie töten wollen. Oder nicht? Es war alles so schnell gegangen, aber ... Gwen erinnerte sich an Salabis letzte Worte: „Ich hätte es damals zu Ende bringen müssen!"

Gwen wich zurück an die Wand und lehnte sich erschöpft dagegen.

Blut sickerte aus dem Körper der Alten und die Lache wurde stetig größer, bis sie fast Gwens ausgestreckten Fuß erreichte. Sie setzte sich in den Schneidersitz. Irgendwann ging die Sonne auf und erhellte deutlich, was sie getan hatte. Dass sie Salabi umgebracht hatte. Und je mehr die Nacht zurückwich, desto stärker wurde die Gewissheit, dass sich Gwen getäuscht hatte. Salabi hatte sie nicht töten wollen. Niemals! Und doch sagte der Dolch, der in Salabis Brust steckte, etwas anderes.

Die letzten Sonnenstrahlen verblassten, strichen über das frische Grab, verharrten kurz auf schwarzer Erde und vergingen sodann auf dem Weg in die Nacht.

Das Rauschen der Bäume klang zornig und auch das Wogen der Tannen im Wind, wirkte wie ein Drohen.

Sie musste fort. Sie spürte, wie die Geister dieses Ortes sich nach ihrem Herz ausstrecken. Sie hatte gemordet. Die gute Seele dieses magischen Ortes ausgelöscht. Sie verdiente den Tod.

Mit zitternden Fingern legte sie ein Bund Wildblumen auf Salabis Ruhestätte. Das Rauschen wurde lauter.

„Ich weiß, es gibt keine Entschuldigung. Ich kann das nicht wieder gut machen!" Gwens Stimme verlor sich im Blätterspiel.

Sie ging zurück ins Haus und sah noch einmal kurz zu den Tannen. Standen sie sonst nicht weiter von der Hütte entfernt? Kamen sie etwa … lächerlich!

Sie atmete tief ein und sperrte den Wald hinter sich aus.

Ob die Tannen sie nun holen würden oder nicht, eins stand fest: Sie musste fort! Aber wohin?

Gwen streifte suchend durch die Hütte, packte ein Bündel mit Proviant zusammen, ein paar Heilkräuter und Essgeschirr. An der Waschschüssel in der kleinen Kammer, in der sie vor wenigen Tagen erwacht war, lag das Messer. Kein Blut klebte mehr daran. Sie hatte es abgewaschen, wieder und wieder. Und jedes Mal hatte sie frisches Wasser dafür geholt. Gwen wollte es wieder in die Schüssel tauchen, aber egal wie oft sie es noch reinigte, es bliebe das Messer, mit dem sie Salabi erdolcht hatte.

Sie schob die Klinge zurück in eine Lederscheide, die sie im Wohnraum gefunden hatte, und band sie sich um die Hüfte. Sie musste sie mitnehmen. Es war die einzig gute Waffe im Haus. Als sie die Hand nach dem Hufeisen ausstrecke, dass ebenfalls auf dem Tischchen lag, sah sie den Scheiterhaufen vor ihrem inneren Auge aufblitzen. Ihre Hand verharrte in der Luft und eine eisige Gewissheit regte sich tief in ihrem Inneren. Ihre Hand begann zu zittern. Sie hörte das Knarzen der Tannen im Wind. „Es ist nicht meine Schuld!"

Gwen sah sich nicht um, als sie aus der Hütte hinaus in den Wald trat. Es war schon dunkel und die Sterne erhellten den Himmel. Anklagende Lichter, die auf eine Mörderin herab leuchteten.

Mörderin, schienen auch die Blätter im Wind zu wispern. Die Luft knisterte so bedrohlich, dass Gwen fast rannte.

„Was hast du getan?", hämmerte immer die gleiche Frage durch ihre Gedanken. „Was hast du nur getan?"

Mörderin!

Sie rannte. Achtete nicht auf den Weg und lief immer geradeaus, Richtung Norden.

Sie rannte, bis das Seitenstechen ihr die Luft zum Atmen nahm, machte kurz Pause und rannte weiter, immer weiter. Egal wohin, nur weg!

Erst im Morgengrauen gönnte sie sich eine Rast.

Sie erspähte keinen Pfad. Gut so. Sie wollte keinem Menschen begegnen. Man würde ihr die Schuld sofort ansehen!

Mörderin!

Die Bäume um sie herum wirkten feindselig. Sie sollte heraus aus dem Wald. Zurück in das Dorf, aus dem sie offenbar kam.

Sie musste herausfinden, wer sie war, wohin sie gehörte.

Das Bild des Scheiterhaufens flammte vor ihrem geistigen Auge auf und Salabis letzte Worte erklangen in ihrem Kopf.

Gwen blickte auf ihre Hände.

„Wer bin ich?", fragte sie laut. „Was habe ich getan?"

Sie lauschte in sich hinein, bekam aber keine Antwort.

Immerhin fehlten mit den Erinnerungen auch jegliche Gefühle. So empfand sie keinen Verlust um die Menschen, die sie verloren hatte. Nur eine nagende Ungewissheit und die Schuld wegen ihrer jüngsten Tat.

„Wer bin ich?"

Sie kam an Seen vorbei. Flüsse begleiteten sie eine Weile, während Wälder zu Auen wurden, Auen zu Wiesen und schließlich zurück in Wälder führten, wo sich das Wasser schließlich zu einem Rinnsal ausdünnte und abseits ihres Weges im Unterholz verlor.

Oft ertappte sie sich dabei, nach dem Ruf einer Eule zu lauschen.

Im Traum sah sie noch immer Rajas zerfetzten Kadaver.

Ihr wurde übel bei dem Gedanken ein Tier zu jagen, also ernährte sie sich von Wurzeln, Beeren und Kräutern, nachdem sich ihr Proviant erschöpft hatte. Sie wusste instinktiv, was essbar war und was nicht. Vielleicht hatte sie dies einst gelernt.

Wieder lichtete sich der Wald. Die Sonne versank als roter Feuerball hinter einem Berg, den Gwen nicht kannte. Auch dieser Tag würde bald zu Ende sein.

Sie schob Sträucher und hüfthohes Geäst zur Seite, wand sich hindurch und verlor jäh den Boden unter den Füßen.

Sie stieß einen Schrei aus, als sie in die Tiefe zu stürzen drohte und bekam gerade noch Geäst zu fassen, an dem sie sich festklammern konnte. Sie hing über einem Abgrund, der sich wie ein großer Riss durch die Landschaft zog und sie nun zu verschlingen drohte. Sie versuchte, sich hochzuziehen und hörte Äste brechen. Ihre Füße suchten Halt an der Abbruchkante und rutschten immer wieder über lockere Erde und Kies weg, die in den Spalt rutschten.

Aber dann konnte sie sich nach oben hin abstoßen und bekam dickere Äste zu fassen.

Ihre Arme schmerzten vor Anstrengung, aber sie schaffte es, sich höher zu ziehen. Mit dem Knie konnte sie sich auf dem Boden abstützen. Sie zog das andere Bein nach und ließ sich nach vorn fallen.

Zweige und Geäst schrammten ihr über Arme und Gesicht, aber das nahm sie kaum wahr. Schnaufend blieb sie liegen, bis sich ihr Atem wieder beruhigte.

Sie kroch aus dem Busch heraus und richtete sich auf. Als sie sich vorsichtig hinter sich, durch das Geäst tastete, sah sie die

Kluft, in die sie um ein Haar gefallen wäre. Sie klaffte nicht sehr breit. Mit genügend Anlauf könnte sie vielleicht darüber springen.

Gwen beugte sich etwas weiter vor und schluckte. Der Abgrund fiel so tief herab, dass sie diesen Aufprall nicht überlebt hätte.

Sie setzte sich auf den Stamm eines umgestürzten Baumes und überlegte. Sollte sie weiter gehen oder hier übernachten?

Sie würde sich einen anderen Weg suchen müssen und hatte nicht das Verlangen, dies im abendlichen Zwielicht zu tun und ein weiteres Mal in einen Spalt zu stürzen.

Ihr Magen knurrte hörbar. Sie fühlte sich zu erschöpft, um noch etwas zu essen zu suchen. Da entdeckte sie neben dem Stamm einige Pilze. Sie sahen genießbar aus. Gwen besah sie sich eingehend und erkannte sie als Steinpilze. Sie wüsste gern, wer sie dies gelehrt hatte.

Vermutlich derselbe Mensch, dem sie verdankte, ein Feuer entfachen zu können. Sie spießte die Pilze auf einen Zweig und röstete sie über den Flammen. Das Knistern und Knacken wirkten beruhigend.

Gwen ließ sie herunterbrennen, bis nur noch etwas Glut in der Asche glomm. Sie streckte die Hand aus und fühlte die Hitze unter ihren Fingerspitzen.

Da hörte sie einen Schrei. Nein, keine Eule. Gwen setzte sich auf und lauschte.

Kein Zweifel! Da hatte jemand um Hilfe gerufen.

Sie erstickte die Reste des Feuers mit Erde und folgte der Stimme, die zu einem Wimmern zusammenschrumpfte. Schließlich schob Gwen einen Ast beiseite und sah ein Mädchen, kaum jünger als sie selbst.

Zwei Männer waren bei ihr. Gerade packte sie einer am Arm und hielt sie fest.

Die Männer sahen seltsam aus. Vollständig schwarz bekleidet, mit langem verfilztem Haar und struppigen Bärten. Wie zwei dreckige Wölfe.

Das Mädchen schrie, als einer der Peiniger ihr den Arm auf den Rücken drehte.

Der etwas dickere Wolfmann schaffte ein Seil herbei und lachte, dass Zorn in Gwen emporstieg. Sie wusste nicht, woher er kam, aber plötzlich schmeckte sie ihn rauchig auf ihrer Zunge.

Die Männer versuchten, das Mädchen zu verschleppen, und freuten sich offensichtlich, dass sie so leichtes Spiel mit dem schwachen Ding hatten.

Eine Erinnerung blitzte in ihr auf. Sie kam so plötzlich, dass Gwen sie nicht ergreifen konnte. Schon verschwand sie zurück in die Tiefen ihres Unterbewusstseins. War ihr etwas Ähnliches widerfahren wie diesem Mädchen?

Sie fühlte Ohnmacht, Hilflosigkeit, aber der Zorn wies sie in ihre Schranken. Unmöglich, einfach nur zuzusehen! Ehe Gwen wusste, in welche Gefahr sie sich selbst brachte, sprang sie aus ihrem Versteck. „Lasst sie gefälligst los!"

Nachdem die Verwunderung aus seinen Zügen gewichen war, lachte der dünne Wolfsmann. „Sieh einer an! Da kommen wir heute aber erfolgreich nach Hause!"

„Und wie!" Der Dicke straffte das Seil und kam auf Gwen zu. Er hatte es weder eilig, noch schien er zu erwarten, dass Gwen sich wehrte. Und wirklich war Gwen sich nicht mehr sicher, was sie tun sollte.

„Komm nicht näher!"

Der Dicke lachte ebenfalls und trat einen weiteren Schritt auf sie zu. Als er unmittelbar vor ihr stand und nach ihrem Handgelenk greifen wollte, wich sie ihm aus und zog ihren Dolch aus der Lederscheide.

Das Grinsen verschwand aus seinem Gesicht. „Lass das lieber Mäuschen, sonst tue ich dir noch weh."

Gwen ließ den Dolch durch die Luft sausen und der Mann zuckte zurück. Er ließ das Seil fallen und langte nach ihrem Handgelenk. Gwen versuchte auszuweichen, aber er erwischte sie, riss ihren Arm zur Seite und zog sie gleichzeitig zu sich heran. Gwen versuchte erst gar nicht, sich loszureißen. Stattdessen tat sie ihrerseits einen energischen Schritt auf den Wolfsmann zu, was ihn sichtlich irritierte, denn er verharrte lange genug, dass Gwen ihm gleichzeitig mit der freien Hand ins Gesicht schlagen und ihr Knie hochreißen konnte. Sie erwischte ihn nur am Oberschenkel und auch ihr Schlag traf nicht fest genug, um den Mann abzuwehren, doch lockerte er den Griff um ihr Handgelenk. Gwen entwand sich ihm und diesmal fuhren seine Hände an ihr vorbei durch die Luft, als er sie erneut packen wollte. Gwen duckte sich und wirbelte zur Seite. Der Wolfsmann grunzte verärgert und jaulte dann schmerzerfüllt auf, als sie ihm ein Knie diesmal seitlich gegen seine Kniescheibe rammte. Er knickte ein und Gwen riss den Dolch hoch. Sie erwischte ihren Angreifer am Kopf und schnitt ihm einen langen Striemen in die Wange. Die Klinge drang tief in seine Haut und die Wunde blutete stark. Der Mann brüllte auf wie ein wildes Tier und rappelte sich auf. Als er nach der Wunde tastete und klebriges Blut seine Hand herunter rann, wurde sein Blick so böse und kalt, dass der Zorn auf Gwens Zunge schlagartig verging und Angst ihre Kehle herauf kroch.

„Das büßt du!"

„Mach jetzt!" Sein Kumpan hatte Mühe das zappelnde Mädchen festzuhalten. „Was lässt du dich von dem kleinen Mädchen da narren?"

Gwens Bewegungen, die sie ganz automatisch und ohne nachzudenken ausgeführt hatte, erstarrten. Sie zitterte. Was sollte sie tun? Was würde dieses Monster von einem Mann ihr antun?

Der Dicke griff an seinen Gürtel und zog ein langes Jagdmesser mit breiter Klinge hervor. „Komm her Mäuschen, ich will dir die hübschen Haare schneiden!"

Gwen wich weiter zurück. Warum war sie nur so dumm gewesen und aus ihrem Versteck gekommen? Hatte sie geglaubt, sie könnte es allein, mit zwei Männern aufnehmen? Sie kannte das Mädchen noch nicht einmal.

Sie starrte auf das riesige Messer in seiner Hand.

„Sei lieber brav und gib mir den Dolch."

Gwen hörte nicht auf die Worte des Dicken. Sie blickte nicht einmal auf. Sie starrte nur auf das Messer. Die Klinge wirkte stumpf und matt. Getrockneter Dreck, vielleicht Blut, klebte daran.

Gwen wurde heiß. Röte schoss ihr ins Gesicht. Die Hitze in ihr wurde immer stärker. Sie starrte auf die Klinge.

„Au! Verdammt was ..."

Das Jagdmesser fiel ins Gras und Gwen stürzte vor, als hätte sie jemand gestoßen.

Sie prallte gegen den Wolfsmann, der zurücktaumelte und zum Schlag ausholte. Sie duckte sich weg und rammte ihm das Knie diesmal zielsicher in den Unterleib, so dass er aufbrüllte und ins Gras sank.

Sie packte den Dolch fester.

„Stoß zu," schrie das Mädchen. „Schnell!"

Gwen sah den Mann vor sich kauern und dachte an Salabi.

„Halt bloß den Mund!" Der andere Wolfsmann zog das Mädchen an sich heran, schlang den Arm um sie und hielt ihr den Mund zu, so dass er mit dem nun freien anderen Arm nach seinem eigenen Jagdmesser greifen konnte.

Das Mädchen wand sich unter seinem Griff wie eine Schlange, kam etwas frei und biss ihm in die Hand.

„Verdammte Biester!" Der Wolfsmann stieß das Mädchen von sich und gab ihr einen Tritt, der sie zu Boden prallen ließ. Er zog sein Messer und stürmte auf Gwen los.

Gwen drehte sich um und rannte.

Der Wolfsmann war schnell. Sie hörte, wie er hinter ihr durch das Gesträuch brach. Er würde sie bald eingeholt haben. Gwen versuchte, zu beschleunigen. Ihre Füße fanden den Weg wie von selbst. Sie musste den Abgrund erreichen. Nur so konnte sie diesen Kerlen entkommen.

Als sie über die kalte Asche ihres Lagerfeuers hinwegsprang, hörte sie seinen keuchenden Atem so nah hinter sich, dass sie meinte, auch seinen heißen Hauch fühlen zu können. Ihre Nackenhaare stellten sich auf. Dann schlug sie, kurz vor einem heruntergetrampelten Busch einen Haken und warf sich zur Seite. Der Wolfsmann preschte dicht neben ihr vorbei und seine Hand griff ins Nichts.

Genauso, wie seine Füße wenige Herzschläge später.

Gwen hörte seinen Schrei in der Tiefe der Schlucht verhallen und dann jäh verstummen.

Das Herz schlug ihr energisch gegen die Brust. Hinter ihr krachten und brachen Äste. Sie umkrampfte den Dolch so fest, dass ihre Knöchel weiß hervortraten.

Aber statt eines Angreifers trat das junge Mädchen aus dem Dickicht. Langes braunes Haar umrahmte ein rundliches Gesicht mit frischen roten Wangen. Der Blick ihrer weit geöffneten rehbraunen Augen irrte suchend umher.

„Wo …" Dann entdeckte sie den Abgrund hinter den Büschen und verstand. „Der ist wohl hin. Schnell weg hier!"

„Wo ist der andere?", keuchte Gwen.

Das Mädchen hob die Faust, die einen großen Stein umklammerte. „Bewusstlos."

Sie schleuderte den Stein von sich und packte Gwen am Arm. „Komm weg!"

Gwen ließ sich hinter ihr herziehen.

Das Mädchen schien zu wissen, welchen Weg durch den Wald sie nehmen mussten. Hin und wieder blieb sie stehen, um sich neu zu orientieren und Gwen darauf gleich weiter zu zerren. Die Schatten wurden bereits lang, da kamen sie aus dem Wald heraus. Erst dann erlaubten sie sich, zu verschnaufen.

Gwen hatte das Gefühl, etwas sagen zu müssen, auch wenn sie nicht recht wusste, was. „Was waren das für Typen?", fragte sie schließlich.

„Gardons Leute. Wolfsmänner." Die Stimme des Mädchens klang so schwach und zittrig wie Glas kurz vor dem Zersplittern. Gwen legte den Kopf schief. „Was bedeutet das?"

Das Mädchen holte tief Luft und schloss einen Moment die Augen. „Wenn du nicht gekommen wärst, hätten die mich zu Dämonenfutter gemacht!" Sie versuchte ein Lächeln, das den Schrecken ihrer fast geglückten Entführung jedoch noch nicht zu überwinden vermochte. „Vielen Dank! Ich bin Lena."

„Gwen", sagte sie nur und fragte dann: „Was meinst du mit Dämonenfutter?"

Lena runzelte die Stirn. „Weißt du das nicht? Gardon raubt Menschen und verfüttert sie an seine Dämonen. In seinem Land sind alle Bäume so gut wie tot, sodass die Dinger dafür uns auslutschen wie Orangen. „Ist der Dicke tot?"

Gwen zuckte die Achseln. Allerdings erschien es ihr unwahrscheinlich, dass er den Sturz in die Tiefe überlebt hatte.

Sie horchte in sich hinein. Was fühlte sie?

Um den dicken Wolfsmann tat es ihr nicht leid. Vermutlich hatte er den Tod verdient. Aber Gwen erschrak über sich selbst, dass sie sein Tod unberührt ließ. Außerdem wusste sie nicht, wie sie sich verhalten sollte. Der Umgang mit Menschen erschien ihr schwieriger, als das Leben allein im Wald oder auf Wanderschaft. Was sagte das über sie aus? Sie wusste es nicht.

Lena lächelte sie freundlich an. „Mein Dorf ist nicht weit weg von hier. Es wäre schön, wenn du mitkommen würdest. Ich habe dich noch nie gesehen. Woher kommst du?"

Da war sie, die Frage auf die Gwen keine Antwort wusste.

„Ich ... habe mit meiner Mutter zusammen im Wald gewohnt", log sie. „Weit weg von hier und ... jetzt wo sie tot ist ... ziehe ich umher.

„Alleine im Wald? War sie eine Heilerin? Oder gar ... eine Druidin? Hast du denn gar keine Angst, so ganz allein?" Lenas Augen wurden groß.

Gwen schluckte. Sie hatte keine Antwort auf Lenas Fragen. „Meine Mutter ...", begann sie und lauschte in sich hinein, in der Hoffnung damit eine Erinnerung auszulösen.

„Du musst unbedingt mit zu mir nach Hause kommen", unterbrach Lena ihre Gedanken. „Du musst meinen Onkel kennenlernen. Meine Mutter ist auch eine Heilerin gewesen, bevor sie starb, weißt du?"

Gwen nickte nur. Mochte das Mädchen denken, was sie wollte. Sie war froh, dass Lena sie nicht fragte, wie sie den Wolfsmann überwältigen konnte. Sie wusste selbst nicht, was passiert war. Und irgendwohin musste sie schließlich gehen. Es erschien Gwen besser, wenn sie zusammenblieben. Womöglich lauerte der zweite Wolfsmann irgendwo.

Ein Uhu schrie und Gwen erschauderte.

Gardon saß an seinem Schreibtisch und studierte mit seinen ausdrucksstarken Augen eine Landkarte. Hin und wieder machte er sich Notizen auf einem Blatt Pergament. Kein Laut wagte es, seine Konzentration zu stören. Auch die Gefangenen in den Kerkern waren verstummt und gaben sich im Stillen ihren Qualen hin.

Als Gardon gerade die Feder in das Tintenfass tunkte, klopfte jemand zaghaft an die Tür.

„Ja?" Unwillig sah er von seiner Arbeit auf. Nichts geschah. „Was gibt es denn?"

Endlich öffnete sich die Tür einen Spalt und ein Kopf schob sich herein. „Verzeiht Herr!"

„Ah, Nestor! Nachricht von deinen Männern? Waren sie erfolgreich?" Nestor antwortete nicht und Gardon wurde ungeduldig. „Nun?"

„Äh …", Nestors Kopf war gerötet. Er leckte sich die rauen Lippen.

Angewidert widmete sich Gardon seiner Arbeit. „Wenn du deine Zunge nicht brauchst, hat Hydria vielleicht andere Verwendung für sie!"

„Ähm, also …"

„Nun rede endlich!" Gardon hasste es, wenn seine Krieger Schwäche zeigten, selbst vor ihm. „Und schließe die Tür!"

Nestor trat gehorsam ein und schob die Tür zu. Er wagte nicht, seinen Herrn anzusehen, als er sprach: „Jahn und Argo haben ein Mädchen gefangen, da … da tauchte dieses andere Mädchen auf."

„Also werden sie mir zwei bringen?"

„Nun ja. Nein."

„Nein?" Gardons Stimme wurde laut und drohend. „Jetzt komm endlich mit der Sprache heraus, oder ich schneide dir deine Zunge ab, wenn du sie nicht benutzen willst!"

„Sie hat Argo getötet und das Mädchen befreit", platzte der Wolfsmann heraus.

Gardon kniff die Augen zusammen. „Und wo ist sie jetzt?"

„Ich … weiß es nicht, Herr."

Gardon hob fragend eine Braue.

„Ich bin … Sie haben Jahn überwältigt und als er zu sich kam …"

„Was?" Die Stimme des dunklen Herrschers traf den Mann wie ein Dolchstoß. Gardon sprang auf und trat auf Nestor zu, der sich instinktiv duckte. „Überwältigt von zwei kleinen Mädchen? Von Dämonenfutter?"

„Dieses andere Mädchen. Irgendetwas stimmte nicht mit ihr. Irgendwie hat sie …"

Gardon knurrte und packte den Mann am Kragen.

„Sie muss von einem Dämon besessen sein! Sie hat ihm die Hände verbrannt, nur indem sie ihn ansah!"

Ein Faustschlag in den Magen raubte Nestor alle Luft. Er sackte keuchend auf den Boden und presste die Hände gegen den Leib.

„Ein recht wehrhaftes Mädchen also", sagte Gardon mehr zu sich. Selbst wenn Nestor gewollt hätte, wäre ihm kein Laut über die Lippen gekommen. Es wollte ihm noch immer nicht recht gelingen zu atmen. Doch Gardon verlangte auch keine Antwort.

Ein Lächeln breitete sich auf seinem Gesicht aus. „Wo genau war das?"

„N ... nahe dem Dorf ... Geseen.", presste Nestor hervor. Gardon nickte.

„Die Kerker leeren sich. Die Dämonen brauchen menschliche Lebenskraft, an der sie sich nähren können. Füll die Bestände schneller auf!" Gardon trat dem Mann in den Magen und ein rasselndes Röcheln erklang.

„Wachen!"

Zwei hünenhafte Burschen, ebenfalls ganz in Schwarz gekleidet, eilten herein.

„Bringt ihn weg!" Gardon beugte sich hinunter, bis er dem Gesicht des röchelnden Mannes ganz nahe war. „Wenn einer deiner Männer das nächste Mal so schändlich versagt, wirst du selbst zu Dämonenfutter!"

Die Wachen hoben Nestor vom Boden auf und bald war Gardon wieder allein.

Er trat ans Fenster und blickte gedankenverloren auf sein totes Reich.

Er schloss die Augen und stieß dann den Ruf eines Vogels aus, der weit in sein Land hinein hallte. Er klang täuschend echt und war doch ganz anders als alle Vogellaute des Landes. Er klang entfernt wie der Ruf eines Falken.

Nur wenige Augenblicke später wurde sein Ruf erwidert und schwarze Schwingen erschienen am Himmel, die schnell größer wurden. Sie näherten sich unglaublich schnell und vor dem Himmel zeichnete sich bald der Umriss einer großen Eule ab. Gardon streckte den Arm aus und die Eule nahm geschmeidig auf diesem Platz.

Das schwarze Gefieder des mächtigen Vogels schimmerte im Kerzenschein bläulich. Am Hals waren die Federn heller, als umgäbe ihn ein graues Band. Die Schwanzfedern und die Enden seiner Schwingen dagegen, hatten die Farbe von geronnenem Blut.

Gardon strich dem Vogel über das Gefieder.

„Du hast sie gesehen", raunte er ihm zu. „Zeig sie mir."

Er blickte ihm tief in die bernsteinfarbenen Augen. In den dunklen Abgründen der Iris taumelte eine verwischte Gestalt. Sie wurde größer und nahm langsam Konturen an. In dem Moment, in dem Gardon die Mädchengestalt erkannte, hallte ein Name in seinem Kopf auf.

„Gwen", wiederholte er. Der Vogel knabberte an Gardons Hemdsärmel und der dunkle Herrscher fütterte ihn mit ein paar Nüssen.

„Hm." Gardon wischte sich die Hand an seiner Hose ab. „Hydria scheint zu glauben, dass sie die Einzige hier ist, die Dinge sieht, nicht wahr, mein Freund? Wir lassen sie in diesem Glauben."

Der Donnervogel drehte den Kopf um neunzig Grad und stieß einen Schrei aus.

„Ja", sagte Gardon und streichelte ihm über das Gefieder, „flieg zu ihr."

Er hob den Arm und die Eule stob durch das Fenster davon. Gardon beobachtete sie, bis sie nur noch ein ferner Punkt war, der mit der Dunkelheit des Himmels verschmolz.

„Bis bald, Gwen."

Lena war ein lustiges, aufgewecktes Mädchen, das den Weg sehr amüsant machte. Sie redete und redete über dies und jenes und Gwen ertappte sich ein paar Mal dabei, wie ihre Gedanken abschweiften. Lena merkte es nicht oder wollte es nicht merken.

Gwen freute sich nun doch darauf, unter Menschen zu kommen. Sie erinnerte sich nicht daran, wie es gewesen war, als sie noch in einem Dorf unter vielen Menschen gelebt hatte. Ihr Gedächtnisverlust ließ sie sich isoliert und allein vorkommen. In dem Gewimmel von vielen Menschen würden vielleicht ein paar

Erinnerungen an ihr früheres Leben zurückkehren. Ein Leben, in dem Sie noch keine Mörderin gewesen war. Gwen fröstelte.

Sie erreichten das Dorf Geseen, als die Nacht hereinbrach. Lena führte Gwen auf direktem Weg zur Schenke des Dorfes.

Als sie über den Dorfplatz gingen, suchte Gwen den Marktbaum.

Jeder Baum verbreitet eine eigene Stimmung. Eine Art zu leben, die sich auf die Bewohner des Dorfes auswirkt.

Auf dem Dorfplatz stand eine Linde. Gwen erkannte die herzförmigen Blätter und den dicken Stamm. Im Sommer wehte bestimmt der schwere Duft der Blüten über den Platz und tausende Bienen labten sich an einer üppigen Weide. Aber nun hingen die letzten kernigen Samenkapseln am Baum und die ersten Blätter wurden gelb.

Gwen war sich sicher, unter diesem Baum wurden rauschende Feste gefeiert. Aber auch kurzer Prozess mit Verbrechern gemacht.

Mörderin!

Sie blieb abrupt stehen. Hatte jemand gesprochen oder bildete sie sich das ein?

Lena zog sie weiter. „Komm, hier ist es!"

Stickige, rauchschwangere Luft fiel über sie herein, als sie hinter Lena den Schankraum betrat.

Fast alle Tische waren besetzt. An vielen wurde Karten gespielt, gelacht und getrunken. Der Lärm der Stimmen konkurrierte mit dem munteren Lied einer Geige, die ein alter Mann mit schlohweißem Haar spielte. Lena deutete auf die Treppe, die neben der Theke zu den oberen Zimmern führte. „Dort oben wohne ich. Meinem Onkel gehört das alles hier."

Gwen nickte und beobachtete das lustige Treiben. Sie fühlte sich außen vor. Hatte sie auch einmal dazu gehört?

„Lena!" Ein dicker Mann, der eben noch hinter der Theke gestanden hatte, kam nun schnellen Schrittes auf die Mädchen zu. Lena fiel ihm in die Arme und ihr Onkel drückte sie an seinen dicken Wanst. Die Worte sprudelten aus Lena heraus und Gwen bemerkte, mit welcher Leichtigkeit sie über den Zwischenfall mit den Wolfsmännern sprechen konnte. Und von dem Tod des dicken Wolfsmannes.

„Ich danke dir!" Der Wirt drückte jetzt auch Gwen an sich, ehe sie wusste, was geschah. Sie lächelte.

„Danke, dass du meine Nichte gerettet hast! Ich stehe tief in deiner Schuld."

Er entließ Gwen aus seiner Umarmung und sah sie mit so dankbaren blauen Augen an, dass sich behagliche Wärme in ihrem Innerem ausbreitete.

„Setz dich und iss." Er deutete auf einen Tisch in einer Nische, der noch frei war. „Und auch du musst etwas essen, mein Kind." Er gab Lena einen leichten Schubs in die Richtung des Tisches. Sie faste Gwen am Arm und zog sie mit sich.

„Ich bringe euch sofort etwas!", rief der Wirt ihnen nach.

„Du hast einen sehr netten Onkel."

Lena nickte. „Meine Eltern sind gestorben, als ich noch ganz klein war. Da hat er mich zu sich genommen. Er ist der Bruder meiner Mutter."

„Das tut mir leid." Gwen fragte sich, wo ihre eigenen Eltern waren. Vielleicht lebten sie. Sie wagte den Gedanken, dass das verbrannte Dorf doch nicht ihre Heimat gewesen war. Vielleicht suchte man bereits nach ihr. Ihre Eltern, Verwandte und Freunde.

Lena zuckte die Achseln. „Ich habe sie kaum gekannt. Das, was ich über sie weiß, hat mein Onkel mir erzählt. Meine Mutter ist eine Heilerin hier im Dorf gewesen und hat vielen Menschen das Leben gerettet."

Gwen hörte nicht mehr hin. Sie blickte sich um. Suchte in jedem Gesicht etwas Vertrautes. Einige der Gäste lächelten zurück, als sie ihren Blick auf sich spürten. Konnte es vielleicht sein, dass jemand aus diesem Dorf sie erkannte?

„Gwen?"

„Oh, entschuldige!" Gwen richtete ihre Aufmerksamkeit wieder auf Lena. „Was hast du gesagt?"

Lena kräuselte pikiert die Nasenspitze. „Erzähl mir mehr über dich und deine Eltern. War es aufregend so allein im Wald zu wohnen?" Sie stützte das Kinn auf den Handrücken. Gwen wich ihrem Blick aus. Sie bereute ihre Lüge jetzt. Sollte sie Lena die Wahrheit sagen? Dass sie nicht wusste, wer sie war und woher sie kam, dass Salabi sie ohne Erinnerungen im Wald gefunden hatte?

Aber dann käme sie auch unweigerlich zu dem Teil, in dem sie die alte weise Frau erstochen hatte.

Wie würde Lenas bewundernder und freundlicher Blick sich verändern, wenn sie wüsste, dass ihr eine Mörderin gegenübersaß? Der Wolfsmann war Notwehr gewesen. Aber Salabi! Eine alte gebrechliche Frau. Niemand würde ihr glauben, dass Salabi sie angegriffen hatte. Warum nur hatte sie das getan? Ein pochender Schmerz klopfte gegen Gwens Schläfen.

„Nun?", fragte Lena.

Gwen zuckte die Achseln und sah hinunter auf die Tischplatte. „Nun, ich …"

Aber da kam Lenas Onkel zurück und stellte zwei randvoll gefüllte Schüsseln vor ihnen ab. „Ich hoffe du magst Eintopf, Gwen?"

Sie nickte und musste sich zügeln, um nicht alles sofort in sich hineinzuschlingen.

„Möchtest du noch von unserem Lindenblütenbier? Es schmeckt nicht nur, es kräftigt auch!" Er sagte es mit unverhohlenem Stolz und Gwen nickte, obwohl sie nicht wusste, ob sie Bier mochte.

Aber es schmeckte köstlich und auch Lena aß und trank, ohne aufzublicken, bis Schüssel und Bierkrug leer waren.

Plötzlich flog die Tür auf und krachte gegen die Wand. Alle Menschen im Raum blickten auf und sahen einen Mann hereinkommen – oder vielmehr torkeln. Er war fast einen ganzen Kopf kleiner als Gwen und sturzbetrunken.

Alle musterten den Neuankömmling schweigend und Gwen spürte die Beunruhigung, die in der Luft lag.

Normalerweise gingen die Betrunkenen torkelnd aus einer Schenke hinaus. Dass einer schon betrunken hereinkam, konnte nur Ärger bedeuten.

Was der Zwerg an Größe vermissen ließ, machte er mit umso breiteren Schultern und einem Bauch, der weit über seinen Hosenbund quoll, wieder wett. Schwerfällig setzte er sich an die Theke und verlangte lautstark nach einem Bier.

Sobald seine lallende Stimme durch die Stille fegte, brach der Bann. Der Weißhaarige warf das eine Ende seines Schals über die Schulter und begann wieder zu geigen und die Gespräche setzten ein.

„Oh je!", seufzte Lena und Gwen hob fragend eine Braue.

„Das ist Melcom, ein ewig besoffener Raufbold. Der ist zwar klein, aber ganz schön stark und macht nur Ärger!" Sie stand auf und wischte sich die Falten aus dem Rock.

„Komm, Gwen. Wir gehen lieber nach oben! Wir haben eine kleine Kammer, in der du schlafen kannst. Sie liegt gleich neben meinem Zimmer. Da kannst du mir in Ruhe noch etwas von dir erzählen, ja?"

Gwen konnte sich nur schwer von dem Anblick des Kleinwüchsigen abwenden, stand dann aber auf, um Lena zu folgen.

„Ich sage nur noch meinem Onkel Bescheid!" Lena verschwand hinter der Theke.

Der Zwerg hatte seinen Bierkrug geleert und setzte gerade einen zweiten an die Lippen. Gwen fand ihn abstoßend. Er hatte einen braunen Bart, in dem sich der Bierschaum verteilte, und der Saft in kleinen goldenen Perlen durch das verfilzte Haar rann. Sein Gesicht wurde von einer gewaltigen Nase dominiert und rote Flecken übersäten seine Haut. Das lange Haar klebte strähnig an seinem Kopf und auch seine Kleidung sah fettig und schmutzig aus.

Melcom spürte ihren Blick und drehte sich schwerfällig zu ihr um. In seinen dunklen, gelblichen Augen blitzte es. „Was gibt es denn da zu glotzen?"

Der Ekel in Gwen schwappte durch ihren ganzen Körper und sie verzog den Mund, ohne dem Betrunkenen etwas zu antworten.

Sie setzte sich in Bewegung, um zur Treppe zu gehen, die in die oberen Etagen führte. Aber als sie an ihm vorbeiging, packte er sie am Arm und hielt sie zurück.

„Was gefällt dir den nicht, an dem was du siehst?"

Seine Hand fühlte sich feucht auf ihrer Haut an. Sie wollte sich losreißen, aber sein Griff wurde eisern und schmerzte. Sie stand ihm so nah, dass sie seinen Schweiß roch und auch sein Atem ließ sie würgen.

Sie glaubte nicht je zuvor einem so abstoßenden Menschen begegnet zu sein, und ihr war, als schwämme sie in einem See aus fauligem Wasser und drohe in dem Unrat darin zu ertrinken.

„Soll ich am Scheitel oder an deinen Füßen anfangen?"

Eine kleine rosa Zunge leckte über seine rauen Lippen. „Hör mal zu, kleines Mädchen ..."

Gwen unterbrach ihn mit einem Lachen, „Wer ist hier klein? Und jetzt lass meinen Arm los!" Sie erschrak über sich selbst und erkannte ihre eigene Stimme kaum.

Melcom zog sie zu sich hinunter, bis sein Gesicht dem ihren ganz nahe kam. „Das reicht, Mädchen!", hauchte er ihr seinen stinkenden Atem ins Gesicht. Sie sah, wie sein freier Arm ausholte.

„Lass das Mädchen in Ruhe, Melcom", sagte der Wirt.

Lena stand hinter ihm und riss erschrocken die Augen auf.

Melcom ließ den Arm wieder sinken und wollte etwas antworten, aber Gwen nutzte die Gelegenheit und gab ihm einen Stoß, der ihn vom Stuhl rutschen ließ. Er zog sie ein Stück mit sich, ließ im Fallen aber ihren Arm los und knallte auf den Boden. Er stieß einen Laut aus, als entweiche Luft aus einem Blasebalg, als er mit dem Hinterkopf aufschlug, sprang aber sofort wieder auf die Beine.

Aus seinem Mundwinkel rann ein schmaler Faden Blut. Er wollte ihn fortwischen, verteilte das Blut dadurch aber nur noch mehr. Er ballte die Hände zu Fäusten. „Frau oder Mann ist egal! Wer mich schlägt, den schlag ich zurück!"

Gwen sah sich um. Alle Augen waren auf sie gerichtet, aber niemand kam ihr zu Hilfe. Alle hatten Angst vor Melcom und wollten sich nicht einmischen. Gwen konnte es nicht glauben.

„Lass sie doch, Mann", sagte ein Greis aus einer Ecke des Raumes, sah dabei aber auf seine Füße.

Melcom packte sie am Arm. Was sollte sie tun? Warum half ihr niemand? Wut kroch wieder in ihr hoch, und wie bei ihrer Begegnung mit dem Wolfsmann schmeckte Gwen den Zorn regelrecht auf der Zunge. Rauchig und bitter. Dabei schoss ihr die Röte ins Gesicht und ihr wurde heiß.

„Au! Verdammt!" Melcom war zusammengezuckt und schleuderte Gwen von sich. Sie taumelte zurück und fiel zu Boden. Benommen blieb sie auf den Holzdielen sitzen und beobachtete Melcom, wie er wild herumhüpfte und auf seine Hand einblies. Es sah zu komisch aus, wie der Zwerg sich benahm und sie schmunzelte. Dann sah sie das Entsetzen in den Augen der Menschen um sich herum.

Was war hier gerade passiert? Warum sah man sie so komisch an? Immerhin hatte Melcom sie bedroht und nicht umgekehrt.

„So hol mir doch Wasser. Wasser!", fuhr Melcom den Wirt an, aber niemand rührte sich. Da langte Melcom zu seinem Bierkrug und kippte sich die Flüssigkeit über die Hand. Endlich blieb er ruhig stehen. Schüttelte seine Hand und blies darauf. Sie war übersät mit Brandblasen.

Gwen hob ihren Arm, an dem Melcom sie festgehalten hatte. Er war völlig unversehrt und nicht einmal gerötet. Sie verstand nicht, was sich vor ihr abspielte.

Ein Mann erhob sich langsam von seinem Stuhl und wies mit dem Finger auf Gwen. „Sie hat seine Hand verbrannt. Ohne Feuer!"

Gwen zitterte. Nein, das war nicht möglich. Sie hatte nichts gemacht!

„Wo kommt sie überhaupt her?", fragte jemand.

„Sie ist eine Fremde!", sagte ein anderer.

„Dämonenbrut", zischte es von irgendwo her. Gwen wusste nicht, wer das gesagt hatte, aber sie las Hass oder Furcht in allen Gesichtern, die sie anblickten. Dunkle Mächte in Gestalt eines Menschen hatten gewagt, sich in ihre Mitte zu schmuggeln und sie heimzusuchen. Eine Besessene oder gar das Kind eines Dämons. Eine Abscheulichkeit mit magischen Fähigkeiten.

Und sie selbst sollte diese Dämonenbrut sein? Gwens Gedanken rasten. *Nein, das stimmt nicht. Ich habe seine Hand nicht verbrannt. Ich habe nichts getan!*

Kein Laut kam über ihre Lippen. Dann dachte sie an den Wolfsmann, der so plötzlich sein Messer hatte fallen lassen. Auch er hatte sich die Hand verbrannt. Sie biss sich auf die Lippen. Wie konnte sie etwas getan haben, wenn sie doch sicher war, *nichts* getan zu haben?

Die Besucher der Schenke wurden mehr und mehr zu einem drohenden Tier, das Gwen immer näherkam. „Sie hat Melcom verhext! Einfach so! Sie muss einen Dämon in sich haben!"

Zur Flucht war es zu spät.

Die Schmerzen in seinen Rippen verschwanden langsam. Zum Glück schien keine gebrochen zu sein. Als er vorsichtig sein Hemd hochstreifte, kam nur ein einzelner großer Fleck zum Vorschein, der sich dunkel verfärbte. Er tippte mit dem Finger darauf.

Der Druck erzeugte einen dumpfen Schmerz. Nicht besonders stark, nur unangenehm.

Vorsichtig setzte er sich auf und kam auf die Füße.

Er konnte alle Glieder problemlos bewegen und spürte keine weiteren Verletzungen. Im Grunde fühlte er sich sogar pudelwohl und erfrischt. Er federte in den Knien. Es ging eben doch nichts über eine Prügelei.

Grinsend klopfte sich der Dieb die Kleider sauber.

Der wild gewordene Ehemann, der ihn mit seiner Gemahlin erwischt hatte, war nicht so glimpflich davongekommen.

Wie hieß sie noch? Emelie oder Elisa? Diane? Wie auch immer.

Seine Hand glitt in die Hosentasche und zog eine glitzernde Goldkette hervor. Als Anhänger baumelte ein kieselgroßes Goldplättchen mit Gravur daran. Feine Linien formten den Namen Ruth. Also gut, dann eben Ruth.

Er runzelte die Stirn. Wie viel mochte es wohl wert sein? Oder würde er sich doch auf andere Weise sein Frühstück besorgen müssen?

Er steckte die Kette wieder in die Tasche zurück und pfiff ein Liedchen, als er die Straße hinunterschlenderte.

Er wusste nicht, wohin sie führte und das war auch unerheblich. Er blieb nie lange an einem Ort. Er stahl so viel er konnte, vergnügte sich mit holden Jungfern und trainierte seine Fäuste, dann zog er weiter in die nächste Stadt.

Etwas anderes zu tun, oder gar sesshaft zu werden, kam für ihn nicht in Frage.

Schon von weitem sah er den See. Er glitzerte in der Sonne und Eric spürte plötzlich einen brennenden Durst und Dürre in seiner Kehle.

Also lenkte er seine Schritte fort von der Straße, eine kleine Böschung hinab.

Die Gestalt in dem herrlich erfrischend schimmernden Wasser hatte er erst gar nicht wahrgenommen. Erst als er die glockenhelle Stimme hörte, sah er sie mitten im See stehen.

„Mein Herr, bitte helfen Sie mir!" Ihre Stimme zitterte. Nur ihr Kopf ragte aus dem See empor und das lange braune Haar flutete wie Meeresalgen um ihn herum.

Eric reagierte sofort. Er spurtete auf das Seeufer zu und wollte während des Laufes sein Hemd abstreifen, um der Ertrinkenden zu helfen. Er hatte den Stoff gerade über den Kopf gezogen, als die Frau einen spitzen Schrei ausstieß. „Um Gottes Willen, nein!"

Eric wäre auf dem von Tau benetzten Gras beinahe ausgerutscht, fing sich aber und ließ den Saum seines Hemdes wieder sinken. Er kniff die Augen zusammen.

Das Wasser lag still da. Für eine Ertrinkende blieb die Frau sehr gelassen und ruhig.

„Ist das ein Scherz?"

„Oh ... nein!" Eine blasse Hand tauchte aus dem Wasser auf und strich eine braune Strähne aus dem Gesicht. „Ich habe gerade gebadet und ... dann kam dieser kleine Strolch und ..." Sie verstummte und Röte färbte ihre blassen Wangen.

Sie musste nicht weitersprechen. Eric unterdrückte ein Grinsen und dankte der Welt für all ihre kleinen, streichespielenden Kinder.

„Nun mein Fräulein, ist es nicht noch ein wenig zu kalt, um in Seen zu baden?" Wenn er dieser nackten Wassernixe half, dann war sein Essen für den heutigen Tag gesichert und vielleicht auch das nächste Frühstück.

„Bitte macht euch nicht über mich lustig!"

„Aber nein!" Eric streifte sich nun doch das Hemd über den Kopf und legte es vor sich ins Gras. „Ich borge euch mein Hemd, wenn ihr wollt."

Die Frau seufzte. „Danke! Aber dreht euch bloß um!"

Gehorsam drehte sich er um und entfernte sich ein wenig vom Ufer.

Irgendwie kam ihm die ganze Situation seltsam vor. Eine junge Frau, die allein in einem See baden geht? Und dass, obwohl die Tage schon kälter werden? Er verdrehte die Augen. „Weiber." Ob er sich nicht doch mal umdrehen sollte? Nur kurz? Aber dann konnte er wohl nicht mehr mit dem Dank der Dame rechnen. Und sein Magen begann schon wieder zu knurren. Andererseits könnte er sich auch woanders sein Essen herholen.

„Ich danke euch!"

Eric zuckte zusammen. Langsam drehte er sich um. Die Frau stand unmittelbar vor ihm, und das Erste, was er sah, waren ihre grünen Augen.

Ihr Blick hielt den seinen fest und er konnte nicht anders, als in die Iris einzutauchen. Wie war sie so schnell aus dem Wasser gekommen?

„Äh. Gern geschehen!"

Sie hob keck eine dunkle Braue und kam seinem Gesicht noch etwas näher. „Danke!", hauchte sie. „Schließt Eure Augen, mein Retter."

Plötzlich wurde es dunkel und der Dieb verharrte einen Moment in der Schwärze, ohne zu begreifen, dass er die Lider geschlossen hatte. Dann traf etwas Weiches auf seine Lippen und die feuchten Hände der Frau zogen ihn am Nacken noch näher zu sich heran. Er ließ es geschehen und schmeckte den süßen Kuss.

Sie roch gut. Nach Kräutern und Flieder. Ihre Haare kitzelten seine Lippen, als sie sich langsam auf den Boden sinken ließ. Er folgte ihrer Bewegung.

Aber etwas stimmte nicht …

Ihre Haare kitzelten ihn so. Sie fühlten sich nicht dünn und seidig an, sondern spitz und hart. Sie piksten ihn und als ihre Zunge sich langsam zwischen seine Lippen wühlte, schmeckte er, ja was war das? Pfeifenkraut?

Eric riss er die Augen auf und taumelte zurück. Die grünen Augen waren noch da. Aber das Gesicht, in dem sie ruhten, war nicht mehr jung und glatt, sondern runzlig und fleckig. Und das

Schlimmste: Sie gehörten einem Mann! Was ihn gepikst hatte, war der schlohweiße Bart eines Greises gewesen.

Eric wollte weiter zurückweichen, aber der Alte zog ihn am Nacken zurück und presste die Lippen erneut auf die seinen. Eric stieß ein Knurren aus. Hände und Beine gehorchten ihm nicht. Er presste die Lippen fest aufeinander.

Der Alte ließ ihn los und Eric ruckte zurück.

Seine Füße glitten auf dem Gras aus und er fiel rücklings zu Boden. Der Alte lachte und hüpfte wie ein junger Hund auf der Wiese herum. „Küss mich!", rief er und schnappte lachend nach Luft. „Küss mich, mein Retter!"

Eric spukte aus und würgte. Der Alte kreischte vor Lachen.

„Oh Eric, du tapferer Mann!"

„Halt den Mund, du …!" Eric starrte den Mann an und glaubte dessen Augen würden ihm vor Lachen aus den Höhlen quellen. Sein Kopf lief so rot an wie der Hintern eines Ferkels. Er trug einen breitkrempigen grauen Hut auf dem weißen Haupt und reichte Eric damit gerade bis zum Kinn. Der weite Umhang war aus demselben Grau und seinen langen Bart hatte er sich einmal um den Kopf geschlungen wie einen Schal.

„Hör auf zu lachen!", grollte er, aber das amüsierte den kleinen Mann nur noch mehr, sodass er sich den Bauch halten musste.

Mit einem Satz war Eric wieder auf den Beinen. Auch wenn er nur einen Greis vor sich hatte. Er würde ihm für diesen Scherz jetzt die Faust in den mageren Körper rammen! Er war schon bis auf wenige Schritte an den Alten heran, als dieser plötzlich aufhörte zu lachen. Er wich Erics Faust geschickt aus und trat ihm mit einer tänzelnden Bewegung vors Schienbein.

Eric stöhnte und wurde von seinem eigenen Schwung zu Boden geworfen. So einen kraftvollen Tritt hätte er dem Männchen nicht zugetraut. Jetzt traf ihn etwas so hart gegen den Kopf, dass er fast das Bewusstsein verlor. Eric ließ sich zur Seite kippen.

Durch eine Wolke aus Schmerz hörte er wieder das Lachen des alten Mannes. Schritte raschelten im Gras, genau neben seinem Kopf, als das Lachen endlich verstummte

Eine Hand tätschelte Erics Schulter. „Na los, du Haufen Elend! Steh auf! Das ist jämmerlich."

„Du alter schwachsinniger …", presste Eric heraus, wurde aber sofort unterbrochen. Die Stimme des Alten säuselte sanft und einschmeichelnd: „Sachte, sachte! Wir wollen nicht gleich ausfallend werden. Immerhin habe ich dir in meiner weiblichen Verkleidung doch sehr gut gefallen."

„Schwarzmagier!", spie Eric. „Besessener!"

Aber der Alte tätschelte ihm erneut die Schulter. „Weder noch. Druide bitte schön."

Eric schüttelte die Hand des Alten ab und verrenkte den Kopf, um ihn in Augenschein nehmen zu können. Ein harmloser Greis mit einem gutmütigen Lächeln.

„Woher kennst du meinen Namen?"

Der Alte seufzte. „Man sieht ihn dir an."

Er bot Eric eine Hand, um ihm beim Aufstehen zu helfen. Eric schlug sie beiseite und kam allein auf die Füße.

„Es hat keinen Sinn mich anzugreifen. So schnell bist du nicht."

Eric hatte kein Verlangen mehr, sich mit einem Druiden anzulegen, der in seinen Augen nicht besser war als der andere magische Abschaum Molandas.

„Gib mir mein Hemd zurück!"

Der Weißhaarige legte den Kopf schräg. „Lass dich erst mal ansehen. Kräftig bis du ja. Aber etwas zu alt für so ein Lotterleben wie du es führst, meinst du nicht?"

„Was redest du da?"

„Mirakel", antwortete er stattdessen und machte eine leichte Verbeugung. „Und nun komm! Jetzt braucht eine echte Maid deine Hilfe! Ich denke, du taugst dazu."

Kälte blies ihr eine Gänsehaut auf die Arme. Durst quälte sie. Der kleine Krug, den sie gefunden hatte, war schon lange leer. Wie lange kauerte hier schon? Stunden? Tage?

Die verbrauchte Luft in ihrem Gefängnis roch nach Moder und Fäulnis.

Wieder diese Schwärze in ihrem Kopf.

Angst vertrieb die Kälte, und der Schweiß brach ihr bei dem Gedanken aus, weitere Erinnerungen verloren zu haben.

Sie erinnerte sich an den Wald, Salabi und die Wolfsmänner. Und an Lena und den abstoßenden Melcom. Nur wie sie von der Schenke hierhergekommen war, wusste sie nicht mehr.

Hatte man sie niedergeschlagen und in dieses fensterlose Loch geworfen?

Gwen kniff die Augen zu schmalen Schlitzen zusammen, sah dadurch aber nicht mehr von ihrer Umgebung als zuvor. Die Schwärze glich der, in ihrem Kopf.

Sie spürte, dass sie auf blankem Steinboden lag. Harter Fels, aus dem der gesamte Raum bestand. Nirgends befand sich eine Tür.

Sie zog sich an der Wand hoch. Ihre Glieder schmerzten und fühlten sich steif an. Ihr Magen knurrte und schmerzte bei dem Gedanken an etwas Essbares.

Sie tastete sich an der Wand entlang, wie schon viele Male zuvor. Überall berührten ihre Finger nur kalten Stein.

Ihre Hände zitterten. War sie am Ende lebendig eingemauert worden?

Etwas Heißes rann Gwens Wange hinab und als es in ihren Mundwinkel sickerte, schmeckte sie, dass sie weinte. „Ich bin keine Dämonenbrut!", flüsterte sie.

Zorn stieg in ihr auf. „Ich bin nicht besessen!" Diesmal schrie sie. Ihre Stimme, die von den Wänden widerhallte, hörte sich hohl und verzerrt an.

Vielleicht doch?

Sie fegte den Gedanken beiseite.

„Nein, ich bin unschuldig."

Aber du hast getötet. Wie kannst du da unschuldig sein?

Darauf hatte sie keine Antwort. Stille hüllte sie ein, und das einzige Geräusch blieb ihr zitternder Atem.

Sie ließ sich an die Wand gelehnt zu Boden sinken. Sie hielt es nicht mehr aus in dieser beklemmenden Finsternis, die jeden ihrer Sinne betäubte.

Weitere Tränen rannen ihr die Wangen hinab und ihr Schluchzen klang in der Stille so bedrohlich, dass sie zusammenzuckte.

Sie zog die Beine an und legte ihren Kopf auf die Knie. Würde man sie hier drinnen vergessen? Das Vergessen, das sie befallen hatte, würde also auch ihren Tod bestimmen. Dabei hatte sie nichts getan.

Und doch war etwas Magisches geschehen. Einfach so.

Keine weiße Magie, wie Druiden sie aus der Natur zogen. Sie brauchten Hilfsmittel dafür. Etwas, das sie mit den Naturmächten verband.

Aber Gwen hatte nichts dergleichen. Sie spürte keine Verbindung zum weißen Licht, das die Welt erfüllte. Wenn sie also für die Brandblasen verantwortlich war, mussten die Mächte dämonischen Ursprungs sein.

Schwarzmagier – einst Druiden -, die sich den dunklen Mächten zugewendet hatten, nutzten die Kraft der Dämonen. Aber auch sie brauchten eine Verbindung, mussten die bösen Geister beschwören. Auch das hatte sie nicht getan. Es konnte also nur darauf hinauslaufen, dass sie …

Sie lauschte auf.

„Hallo?" flüsterte sie.

Sie war sicher, ein Geräusch gehört zu haben. Da wieder!

Genau über ihr rumorte es. Es knarrte laut und plötzlich drang Licht in das Gewölbe. Geblendet kniff sie die Augen zusammen und versuchte die Ursache der Helligkeit auszumachen.

Es gab doch eine Tür. Über ihr hatte jemand eine Luke geöffnet und ließ eine kleine Leiter herunter.

Instinktiv griff sie zu der Lederscheide, aber der Dolch fehlte. Natürlich.

Ihre Augen gewöhnten sich an das Licht. Ein bärtiger Hüne kletterte zu ihr herunter. Schnell wischte sie sich die Tränen aus dem Gesicht.

„Komm schon!" Er hatte ein langes Messer in der Hand und hielt es vor sich, genau auf Gwen gerichtet.

Ein zweiter, jüngerer Mann kam die Sprossen hinab und schließlich ein dritter, der ein Seil bei sich trug.

Sie wehrte sich nicht dagegen, gefesselt zu werden. Was hätte es ihr auch genützt? Sie musste Ruhe bewahren und die Leute von dem Missverständnis überzeugen.

Grob band man ihr die Arme auf den Rücken und stieß sie die Leiter hinauf. Sie konnte den Schmerzlaut nicht zurückhalten, der sich über ihre Lippen stahl.

„Keine Dummheiten!", warnte der, der das Seil gebracht hatte.

Sie antwortete nicht. Sie wolle seinen Blick auffangen. Er musste doch sehen, dass er ein normales Mädchen vor sich hatte. Aber die Männer vermieden, dass ihre Blicke sich trafen. Der Bärtige holte ein schmutziges Tuch hervor und verband Gwen damit die Augen. Ihr Herz pochte schneller. Kälte und Hitze kämpften in ihrem Körper um die Vorherrschaft.

Sie stolperte über etwas und wäre gestürzt, hätte einer der Männer sie nicht festgehalten.

„Vorsicht!", entfuhr es ihm und sie erkannte an seiner Stimme, dass es der Junge sein musste. „Pass auf, die Bodendielen sind etwas uneben."

„Was soll das! Was denkst du dir? Rede nicht mit ihr!"

„Ich wollte doch nur ..."

„Schluss!", unterbrach die Stimme des Bärtigen. Sie hätte diese Stimme unter hunderten wiedererkannt. Sie war rau und so kalt wie Eiszapfen.

„Das ist kein nettes Mädchen hier, sondern das Kind eines Dämonen der eine Frau dazu gebracht hat, ihm zu Willen zu sein! Sie tötet dich, wenn du unachtsam bist. Dämonenbrut trägt das Böse des Vaters in sich. Sie brauchen keine Hilfsmittel oder Zauber, um die Mächte zu beschwören. Ihre zerstörerische Kraft kommt direkt aus ihr selbst! Die Hexe braucht dich nur anzusehen. Also sei still."

Der junge Mann gab keine Widerworte und sie wurde weitergestoßen. Auch sie wagte nicht, zu sprechen. Ihre Kehle fühlte sich an wie zugeschnürt.

Nach einer Weile stoppten sie und Gwen hörte das Knarren einer Tür. Plötzlich brach der Lärm einer schreienden Menschenmenge über sie herein. Sie konnte nur Bruchteile von dem verstehen, was gerufen wurde, aber dass allein genügte schon.

Sie bringen mich um! blitzte ein Gedanke durch ihren Geist. *Sie bringen mich einfach um.*

„Nein, nicht!" Aber sie wurde mit eisernem Griff an den Schultern gepackt und vorwärts gezogen.

„Ich habe nichts getan! Wo bringt ihr mich hin?"

Niemand antwortete ihr. Dafür wurde das Tuch von ihren Augen gezogen. Ihr stockte der Atem.

Ich werde sterben.

Vor ihr, umringt von einer Menschenmasse voller abweisender, Gesichter, vor Wut lärmender Menschen und vieler vor Angst weit aufgerissener Augen, stand ein frisch aufgeschütteter Scheiterhaufen. Die Menge begann zu jubeln, als Gwen durch sie hindurch zu diesem geführt wurde.

Die Dorflinde überschattete das Schauspiel in stummer Gleichgültigkeit. Ein herzförmiges Blatt in leuchtendem Gelb trudelte über den blauen Himmel und legte sich Gwen sanft zu Füßen.

An einem so friedlichen Herbsttag durch einen lärmenden Mob dem Flammentod entgegengebracht zu werden, erschien ihr wie ein bizarrer Traum.

„Dämonenbrut muss verbrannt werden", sagte der Bärtige.

„Was tue ich hier eigentlich?" Eric trat nach einem Stein, der in hohem Bogen in einem Busch neben der Straße verschwand.

Seine Eltern waren Geächtete gewesen, er wuchs unter Dieben und Schlägern auf, und nun vermochte er nicht, sich gegen diesen alten Gnom zu behaupten. Ob der Giftzwerg ihn mit einem Zauber bannte?

Eric beobachtete den alten Mann aus den Augenwinkeln. Nein, er könnte sich jederzeit umdrehen und seiner Wege gehen. Jetzt sofort.

Aber er tat es nicht. Er hatte keine Lust herauszufinden, wozu der Alte fähig war. Also trottete er weiter neben dem Druiden her.

„Wohin gehen wir eigentlich?"

„Geseen."

„Aha." Er trat nach einem weiteren Stein. „Und darf ich auch erfahren wieso?"

Mirakel starrte stur geradeaus, während er antwortete: „Dort findet heute ein Dämonenfeuer statt."

„Na und?" Eric gähnte und reckte sich während des Gehens. „Die Leute verbrennen doch dauernd irgendwelche Leute dieser Tage." Er schenkte dem Druiden ein breites Grinsen. „Hast du dich auch angemeldet? Willst wohl nicht zu spät kommen, hä?"

Der Alte fuhr fort: „Das Mädchen ist unschuldig. Es ist Wahnsinn sie zu verbrennen. Wir müssen ihr helfen."

Der Druide beschleunigte seinen Schritt und Eric bekam Mühe mitzuhalten. „Was hab' ich damit zu schaffen? So gut wie alle Verbrannten sind unschuldig. Selbst Druiden und Heiler landen in den Flammen, wenn sie verdächtigt werden, sich mit Dämonen einzulassen." Er zwinkerte dem Alten spöttisch zu.

„Maul halten und zuhören!" Mirakels Bart rutschte ihm von der Schulter und baumelte vor seinen Füßen herum. Mit einer schnellen Handbewegung wickelte er sich das Haar zurück um den Hals.

„Ich brauche einen starken Burschen, um sie vom Scheiterhaufen zu holen. Ich bin schließlich auch nicht mehr der Jüngste."

Das kann man wohl sagen, dachte Eric.

„Da ich in der kurzen Zeit keinen besseren Mann gefunden habe, musst du mir eben helfen."

„Und was hast du mit dem Weib zu tun? Bist du ihr Gefährte?"

Der Alte lachte nur. „Beeil dich, uns bleibt nicht mehr viel Zeit!"

Wolken zogen auf und die Sonne verschwand hinter grauen Schleiern, die ein leichter Wind vorwärtstrieb. Ein Tag, den Eric lieber in einer Schenke bei einem Krug Met verbracht hätte.

Die Beiden passierten eine Weggabelung. Ein Schild verriet ihnen, dass Geseen nicht mehr weit entfernt lag. Schon nach einer scharfen Kurve tauchten einige windschiefe Häuser auf, die den kleinen Marktplatz umringten.

Und warum zauberst du deine Freundin nicht einfach her?"

„Ts", machte Mirakel. „Freut mich, dass du mir so viel Macht zuschreibst. Aber in diesem Punkt erwartest du leider zu viel von mir." Der alte Mann seufzte. „Die Kräfte der Druiden sind stark begrenzt." Seine kleinen Augen mit der grünen Iris funkelten. „Ich kann dich zwar nicht in eine Kröte verwandeln, aber ich kann dich denken lassen, dass du eine bist!"

„Schon klar." Eric war überzeugt, dem Männchen schneller die Kehle durchschneiden zu können, als dieser brauchte, um den Zauber zu wirken. Längst hatte er den kleinen Beutel entdeckt, den der Alte an einem Lederband um den Hals trug. Sicher enthielt er irgendwelche Wurzeln und Kräuter oder Steine, ohne die der Alte erst mal aufgeschmissen sein würde.

Aber vielleicht würde es auch ganz lustig mit dem Druiden werden? Wenn er vor dem versammelten Dorf einen Dämonenliebhaber entlarvte, der versuchte seine Gefährtin zu befreien, würde Eric sich vor Danksagungen kaum mehr retten können.

Seit der dunkle Herrscher das Land tyrannisierte und Dämonen in ihre Welt holte, waren alle magisch Wirkenden Molandas nicht gern gesehen. Zu schmal war der Grat, der einen Druiden von einem Schwarzmagier trennte. Also besser gleich alle verbrennen.

Als sie zum Marktplatz kamen, wunderte Eric sich, wo all die Menschen herkamen. Das konnten unmöglich nur die Bewohner Geseens sein.

„Halt!" Mirakel blieb abrupt stehen, packte Eric am Hosenbund und zog ihn von der Straße in ein Gebüsch.

„Was soll das nun wieder?"

„Halt doch endlich deinen Mund!" Der Druide senkte die Stimme, als er weitersprach: „Hör zu! Wir können nicht einfach auf den Scheiterhaufen springen und mit ihr davonspazieren, dass müsste selbst einem Trottel wie dir klar sein!"

„He, was …"

Mirakel schnitt ihm mit einer Handbewegung das Wort ab. „Ich habe einen Plan."

Ab diesem Teil von Mirakels Ausführungen, hörte Eric gar nicht mehr zu. Er sah den Alten zwar sehr aufmerksam an, wanderte aber in Gedanken ganz woanders hin. Er schmiedete seinen eigenen Plan. Eins stand fest: Mirakel würde keine Gelegenheit haben, seine Schrumpelfreundin zu befreien!

Gwen schluchzte leise. Sie hätte nicht nach Geseen kommen sollen.

Sie hätte nicht unter Menschen gehen sollen.

Sie verstand die Leute nicht. Melcom hatte sie schlagen wollen und niemand war auf den Gedanken gekommen, ihr zu helfen.

Was auch immer in der Schenke geschehen war, sie hatte sich nur schützen wollen. Auch wenn sie nicht wusste, was sie getan hatte.

Gwen wünschte, sie wäre tatsächlich ein Dämonenkind. Dann könnte sie sich aus dieser Situation befreien.

Warum hatte Lena ihr nicht geholfen? Oder ihr Onkel? Wo versteckten er und seine Dankbarkeit sich jetzt?

Gwen wurde grob weiter gestoßen. Die Menge bildete eine Gasse, damit die Männer keine Zeit verloren. Es konnte den Jubelnden gar nicht schnell genug gehen.

Allerdings mischten sich unter die Schaulustigen nicht nur lärmende Menschen. Gwen sah auch einige Gestalten, die sie traurig musterten und still und verstört wirkten. Aber die wenigen Menschen, die über dieses Geschehen wirklich nachdachten, waren zu feige, um etwas zu unternehmen.

Plötzlich explodierte stechender Schmerz an Gwens Stirn. Jemand hatte einen Stein nach ihr geworfen. Aus der Wunde an ihrer Stirn pochte das Blut hervor und lief ihr über das Gesicht. Sie schmeckte es auf ihren Lippen. Die Menge jubelte lauter und feierte den Helden, der eine zum Tode Verurteilte verletzt hatte.

Eric und Mirakel huschten von Gebüsch zu Gebüsch, von Hausecke zu Hausecke näher an den Mob heran, ohne dass jemand ihnen Aufmerksamkeit schenkte.

Eric verstand den Druiden nicht. Selbst wenn sie offen durch die Tore der Stadt und über die Wege gegangen wären, hätte sich niemand um sie geschert. Warum auch, bei dem Schauspiel, dass sich den gelangweilten Dörflern gerade bot.

Als Eric die vermeintliche Hexe entdeckte, stutzte er. Er hatte nicht einmal in Betracht gezogen, dass sie jung sein könnte.

Trotz ihrer blassen Haut und den tiefen Rändern unter den Augen, die er gerne von Nahem sehen würde, strahlte sie Anmut aus. Ihr langes schwarzes Haar hing ihr strähnig und verfilzt über die Schulterblätter. Trotz ihres schmutzigen Kleides wirkte sie stolz und stand aufrecht.

Und sie war jung! Sicher zählte sie kaum eine handvoll Winter weniger als er. Oder ließ sich ihre vermeintliche Jungend den dämonischen Mächten zuschreiben?

„Eric!", hallte die Stimme des Alten in seine Gedanken und riss ihn in die Wirklichkeit zurück. „Beeil dich! Es geht gleich los!"

Gwen wurde auf den aus Holzstämmen, Eichenlaub und Reisig aufgetürmten Scheiterhaufen befördert und dort an einen Pfahl gebunden, der seinen Schatten auf die Menge warf. Sie bemerkte, dass niemand wagte, ihr direkt in die Augen zu sehen. Die Fesseln schnitten ins Fleisch ihrer Hände und klemmten ihr das Blut ab. Aber sie fühlte es kaum. Die Schreie der Menschen verschmolzen mit dem Rauschen des Blutes in ihren Ohren.

Wenn sie dämonische Kräfte in sich trug, und wenn sie diese gegen den Wolfsmann und Melcom eingesetzt hatte, warum fiel ihr dann nicht ein, was sie nun tun musste?

Sie versuchte, sich ihre Angst nicht ansehen zu lassen und blickte den Schaulustigen trotzig entgegen. Aber ihre Beine zitterten dabei so stark, dass sie gestürzt wäre, hätten die Fesseln sie nicht gehalten.

Plötzlich schnitt ein Blitz in das Dunkel in ihrem Kopf und eine Erinnerung kam. Einfach so flammte sie auf, als würde ihr eigener Geist sie vor ihrem Tod noch verhöhnen wollen. Sie erinnerte sich, wie sie sich als kleines Mädchen an einer Buchseite geschnitten hatte. Sie hatte geweint und geglaubt, dies seien die schlimmsten Schmerzen der Welt.

Sie schluckte die Tränen hinunter. Sollte das die einzige Erinnerung an ihr Leben sein?

Ein Mann mit schwarzer Maske entzündete eine Fackel und hob sie hoch über seinen Kopf, damit alle Schaulustigen sie sehen konnten.

Die Menge johlte. Dann senkte ihr Henker die Fackel wieder und ein Hüne, mit ausladendem Bauch trat vor. Er wirkte feierlich, als er mit lauter Stimme zu sprechen begann: „Bürger von Geseen. Wieder einmal haben die Mächte des dunklen Herrschers versucht, in unser Dorf einzudringen." Er deutete mit beiden Händen auf Gwen und die Menge begann mit Verwünschungen und Buh-Rufen, doch mit einer knappen Handbewegung brachte der Mann die Menge zum Schweigen.

„Diese Dämonenbrut ist aus dem dunklen Land gekommen, um uns Unglück zu bringen. Schon nach einem einzigen Tag in unserer Stadt, hat sie einen ehrbaren Bürger verhext und versucht, ihn umzubringen."

Gwen sah den Sprecher nur von hinten. Sein krauses braunes Haar fiel ihm glänzend bis auf die Schultern. Anhand seiner vornehmen Kleidung vermutete sie, dass es der Bürgermeister Geseens sein musste.

Er konnte doch unmöglich sie meinen! Und wer sollte dieser dunkle Herrscher überhaupt sein? Gehörte sie tatsächlich zu seiner Schar und konnte sich nur nicht daran erinnern?

Sie schloss die Augen und lauschte tief in sich hinein. Doch nur Leere und die Angst vor dem Tod füllten ihr Inneres aus. Nein, wenn sie Böses in sich trug, sollte sie sich erinnern können. Dann musste sie den schwarzen Fluch in sich fühlen.

Mit der Gewissheit unschuldig zu sein, öffnete sie die Augen. Sie musste nur eine Gelegenheit bekommen, sich zu verteidigen. Dann mussten ihre Henker einsehen, dass sie keinen Dämon in sich verbarg, und keine schlimmen Absichten hegte.

„Außerdem," sprach der Bürgermeister gerade, „wird sie angeklagt, einen Ziegenbock mit dem schwarzen Blick angesehen zu haben, der kurz darauf einen kleinen Jungen tödlich verwundet hat."

Eine Frau aus der Menge schrie: „Tötet die Dämonin!" und einige andere stimmten lauthals mit ein. Erst eine weitere Geste des Bürgermeisters brachte sie zur Ruhe.

„Da es für beide Vorfälle genug Zeugen gibt, besteht kein Zweifel, dass sie Dämonisches in sich trägt! Sie verhexte unsere Mitbürger einzig durch einen Blick ihrer Augen und muss den Tod im Eichenfeuer finden, um uns von ihr zu befreien! Eichenlaub und Eichenreisig brennt heißer als alle Dämonenfeuer und angereichert mit dem Laub unserer verehrten Dorflinde, unter deren Schutz wir stehen und deren Kinder wir sind, wird kein Unheil mehr von diesem Abschaum über uns kommen."

„Nein!", rief Gwen, aber niemand schenkte ihr Beachtung. Nur der Henker knurrte ein paar unverständliche Worte in ihre Richtung.

Zwei kleine Mädchen mit bunten Bändern im Haar traten an den Scheiterhaufen heran. Sie trugen Körbe mit Lindenblättern darin.

Sie tanzten um den Scheiterhaufen herum und verstreuten dabei das gelbe und grüne Laub, bis die Körbe leer waren.

Der Bürgermeister hob die Arme und die Menge hielt den Atem an. „Und so spreche ich Recht unter dem Lindenbaum, wie schon unsere Vorfahren jahrzehntelang vor mir." Er machte eine bedeutungsvolle Pause, bevor er weitersprach: „Das Urteil lautet Tod durch Verbrennen auf dem Scheiterhaufen!"

„Nein, hört mich an!", schrie Gwen, aber ihre Stimme ging im Jubelgeschrei der Menschen unter.

Ein eisiger Schauer schüttelte sie. Selbst wenn sie noch sprechen durfte, die Menge mutierte zu einem wilden Tier, das nach Blut lechzte. Sie scherte sich nicht darum, ob Gwen unschuldig war oder nicht. Die Bürger Geseens würden auf das Spektakel nicht mehr verzichten wollen.

Standen da nicht Lena und ihr Onkel in der Menschenmasse? Mit versteinerten Gesichtern schauten sie zu ihr hinauf. Warum halfen sie ihr nicht?

„Bitte helft mir!", formte Gwen mit den Lippen. Lena wäre jetzt tot, hätte sie ihr nicht beigestanden. Aber die beiden senkten den Blick und betrachteten den Staub zu ihren Füßen.

„Nun frage ich dich, Hexe: Gestehst du deine Taten?"

Die Menge hielt den Atem an.

Gwen schwieg. Sie hatte nicht mehr damit gerechnet, angehört zu werden. „Ich habe keinen Dämon in mir!", wollte sie sagen, aber ihre Stimme versagte. Ihre Kehle war ganz ausgetrocknet und sie zitterte so stark, dass die Worte keine Kraft fanden.

„Ich", versuchte sie es erneut und raffte noch einmal alle Kraft zusammen, die ihr geschundener Körper aufbringen konnte. „Ich bin keine Hexe!"

Ihre Worte hallten über die Menschen Geseens hinweg. Ein Mann nahe dem Scheiterhaufen spuckte aus.

„Gestehe endlich! Vielleicht wird deiner Seele dann Erbarmung zuteil!" Der Bürgermeister sah sie nicht an. Was sie sagte, hatte keine Bedeutung für ihn.

„Gestehe und die allmächtigen Baumgeister werden deine Seele vielleicht wieder in sich aufnehmen! Gestehe und werde wieder eins mit dem Kreislauf des Lebens!"

„Bitte", brachte Gwen heraus und versuchte einen Blick von Lena aufzufangen. Aber diese starrte nach wie vor auf den Boden.

Hätte ich doch nur dämonische Kraft, dachte Gwen.

„Verbrennt sie endlich!", schrie jemand. Zustimmendes Gejohle folgte.

Der Bürgermeister nickte dem Henker zu und trat zurück. Der Henker hob seine Fackel.

Wind kam auf. Von einer Sekunde zur anderen. Erst ein laues Lüftchen, dann eine starke Brise, die die Flammen der Fackel flackern ließen. In wenigen Augenblicken wurde der Wind zu einem Sturm, der so stark wehte, dass er die Menschen am Rand der Menge von den Füßen riss. Sie prallten auf den Boden oder auf die Person, die vor ihnen stand. Kopfbedeckungen flogen davon. Die Fackel des Henkers erlosch.

Frauen begannen zu kreischen. Eine Bö erfasste den Bürgermeister und ließ ihn in den Staub stürzen, wo er die Hände über dem Kopf zusammenschlug.

Gwen runzelte die Stirn.

Aufgescheuchte Männer und Frauen liefen wild umher, um Unrat und anderen Gegenständen zu entgehen, die der Sturm durch die Luft wirbelte.

Einzig ein kleiner grauer Punkt bewegte sich nicht, als würde der Wind ihn nicht berühren. Er stand still da und sah sie an. Der weißhaarige Mann im grauen Mantel, den sie schon am Abend in der Schenke gesehen hatte. Der Geigenspieler. Um den Hals trug er einen weißen Schal und noch etwas an einem Lederband, das er in der Faust hielt.

Trotz des Lärms vernahm sie seine Stimme ganz genau: „Derjenige, der die Hand erhebt, gegen dieses Mädchen oder mich, möge von den Gewalten der Sturmgeister bestraft werden!"

In diesem Moment deckte der Wind ein ganzes Dach ab und trug es davon.

Niemand hielt den Mann auf, der den Henker, der noch immer die erloschene Fackel hielt und mit runden Augen auf die Menge schaute, zu Boden stieß.

Natürlich, dachte Eric, als der Henker mit einem Keuchen im Straßendreck landete, *dass man auch von mir die Pfoten zu lassen hat, erwähnt der Wicht nicht.*

Flink wie ein Wiesel kletterte er auf den Scheiterhaufen und löste die Fesseln mit seinem Messer.

Nachdem der Fremde den letzten Strick durchgeschnitten hatte, stieß Gwen sich vom Pfahl ab und wollte losrennen. Der Mann griff nach ihr, aber sie schlug seine Hand beiseite und stieß ihn von sich.

Ihre geschwächten Glieder sträubten sich dagegen, und so taumelte sie mehr von dem Scheiterhaufen auf den Platz, als dass sie lief. Aber dann rannten ihre Beine wie von selbst.

Eric hätte beinahe das Gleichgewicht verloren. Mit einer solchen Reaktion hatte er nicht gerechnet, viel mehr damit, dass er das Mädchen auffangen musste. Er knurrte und sprang vom Scheiterhaufen, um ihr zu folgen. So leicht kamen ihm die beiden nicht davon. Immerhin stand ihm eine Belohnung zu!

Verärgerte Männer, die sich ihre Dämonenverbrennung nicht nehmen lassen wollten, stürmten auf sie zu.

Das Mädchen rannte nicht schnell genug. Schon waren zwei Burschen heran, die sie festhalten wollten, aber Eric holte auf und schlug dem einen die Faust in den Magen. Dem anderen gab er einen Stoß, der diesen zu Boden stürzen ließ. Grob packte er das Mädchen am Arm und zog sie hinter sich her in Mirakels Richtung. „Hier lang!"

„Verflucht sollen die sein, die uns aufhalten wollen!", schrie Mirakel mit fester Stimme und wirklich wichen die Menschen aus, als die drei an ihnen vorbeiliefen.

Gwen bekam nicht viel von dem Aufruhr mit. Sie lenkte ihre Konzentration auf ihre Füße. Darauf nicht zu stürzen und mit dem schnellen Schritt des Mannes mithalten zu können, der sie hinter sich her schleifte. Weg, einfach nur weg.

Sie träumte.

Nacht umfing die Welt und der Mond leuchtete prall und rund auf den schlafenden Wald. Der Wind blies kühl durch ihr Haar und umschmeichelte ihre Wangen.

Der Stein, auf dem sie stand, ruhte groß und kalt unter ihren nackten Füßen.

Nur verschwommen nahm sie ihre Umgebung wahr. Die Bäume um sie herum, hätten auch Felsen sein können, ebenso seelenlos und hart wie jenes Gestein unter ihr. Aber sie wusste, dass es Bäume waren. Sie wusste, dass sie stolz und hoch wuchsen, und sich ihre starken Äste dem Mond entgegenstrecken, und breit, dass ihr Inneres vier ausgewachsenen Männern Platz geboten hätte. Und sie zählten viele Jahresringe, unendlich viele. Die Bäume lebten schon lange bevor der erste Mensch das Licht der Welt erblickt hatte.

Und sie waren in ewigem Schlafe versteinert. Wenn Gwen zu ihren Kronen hinaufgesehen hätte, wäre dort kein Blatt gewesen. Nur ein blasser Himmel im vollen Mondlicht, der sich durch das versteinerte Geäst zu erkennen gab, das ihn in stummer Sehnsucht niemals erreichen konnte.

Trotz ihres Todesschlafes wisperten die Bäume. Von ihrem uralten Wissen flüsterten sie, und doch blieb alles verborgen in der Seele ihres Holzes, weil kein Mensch vermochte, die Sprache der Bäume zu verstehen.

Der Wind blies stärker. Ihr Haar wehte in ihr schlafendes Gesicht. Sie streifte es langsam zurück und sah weiter auf das, was vor ihr lag.

Ein See, der im Mondlicht silbern glitzerte. Sie spürte etwas unter seiner Oberfläche lauern. Der Wind blies Wellen auf das Wasser und zerstörte den ebenen Glanz. Die erste Welle stieß schon auf das Ufer, wenige Schritte von ihrem Stein entfernt.

Plötzlich kroch die Kälte an ihrem Körper hinauf und ihre Füße fühlten sich an wie auf dem Felsen festgewachsen. Sie senkte den Blick. Kletterte da nicht ein grauer Schatten auf ihrer Haut langsam ihre Knöchel empor?

Angst griff nach ihrem Herzen und sie wollte fort von diesem magieumsponnenen Ort.

Die Kälte ging vom See aus, das wusste sie, doch wurde ihr Blick wieder von seiner glitzernden Oberfläche angezogen. Ihre Pupillen weiteten sich und sie schrie.

Gwen schrie noch, als sanfte Hände sie an den Schultern fassten und die letzten Fetzen des Traumes fortschüttelten.

„Gwen, du träumst!", sagte eine knorrige, aber warme Stimme.

Sie öffnete die Augen. Der kleine Mann mit dem grauen Hut stand vor ihr.

Kein Schal, dachte sie benommen. Es ist ein Bart, den er um den Hals geschlungen hat.

„Ich ..." Ihre Stimme versagte. Wortlos reichte der alte Mann ihr eine Schale, in der klares Wasser fast über den Rand schwappte. Er lächelte aufmunternd und sie ließ sich die Schale an die Lippen führen. Sie trank sie mit gierigen Zügen leer, doch noch immer verspürte sie einen furchtbaren Durst.

„Ruhig, du hast lange nichts getrunken. Warte ein bisschen, dann hole ich dir noch etwas. Hast du Hunger?"

Seine Stimme wirkte so beruhigend. Ihre Aufmerksamkeit galt noch ganz dem Traum, der schon in ihrem Kopf verblasste. Was hatte sie so erschreckt? Und der See ...

Sie hatte schon einmal von ihm geträumt. Wann?

„Gwen?"

Sie blinzelte. „Ja?"

„Hast du Hunger?"

„Ja", hauchte sie und der alte Mann hielt ihr einen Teller mit einem Stück dampfendem Fleisch hin.

Wo hatte er es hergeholt? Wie in Trance griff sie nach dem Fleischteller und ihr Körper begann zu essen. Ihr Geist befand sich noch auf Wanderschaft.

Die Bäume. Etwas stimmte nicht mit ihnen. Was war es? Und da hatte noch jemand am See gestanden. Oder etwas?

Jemand nahm ihr den abgenagten Knochen aus der Hand und sie spürte erneut die Schale an ihren Lippen. Sie trank.

Dann fiel sie zurück in einen traumlosen Schlaf.

Als sie das nächste Mal erwachte, stand die Sonne schon tief am Himmel.

Sie setzte sich auf. Sie befand sich an einem Waldrand im Schutz der Bäume. Dicht bei ihr saßen zwei Männer an einem Feuer. Sie stritten sich um irgendetwas.

In einem erkannte sie den Alten, der den Sturm entfesselt hatte. War er gut oder böse? Druide oder Schwarzmagier? Im Grunde bedeutete es für sie keinen Unterschied.

Salabi, eine Druidin, hatte versucht, sie zu töten. Wenn der Alte ein Schwarzmagier war, was hieß das dann?

Sie schob den Gedanken beiseite. Er war für den Moment zu kompliziert.

Der andere war der, der ihr vom Scheiterhaufen geholfen hatte.

„Wer seid ihr?"

Der Streit der Männer brach ab. Der Alte sprang sofort auf und kam zu ihr hinüber. Sie ließ zu, dass er ihr die Hand auf die Stirn legte.

„Ah, du bist wach und Fieber hast du auch keins. Das ist gut."

„Sie hatte eben schon keins." Der jüngere Mann lehnte an einem Baum, verschränkte die Arme und schloss die Augen.

„Mein Name ist Mirakel", sagte der Alte und als sie fragend über seine Schulter zu dem Jüngeren blickte, verdrehte er nur die Augen. „Das ist nur der Vagabund, der mir geholfen hat, dich zu retten. Elias heißt er, glaube ich. Wie geht es dir, mein Kind?"

Sie fasste sich an den Kopf. Ein leichtes Pochen hinter der Stirn. Und ihre Glieder schmerzten. „Es geht mir gut."

In den Augen des Alten lag ein herzliches Leuchten.

„Du bist der Geiger aus der Schenke."

Er lachte. „Ja, das ist wahr." Dann wurde sein Ausdruck ernst. „Ich habe dich gesehen, mit diesem fiesen Trunkenbold. Dich trifft keine Schuld an dem Unglück!"

„Unglück?" Sie fasste für einen kurzen Moment die Hoffnung, dass doch nicht sie in der Schenke Magie ausgeübt hatte, um Melcom abzuwehren. War es vielleicht dieser Mann hier gewesen? Dann konnte sie weiterhin hoffen ein normaler Mensch zu sein.

„Irgendwann musste er einmal bekommen, was er verdient. Er hat sein Schicksal selbst herausgefordert." Er wickelte sich die Bartspitze um seinen Finger.

„Und er ist jetzt schließlich wieder wohl auf. Am Ende kam er mit dem Leben davon. Du hast ihn nicht umgebracht."

Sie verstand nicht. „Wieso ich? Umgebracht? Er hat sich doch nur verbrannt."

Mirakel hörte auf, an seinem Bart zu spielen, und hob eine buschige weiße Augenbraue. „Dann hast du es nicht absichtlich getan?"

„Was?" Das Pochen in ihrem Kopf wurde stärker. „Ich habe überhaupt nichts getan!"

Mirakel schmunzelte. „Nachdem man dich ins Verlies gebracht hat, ist Melcom an einem schlimmen Fieber erkrankt. Der arme Teufel wäre fast in seinem eigenen Schweiß ertrunken."

Sie riss die Augen auf. „Was sagst du da?" Konnte das sein? Aber ein Fieber konnte jeder bekommen! „Das war ich nicht!" Sie verzog trotzig das Gesicht. „Ich habe keine dämonischen Kräfte!"

„So?"

Sie wünschte, der alte Mann würde aufhören so gutmütig zu lächeln.

„Vor mir musst du dich nicht verstellen. Magiebegabte erkennen einander und in dir", er zwinkerte, „steckt eine Menge Magie."

„Könntet ihr das ein wenig beschleunigen?" Der junge Mann hielt die Augen geschlossen, während er sprach. Wie hieß er noch?

Mirakel stemmte sich die Hände in die Hüften. „Ja, nun geh schon! Ich brauche dich nicht mehr."

„Ich sagte bereits, ich gehe erst, nach einer angemessenen Entlohnung für meinen Einsatz!" Er öffnete die Augen und fixierte Gwen. Der dunkle Bartschatten in seinem kantigen Gesicht ließ ihn gefährlich wirken. „Wenn nicht von dir, alter Mann, dann eben von deinem Dämonenmädchen da!"

Mirakels Gesichtsfarbe wurde rot, aber dann hellte es sich sogleich wieder auf und er lachte herzlich.

„Dummer, einfältiger Narr! Denkst du immer noch, alles war deine freie Entscheidung?"

Die Augen des Jungen wurden zu schmalen Schlitzen.

„Fass dir in den Nacken, du Trottel!"

Der junge Mann sprang auf und seine Hand wischte über seinen Nacken, als spürte er das Krabbeln von Spinnenbeinen. Ein einzelnes silbriges Weidenblatt trudelte zu Boden.

Er zog ein langes Messer, das denen der Wolfsmänner nicht unähnlich war und ging einen Schritt auf Mirakel zu.

„Du hast einen Zauber auf mich gelegt?"

Mirakel zog ein einen kleinen Beutel aus seinem Hemd hervor, den er an einem Lederband um den Hals trug. „Was glaubst du denn, warum ich dich geküsst habe, Idiot! Und jetzt verschwinde. Du bist von meinem Bann befreit!"

„Erst werdet ihr Dämonenabschaum mich entlohnen!"

„Ich bin kein Dämonenabschaum!", schrie Gwen.

Aber kaum kamen ihr die Worte über die Lippen, dachte sie an den Scheiterhaufen. Nicht jener von Geseen, an dem sie beinahe gestorben wäre, sondern ein anderer Scheiterhaufen. Der in dem verbrannten Dorf, das sie mit Salabi besucht hatte.

Sie glaubte selbst nicht mehr an ihre Worte. Vielleicht war alles wahr. Vielleicht hätte sie schon einmal sterben sollen.

Ihr Kopf schmerzte von all den Fragen, auf die sie keine Antwort geben konnte. Sie wollte nur noch fort von der verbrannten Stadt, fort von Salabi, die sie getötet hatte und fort von Geseen.

„Ich weiß nicht, wer ich bin," flüsterte sie.

Vielleicht hatte der junge Mann sie gehört. Er wog das Messer in der Hand. Dann warf er es in die Luft, dass es sich zweimal überschlug und fing es geschickt wieder auf. Er steckte das Messer fort und setzte sich. Die beiden Männer verschoben ihren Streit vorerst.

Gwen erhob sich. Sie fühlte sich schmutzig und klebrig. Sie brauchte eine Pause von ihren Gedanken und wollte sich waschen. Ihre Blicke streiften über ihre Umgebung, als der Junge in eine Richtung deutete. „Da ist ein Fluss."

„Hier," fügte Mirakel hinzu und hob ein Bündel auf, das neben ihm lag. „Frische Kleidung."

Sie nahm es entgegen, nickte und rang sich ein Lächeln ab. Dann verschwand sie zwischen den Büschen.

Der Fluss war eher ein Bach. Er sprudelte einladend, aber sie machte einen kleinen Umweg zu einer Rosskastanie, die unweit des Ufers wuchs, um ein paar ihrer Früchte zu sammeln, die noch in ihren stacheligen Hüllen auf dem Boden lagen. Vorsichtig löste sie einige heraus, die stellenweise weiß waren. Zart schmiegten sie sich in ihre Hand. Der Herbst war noch jung und die Kastanien nicht ganz reif, aber sie mussten als Seife genügen.

Am Wasser fand sie einen Felsbrocken, an dem sie die Früchte erst schälte und dann zu Pulver zerrieb. Sie nahm etwas davon, und brachte es im Wasser zum Schäumen, um sich das Gesicht zu reinigen. Sogleich fühlte sie sich erfrischt und mit dem Schmutz auch von düsteren Gedanken befreit.

Sie schaute zurück zu ihrem Lagerplatz, konnte die Männer aber nicht sehen. Sie zog ihr Kleid aus, nahm noch mehr von der Kastanienseife und stieg in den Bach, um sich das erschreckende Ereignis wenigstens von ihrer Haut und aus ihren Haaren zu waschen. Aus ihren Gedanken würden Wasser und Seife es nicht tilgen können. Niemals!

Das Wasser reichte ihr nur bis zur Wade, strömte aber herrlich kühl und klar um ihre Beine. Sie hockte sich hin und schrubbte ihre Arme, bis die Haut sich rötete.

Ihre Handgelenke waren wund gescheuert von den Fesseln. Aber die Wunden schienen nicht tief und würden schnell heilen.

Mirakels Bündel enthielt ein sauberes braunes Kleid und weiche Lederschuhe.

Nachdem Gwen sich angezogen hatte, überlegte sie unschlüssig, was sie mit ihren alten Kleidern anfangen sollte. Sie waren das Einzige, was sie mit ihrem früheren Leben verband, aber sie standen vor Dreck und stanken nach Schweiß und Rauch. Gwen vergrub alles unter der Kastanie.

Sollte sie sich nun heimlich davon machen?

Der Alte verhielt sich ihr gegenüber zwar freundlich, aber das hatten Salabi und Lenas Onkel auch getan. Den Jungen umgab eine unheimliche Aura, fand Gwen. Er wirkte verschlagen und irgendwie dunkel und sie traute ihm alles zu.

Aber letztendlich hatten sie sie gerettet. Mehr oder weniger freiwillig. Einfach zu verschwinden, schien ihr nicht richtig. Und vielleicht konnte Mirakel ihr helfen.

Sie kehrte zum Lagerplatz zurück, entschlossen, ihre Geschichte zu erzählen.

Sie berichtete in wenigen Worten, wie sie im Wald ohne eine Erinnerung erwacht war. Sie wusste nicht, warum, aber es war ihr ein Bedürfnis. Sie erzählte von dem Vogel, der versucht hatte, sie zu töten, wie sie Lena und die Wolfsmänner getroffen hatte und von dem See aus ihren Träumen. Den Teil um Salabi verschwieg sie jedoch.

Mirakel nickte, nachdem sie geendet hatte. Ob der jüngere Mann ihr zugehört hatte, wusste sie nicht. Er hielt die Augen geschlossen und lehnte an einem Baum, als schliefe er.

„Hm, das ist durchaus seltsam." Mirakel kaute auf seiner Bartspitze.

„Alles Nonsens." Der junge Mann richtete sich auf und reckte sich ausgiebig.

„Wie bitte?", fauchte Gwen.

„So wie ich das sehe …" Er warf einen frischen Ast ins Feuer, so dass es knisternd auflöderte. „… bist du nach deinen dämonischen Taten in den Wald geflohen. Dort hast du dir den Kopf gestoßen. Der Vogel war eine schlichte Eule, die du aufgescheucht hast und der See, tja …" Er ging in die Hocke und stocherte mit einem kleinen Ast im Feuer herum. „Die Legende vom Mondsee kennt schließlich jedes Kind."

„Hör auf damit!", fuhr Mirakel ihn an. „Das Mädchen hat sein Gedächtnis verloren! Verschwinde endlich!"

Sie stand auf und ignorierte den Schmerz in ihren Gliedern.

Mirakel wollte sie schonen. Sie spürte, dass ihr unfreiwilliger Retter dagegen keine Probleme haben würde, ihr die Wahrheit zu sagen, auch wenn diese unangenehm für sie war.

Sie ging hinüber zu ihm, überwand das Unbehagen und setzte sich direkt neben ihn ans Feuer.

„Erzähl mir die Legende ... Elias."

Er sah sie an. In seinem Gesicht lag Erstaunen.

„Bitte."

„Ich ... bin kein guter Geschichtenerzähler." Er seufzte. „Außerdem heiße ich Eric."

Sie sagte nichts, wartete nur.

„Also gut", sagte Eric.

Mirakel knurrte etwas Unverständliches von der anderen Seite des Feuers.

„Aber eigentlich gibt es da nicht viel zu erzählen."

„Bitte!", wiederholte sie.

„Nun", begann Eric, „vor vielen Jahren glaubten die Menschen, dass unsere Welt nicht allein von den Naturmächten erschaffen wurde. Es soll auch eine Göttin gegeben haben, die den Bäumen ihre magischen Kräfte verlieh und dafür sorgte, dass die Welt fruchtbar und im Gleichgewicht blieb. Ich habe Zeichnungen von ihr gesehen. Sie lief meistens nackt herum und muss ein ziemlich hübsches Ding gewesen sein." Er legte den Kopf schief und grinste.

„Mach dich nicht lustig!", zischte Mirakel.

„Jedenfalls spann sie ein Geflecht der Macht und Magie, das unsere ganze Welt durchwurzelte und für den ganzen magischen Schnickschnack hier verantwortlich ist. Der Mond soll in blauem Licht geglänzt haben, damals. Irgendwann dann ..." Eric suchte nach Worten.

„Es waren die Bäume!", unterbrach Mirakel. „Ihre Wurzeln reichten bald so tief, dass sie an andere Welten stießen. Sie berührten sie und drangen bis weit in sie hinein und verbanden sich so mit ihnen. Es war möglich, andere Welten zu erreichen."

„Pst!" Eric zog einen brennenden Zweig aus dem Feuer und warf ihn nach dem Druiden. Er war so klein, dass er noch im Flug erlosch.

„Dann erzähl es richtig!"

„Irgendwann waren die Menschen aber nicht mehr so begeistert von den magischen Wundern. Wohl, weil die Göttin es auch zu verantworten hatte, dass die Dämonen in unsere Welt kamen und die Leute hier terrorisierten."

Gwen beugte sich vor und lauschte gebannt. „Ich dachte, das war der dunkle Herrscher."

Eric zuckte die Achseln. „Die ersten Dämonen waren nur gestaltlose Geister, die allein keinen großen Schaden anrichten konnten. Sie erschrecken die Menschen, suchten sie in ihren Träumen heim oder flüsterten ihnen böse Gedanken ein. Sie schafften es, Menschen so zu verderben, dass sie daraus Kraft schöpfen konnten. Manche wurden dadurch sehr mächtig. Und so passierte es dann."

„Was passierte?" Sie ahnte die Antwort bereits.

„Sie verbündeten sich mit Druiden, befielen Menschen und paarten sich. Und so wurden viel machtvollere Wesen hervorgebracht, denn jetzt hatte die dämonische Kraft einen menschlichen Körper und konnte direkten Einfluss nehmen." Er beugte sich zu ihr vor und sie hielt den Atem an. Er flüsterte ihr ins Ohr: „Zum Beispiel konnten einem diese Mischwesen schwere Brandverletzungen und Krankheiten zufügen, bloß indem sie jemanden ansahen."

Sie wandte sich ab und starrte ins Feuer.

Mirakel knurrte, aber Eric fuhr in ruhigem Ton fort: „Nun, die Menschen waren zu Recht ziemlich angepisst wegen ihrer Göttin und lehnten ab, sie weiter anzubeten. Die Legende sagt, sie schmerzte der Zorn ihrer Kinder so sehr, dass sie sich in einem Waldsee ertränkte.

Die Naturmächte sollen aufgeschrien haben vor Kummer und die Bäume rund um den See wurden zu Stein. Ein großer Teil des

Waldes starb mit der Göttin. Der Mond verlor seinen Glanz und wurde fahl."

„So entstand das Reich des dunklen Herrschers. Gardons totes Land, in dem er über die Dämonen herrscht", fügte Mirakel hinzu.

„Wer ist er?", fragte sie. Ein Dämon?"

Mirakel schüttelte den Kopf. „Die Welt verlor die neutrale Macht der Göttin, die alles in der Waage hielt. Mit ihrem Tod erst verbreitete sich die schwarze Kunst über das ganze Land. Druiden nutzen die Dämonen für böse Taten und wurden zu Schwarzmagiern. Immer mehr dämonische Kreaturen wurden geboren und ein besonders dunkles Wesen schwang sich zum Herrscher auf, eroberte das dunkle Land für sich und versucht bis heute, es stetig weiter auszudehnen."

„Gardon?", fragte sie und der Alte nickte.

„Er gewinnt immer mehr Macht. Diese dummen Menschen wissen gar nicht, was sie in ihrer Ignoranz angerichtet haben!"

„Es ist eine Sage", winkte Eric ab. „Mehr nicht."

Mirakel spie ins Feuer. „Es ist die Wahrheit!"

Sie hatte also vom Mondsee aus der Legende geträumt? Was konnte das bedeuten?

„Du sagst, es ist wahr?", fragte sie Mirakel. „Dann gibt es den See wirklich? Den See mit den versteinerten Bäumen?"

Mirakel legte sich eine Hand aufs Herz. „So wahr ich hier sitze, mein Fräulein!"

Sie nickte. „Und ... du bist ein Druide?"

Mirakel zog sich den Hut vom Kopf und deutete eine Verbeugung an. „Zu Euren Diensten."

„Warum hast du mich dann gerettet?"

Endlich verschwand das Lächeln aus seinem Gesicht. „Ich glaube nicht an Schwarz und Weiß. Druiden auf der einen, Schwarzmagier auf der anderen Seite. Genau so wenig wie normale Menschen auf der einen und ..." Er zögerte. „... magisch Begabte auf der anderen Seite. Ich glaube, dass alle eine Wahl haben, wie sie ihre Kräfte einsetzten. Böse Gedanken führen nicht zwangsläufig zu bösen Taten."

Eric schnaufte „Nichts für ungut, Kleine, aber ich habe noch von keiner Dämonenbrut gehört, die Gutes getan hat! Dämonen und deren Mischwesen erzeugen nur Schlechtes!"

Der Druide fasste seinen Beutel so, dass Eric ihn gut sehen konnte: „Wenn du jetzt nicht die Klappe hältst, wirst du es bereuen!"

Er blickte wieder zu Gwen. „Ja. Ich glaube, dass sich auch die zum Guten entschließen können, die halb dämonisch sind."

Er sah sie erwartungsvoll an. Sie schwieg. Wie so oft in den letzten Tagen, lauschte sie in sich hinein. *Wer bin ich?* Eine neue Frage kam hinzu: *Was bin ich?*

Sie hatte sich nicht getraut, in das verbrannte Dorf zurückzukehren, um nach Hinweisen auf ihr früheres Leben zu suchen. Sie wollte fort von all dem Tod und Schmerz der letzten Tage. Der See gab ihr einen kleinen Strohhalm, an dem sie sich festhalten konnte. Ihr Traum davon hatte Bedeutung, dessen fühlte sie sich sicher. Außerdem wusste sie nicht, wohin sie sonst gehen sollte.

„Ich möchte ihn sehen." Sie musterte erst Eric, dann Mirakel. „Wie komme ich hin?"

„Wohin?"

„Zum Mondsee."

Mirakel antwortete nicht und Eric fing an zu lachen. Ein Lachen, das in ihre Seele schnitt.

Ihr Blick, in dem gerade noch ein weicher Ausdruck von Hoffnung gelegen hatte, wurde leer. Eric bemerkt das offenbar und verstummte, behielt aber ein Schmunzeln auf den Lippen.

„Du kannst ihn nicht finden." Mirakel sprach leise und vorsichtig. „Es gibt den Mondsee bestimmt, aber ..." Er fixierte den Dieb mit zu Schlitzen verengten Augen. „... aber er muss irgendwo im toten Reich Gardons liegen. Keiner weiß genau wo."

„Jedenfalls ist es Wahnsinn dahinzugehen", fuhr Eric fort. „Legende oder Wirklichkeit. Es ist bescheuert!"

In Gwen stritten viele Gefühle um die Oberhand: Trotz, Wut, Trauer, Hass. Wohin sollte sie gehen? In ein von Dämonen vergiftetes Land oder in eine Stadt wie Geseen, in der man sie bei lebendigem Leib verbrennen wollte? Vielleicht war sie jenseits der Dörfer besser aufgehoben.

Sie stand auf. „Mein Entschluss steht fest. Egal, was ihr dazu sagt! Ich kenne euch nicht einmal."

„Wir haben dir immerhin das Leben gerettet." Erics Stimme vibrierte vor Zorn. „Wofür mir immer noch etwas zusteht!"

Sie ignorierte den Dieb. „Ich danke dir, Mirakel. Aber ich weiß nicht, was ich sonst tun soll."

Der Druide sah sie lange an, ehe er aufstand und sich den Staub von den Kleidern klopfte. „Dann los, junges Zauberwesen auf der Suche nach dir selbst. Ich begleite dich, wenn du nichts dagegen hast."

Sie verzog den Mund.

Mirakel lachte. „Ich kann dich ja schlecht Dämonenbrut nennen. Vielleicht besser Zauberin?"

„Ich weiß nicht," entgegnete sie. Sie hatte die Hoffnung, ein ganz normaler Mensch zu sein, noch immer nicht aufgegeben.

Mirakel runzelte die Stirn. „Natürlich, Gwen. Entschuldige!" Mirakel wickelte sich den Bart um den Hals. „Deine Reise nach Innen braucht Zeit. Ich bin sicher, du wirst dich erinnern. Bis dahin brauchst du ein wenig Anleitung in deiner Zauberkunst. Bisher scheint mir, als zaubere die Macht mit dir und nicht umgekehrt. Außerdem …" Er zwinkerte. „… kenne ich den Weg ins dunkle Reich und habe ohnehin nichts Besseres zu tun."

„Danke." Sie war sich nicht sicher, ob sie sich wirklich freute, dass der alte Druide sie begleitete. In den letzten Tagen war das Alleinsein nicht das Schlechteste für sie gewesen. Aber in einem Punkt hatte er recht: Sie kannte den Weg nicht.

Sie brachen sofort auf und Gwen seufzte erleichtert wieder in Bewegung zu sein. Allerdings befand sie sich erneut auf der Flucht und hoffte, dass keiner der Bürger Geseens sie verfolgen würde.

Mirakel führte sie durch den Wald, der in seiner beginnenden Herbstpracht vor ihnen lag und immer mehr seiner Gaben über seinen Kindern ausschüttete. Sie aßen im Gehen und nahmen von Haselhecken und Beeren und Holzäpfeln, an denen ihr Weg sie vorbeiführte. Währenddessen versuchte Mirakel, Gwen in die Lehren der Druiden einzuführen. Aber sie hörte nur halbherzig hin. Ihr stand nicht der Sinn danach. Sie wollte nur wissen, wo ihr Platz im Leben lag, wollte den Druiden in seinem Bemühen aber auch nicht kränken.

„Lausche auf den Chor der Blätter, Gwen", sinnierte er. „Konzentriere dich, dann hörst du, dass jede Baumart ihren eigenen Gesang hat, den der Wind dirigiert. Und so wie jeder Baum seinen eigenen Klang hat, ist jeder für andere Zauber zu nutzen. Lerne die Art der Bäume kennen, Gwen! Lerne sie verstehen! Die Eiche rauscht in einem tiefen Alt, während der Ahorn hell klingt, und als würde er etwas fein zermahlen. Tannen klingen, als würden sie geheimnisvoll miteinander raunen und Birken peitschen ihre Äste zischend im Wind."

Sie lauschte, doch alles klang wie eine einzige Wolke aus Rauschen und Reiben in ihren Ohren.

Als es zu dämmern begann, kam die Zeit, sich einen Lagerplatz für die Nacht zu suchen. Mirakel deutete zu seiner Rechten, wo die Bäume sich zurückzogen und Platz machten für einen Blick jenseits des Waldes. Ein Hügel erhob sich in der Ferne, auf dessen Spitze einmal ein Wäldchen gestanden haben musste, von dem aber nur noch eine einzelne schlanke Fichte den Winden und Stürmen trotze. Gänzlich kahl und mit verdorrten Ästen ragte sie aus Totholz und umgestürzten Bäumen hervor. Es war nur noch eine Frage der Zeit, wann ein Sturm auch sie umriss. Als würde sie um ein Wunder bitten, dass ihr neues Leben einhauchen sollte, bogen sich die sterbenden Äste flehend nach oben in den Himmel.

„Hinter dieser Anhöhe müsste eine Stadt liegen, wenn ich mich recht erinnere."

„Wie weit ist es noch?", fragte Eric, bekam von dem Druiden aber keine Antwort.

Gwen fragte sich, warum der Dieb ihnen weiterhin folgte. Es lag kein Bann mehr auf ihm, der ihm Argumente vorgaukelte, warum sein eigener Wille von ihm forderte, ihnen zu helfen. Es stand ihm frei, zu gehen. Sie traute ihm nicht. Die Blicke, die er ihr zuwarf, waren unangenehm und undurchsichtig. Und doch hatte sie das Gefühl, dass er sie nicht anlügen würde. Was ihn allerdings nicht ungefährlicher machte.

Und Mirakel? Sie warf ihm einen verstohlenen Blick zu. Hatte er Hintergedanken? Würde er sie anlügen?

Sie fühlte sich unwohl bei dem Gedanken eine Nacht mit den beiden Männern im Wald zu verbringen. Aber sie wollte auch um nichts in der Welt in eine weitere Stadt gehen. „Wir können auch hierbleiben."

Mirakel neigte den Kopf etwas zur Seite und runzelte die Stirn.

„Wir gehen noch etwas weiter. Es riecht nach Regen und hier auf freier Fläche sind wir nicht ausreichend geschützt."

Gwen legte den Kopf in den Nacken. Es war bewölkt, sah aber nicht so aus, als würde sich das Wetter ändern.

Sie spürte, dass der Druide sie musterte. Als sich ihre Blicke trafen nickte Mirakel, als hätte er ihre Angst und die Bedenken, unter Menschen zu gehen, bemerkt und verstanden.

Sie zogen weiter am Waldrand vorbei und ließen den Hügel neben sich liegen. Als sie ihn umrundet hatten, tauchte tatsächlich ein Dorf auf der anderen Seite des Hügels auf. Gwen beobachtete den Druiden aufmerksam, aber Mirakel machte keine Anstalten unter den aus Laub und Lehm gedeckten Dächern Schutz vor Regen suchen zu wollen.

Dabei verdichteten sich die Wolken tatsächlich zu einer grauen Decke, die den Himmel verdunkelte. Wind kam auf. Nicht mehr lange und die Wolken würden ihre schwere Last über ihnen fallenlassen.

„Was soll das?", maulte Eric. „Wollen wir nicht in das Dorf?"

Weder antwortete Mirakel, noch verharrte er in seinem Schritt.

„Es regnet gleich!", rief Eric.

„Etwas Regen kann nicht schaden", sprach Mirakel an Gwen gewandt, als hätte sie gesprochen.

Eric blieb hinter ihnen zurück. „Das sieht nicht nach etwas Regen aus. Das wird ein Sturm. Schaut doch!"

Widerwillig drehte sich Mirakel um und blickte den Weg zurück, den sie gekommen waren. Der Dieb deutete auf den Hügel und die Fichte darauf.

Mirakel sog hörbar die Luft ein.

Der Baum hob sich gut sichtbar von dem grauen Abendhimmel ab. Er hatte sich verändert. Die ehemals aufwärtsstrebenden Ästen neigten sich nun zum Stamm hin, als wollte der Baum sich zusammenziehen. Als wären seine Zweige Hände, die schutzsuchend zueinander griffen, um sich gegenseitig festzuhalten.

„Das gibt einen ordentlichen Sturm", hörte sie Eric sagen.

Es donnerte in der Ferne und schon tropfte es zaghaft auf die Wiese rings um sie.

„Hier können wir uns nirgends unterstellen." Mirakel zwirbelte an seinem Bart und drehte sich um sich selbst. „Es dauert nicht mehr lange, dann ist es auch stockdunkel. Wir müssen den Weg in das Dorf nehmen."

„Mein Reden!", erinnerte Eric.

„Ins Dorf?" Gwen wollte dort nicht hin. Etwas in ihr sträubt sich zutiefst dagegen, wenngleich sie weit genug von Geseen entfernt sein mussten. Hier würde noch niemand von ihrer Flucht gehört haben. Schon wurde der Regen stärker und eine Gänsehaut prickelte ihren Arm hinauf.

„Sei unbesorgt." Ohne sich noch einmal umzublicken, lief der Druide los und Gwen nach kurzem Zögern hinter ihm her. Auch Eric folgte ihnen in einigem Abstand.

Als sie das Dorf endlich erreichten, war Gwen durchnässt bis auf die Haut. Sie erkannte nicht viel von ihrer Umgebung. Der Regen hatte sintflutartige Ausmaße erreicht. Donner krachte über ihnen hinweg und Blitze zerschnitten den dunklen Himmel.

Als sie nah genug waren, schirmte sie ihre Augen mit den Händen ab und blickte in die Richtung der Wetterfichte, die direkt oberhalb des Dorfes stand, wo sich die Häuser an den Hügel schmiegten. Sogar die wenigen Zapfen, die noch an ihr hielten, neigten sich nicht mehr senkrecht zur Erde gewandt, sondern waagerecht nach innen.

Gwen lief Wasser in die Augen und sie senkte den Kopf. Sie konnte nur auf ihre Füße blicken und hin und wieder zu Mirakel blinzeln, um zu sehen, wohin sie laufen musste. Immer wieder bekam sie Tropfen in die Augen und wischte sich das Wasser aus dem Gesicht.

Als sie endlich vor einer Schenke stehen blieben, fror sie erbärmlich. Sie schlang die Arme um den Körper und folgte dem Druiden in den Schankraum.

Während Mirakel mit dem Wirt um eine Schlafgelegenheit feilschte, sah sie sich um. Es waren viele Gäste im Raum, aber niemand beachtete die Reisenden, deren Kleider so dermaßen tropften, dass sich bald eine Wasserlache zu ihren Füßen gebildet hatte. Eine Windbö fegte ums Haus, dass das Gebälk knarzend aufschrie.

„Gut", sagte der Wirt gerade, „also dann drei Goldene für zwei Zimmer und Mahlzeiten." Mirakel zog einen Lederbeutel hervor und zählte drei Goldstücke ab.

Zwei? fragte sich Gwen. Aber als sie sich umdrehte, war der Dieb, der ihnen eben noch durch den Regen gefolgt war, verschwunden.

Ein mulmiges Gefühl breitete sich in ihrem Magen aus. Zu viele Menschen hielten sich hier auf. Was, wenn sie doch jemand erkannte? Oder wenn wieder irgendetwas passierte?

Sie beeilte sich, Mirakel die Treppe hinauf zu den Zimmern zu folgen. Das des Druiden lag direkt gegenüber ihrem.

„Mach dich erst mal frisch und dann essen wir etwas", schlug Mirakel vor und verschwand tropfnass in seinem Zimmer.

Gwen schloss die Tür hinter sich und lehnte einen Augenblick erschöpft dagegen. Seit ihrem Erwachen im Kerker fühlte sie sich müde und schlapp. Ihre Kräfte wollten nicht zurückkommen. Aber ihre Glieder schmerzten nicht mehr so stark und die Wunden an ihren Handgelenken, wo die Fesseln sie an den Pfahl auf dem Scheiterhaufen geschnürt hatten, pochten nicht mehr.

Ihr Zimmer, mit der grauen, lieblosen Einrichtung, wirkte abweisend, aber immerhin sauber. Es gab ein kleines Bett, eine Kommode, auf der eine Schüssel und ein Krug mit Wasser standen. Ein gerahmter Spiegel hing darüber.

Sie ging die drei Schritte hinüber zum Fenster. Es regnete noch immer. Die Sonne war inzwischen untergegangen und der Mond hing bleich und halb von vorüberpeitschenden Wolken verborgen am Himmel.

Unter ihrem Fenster lag ein Hof, der nur von dem Licht erhellt wurde, das durch die Fenster der Schenke fiel. Irgendwo lärmte Vieh und Gwen erkannte ein niedriges Gebäude, das keine Fenster zu haben schien. Ein Lichtfleck tauchte am Rande ihres Gesichtsfeldes auf. Zwei Gestalten, die über den Hof eilten.

Sie erkannte die magere Gestalt des Wirtes. Er trug eine Lampe vor sich her und führte einen hoch gewachsenen Mann zu dem Gebäude. Obwohl sie den Dieb vor wenigen Stunden das erste Mal gesehen hatte, erkannte sie ihn doch an seinem zielstrebigen Schritt und der jederzeit zum Sprung bereiten Gestalt. Er würde wohl in der Scheune schlafen. Seltsamerweise beruhigte sie das ein wenig.

Ein erneuter Schauer schüttelte ihren Körper. Zitternd fragte sie sich, wie sie ihr Kleid trocknen sollte.

Jemand klopfte und Gwen wich vom Fenster zurück, um sich daneben mit dem Rücken an die Wand zu drücken.

„Gwen?", ertönte Mirakels Stimme. „Darf ich stören?"

Sie entspannte sich. „Ja."

Der Alte huschte herein und schloss die Tür. Sie stellte erstaunt fest, dass seine Kleider trocken waren.

„Ich hatte vergessen, dass du ja noch ganz nass bist." Der Druide verschränkte die Hände ineinander und ließ die Gelenke knacken. „Aber das haben wir gleich. Öffne das Fenster bitte."

„Aber es regnet noch."

„Vertrau mir."

Gwen öffnete das Fenster und als sie sich wieder herumdrehte, fasste Mirakel unter sein Hemd und zog den kleinen Beutel hervor. Fest umschloss ihn seine Faust, als er die Augen schloss. Seine Lippen bewegten sich, ohne dass ein Laut darüber kam. Er vollführte eine flüchtige Handbewegung und Gwen spürte, wie ein warmer Wind um sie blies. Sie zog die Luft ein und fuhr herum. Der Wind kam von draußen. Aber er wehte warm und ehe sie sich versah, hatte er sich schon wieder verflüchtigt und ließ ihre Kleider getrocknet zurück. Aus den Augenwinkeln bemerkte sie ihr Antlitz im Spiegel und sah genauer hin. Ihre eben noch nassen Haare, waren ebenfalls trocken und sogar gekämmt. Sie fielen ihr geschmeidig über die Schultern.

„Das ist ..."

Mirakel machte eine Verbeugung. „Eine meiner leichtesten Übungen."

Eric lag in der Scheune auf dem Heu ausgestreckt und fror. Der Wirt hatte ihm zwar eine Decke gegeben und das Heu wärmte auch, aber seine nassen Kleider machten all dies zunichte. Außerdem knurrte sein Magen.

Die Goldkette, seinen letzten wertvollen Besitz, hatte er für den Schlafplatz im Stroh hergeben müssen.

Natürlich hätte er sich auch etwas Essbares ergaunern können, aber froh endlich ein Dach über dem Kopf zu haben, wollte er dies nicht durch eine eventuelle Flucht wieder aufs Spiel setzen. Da nahm er lieber den knurrenden Magen in Kauf.

Der Regen trommelte gegen das Holzdach wie hunderte kleiner Steinchen, die darauf fielen. Donner grollten darüber hinweg und er fühlte das erzitternde Holz der Wände, wenn eine Windbö gegen sie sauste und in den Ritzen aufheulte.

Der geizige, alte Kauz hätte ihn zumindest zu einem anständigen Essen einladen können! Er leckte sich über die Lippen. Und zu einem Krug Bier.

Jetzt, wie er so nass dalag und fror, bedauerte er, ihm nicht doch auf den Scheiterhaufen verholfen zu haben. Er grübelte darüber nach, wie ihn der Weidenblattzauber beeinflusst haben mochte. Waren das alles seine eigenen Gedanken und Entscheidungen gewesen? Er zweifelte.

Der Anblick des Mädchens hatte ihn aus dem Konzept gebracht. Sie war zweifellos hübsch. Aber auch kühl und unnahbar. Die Blicke, die er von ihr auffing, wirkten stets verschlossen und abweisend. Und doch, fand er sie auf eine seltsame Art interessant.

Vielleicht hatte auch das Geheimnis ihrer Herkunft ihn neugierig gemacht.

Er drehte sich auf die Seite und gähnte. Ein Lohn für seine Hilfe stand ihm in jedem Fall noch zu und wenn der Alte ihm diesen nicht freiwillig gewährte, dann nahm er ihn sich eben. Er fürchtete sich nicht vor Druiden. Er musste nur schneller sein, als der Alte mit seinem Zauberbeutel. Er besaß schließlich auch seinen Stolz.

Der Geldbeutel am Gürtel des Druiden sah jedenfalls sehr gut bestückt aus.

Das Scheunentor öffnete sich knarrend und ein grauer Lichtkegel suchte sich seinen Weg in das Schwarz der abendlichen Scheune. Aufgeschreckt setzte Eric sich auf. Jemand kam. Er konnte undeutliche Konturen erkennen. Dann kam die Gestalt herein und verschmolz mit den Schatten.

Es raschelte. Eric kniff die Augen zusammen und entdeckte etwas, das sich heller von den Schatten der Scheune abhob. Völlig reglos saß er da und atmete so flach er konnte.

Die Gestalt bewegte sich, aber er konnte nicht erkennen, was sie tat.

Ein abenteuerliches Lächeln umspielte seine Lippen. Warte Bürschchen, dachte er, dich kriege ich!

So leise er konnte, schlich er durch das getrocknete Gras auf den Schatten zu. Kaum ein Geräusch entstand dabei. Er war geübt, sich anzupirschen, sei es nun an einen Menschen oder scheues Wild. Oft hing sein Leben von dieser Gabe ab.

Ihn trennten nur noch wenige Schritte von dem Schatten, der sich nicht mehr rührte. Er hielt den Atem an. Wenn das ein Dieb war wie er, der sich nach einem unbezahlten Schlafplatz umsah, könnte Eric sich vielleicht noch ein Abendessen verdienen, wenn er ihn dem Wirt auslieferte. Ein knuspriges Hühnchen und einen Krug Bier hatte er sich so schon oft beschafft.

Er setzte zum Sprung an und stürzte sich auf den Eindringling. Er packte zu und warf die Gestalt mit sich zu Boden.

Der Schatten keuchte, als Eric ihn unter seinem Gewicht begrub und auf den Boden drückte. Er packte ihn an den Schultern und war überrascht, als er langes, weiches Haar zu fassen bekam.

„Wer ..." weiter kam er nicht. Plötzlich explodierte Schmerz in seinem Unterleib. Keuchend ließ er sich auf die Seite fallen und krümmte sich.

Durch den Tränenschleier erkannte Eric Gwen im wenigen Licht, das durch die offene Scheunentür fiel.

„Was tust du?" Ihre Stimme klang tief und grollend, ihre Haare waren zerzaust und voller Heu.

Jetzt sieht sie doch, wie eine Dämonin aus, dachte er und verzog vor Schmerz das Gesicht. „War das nötig?", presste er heraus und schloss einen Moment die Augen. Wie wunderbar, wenn der Schmerz langsam nachließ.

Gwen fauchte. „Oh, ja! Ich denke das war nötig!"

Er rang sich ein stockendes Lachen ab. „Ich wusste nicht, dass du es bist. Ich dachte du wärst ein Kerl, der sich hier einschleicht." Er rollte sich auf den Rücken und atmete tief durch. „Aber anscheinend wolltest du dich an mich ranmachen. Warum machst du auch kein Licht. Wolltest du über mich im Schlaf herfallen?"

In den Schatten erkannte er ihren Gesichtsausdruck nicht so gut und wusste nicht, ob sich Zorn darauf spiegelte. Aber er hätte wetten mögen, dass eine leichte Röte in ihr Gesicht schoss.

„Ich habe keine Laterne. Außerdem ist hier alles voll Stroh, da bringe ich bestimmt keine Kerze mit."

Eric rollte sich auf die Seite und stand auf. Das Ziehen und Zwicken im Schritt versuchte er zu ignorieren. Er ging auf Gwen zu und freute sich, dass sie vor ihm zurückwich.

Eine Bö fand ihren Weg herein, ließ Heu auffliegen und Gwens Haar wie eine Gewitterwolke um ihren Kopf herumwirbeln.

„Und was willst du von mir?" Er tat einen weiteren Schritt. Diesmal bewegte sie sich nicht.

„Bilde dir nichts ein!" Sie stieß ihm mit der Hand vor die Brust und Eric ließ sich wegschieben. Mit schnellen Schritten eilte Gwen zum Scheunentor.

„Ich habe dir etwas zu Essen gebracht. Du kannst es vom Boden aufsammeln und den verschütteten Met aus dem Dreck schlürfen!" Gwen stürmte hinaus und ließ die Scheunentür krachend zufallen.

Eric schmunzelte. Dann roch er den süßen Duft von gebratenem Fleisch. Auf einem Heuballen erkannte er undeutlich die

Umrisse eines Tabletts. Sie hatte ihn wohl nur ärgern wollen. Das Mädchen hatte das Tablet abgestellt, und lediglich der Krug war umgestürzt. Schnell richtete Eric ihn auf. Der Met hatte einen reichlich belegten Teller getränkt, was ihn aber nicht weiter störte. Zufrieden machte er sich über das Essen her.

Nebel kam auf. Er hüllte die Burg in einen Mantel, der keinen Lichtstrahl hindurch ließ. So blieb sie vor den Augen der Menschen verborgen.

Die Gefangenen quälten sich in Alpträumen und auch Gardon hatte sich niedergelegt. Nicht um zu schlafen. Er schlief nie. Er verfiel in ein tiefes Grübeln, wenn er so dalag und Hydria vermochte nicht zu sagen, auf welche Reisen sich sein Geist machte. In den Nächten vor dem nahenden Schwarzmond wurde seine Laune noch dunkler als ohnehin, da sie wie ein namenloser Schrecken durch die Burgmauern fegte.

Hydria stierte gedankenverloren in den Nebel.

Gwen, wie sehr ich dich hasse!

„Sie ist sicher mächtiger als du", hatte Gardon gesagt. Ob er bereits wusste, was Hydria wusste?

Sie ballte die Hand zur Faust. Sie würde diesem Kind schon zeigen, wer hier die mächtigere war!

Gwen wusste nicht, dass sie beobachtet wurde, seit sie in jener Nacht gelernt hatte, was wahre Furcht bedeutete. Aber Hydria verfolgte ihre Schritte und spann ein Netz aus Rache für ihre Rivalin, die nicht einmal wusste, dass sie eine hatte.

Plötzlich umspielte ein Lächeln ihre Züge. Sie trat an ein Regal mit in Glasfläschchen abgefüllten Mixturen und Tränken. „Ich denke, ich werde dir ein Geschenk zukommen lassen", flüsterte sie. „Aber was kommt wohl für dich in Frage?"

Sie rief die Bilder vor ihr inneres Auge, die Gwen an den Scheiterhaufen gefesselt zeigten.

„Du ahnst ja nun sicher, was du bist." Hydrias Stimme war kaum mehr als ein Zischen. „Die Menschen haben ein Recht darauf, es zu sehen."

Sie wandte sich zu der Kristallkugel, die ebenfalls auf dem Bord thronte. Behutsam nahm sie den makellosen Bergkristall herunter und platzierte ihn auf den schwarzen, runden Tisch in der Mitte des Raumes.

Sie versenkte ihren Blick hinein und murmelte Worte in einer fremden Sprache, die nur die Kinder der Nacht für ihre schwarze Magie verwendeten, um Dämonen zu beschwören. Das Lächeln auf ihren Lippen wurde stärker, als sie sich in die Träume dreier Menschen einschlich.

Gwen erwachte schweißgebadet. Erschöpfter, als am Abend zuvor, schlug sie die Augen auf. Was für eine Nacht!

Die gesamten Ereignisse der letzten Tage hatte sie im Traum noch einmal durchleben müssen. Die einzige Abwandlung bestand darin, nicht vom Scheiterhaufen gerettet worden zu sein.

Es klopfte. „Gwen?"

Sie erkannte die tiefe, rauchige Stimme sofort.

Sie setzte sich im Bett auf und die Dunkelheit vor ihrem Fenster verriet, dass die Nacht längst noch nicht vorüber sein konnte. Hatte sie im Traum geschrien und der Druide stand deshalb vor ihrem Zimmer?

„Ich bin wach, Mirakel!"

„Ah, das ist gut", kamen Worte von jenseits der Tür. „Ich muss dir etwas zeigen, bitte zieh dich an und komm nach draußen."

Sie runzelte die Stirn, tat aber wie geheißen und trat wenige Augenblicke später vor das Wirtshaus, wo der Druide schon auf sie wartete.

Der Regen hatte aufgehört, der Wind sich gelegt. Die Nachtluft roch frisch und würzig.

Sie sah zur Wetterfichte. Die Äste streckten sich wieder ausgebreitet dem Himmel entgegen. Das standhafte Holz hatte dem Sturm getrotzt.

„Folge mir!" Mirakel schritt schnell aus, zu einem kleinen Wäldchen unweit des Marktplatzes. Dieses Dorf stand nicht im Schutze eines einzelnen Baumes, es schmiegte sich um eine ganze Baumgemeinschaft von Silberbirken.

Gwen erkannte schon aus der Ferne, was er ihr zeigen wollte. Ehrfürchtig blieb sie stehen.

„Komm ruhig näher, aber störe sie nicht." Mirakel nahm ihre Hand und zog sie sanft hinter sich her.

Fünf Birken hoben sich mit ihren weißen Stämme deutlich aus den Schatten ab. Die vom Gewitter noch aufgeladene Luft um sie herum erfüllte ein Schimmern und Wogen, das sie förmlich zum Vibrieren brachte. Es schillerte in allen Farben des Regenbogens, als wären unzählige Schmetterlinge mit Wasserfarben gemalt und dann verwischt worden.

„Was ist das?"

„Hast du sie noch nie gesehen?"

Gwen schüttelte den Kopf. Auch ohne ihre Erinnerungen fühlte sie, dass sie dieses tanzende Licht noch nie in ihrem Leben gesehen hatte.

„Sie zeigen sich auch nur selten und am liebsten unter Birken. Ich habe sie gespürt. Fühlst du, wie sie die Luft zum Klingen bringen?"

Gwen nickte. Sie konnte ihren Blick nicht abwenden.

„Es sind Elementare, die sichtbar wurden, um zu tanzen."

„Sie sind wunderschön."

„Ja, das sind sie."

Die Wesen umkreisten die Birkenstämme, wiegten sich dabei hin und her, umkreisten einander und glitten zu anderen Stämmen. Dabei blieben sie alle im Gleichtakt zueinander. Gwen versuchte, sie zu zählen, aber sie konnte die Elementare kaum voneinander unterscheiden. In ihrem Tanz verschmolzen sie mal miteinander und mal teilten sie sich in mehr Lichter als zuvor. Sie wirbelten auf und nieder mit den schwingenden Ästen, deren Blätter sich bereits herbstlich goldenen verfärbten.

„Warum tun sie das?"

„Wer weiß." Mirakel zuckte mit den Schultern. „Sie sind Naturgeister. Sie schwingen mit den Winden der Bäume und erfüllen unsere Welt mit Magie. Wir Druiden rufen sie an und hoffen erhört zu werden."

Mirakel wickelte sich den Bart zurück um die Schultern. „Sie sind vergleichbar mit Pilzen."

„Pilzen?" Sie runzelte die Stirn. Was sollten diese Wesen mit Pilzen gemein haben? Aber der Druide nickte.

„Ja. Pilze sind riesige Geflechte in der Erde. Sie erstrecken sich über weite Flächen und verbinden sich mit den Wurzeln der Bäume. Sie kommunizieren miteinander. Sie leben von den Bäumen und gedeihen in Symbiose mit ihnen. Die Bäume sind ihre Wirte und sie helfen den Bäumen zu überleben. Das, was wir Pilz nennen, was aus der Erde wächst und wir sammeln, um es zu verspeisen, ist bloß ein kleiner Teil von ihnen. Ein Fruchtkörper, der seinen Samen auf der Welt verbreiten will, um weiter zu wachsen.

Mit den Elementaren verhält es sich ähnlich. Die Lichter, die du hier siehst, sind die Fruchtkörper des großen magischen Wesens, das unsere Welt durchwurzelt und von dem Bäumen gespeist wird."

„Gibt es verschiedene Elementare?"

„Oh ja. Man weiß nicht wie viele Arten es gibt, aber wir Druiden vermuten, dass sie sich den fünf Elementen zuordnen lassen: Wasser, Feuer, Erde, Luft und Stein."

„Und wenn Druiden Zauber wirken, dann ... ist es, als würdet ihr im Wald einen Pilz suchen?"

„So in der Art", bestätigte Mirakel. „Wobei wir natürlich erst die Bäume selbst um Hilfe anrufen, denn sie sind es, die uns mit den Naturgeistern verbinden. Aber sie streben nach Gleichgewicht und die Elementare treiben glücklich und zufrieden wie Wolken über den Himmel. Es ist eine Gnade, wenn sie einen Druiden erhören. Es bedeutet viel Aufwand, um sie auf sich aufmerksam zu machen und großes Können. Das ist der Grund, warum so viele Druiden zu Schwarzmagiern werden."

Gwen beobachtete die wunderschönen, schleierhaften Wesen. „Ist es leichter, ein Schwarzmagier zu sein?"

Mirakel nickte. „Oh ja. Dämonen sind von anderer Natur. Sie sind ruhelos und wie Kinder, die sich verlaufen haben. Sie suchen nach den Menschen, wollen bei ihnen sein und sich an ihrer Lebensenergie wärmen. Sie biedern sich den Druiden geradezu an und stellen ihre Macht bereitwillig zur Verfügung. Es ist leicht und ihre Kraft ist groß."

„Und warum ist es böse, ihr Angebot anzunehmen?" Sie dachte an die dämonische Macht, die in ihr schlummern sollte. „Kommt nur Schlechtes dabei heraus, wenn man die Zauber mit dämonischer Kraft wirkt?"

Sie fühlte Mirakels Blick auf sich ruhen. Er sah sie eine ganze Weile an, ohne zu antworten, als wäre er unschlüssig, ob er sein Wissen mit ihr teilen sollte.

Schließlich sagte er: „Dämonen sind Parasiten. Sie zapfen die Kraft der Bäume ab, ohne der Natur etwas dafür zurückzugeben. Sie schwächen sie damit und machen sie krank. Deshalb fügt jeder Zauber, unserer Welt Schaden zu. Selbst ein gut gemeinter."

Gwen senkte den Kopf. „Ist es bei mir genauso?"

Mirakel lächelte. „Oh nein, du bist anders!"

„Woher weißt du das?"

Er zuckte die Achseln. „Ich sehe es einfach. Außerdem", fügte er hinzu, „musst du keinen Dämonen beschwören. Alle Kinder aus der Verbindung von Menschen und Dämonen haben zwar ihre Kräfte, sind aber auch mit ihrer menschlichen Seite mit dem natürlichen Kreislauf unserer Welt verbunden. Du bist Teil unserer Welt!"

„Und Dämonen sind das nicht?"

Mirakel schüttelte den Kopf.

„Dann ... schwäche ich unsere Welt also nicht?"

Aber Mirakel antwortete nicht mehr auf ihre Frage. Er winkte ab und erhob sich. „Genug des Unterrichts für heute! Du hast viel durchgemacht. Ich hätte dich nicht wecken sollen."

Aber alle Müdigkeit in Gwen schien verflogen und sie hatte nicht das Gefühl, noch einmal einschlafen zu können. „Weißt du das alles sicher, oder glaubst du nur, es zu wissen?"

Der Druide blieb stur und antwortete nicht. Stattdessen deutete er auf die Elementare.

In ihrem Tanz mit den sanft hin und her schwingenden Ästen, lösten sich die Lichtwesen langsam auf, wurden transparenter, bis sie nur noch Schemen waren, die sich bald zur Gänze aufgelöst hatten.

Als Mirakel Gwen am Morgen erneut weckte, dämmerte es gerade.

„Wie spät ist es denn?", fragte sie müde durch die Tür und hatte Mühe, die Augen aufzubekommen. Sie vermeinte, nach langem Wachliegen gerade erst eingeschlafen zu sein.

„Spät. Die Sonne geht schon auf."

Gwen schmunzelte. *Wahrhaftig sehr spät, wenn die Sonne gerade erst aufgeht.* Sie schwang die Beine aus dem Bett.

„Geh ruhig schon vor. Ich komme gleich nach!"

Der Druide verhielt sich sehr freundlich. Er erinnerte Gwen an Salabi. An ihre gutmütige, mütterliche Art. Andererseits ... Gwen schob den Gedanken beiseite und zog sich an. Ein zeitiger Aufbruch konnte tatsächlich nicht schaden. Sie fühlte sich dem Ort Geseen noch zu nah.

Sie sah aus dem Fenster, bevor sie in die Schenke hinunterstieg. Draußen herrschte bereits reges Treiben. Kinder jagten hinter einander her, Frauen mit leeren Körben, die wohl zum Markt wollten, und Männer, die miteinander schwatzten, bevölkerten den Platz. Aber was war das?

Eine Gestalt huschte hinter eine Hausecke. Ein Kind vielleicht, das sich vor seinen Freunden versteckte? Nein! Dazu war der Schatten zu groß gewesen. Obwohl die aufgehende Sonne ihr da auch einen Streich gespielt haben konnte.

Aber Gwen spürte, dass dort jemand lauerte und das Haus beobachtete. Oder vielleicht sogar sie selbst?

Es beunruhigte sie in diesem Moment, keinen Dolch mehr zu haben. All ihre Habseligkeiten hatten die Leute aus Geseen ihr abgenommen. Selbst das Hufeisen. Sie musste unbedingt sehen, wo sie eine Waffe herbekam. Vielleicht konnte Mirakel ihr helfen, denn Geld besaß sie auch keins.

Vor dem Spiegel wusch sie sich und richtete grob ihr Haar. Sie besaß keinen Kamm und so fuhr sie sich mit den Händen durch die dichten Strähnen.

Als sie in die Schenke kam, saß Mirakel schon vor seinem Frühstück, das aus Birkenblättertee, Brot mit Honig und einem bräunlichen Brei bestand. Außer ihnen waren keine Gäste anwesend und sie atmete dankbar auf. Nur der Wirt stand hinter der Theke. Sie nickte ihm zu und setzte sich zu Mirakel.

„Der Brei schmeckt furchtbar", sagte er, während er einen Löffel mit der braunen Masse zum Mund führte.

Auch Gwen bekam vom Wirt ein entsprechendes Frühstück hingestellt. Mit finsterer Miene tischte er ihr auf und verschwand wortlos.

„Was hat er?" Sie kostete den Brei. Im Grunde schmeckte er nach nichts.

„Eric ist heute Morgen aufgebrochen und hat zwei Hühner mitgehen lassen."

„Er ist fort?"

„Enttäuscht dich das?" Der Druide hob seine buschigen Brauen.

Sie überlegte. „Nein. Es ist gut, dass er weg ist!"

Mirakel nickte und kratzte die letzten Breireste aus seiner Schüssel.

Die Sonne stand hell und klar am Himmel, als Gwen und Mirakel aufbrachen. Nichts erinnerte mehr an das Unwetter und selbst fern am Horizont zeigte sich keine Wolke. Ein warmer Wind umspielte sie und ließ hoffen, dass die kalte Jahreszeit noch etwas auf sich warten ließ.

„Ist es weit?" Gwen strich eine Haarsträhne zurück.

„Nun ...", begann der Druide. „Ich weiß, dass wir durch den Sumpf der ... nun ja. Das wir durch einen Sumpf müssen, um in das dunkle Land zu gelangen." Mirakel nestelte an seiner Bartspitze, die ihm wie üblich um die magere Schulter hing. „Es ist bisher noch nie ein guter Mensch freiwillig dort gewesen. Geschweige denn zurückgekehrt, um von dem genauen Weg zu berichten. Es geht die Sage um, dass es dort fürchterliche Fabelwesen gibt."

„Fabelwesen?" Sie dachte an die riesige Eule, die sie verfolgt hatte. In ihren Träumen war sie noch um ein Vielfaches gewachsen.

„Es ist nur eine Sage, also sollten wir uns davon nicht beunruhigen lassen."

Eine Sage, wie der Mondsee selbst, dachte sie.

Sie liefen eine Weile schweigend nebeneinander her. Wie lange würde ihre Reise andauern? Tage? Wochen? Oder noch länger? Und wenn sie den See nicht fand? Er vielleicht nicht existierte?

Ihr Blick wanderte über die Natur, die sich für ihren noch fernen Winterschlaf bereit machte. Gwen gab die Hoffnung nicht auf, dass die Erinnerung eines Tags zurückkehrte. Sie würde aufwachen und wieder alles wissen. Aber die Angst in ihr wuchs. Wer war sie?

Und was ihr immer wichtiger wurde: Was hatte sie getan?

Vielleicht hatte sich ihr altes Selbst längst entschieden ein Schattenwesen wie Gardons Häscher zu sein und sie gehörte gar nicht mehr in die Welt der Menschen? Wollte sie überhaupt hierhergehören?

In der Ferne tauchte der grüne Streifen eines Waldes auf. Gwen schritt etwas schneller aus. Sie fühlte sich unwohl in der freien Fläche aus Wiesen und Feldern. Man konnte sie schon von Weitem sehen und sie fürchtete noch immer, Boten Geseens zu begegnen, die nach ihr suchten. Im Schutz des Waldes würde sie sich weniger verfolgt vorkommen. Das hoffte sie zumindest.

„Dort!" Mirakels Hand wies auf eine kleine windschiefe Hütte, die ihr gar nicht aufgefallen wäre. Die Fensterläden hingen gebrochen und klappernd in der Brise.

„Was ist damit?"

Der Druide runzelte die Stirn. „Der Wirt hat mir erzählt, dass hier ein Krämer wohnt, der auch mit Waffen handelt."

„Hier?" Sie besah sich die Hütte genauer. Sie wirkte nicht so, als ob dort jemand wohnen würde. Das vom Wind zerrupfte Dach bot kaum noch Schutz vor Regen.

„Du brauchst eine Waffe, solange du mit deinen Kräften noch nicht umgehen kannst."

Das hatte sie sich auch schon überlegt, wenngleich sie nicht vorhatte, die dunkle Kraft in sich zu gebrauchen.

Sie erinnerte Mirakel nicht daran, dass sie kein Geld besaß und er somit bezahlen musste. Der Druide schritt zielstrebig voran und sie folgte ihm mit einem unangenehmen Gefühl der Abhängigkeit im Magen.

„Es scheint niemand da zu sein." Sie betrachtete eine Quelle, die neben der Hütte sprudelte. Das Wasser gluckerte verlockend und ihre Kehle fühlte sich trocken an.

„Hallo?" Mirakel klopfte an das überraschend stabile Holz der Tür.

„Wer ist da?", knurrte eine Stimme von drinnen.

„Kundschaft, wenn ihr beliebt."

„Ach ja?" Jemand rumorte im Inneren und die Tür öffnete sich einen Spalt. Schließlich tappte ein hochgewachsener Mann mit breiten Schultern heraus, der nicht so dreinblickte, als würde er ihnen etwas verkaufen wollen. „Was darf's denn sein?"

„Ein Dolch, etwas Reiseausrüstung, je nachdem wie gut Euer Sortiment bestückt ist." Mirakel ließ sich nicht beirren. Nachdem der Mann einen prüfenden Blick auf Mirakel und Gwen geworfen hatte, trat er zur Seite und lud sie mit einer knappen Handbewegung ein hineinzukommen.

Mirakel ging voran. Der kleine Raum lag in Düsternis, nur ein rußendes Feuer spendete Licht.

Gwen war gerade eingetreten, da schlug die Tür schon wieder zu.

„Ich wusste nicht, dass Dämonen Waffen brauchen!"

Die Worte trafen Gwen wie ein Schlag und auch Mirakel fuhr herum. Bevor Gwen sich zu irgendeiner Reaktion entschließen konnte, wurde sie von hinten gepackt und in eine Zimmerecke geschleudert.

Sie prallte mit der Schulter gegen die Wand und der Schmerz trieb ihr flimmernde Sterne vor die Augen. Schatten huschten hin und her und sie erkannte verschwommen, dass sich noch andere Personen im Raum befanden. Sie konnte nicht sagen, wie viele. Eine hatte den Druiden gepackt und Mühe das strampelnde Bündel festzuhalten.

Sie unternahm einen aussichtslosen Versuch zur Tür zu gelangen. Auf halber Strecke wurde sie zurückgehalten. Ehe sie sich versah, wurden ihr die Arme auf dem Rücken verdreht. Sie schrie vor Schmerz auf.

Mirakel wurde gefesselt und geknebelt und achtlos zur Seite gestoßen, wo er reglos liegen blieb. Ihre Hoffnung, dass der Druide genug Zeit hatte, um einen Zauber zu wirken, erstarb.

Auf einmal standen gleich drei Männer bei ihr und hielten sie fest.

„Lasst mich los!", stieß sie hervor.

„Halt den Mund, Dämonenbrut!" Eine Hand traf ihr Gesicht. Ihr Kopf flog nach hinten. Hände stießen sie zurück gegen die Wand. Die Gewalt kam unerwartet. Sie wollte sich mit den Händen vor dem Aufprall abfangen, aber sie hatte kein Gefühl mehr in ihnen. Sie strauchelte und fiel. Mit dem Kopf prallte sie gegen eine Truhe, die mit mehreren anderen zu einem hüfthohen Turm aufgestapelt in einer Ecke stand und nun über Gwen zusammenstürzte. Die Welt verschwamm.

Der Schmerz erwachte zuerst.

Gwen konnte ihn zunächst nicht lokalisieren. Ein Gefühl, als würde sie von einer roten Wolke eingehüllt, die ihren ganzen Körper peinigte.

Es pochte in ihrem Kopf und brannte in ihrer Schulter. Sie glaubte Blut auf ihren Lippen zu schmecken und ihre Handgelenke fühlten sich an, als würden sie brennen. Sie brauchte eine Weile, um zu begreifen, dass Stricke sie fesselten und die alten Wunden aufscheuerten. Sie saß festgebunden auf einem Stuhl.

Sie öffnete die Augen, aber ihr rechtes Lid ließ sich durch verkrustetes Blut, das an ihren Wimpern klebte, nur wenig anheben.

„Was habt ihr vor?", fragte sie, ohne zu wissen, ob noch jemand in der Nähe war. Sie hörte etwas rascheln, konnte die Richtung, aus der das Geräusch kam, aber nicht bestimmen. Niemand antwortete ihr.

Sie blinzelte und versuchte dadurch die Verkrustung zu lösen. Durch einen Tränenschleier erkannte sie drei Männer, die sich an einer Feuerstelle zu schaffen machten. Mirakel entdeckte sie nicht.

„Ich bin kein Dämon." Sie glaubte ihren eignen Worten nicht. Sie wünschte sich, sie wäre einer. Ja, sie wünschte sich, sie würde den Männern denselben Schmerz zufügen können, den sie ihr antaten. Und noch viel mehr!

„Macht mich los!" Ihre Stimme klang fremd. Sie lauschte in sich hinein und versuchte, die Macht zu finden, die irgendwo in ihr schlummerte. Zweimal hatte sie Gwen geholfen. Wo war sie jetzt?

Sie bekam noch immer keine Antwort, aber einer der Männer drehte sich zu ihr herum. Er grinste.

Ekel stieg in ihr auf, als er ihr ein paar wirre Haare aus dem verschwitzten Gesicht strich. Seine Hand fuhr über ihren Kopf und verharrte einen Augenblick in ihrem Nacken. Dann packte er ihr Haar und riss ihren Kopf daran zurück.

Sie keuchte. Für einen Schrei hatte sie keine Kraft in ihren Lungen. Ihr Bewusstsein drohte wegzudämmern, als er ihre Haare losließ.

„Nicht so ungeduldig, Liebes!"

Ihr Kopf, plötzlich unglaublich schwer, rollte ihr auf die Brust. Mühsam hob sie ihn, um ihren Peiniger anzusehen. Hastig drehte der sich um.

„Was wollt ihr?"

„Was wir mit dir vorhaben?", fragte ein anderer Mann. Sie glaubte, jener, der ihnen geöffnet hatte. Er deutete auf den dritten Mann, der ihr noch immer den Rücken zuwandte und sich auf das Feuer konzentrierte. Jetzt drehte auch er sich langsam herum.

Er hielt einen glühenden Eisenstab in den Händen. Sein Ende war mehrmals mit einem Tuch umwickelt, damit er sich die Hand nicht verbrannte. Seine Spitze hatte er so lange ins Feuer gehalten, bis das Metall glühte.

Gwen wurde heiß. Warum taten diese Männer das? Woher kannten sie sie? Aus Geseen? Plötzlich kam ihr ein Gedanke. Eric? Hatte er die Männer auf sie gehetzt, weil er sich um einen Lohn geprellt fühlte?

In einem aussichtslosen Aufbegehren wand sie sich in ihren Fesseln und versuchte, sie zu lockern und ihre Hände daraus zu entwirren.

Die Männer lachten.

Der mit dem Stab, hielt ihr dessen Spitze so nah vors Gesicht, dass sie die Hitze spürte, die von dem Eisen ausging. Sie erkannte einen fünfzackigen Stern. Das Brandzeichen der Schwarzmagier. Das Mal der Schuld. Druiden, die sich der schwarzen Magie schuldig gemacht hatten, wurden früher mit diesem Mal gezeichnet, so dass sie ausgestoßen blieben. Aber das war lange her. Dieser Tage machten die Menschen kurzen Prozess und Schwarzmagier und Dämonenbrut mussten auf dem Scheiterhaufen sterben. Und manch ein zu Unrecht Verurteilter.

Jetzt glühte der Stern bedrohlich nahe vor ihr. Sie sog die Luft ein.

Sie versuchte auf dem Stuhl zurückzuweichen, aber sie saß in der Falle.

Der Mann ließ das Eisen wenige Zentimeter vor ihr kreisen.

„Wo brennen wir es ihr hin?"

„Ich weiß schon!" Feuchte Hände packten sie am Kopf und drehten ihn leicht. Sie versuchte sich dagegen zu wehren, aber sie war zu schwach.

„Auf den Hals!"

„Gut." Der mit dem Eisen lachte und sie sah aus den Augenwinkeln, wie er sich die Lippen leckte.

Sie schloss die Augen und hielt die Tränen zurück. Fest presste sie die Lippen aufeinander. Sie wartete auf den Schmerz, aber er kam nicht.

Sie wollen mich quälen, schoss es ihr durch den Sinn. Sie machen es absichtlich so langsam wie möglich.

Jemand strich ihr über die linke Seite ihres Halses und eine Gänsehaut prickelte ihr über den Rücken. „Genau hier hin."

Plötzlich kam ihr die Idee zu schreien. Warum rief sie nicht um Hilfe? Sie schluckte.

Es wurde warm. Fast liebkosend strich ihr die warme Luft über den Hals. Dann stieß er zu und presste ihr das glühende Eisen auf die Haut.

Gwen schrie so lange und laut, bis sie keinen Atem mehr hatte. Ein verbrannter, leicht süßlicher Geruch stieg ihr in die Nase. Sie bäumte sich auf, aber die Stricke und die Hände ihres Peinigers hielten sie fest, dass sie sich kein bisschen bewegen konnte.

Der Schmerz war gewaltig und sie fühlte sich, als würde ihr gesamtes Fleisch in Flammen stehen.

„Das reicht!", sagte eine Stimme und plötzlich verschwand der Druck des Eisens. Aber der Schmerz wurde nicht weniger. Sie wünschte sich, das Bewusstsein zu verlieren und in der Schwärze hinter ihren Augen Zuflucht zu finden, aber ihre Sinne arbeiteten mit voller Kraft. Sie spürte sogar den keuchenden Atem des Mannes, der ihren Kopf festhielt und roch seinen Schweiß.

Es krachte laut, als die Tür aufflog. Gwen wollte die Augen öffnen, aber ihre Lider wogen zu schwer.

„He, was …", rief eine Stimme aus und verstummte mit einem Keuchen.

Sie hörte ein Poltern. Etwas schlug auf Holz und Schritte huschten durch den Raum. Plötzlich verschwanden die Hände, die ihren Kopf festhielten und sie stöhnte, als er ihr auf die Brust rollte. Den Krach um sie herum konnte sie kaum mehr deuten. Stimmen riefen etwas, was sie im allgemeinen Lärm aber nicht verstand. Wieder ertönten Krachen und Poltern. Jemand keuchte und es klatschte ein paar Mal dumpf, als schlüge ein Holzklopfer auf Fleisch. Etwas oder jemand fiel gegen ihren Stuhl und schob ihn mit einem Ruck ein Stück zurück.

Sie wurde in ihre Fesseln geworfen und neuer Schmerz flammte auf, wenngleich er immer noch nicht an den heranreichte, der an ihrem Hals brannte. Es pochte so stark in ihrem Kopf, dass sie glaubte, er würde explodieren.

So plötzlich, wie der Krach begonnen hatte, brach er ab und sie hörte ihr eigenes Wimmern. Aber da war noch etwas anderes.

Jemand atmete schwer und sog gierig die verschwitzte, stinkende Luft der Hütte ein. Etwas polterte zu Boden. Ein dumpfer Aufprall und ein Stöhnen. Dann war es wieder ruhig bis auf ihren und einen weiteren Atem.

Schritte kamen auf sie zu. Ein kühler Luftzug streifte ihren Hals.

„Gwen?"

Hände machten sich an ihren Fesseln zu schaffen. Dann waren sie fort. Sie sackte zusammen und wollte nur noch schlafen. Endlich streckte die Bewusstlosigkeit die Hände nach ihr aus und hob sie auf ihre Arme. Aber es war unbequem und ihre Gelenke schmerzten. Oder wurde sie von realen Armen getragen?

Die Dunkelheit hinter ihren Augen wurde eine Nuance heller und sie atmete kühle, reine Luft.

„Wie oft muss ich dich noch irgendwo losbinden?"

Das Dach vieler Bäume überspannte ihr Lager. Der Wind ließ sie rascheln und einige Sonnenstrahlen fanden den Weg durch das dichte Blattwerk.

Schmerz hielt sie weiterhin umfangen, aber nicht mehr so stark, wie noch vor wenigen … Ja, wie lange eigentlich? Immer wieder dämmerte sie weg. Aber wenn sie die Augen öffnete, blieb das friedliche Bild der säuselnden Bäume über ihr und der Schmerz pochte weniger stark als beim vorigen Erwachen. Bestand daraus jetzt ihr Leben? Aus einer Aneinanderreihung von Ohnmachten? Jemand flößte ihr Wasser und Brühe ein. Machte sich an ihrem Hals zu schaffen und hinterließ etwas Kühles.

Die Blätter seufzten.

Gwen glaubte, dass Worte darin mitschwangen. Aber welche? Was sie zu verstehen glaubte, ergab keinen Sinn.

„Was?", fragte sie. Die Blätter rauschten lauter. Dringlicher.

Eine Gestalt schob sich in ihr Blickfeld.

„Gwen, bist du wach?" Eric legte ihr eine Hand auf die Schulter.

Sie blinzelte träge, suchte nach Worten, aber ihre Zunge klebte unbeweglich in ihrem Mund.

„Gwen?"

Sie stöhnte. Mit fahrigen Bewegungen versuchte sie, sich aufzurichten, sank aber sogleich zurück zu Boden. Eric umfasste ihre Schultern und half ihr, sich aufzusetzen. Vorsichtig lehnte er sie gegen einen Baum. Die Welt um sie herum tanzte. Übelkeit stieg in ihr hoch. Erst jetzt wurde ihr bewusst, dass er sie befreit hatte. Erneut.

„Du?"

Er führte ihr eine Schale mit Wasser an die Lippen und sie trank.

Erst, als Eric sie sanft an der Schulter rüttelte, merkte sie, dass sie weggedämmert sein musste.

„Gwen, wir müssen deine Wunde versorgen. Sie sieht nicht gut aus! Gwen, hörst du mich?"

Sie murmelte etwas. Sie konnte sich kaum bewegen. Wollte das gar nicht.

Eric zog sie auf die Füße und sie stöhnte unwillig.

„Komm, Mädchen. Die Wunde wird eitern, wir können nicht hierbleiben!"

Er zog sie mit sich. Weiter und weiter.

Sie schleppte sich auf Eric gestützt vorwärts und sehnte sich nach einer Rast. Aber er hielt nur alle paar Meter kurz inne, um sich aufmerksam umzusehen. Hielt er nach ihren Verfolgern Ausschau oder suchte er etwas? Schließlich deutete er zur Linken tiefer in den Wald hinein. „Dort!"

Seine Schritte wurden schneller, sie strauchelte, aber Eric hielt sie fest.

Als sie sich endlich auf den Boden setzten und an einen Baumstamm lehnen durfte, dämmerte sie sogleich weg. Am Rande des

Bewusstseins hörte sie, wie Eric sich an etwas zu schaffen machte. Schaben und Klopfen. Rascheln von Blättern am Boden. Aber sie konnte mit dem Verstand nicht erfassen, was er tat.

Von einem intensiven würzigen Duft wurde sie geweckt. Eric kniete direkt vor ihr und sie zuckte zusammen.

„Schon gut! Ich mache dir einen neuen Verband!"

Sie biss die Zähne zusammen, als er etwas von ihrem Hals zog, das an ihrer Wunde klebte. Es schmerzte so sehr, dass ihr Tränen in die Augen schossen. Aber der Schmerz verscheuchte auch den Nebel, der um ihre Gedanken lag und sie erkannte, dass sie die wohlriechenden ätherischen Öle von Lärchenharz geweckt hatten. Der Duft legte sich beruhigend auf ihre geschundene Seele. Sie blinzelte die Tränen fort.

Eric trug mit seinem Messer Lärchenharz auf ein Stück Stoff auf. Das hatte er also gesucht. Eine Waldkiefer.

Nachdem Eric genug Harz auf dem Stoff verteilt hatte, blickte er Gwen fragend an. Sie nickte und schloss die Augen.

Es brannte, als er ihr den neuen Verband umlegte. Aber sie drängte die Tränen zurück. Sie wusste, das Harz würde die Verbrennung heilen und verhindern, dass sich die Wunde entzündete.

Eric entfachte ein kleines Feuer, warf die Reste des gesammelten Harzes hinein und sogleich umwehte sie ein intensiver Waldgeruch. Sie fühlte, wie das Brennen langsam nachließ, und während sie dem sanfter werdenden Pochen der Wunde nachfühlte, schlief sie ein.

Als sie das nächste Mal die Augen öffnete, herrschte Dunkelheit. Sie spürte das feste Holz des Baumes in ihrem Rücken.

Eric hatte ein Feuer angezündet und beobachtete sie. Sein Gesicht verriet nicht, was sich dahinter abspielte.

„Danke", flüsterte sie, als sie seinen Blick bemerkte.

Sie tastete nach ihrem Hals und fühlte weichen Stoff unter ihren Fingern.

„Mein Halstuch steht dir gut. Kannst es behalten." Eric zwinkerte ihr zu. „Wer waren diese Kerle?", fragte er dann. „Und wo ist der alte Wicht?"

„Mirakel ...", sie schloss einen Moment die Augen und überlegte. „Ich weiß nicht. Sie haben ihn gefesselt."

„Er war nicht in der Hütte."

Sie sah Eric an und ihr Blick klärte sich. „Wir müssen zurück! Er muss noch irgendwo dort sein!"

„Du gehst heute nirgendwo mehr hin! Schlaf Mädchen. Morgen holen wir ihn."

Am nächsten Tag fühlte sie sich wieder bei Kräften. Ihre Wunden taten immer noch weh und die verbrannte Stelle an ihrem Hals schmerzte bei jeder Berührung, aber sie konnte aufstehen, ohne dass ein Schwindel sie überfiel.

Eric briet ein Huhn über dem Feuer.

Am liebsten wäre sie sofort aufgesprungen, um nach dem Druiden zu sehen. Bei dem Gedanken, dass er noch bei den drei Männern ausharrte, lief ihr ein Schauer über den Rücken. Sie konnte ihn nicht im Stich lassen. Aber Eric bestand darauf, dass sie aß.

Dann löschte er endlich das Feuer und sie folgte ihm durch den Wald.

Für einen kurzen Moment hatte sie Angst, dass Eric sie gar nicht zurück zu der Hütte führte. Er lief neben ihr und sagte kein Wort. Sein Gesichtsausdruck war ernst und durch das blau angeschwollene Auge, sah er noch gefährlicher aus.

Sie ballte ihre Hand zur Faust. Wo war die Macht in ihr, wenn sie sie brauchte?

„Du bleibst hier und wartest", sagte Eric, aber sie lief weiter. Schnaufend blieb Eric stehen und funkelte sie an. „Was soll das? Ich habe keine Lust mir ein zweites blaues Auge zu holen! Noch mal rette ich dich nicht." Er machte eine entschiedene Handbewegung. „Also bleib hier!"

Sie schüttelte den Kopf und lief an ihm vorbei auf die Hütte zu. Er ergriff ihren Arm und hielt sie zurück. Er suchte ihren Blick „Sei vernünftig, du ..."

Er sprach nicht weiter und Gwen bemerkte, wie er nicht mehr sie, sondern etwas hinter ihr ansah. Plötzlich verzogen sich Erics Mundwinkel zu einem Grinsen. Er ließ sie los und sie drehte sich um.

„Mirakel!" Sie atmete auf. Zumindest schien es dem alten Mann gut zu gehen. Sah man einmal davon ab, dass ihn ein Netz gefangen hielt, das an einem Baum ein gutes Stück hinter der Hütte im Wald hing.

Je näher sie kamen, desto lauter erscholl das Zetern und Schimpfen des Druiden. „Mörder! Diebe!", fauchte er und zappelte, dass das Netz hin und her schwang.

Als sie schon nahe waren, hielt Eric sie am Arm fest. „Bleib hier!", sagte er diesmal sanfter. Sie zögerte. Dann nickte sie und er ließ sie los, um dem Druiden zu helfen.

Sie zog sich ein Stück in den Schatten eines Baumes zurück und blickte sich um. Die drei Männer entdeckte sie nicht. Das Haus hinter ihnen wirkte verlassen und auch der Schornstein ragte kalt in den blauen Himmel empor.

Vorsichtig tastete sie zu dem Brandzeichen an ihrem Hals, zog die Finger aber hastig zurück. Erst jetzt wurde ihr bewusst, dass sie für ihr restliches Leben gezeichnet war. Das Mal würde heilen, aber niemals verschwinden.

Eric stand inzwischen direkt vor Mirakel, doch der bemerkte ihn gar nicht. Eric verschränkte die Arme vor der Brust, wohl bedacht, außer Reichweite des schwingenden Netzes zu stehen, und beobachtete den alten Mann. „Na, wie hängt es sich so?"

Wie vom Blitz getroffen erstarrte der Druide. Noch mit erhobenen Armen blickte er auf den Dieb nieder.

„Du?" Mirakels Gesicht verzog sich. „Was willst du?"

Eric antwortete nicht und zog ein Messer aus seinem Gürtel. Die Augen des Alten wurden eng. „Ich hätte es wissen müssen!

Du steckst hinter dem ganzen Unglück! Was hast du mit ihr gemacht, du Dämon!"

Eric hob das Messer, kein Muskel regte sich in seinem Gesicht. Dann schnitt er mit einer schnellen Bewegung das Seil durch, das das Netz hielt. Der Druide landete mit einem Plumps auf dem weichen Waldboden.

„Flegel!", zischte Mirakel und befreite sich.

Als er Gwen im Schatten des Baumes entdeckte, erhellte sich sein Gesicht. „Mädchen!" Mit kleinen, aber flinken Schritten rannte er zu ihr. „Ich bin so unendlich froh dich zu sehen!"

Gwen war auch froh, blieb aber, wo sie stand und wich den Augen des Alten aus. Das Lächeln verschwand von seinem Gesicht.

„Bei allen Baumriesen!" Er trat vorsichtig einen Schritt auf sie zu, berührte sie aber nicht. „Was haben diese Hunde mit dir gemacht?"

Eric antwortete an ihrer statt: „Sie haben ihr das Mal auf den Hals gebrannt." Und es klang, als machte er den Druiden dafür verantwortlich.

„Woher wussten sie es?", fragte Gwen mehr sich selbst.

„Jemand muss dich in der Wirtschaft erkannt haben", überlegte Mirakel. „Eine missglückte Hexenverbrennung spricht sich herum und der Wirt wusste ja, wohin wir wollten."

Dann erzählte Mirakel mit knappen Worten, wie die Männer ihn bewusstlos geschlagen hatten. Im Netz erst erlangte er sein Bewusstsein zurück und beobachtete kurz darauf, wie die Männer fluchend in die Stadt zurückliefen.

„Sie sind also nicht hier?", fragte Gwen müde.

Mirakel schüttelte den Kopf und sah sie erwartungsvoll an, aber sie erzählte ihm nichts von ihrer Rettung.

„Jedenfalls haben sie nicht nach uns gesucht", stellte Eric fest. Er steckte sein Messer zurück in den Gürtel. „Lasst uns verschwinden!"

Mirakel wickelte seine Bartspitze um den Finger und musterte Eric von oben bis unten. „Du hast ihr geholfen?"

Eric erwiderte seinen Blick kalt.

„Und woher wusstest du, dass wir hier sind? Und in Schwierigkeiten noch dazu?"

Der Dieb zuckte die Achseln. „Ich habe Schreie gehört."

„Aha", brummte der Druide und zog die Augenbrauen hoch. „Und da kommt unser Held natürlich sofort zur Hilfe!"

„Und wo warst du mit deiner Baummagie?"

„Sie haben mir meinen Beutel weggenommen!"

„Hört schon auf!", unterbrach Gwen. Ohne ein weiteres Wort drehte sie sich um und verschwand im Wald.

Sie wanderten den ganzen Tag wortlos und hielten nur kurz Rast, damit sich der Druide orientieren konnte. Das dichte Blattwerk ließ den Stand der Sonne nicht erkennen, aber Mirakel fand sich auch so zurecht. Er betrachtete die Bäume und Büsche um sich herum, als ob sie ihm bekannt vorkämen. Hie und da legte er seine Stirn an einen Baumstamm und schloss für einen Moment die Augen. Schließlich wies er stumm mit der Hand, wohin es weiterging und sie setzten den Weg fort.

Hin und wieder fingen Eric und Mirakel Streit an, aber die meiste Zeit über warfen sie sich nur böse Blicke zu. Keiner traute dem anderen. Die Hoffnung des Druiden, dass der Dieb irgendwann seiner eigenen Wege ginge, blieb vergebens. Eric folgte ihnen und Gwen war sich nicht sicher, ob sie das freute.

Er hatte sie vor Schlimmerem bewahrt und doch blieb ihr Misstrauen. Warum nur? Aber Gwen sah, dass auch Mirakel ihn im Auge behielt.

Gardon hasste es, wenn sie ihn warten ließ. Wie ein hungriges Tier schritt er in seinem Zimmer auf und ab. Es dürstete ihn nach

Informationen und Hydria musste das wissen. Sie wagte es, ihn auf die Folter zu spannen.

Diese Hexe wurde immer mehr zu einem Dorn in seinem Auge, das sich langsam entzündete. Aber er brauchte sie.

Noch!

Er entsann sich des Tages, an dem seine Häscher ihm ein kleines Mädchen gebracht hatten, dessen Schönheit sich gerade erst zaghaft entfaltete.

„Sie ist die Tochter eines Druiden", hatten seine Männer mit Stolz berichtet.

Sie hatte keine Furcht vor ihm gezeigt.

Beim ersten Blick, den Hydria im zuwarf, erkannte Gardon, dass sie sich in seine Macht und Grausamkeit verlieben würde. Eine Zeit lang empfand er es sogar als angenehm, sie um sich zu haben. Sie ließ sich bereitwillig auf den dunklen Pfad der Dämonen führen, lernte schnell und befolgte seine Befehle, ohne diese zu hinterfragen. Er ließ seine Launen an ihr aus. Ihr seelischen oder körperlichen Schmerz zuzufügen verlor aber bald seinen Reiz, da sie seine Aufmerksamkeit jeglicher Art mit Wonne entgegennahm. Selbst nach Schlägen schnurrte sie noch wie eine Katze. Er beobachtete, wie Hydria in ihrer Wissbegier eine Kaltblütigkeit entwickelte, die selbst seine Wolfsmänner dazu veranlasste, in Hydrias Gegenwart vorsichtiger und bisweilen sogar unterwürfig zu werden. Ob Wolfsmann, Kerkerinsasse oder niederes Tier, die Hexe machte keinen Unterschied, wenn sie einen Zauber ausprobieren oder ihrem Ärger Luft machen wollte. In ihrem Streben, ihm eine ebenbürtige Gefährtin zu werden, wurde er ihrer nicht nur überdrüssig, sondern auch misstrauisch. Wollte die Hexe eigene Wege beschreiten? Er strafte ihren Ehrgeiz mit Geringschätzung und entdeckte dabei eine neue Art, ihr seine Überlegenheit zu demonstrieren: er verweigerte ihr Wissen und schloss sie aus. Er lockte sie mit Informationen, als hielte er einem Hund einen Knochen hin, nur um ihn dann wieder wegzuziehen, sobald der Hund zubeißen wollte. Es bescherte ihm eine kindliche

Freude zu sehen, wie Hydria sich nach dem Knochen streckte und innerlich vor Frustration aufschrie, wenn sie ihn nicht bekam, wenn Gardon sich gelangweilt abwandte. Ihre naive Liebe zu ihm schlug in Hass um. Er tolerierte das. Liebe zog nur Enttäuschung und Verlust nach sich. Hass brannte stärker, festigte das Band zwischen ihnen. Sie gehörten beide zu den Geschöpften der Nacht, die dazu verdammt waren, Unheil und Tod zu säen.

„Meister." Hydrias samtene Stimme holte ihn aus seinen düsteren Gedanken.

„Komm rein."

Ihr geschmeidiger Körper glitt ins Zimmer. Die Locken fielen ihr wirr über die Schultern und ihre Augen funkelten. „Ich …"

„Spar dir das!", schnitt Gardon ihr das Wort ab. „Erzähl! Was ist mit dem Mädchen. Was siehst du in deiner Kugel?"

Das Lächeln auf den Zügen der Hexe verschwand. Aber nur kurz, dann kam es mit an Kraft gewonnener Boshaftigkeit zurück. „Sie sucht das dunkle Land auf."

„Ach was?" Gardon zupfte sich am Kinn. „Der Ruf?"

Hydria zuckte die Schultern. „Um sie herum liegt alles im Nebel, Meister. Keine Erinnerungen. Sie ist unbedeutend."

„Oder wie ein Buch, das noch nicht aufgeschlagen wurde", raunte er so leise, dass Hydria ihn nicht verstand.

„Ich habe sie auf die Probe gestellt, Meister."

Gardon hob eine schwarze Augenbraue „Und?"

Hydria leckte sich über die Lippen. „Sie hat kläglich versagt."

„Inwiefern?" Gardons Stimme verriet Gereiztheit. Hydria strich sich eine Locke aus dem Gesicht. Ganz langsam.

„Man hat ihr das Mal auf den Hals gebrannt. Sie hat gewimmert und geschrien." Hydria setzte sich auf die Kante von Gardons Bett und ließ sich langsam zurücksinken. Dabei ließ sie ihren Herrn nicht aus den Augen.

„Und?" Gardons Blick lag wie ein schwerer Fels auf ihrer Brust, der ihr die Luft abschnürte, aber sie ließ sich nichts anmerken.

„Nichts. Sie hat sich nicht gewehrt."

Gardon nickte kaum merklich. „Den Stern, hm? Wie einfallsreich von dir."

„Jeder wird ihr die Hilfe verweigern. Das erschwert ihren Weg ungemein. Ihr und ihren beiden Helfern."

Gardons Braue zuckte nach oben. „Zwei Verbündete?"

Hydria winkte ab und rekelte sich. „Zankhähne, die sich vermutlich gegenseitig umbringen."

Gardon lachte.

Er trat ans Bett und beugte sich tief über die Hexe. Sie hielt erwartungsvoll den Atem an. Fasziniert stellte sie wie schon viele Male zuvor fest, dass sie sich in Gardons Augen nicht spiegeln konnte.

„Verschwinde."

Hydrias Lächeln flackerte. Sie hielt es eisern fest. „Wie ihr wünscht, Meister", zischte sie und rollte sich vom Bett.

An der Tür hielt er sie noch einmal zurück. „Hydria." Sie wandte ihm weiter den Rücken zu. „Du weißt, was du zu tun hast!"

Die Hexe murmelte etwas Unverständliches und ließ ihren Herrn allein.

Gardons Mundwinkel zuckten. Er drehte sich um und ging zum Fenster. Nein, er wollte zum Fenster gehen. Er runzelte die Stirn. Seine Füße schienen mit dem steinernen Boden zu verschmelzen, er konnte sie nicht heben und kam keinen Schritt voran. Gardon knurrte und versuchte es erneut. Vergeblich.

Er schloss die Augen und atmete tief. „Der Schwarzmond ist noch fern. Es ist noch Zeit." Seine Stimme rumpelte durch das Zimmer wie ein rollender Felsbrocken.

Er versuchte es erneut. Er hob einen Fuß. Dann den anderen. Zwar gehorchten die Füße wieder seinem Willen, aber der Weg zum Fenster erschien ihm unendlich weit. Er sank aufs Bett und schloss die Augen.

Nur einen Moment …

Das Feuer brannte und Eric drehte einen Spieß darüber, von dem der Duft von Gebratenem ausging. Neben ihm lag ein blutiges Knäuel aus ehemals flauschigem Pelz.

Übelkeit stieg in Gwen auf, als sie das abgezogene Fell eines Hasen erkannte. Das besudelte Messer des Diebes lag daneben.

„War nicht einfach, das widerspenstige Biest zu fangen." Eric deutete ihren Blick falsch. „Ich kann dir zeigen, wie man jagt, Gwen."

Sie fröstelte und schüttelte den Kopf. Eric zuckte die Achseln, nahm das Messer, um es am Gras abzustreifen und steckte es zurück in die Scheide am Gürtel.

„Wo ist Mirakel?"

„Der alte Wicht wollte sich umsehen."

Gwen streckte ihre steifen Glieder. Als sie auch ihren Nacken drehte, spannte die Haut an ihrem Hals schmerzhaft. Sie hatte sich an einem Tümpel spiegeln können. Sehr lange hatte sie an seinem trüben Wasser gesessen und hinein gestarrt. Der Stern war tiefrot eingebrannt. Man konnte ihn nicht übersehen, er würde jedem sofort ins Auge springen. Sie sog scharf die Luft ein, als das Mal wieder zu schmerzen begann.

„Hier." Eric warf ihr etwas zu. Sie zuckte zurück, als es auf ihrem Schoß landete. Ein Tuch. Gwen nahm den zerknitterten Stoff. Er war hellblau und weich.

„Er ist sauber." Eric versenkte seinen Blick im Feuer. „Du kannst dir einen frischen Verband damit machen."

„Danke." Sie befühlte den fein gewebten Stoff. „Du magst wohl Halstücher?"

Erics Mund verzog sich zu einem Grinsen. „Es ist ein Souvenir."

Sie nahm das alte Halstuch vorsichtig ab, dann faltete sie das neue zu einem Dreieck und band es sich um. Es brannte ein wenig auf der Haut, aber ohne es würde man sie auf den ersten Blick als Gezeichnete erkennen.

„Wirf das alte ins Feuer", meinte Eric und sie ließ es hineinfallen. Sie beobachtete wie Flammen nach dem Stoff leckten und es verbrannten. Noch einmal entfaltete sich das wohlriechende Aroma des Harzes in der Luft, mit dem er getränkt war.

Gwen ging die wenigen Schritte zu dem Bächlein hinüber, neben dem sie am Abend ihr Lager aufgeschlagen hatten. Sie hielt ihre Hände hinein und genoss das Frösteln, während das kalte Wasser um ihre Finger spielte.

„Willst du wirklich einem Märchen nachjagen?"

Sie antwortete nicht und schlug sich Wasser ins Gesicht.

Eric ließ nicht locker: „Der Mondsee ist eine Sage, mehr nicht. Du wirst ihn nie finden!"

Sie trocknete ihr Gesicht am Saum ihres Kleides und betrachtete die Strömung.

„Eher stirbst du."

Sie warf einen kurzen Blick über ihre Schulter. Eric saß am Feuer und drehte ihr den Rücken zu.

„Es gibt sonst nichts, wo ich hinkann."

„Du hättest in das Dorf gehen können. Du hättest in der näheren Umgebung nach Menschen suchen können, die dich kennen." Er machte eine Pause. „Du hättest bei der alten Frau bleiben können, die dich gefunden hat. Salabi."

Mit einem Ruck fuhr Gwen hoch. Sie starrte auf Erics Rücken. „Ich habe dir ihren Namen nicht gesagt!"

„Du hast ihren Namen gerufen, als du geschlafen hast."

Jetzt drehte sich Eric zu ihr um. „Was soll sie dir verzeihen?"

Sie biss sich auf die Unterlippe.

„Du hast sie sehr gemocht, oder?"

„Sie hat versucht mich umzubringen."

Überraschung spiegelte sich auf Erics Gesicht. Er legte den Kopf schräg.

„Seitdem ich im Wald aufgewacht bin, versuchen alle, mich umzubringen." Sie seufzte und bereute, dass sie schon so viel von sich preisgegeben hatte.

„Hm." Eric zupfte an einem Grashalm. „Hast du Salabi umgebracht?"

Sie antwortete nicht und Eric nickte. „Sie hat dich bedroht, da musst du keine Schuldgefühle haben."

Sie wandte sich ab und starrte in den Wald.

„Ich habe auch gemordet. Manchmal ist das notwendig, um selbst zu überleben." Erics Stimme war auf einmal viel näher, aber Gwen wagte nicht, sich umzuschauen.

„Du willst dich nicht an deine Vergangenheit erinnern." Sie spürte seinen Atem in ihrem Nacken. „Deshalb bist du weggelaufen. Du hast Angst vor dem, was hinter dir liegt." Eine Hand legte sich schwer auf ihre Schulter.

Sie schüttelte sie ab und fuhr herum. „Fass mich nicht an. Was weißt du denn schon?"

„Ich weiß, dass du viel eher herausfinden würdest, wer du bist, wenn du aufhörst darüber nachzudenken und einfach lebst!"

Sie schlug seine Hand beiseite, die sich nach ihr ausstreckte und in seinem Gesicht wurde es dunkel. „Ich habe zwei Mal deine Haut gerettet. Du könntest dich etwas dankbarer zeigen."

Das war zu viel! Sie schlug zu. Es klatschte laut, als ihre flache Hand auf seine Wange prallte. Eric packte ihr Handgelenk und zog sie an sich heran. „Nächstes Mal nimm die Faust!" Sein Gesicht kam dem ihren nah. „Ich bin ein Mörder und ein Dieb", flüsterte er. „Ich stehe dazu und du solltest das auch tun. Vielleicht erinnerst du dich dann, was du bist."

Sie spuckte ihm ins Gesicht. Erics freie Hand umschlang ihre Taille und zog sie noch dichter an sich heran.

„Lass mich los."

Er lachte. „Sonst was? Verhext du mich? Bisher habe ich von deiner Macht noch nichts gesehen." Aber ganz plötzlich erstarb sein Lachen.

„Lass mich los", sagte sie noch einmal und drückte das kalte Eisen von Erics Messer etwas fester an seinen Hals.

Er verzog den Mund spöttisch. „Schlitzt du mir sonst die Kehle auf?"

„Störe ich?"

Sie ließ Eric aus den Augen, nur kurz. „Mirakel ..."

Eric ließ ihre Taille los und packte das Handgelenk ihrer Messerhand. Er drückte so fest zu, dass sie aufschrie und das Messer fallenließ. Eric stieß sie von sich und ergriff die Klinge.

„Fass das nicht noch mal an, Hexe!"

Gwen taumelte, fing ihren Sturz aber ab. „Fass du *mich* nicht noch mal an!"

„Was war hier los?" Mirakel stellte sich zwischen die Beiden und hob drohend die Faust in Erics Richtung. „Ich hätte dich doch in eine Kröte verwandeln sollen."

Eric steckte das Messer zurück in den Gürtel. „Wie es um deine Kräfte steht, haben wir ja gesehen." Er wischte sich Gwens Speichel aus dem Gesicht. „Retten konntest du euch beide damit jedenfalls nicht."

„Ich werde es dir schon zeigen, du ..." Mirakel hatte die Hände gehoben, ließ sie aber sogleich wieder sinken, als Gwen ihm eine Hand auf die Schulter legte. „Lass gut sein, Mirakel." Sie sah Eric dabei direkt in die Augen. „Nur eine kleine Meinungsverschiedenheit."

Sie ging zum Feuer und setzte sich. „Lasst uns essen, bevor der Hase völlig verkohlt ist."

Gwen fragte sich nicht mehr, warum die beiden Männer sie begleiteten. Sie nahm es hin, froh darüber, nicht allein zu sein.

Erics Verhalten verstärkte ihr Misstrauen, aber sie fühlte sich auch in seiner Schuld. Dies, sagte sie sich, ist der Grund, warum ich ihn nicht wegschicken kann. Ich stehe in seiner Schuld.

Außerdem brachte es auch Vorteile, dass er da war. Er konnte jagen. Auch wenn sie angeekelt fortsehen musste, wenn er Tiere erlegte, sie häutete und ausnahm, bis seine Hände Blut besprizt waren, sie war dankbar für das Fleisch, das ihr Menü aus Beeren, Nüssen und Kräutern ergänzte. Dennoch ertappte sie sich dabei, wie sie ihn heimlich beobachtete und die unterschiedlichen Gefühle einzuordnen versuchte, die in ihr aufstiegen. Ekel, Scham, aber auch Dankbarkeit. Eine dunkle Faszination und ... eine eigenartige Verbundenheit? Weil er ein Mörder war ... wie sie?

Mirakel dagegen zeigte sich gutmütig und freundlich. Zumeist versank er in seine eigenen Gedanken oder hielt stille Zwiesprache mit den Bäumen um sie herum. Wenn er dann doch das Wort an sie richtete, sprach er von der Gabe, die sie in sich trug.

„Aber warum hat sie mir zweimal geholfen und gegen die Männer ..." sie ließ den Satz unvollendet.

„Nun," überlegte Mirakel, „als du nichts von deiner Gabe wusstest, konnte sie frei durch dein Unterbewusstsein fließen. Jetzt weißt du, dass sie da ist und willst sie heraufbeschwören, aber dadurch blockierst du dich selbst."

Er schlang sich den Bart um den Hals. „Es ist wie mit allen anderen Talenten. Die Geige spielen zum Beispiel. Du darfst nicht verbissen sein und zu viel darüber nachdenken. Die Hände eines geübten Spielers wissen, was sie tun. Wenn du dir aber sagst: Jetzt darf mir kein Fehler passieren, und dich so stark darauf konzentrierst, nun, dann können Misstöne die Folge sein."

Sie gelangten immer tiefer in das Unterholz. Jeder eingeschlossen in seine innere Welt tasteten sie sich bis in den dunklen Kern des Waldes vor. Erst als sich die ersten Sterne durch das Blattwerk schummelten, suchten sie sich einen Platz für die Nacht.

Schließlich streckte sich Gwen auf dem weichen Waldboden aus und gab sich ganz der Dunkelheit hin, die sich ruhig und sanft über sie legte.

Gesättigt und mit einer wohligen Schwere in ihren Gliedern, wurde sie schläfrig. Sie hörte das Holz im Feuer knistern und fühlte sich wohl wie seit Tagen nicht mehr.

Die Baumkronen verbargen den Himmel fast vollständig. Hie und da entdeckte Gwen einen Stern unendlich weit entfernt durch das Geäst blinken. Aus dem Blätterdach kam ein sanftes Säuseln. Sie dachte an Mirakels letzte Worte, bevor sein leises Schnarchen begonnen hatte.

„Morgen kommen wir nach Rulika."

Leichtes Unbehagen stieg in ihr auf, aber sie fühlte sich gerade viel zu sicher zwischen den hohen Bäumen, um wirkliche Angst zu empfinden. Es wäre ihr lieber, in den Wäldern zu bleiben, anstatt fremden Menschen zu begegnen.

Sie atmete die Waldluft tief ein und ließ ihren Geschmack auf der Zunge zergehen. Harz, Tannennadeln, verwitterndes Laub.

Ein Krächzen tötete die friedliche Stille. Ein Schrei schwang durch die Luft. Gwen fuhr hoch.

Auch Mirakel und Eric wurden aus dem Schlaf gerissen. Erics Messer blitzte im Feuerschein in seiner Hand auf.

Schlagartig wurde die einlullende Dunkelheit zu einer bedrohlichen und undurchschaubaren Wand. Gwen erwartete, dass jede Sekunde eine Gestalt aus dem schwarzen Leib des Unterholzes hervorkroch.

Wieder ein Schrei.

„Was ist das?", rief Eric, aber sie konnte den Schrei keiner Tierart zuordnen, die sie kannte.

„Still", zischte Mirakel.

Da brach das schreiende Etwas aus dem Dickicht hervor und flog mit riesigen Schwingen auf sie zu. Sein klagender Schrei wehte ihm voraus. Die Eule.

Leise, aber schnell wie ein Blitz glitt sie durch die Nacht auf sie zu. Sie starrte sie aus glitzernden Augen an. Ihr Blick bohrte sich Gwen direkt ins Herz und sie hoffte, die Eule könnte die Furcht darin nicht spüren.

Als sie schon der Luftzug der Eulenflügel traf, schrie eine Stimme: „Lauf!"

Endlich erwachte sie aus ihrer hypnotischen Starre und rannte los. Sie stolperte über Wurzeln, Äste schlugen ihr ins Gesicht, aber sie rannte und rannte. Immer weiter in den Wald hinein.

Als sie zuvor zusammentrafen, hatte der Vogel sie verschont. Aber sie hatte an Raja gesehen, was die Eule mit ihr machen würde, wenn sie in ihre scharfen Klauen geriet. Sie wurde zurückversetzt in die Nacht, als alles begonnen hatte. Wieder schürfte sie sich Arme und Beine an Dornen auf. Die Schreie jagten dicht hinter ihr her.

In diesem Moment lichtete sich vor ihr der Wald und gab den Blick auf eine glänzende Fläche frei. Sterne spiegelten sich in einem Gewässer. Es schimmerte matt in ihrem Licht und lag so friedlich vor ihr, so ruhig und klar, dass sie die Gefahr fast völlig vergaß. Lag vor ihr der Mondsee?

Ein Schrei riss sie zurück in die Wirklichkeit. Der Vogel krallte sich in ihr Haar und nun schrie auch Gwen, allerdings vor Schmerz. Aber sie rannte weiter und riss sich los. Sie rannte auf den See zu und mobilisierte noch einmal ihre ganze Kraft.

Nur noch wenige Schritte trennten sie vom Ufer. Todesangst ließ ihre Beine schneller laufen, als sie für möglich gehalten hätte, aber das war immer noch viel zu langsam.

Der Vogel stürzte auf sie herab und streckte seine Krallen vor. Sie stieß sich vom Boden ab und sprang. Wasser stürzte auf sie hernieder und sie tauchte so tief in den See wie ihre Lungen vermochten.

Die Eule schrie und krächzte zornig, weil sie ihre Beute verloren hatte. In das glitzernde Wasser folgte sie Gwen nicht. Aber sie kreiste über ihr und starrte gebannt auf das Wasser. Irgendwann würde Gwen auftauchen müssen.

Die Eule kreischte, als sie eine Wolke aus Feuer einzuhüllen drohte. Sie tat einen kräftigen Flügelschlag und wich den unerwartet aufgetauchten Flammen aus, die ihre Federspitzen versengten. Sie flatterte wild. Dann entdeckte sie die Quelle des Feuers.

Ein weiterer Schrei. Kein Schmerz lag darin, sondern Angriffslust.

Im Sturz stieß die Eule auf das in einem Busch kauernde Wesen herab. Dieses gluckste leise und hauchte dem Vogel erneut eine Feuerwolke entgegen.

Der Donnervogel kreischte ein letztes Mal und verschwand mit schwelenden Schwingen im Nachthimmel.

Gwen hatte nichts davon bemerkt. Sie kämpfte unter Wasser gegen den Drang zu Atmen. Schließlich konnte sie dem schmerzenden Druck in ihren Lungen nicht mehr Stand halten und kämpfte sich zurück an die Wasseroberfläche. Sollte die Eule sie doch zerfetzen, aber sie wollte nicht ertrinken! Prustend tauchte sie auf und sog gierig die kühle Luft ein.

Der Schmerz, mit dem Krallen sich in ihre Haut bohrten, blieb aus. Nichts geschah.

Sie sah sich um, aber von dem mächtigen Tier war weder etwas zu sehen noch zu hören. Hatte sie aufgegeben? Hatte die Macht des Sees sie vertrieben?

Sie schwamm mit letzter Kraft ans Ufer und blieb reglos liegen. Nur ihre Brust hob und senkte sich in unregelmäßigem Rhythmus.

Ihre Augen glitten über den See. Suchten das Ufer ab. Nein, dies konnte nicht der Mondsee aus ihren Träumen sein. Die Bäume waren anders und sie fühlte tief in ihrem Inneren, dass sie sich getäuscht hatte.

Nichtsdestotrotz hatte der See sie gerettet. Scheute die Eule das Wasser? Hatte sie Gwen deshalb verschont? Oder jagte sie jemand anderen?

Gwen stützte sich auf ihre Unterarme. „Eric? Mirakel?"

Sie musste zurück! Sie schöpfte noch etwas Kraft aus langsamen, tiefen Atemzügen, dann stand sie auf, um zum Lager zurückzulaufen. Aber aus welcher Richtung war sie gekommen? Im matten Schein der Sterne verschmolzen die Bäume langsam mit den Schatten. Sie musste sich beeilen, bevor sie gar nichts mehr sehen konnte. Sie lief los. Sofort flimmerte es vor ihren Augen. Orientierungslos blieb sie stehen. Alles drehte sich. Sie lehnte sich an einen Baum. „Mirakel!"

Zweige knackten hinter ihr. Sie lauschte. „Hallo? Eric? Wo seid ihr?" Niemand antwortete. Gwen ließ sich auf den Boden sinken und hielt den Atem an. Aber sie hörte nur das Rauschen ihres Blutes.

Sie lauschte so angestrengt, dass sie darüber einschlief und erst in der Dämmerung erwachte. Verwirrt, weil es vermeintlich von einem Augenblick auf den nächsten hell wurde, schreckte sie auf. Für einen schrecklichen Moment glaubte sie erneut, Erinnerungen verloren zu haben. Aber die Geschehnisse des letzten Tages kehrten zurück, zusammen mit Traumgespinsten, die Gwen nur mühsam voneinander trennen konnte. Nach dem Erwachen wirkte alles so surreal und unglaublich, dass sie fürchtete die Wirklichkeit könnte sich nach und nach in einem Traum auflösen. Sie fasste sich an den Kopf. Vielleicht würde die Leere des Vergessens sie aufzehren, bis von ihr nichts mehr übrigblieb.

Aber vielleicht sollte sie sich mit den weniger komplizierten Problemen befassen. Sie hatte allein im Wald geschlafen und ihre Begleiter waren fort. *Ich muss sie finden.*

Sie rappelte sich zitternd auf. Ihr Kleid klebte vor Feuchtigkeit an ihren vor Kälte steifen Gliedern. Sie schlang die Arme um ihren ausgekühlten Körper.

Sie gestand sich ein, dass sie keine Ahnung hatte, in welcher Richtung ihr Lager lag, und so marschierte sie einfach drauf los.

Ein Gedanke hämmerte durch ihren Kopf: Was, wenn sie tot sind?

Warum hätte die Eule von ihr ablassen sollen, wenn nicht, um ihre Begleiter zu jagen? Oder war Eric ihr vielleicht gefolgt und hatte den Vogel abgelenkt und zu sich gelockt, während sie im See tauchte?

Lag der Dieb irgendwo ganz in der Nähe und verblutete?

„Eric!" *Warum rief Mirakel nicht nach ihr? Suchte er sie nicht? Hatte sie die falsche Richtung gewählt?*

„Mirakel!"

Sie drehte sich einmal um sich selbst und starrte ins Unterholz.

Sie entschloss sich, eine andere Richtung zu versuchen. Ihre Schritte wurden schneller. Bald rannte sie. „Hallo!"

Etwas Heißes rann ihr übers Gesicht. Es schmeckte salzig. Schon legte sich ein Schleier über ihre Augen und sie erschrak, als sie sich selbst schluchzen hörte. Sie setzte sich auf den weichen Waldboden und kämpfte die Tränen zurück. Sie fror und ihr Magen knurrte.

Das Rauschen der Bäume um sie herum klang wie das Seufzen eines einzelnen großen Wesens. Sie schlang ihre Arme um die Tanne, die ihr am nächsten stand und weinte. Sie drückte ihr Gesicht an den rauen Stamm. „Bitte helft mir", flüsterte sie. Sie bekam keine Antwort und doch schenkten der standhafte Baum und das Knacken und Ächzen seiner grünen, schwingenden Äste ihr Trost. Ihr Atem beruhigte sich langsam und sie wischte ein paar letzte Tränen aus den Augenwinkeln.

Lass los, lass einfach los.

Das Brechen von Ästen ließ sie aufhorchen. In ihrem Nacken kribbelte es. Sie sah sich um. „Hallo? Mirakel?"

Nach einer Weile seufzte sie und wischte sich über das Gesicht. Sie setzte sich bequemer hin und lehnte sich mit dem Rücken an die Tanne.

Wieder hatte ihre angebliche innere Kraft ihr nicht geholfen. Der Wolfsmann und Melcom mussten Zufälle gewesen sein. Vielleicht nur ein Anflug von dämonischer Kraft, die inzwischen verschwunden war. Fort wie Eric und Mirakel.

„Ich bin allein", flüsterte Gwen der Tanne zu.

Aber das stimmte nicht.

Nur ein paar Schritte von ihr entfernt, in einem Busch mit weißen Schneebeeren, saß eine Gestalt und beobachteten jede ihrer

Bewegungen. Das Wesen sah, wie Gwen sich am Stamm der Tanne hochzog und weiterging.

Es folgte ihr.

Gwen lief weiter durch den Wald, rief die Namen ihrer Begleiter, änderte immer wieder die Richtung. Schließlich strahlte die Sonne hoch über ihr durch das Blattwerk.

Sie gestand sich ein, dass Weitersuchen keinen Sinn mehr machte. Sie hätte bei Mirakel und Eric bleiben sollen. Sie hatte sich hoffnungslos verirrt.

Etwas raschelte hinter ihr, ganz nah. Gwen blieb abrupt stehen, aber nur kurz und lief dann weiter. Sie blickte voraus, aber ihre Sinne konzentrierten sich auf das, was hinter ihr lag.

Eric und Mirakel konnten es nicht sein, sie hätten sie gerufen. Das Kribbeln in ihrem Nacken kehrte zurück und sie fühlte sich beobachtet. Diesmal hatte sie keinen Zweifel. Sie spürte fremde Augen, deren Blick auf ihrem Rücken haftete und widerstand dem Drang, sich umzuwenden. Sie lief weiter und wartete auf ein erneutes Geräusch.

Sie war so angespannt, dass sie erst nicht bemerkte, wie sie aus dem Wald heraustrat. Plötzlich stand sie auf einer Wiese. Wie ein Teppich, mit kleinen weißen Blütenpunkten, bedeckte sie einen Hügel. Und am Fuße des Hügels lag ein Dorf.

Gwen atmete auf. Vielleicht war dies das Dorf, von dem der Druide gesprochen hatte. Wie hieß es?

Rulika! Vielleicht würde sie hier Eric und Mirakel wiederfinden. Aber ein Schatten legte sich über ihre aufkeimende Freude. Ein Dorf, voller fremder Menschen. Jeder davon ein potenzieller Feind, der sie vielleicht erkannte. Der ihr Böses wollte. Sie schluckte.

Zögernd blickte sie über ihre Schulter. Der Wald lag hinter ihr. Bäume und Sträucher, sonst nichts. Und doch atmete sie auf, als lauerte etwas darin, dem sie jetzt auf freier Flur entkommen konnte. Sie tauschte den Schrecken des Waldes gegen den des nächsten Dorfes.

Sie dachte an enge Gassen, in denen sich viel zu viele Menschen drängten, die sich gegenseitig den Atem nahmen, an schreiende Kinder, stinkenden Unrat. Und an ihre Reisegefährten, die vielleicht irgendwo auf sie warteten.

Konnte sie Mirakel und Eric schon Freunde nennen? Wo sie doch beiden misstraute und stets auf der Hut blieb? Nun fehlte ihr immerhin die vertraute Anwesenheit der Beiden.

Gwen stieg den Hügel hinab.

Ihr Verfolger knurrte und blieb zurück im Schatten des Waldes.

Gwen schnaufte und zog das Halstuch zurecht, das ihr Dämonenmal verbarg. Schweiß rann ihr aus allen Poren.

Menschen, so viele Menschen!

Leute rempelten sie an, strömten lärmend an ihr vorbei, sie wich Pferden aus und Krämern mit vollbeladenen Handkarren. Ein unfassbar lautes Stimmengewirr brandete über sie hinweg. Die vielen Geräusche bauschten sich zu einer riesigen Wolke dröhnenden Lärms auf. Egal wohin sie ihre Schritte lenkte, es gab kein Entkommen aus der Menschenflut, die den Markt von Rulika überschwemmte.

Gwen ballte die Fäuste, atmete tief durch und ließ sich mit dem Menschenstrom treiben. Sie passte sich dem Rhythmus des pulsierenden Marktgeschehens an und ihr Herzschlag beruhigte sich langsam.

Das Dorf, vielmehr die Stadt, beherbergte offenbar viele Bewohner und fahrende Händler, die sich dicht an dicht auf dem Markt aneinanderdrängten und ihre Ware feilboten. Wenigstens beachtete sie niemand.

Es duftete nach Gebäck, süßem Met und gerösteten Kastanien, die sie an ihren Hunger denken ließen. Was sie in den Auslagen sah, verstärkte das Knurren ihres Magens noch mehr.

Ihre Hände wühlten in ihren leeren Rocktaschen.

Ziellos lief sie umher und fühlte sich unsichtbar trotz all der vorbeieilenden Gesichter, allein unter all den Menschen.

Als Marktbaum wuchs ein großer Ahorn in Zentrum des Platzes. Seine Blätter leuchteten in unterschiedlichsten Rottönen und erinnerten Gwen an bunt bemalte Hände, die versuchten nach den Wolken zu greifen. Sie bahnte sich einen Weg zu seinem Stamm und lehnte sich dagegen. Sie fühlte sich, als hätte sie nach langem Schwimmen endlich das rettende Ufer erreicht.

Sie blieb eine ganze Weile im Schatten des Ahorns. Wie kleine Propeller trudelten seine reifen Samen zu Boden. Schließlich fasste sie sich ein Herz und ging weiter.

In einer Schenke fragte sie den Wirt, ob er einen kleinen Alten mit weißem Bart gesehen hätte. Er verneinte.

„Vielleicht einen groß gewachsenen Mann mit dunklen Haaren und blauen Augen?"

Der Wirt lachte. „Solche Burschen gibt es hier zuhauf!"

Gwen überlegte, wie sie Eric besser beschreiben konnte. „Er ist kräftig gebaut und trägt die dunklen Kleider eines Wanderers."

Der Wirt sah sie nur gutmütig an und widmete sich dann wieder seinen zahlenden Gästen.

Gwen sah aus einem blank geputzten Fenster. Die Nacht dämmerte herauf. Sie erwog, den Wirt noch einmal wegen eines Schlafplatzes und etwas zu Essen anzusprechen, aber sie hasste den Gedanken, betteln zu müssen. Sie ging ohne ein weiteres Wort hinaus auf die Straße. Der Markt hatte den ganzen Tag gedauert. Erst jetzt bei schwindendem Licht begannen die Händler, ihre Stände abzubauen.

Sie ging noch einmal auf den Markt. Vielleicht würde etwas vergessen? Ein heruntergefallener Apfel oder etwas Brot.

Du stiehlst lieber, als dass du bettelst?

Sie wischte den Gedanken beiseite, gestand sich aber ein, dass es genau so war.

Bei dem Stand, wo der Geruch von Gebäck ihre Nase schon einmal lockend umschmeichelt hatte, blieb sie stehen. Das Hungergefühl in ihr bäumte sich auf. Sie wusste, sie sollte in den Wald zurückzugehen und sich dort etwas Essbares sammeln, aber sie wollte in diesem Moment nicht vernünftig sein.

Vor ihr werkelte ein dürrer Mann, der Brot und Kuchen zurück in die Körbe seines Marktkarrens verstaute. Der Mann wollte so gar nicht zu seinem üppigen Angebot passen. Gwen beobachtete ihn unschlüssig. Sie konnte den Geschmack von luftig gebackenem Brot mit knuspriger Kruste oder dem sahnigen Kuchen mit Puderzucker förmlich auf der Zunge schmecken.

Der bohrende Hunger siegte.

Langsam schlenderte sie an dem Marktstand vorbei. Sie brauchte nur die Hand auszustrecken. Unsicher sah sie sich nach allen Seiten um. Kaum noch Marktbesucher waren unterwegs.

Sie griff nach dem erstbesten Laib Brot, aber da packten sie knochige Finger am Handgelenk. „Hab ich dich!", rief der Händler und Gwen spürte, wie ihr die Röte ins Gesicht schoss.

Der Griff verstärkte sich. Trotz der dürren Gestalt war der Mann sehr kräftig. Er hielt sie über die Auslage hinweg fest und sein Kopf ruckte suchend hin und her, unschlüssig, ob er selbst hinter dem Stand hervorkommen, oder Gwen zu sich herumziehen sollte. Stattdessen verzog er ungehalten das Gesicht und stieß sie von sich. Überrascht, taumelte sie zurück, verlor das Gleichgewicht und stürzte in den Straßendreck.

„Wenn ich dich noch mal erwische, lasse ich dich nicht so glimpflich davonkommen!", keifte der Mann. „Und jetzt pack dich!"

Neugierige musterten das im Dreck hockende Mädchen. Ihre Blicke schnitten wie Messer in Gwens Fleisch und Panik stieg in ihr auf, als der Kreis der Schaulustigen sich um sie schloss.

Aber dann wurde ihr Schreck fortgeweht, als sie eine Gestalt in der Menge erkannte. Das einzige Gesicht, das nicht finster auf die Diebin herabsah, sondern belustigt grinste.

Als Eric ihren Blick auffing verschwand sein Grinsen. Ein Ruck ging durch seinen Körper, als er Gwen erkannte. Er drängelte sich nach vorn. „Was fällt dir ein, du Drecksack!"

Der Handler duckte sich, als er erkannte, dass Eric ihn meinte und sich drohend vor seinem Stand aufbaute.

„Hast du keine Manieren?" Eric funkelte den Handler an, der abwehrend die Hände hob und zu einer Erklärung ansetzte, aber da drehte Eric sich zu Gwen um. Sanft fasste er sie an den Armen und zog sie auf die Füße. „Alles in Ordnung, sag nichts", raunte er ihr ins Ohr, während er ihr den Staub vom Kleid klopfte.

Erics Stimme klang nun ruhiger, aber nicht weniger kraftvoll: „Sie hat es nicht nötig zu stehlen. Wie kommst du darauf?" Sein Arm legte sich um ihre Schulter und drückte sie an sich. Dieses Mal empfand sie seine Nähe nicht als unangenehm. Dankbar lehnte sie sich an ihn. Sie presste die Lippen aufeinander und wünschte, sie könnte sich in seiner Wärme wie unter einer Decke verkriechen und vor den vielen starrenden Augen verstecken.

„Sie mag vielleicht wie eine Bettlerin aussehen", fuhr Eric in munterem Ton fort und ließ seinen Blick über die Menge schweifen. „Aber dem ist nicht so. Wir hatten nur einen kleinen ..." Er zwinkerte Gwen zu. „... Zwischenfall im Wald."

„Wer bist du?" Der Handler verkniff die Augen. Die Gewissheit der Auslage zwischen sich und Eric schenkte ihm Sicherheit.

„Ich?" Eric runzelte die Stirn. „Ich bin der Gefährte dieser Dame." Eric entließ Gwen etwas aus seiner Umarmung, um ihr tief in die Augen zu sehen. „Wie oft soll ich dir noch sagen, dass du nicht alles anfassen sollst?"

„Ich ..."

Eric fuhr an den Handler gewandt fort: „Und du! War das nötig so grob zu reagieren? Handelst du so mit allen Kunden, die sich für deine Ware interessieren?"

Der Verkäufer trat hinter seinem Stand von einem Bein auf das andere. Die Blicke der Schaulustigen lasteten nun mit all ihrem Gewicht auf ihm. „Ich dachte, dass ..."

„Schon gut, schon gut." Eric trat vor und beugte sich über die Auslage. Der Händler zuckte zurück, als er den Arm ausstreckte, aber Eric wollte ihn nicht schlagen. Er hielt ihm die Hand hin.

Zögerlich griff der Händler danach und beide schüttelten einander freundschaftlich die Hände, wenn auch mit Argwohn und Wachsamkeit im Gesicht den Händlers. Eric ließ seine Hand los und beugte sich dann noch weiter über den Stand, um dem Händler noch einen Klaps auf die Schulter zu geben. Als er sich zurückzog, seufzte der Dürre erleichtert.

„Nun denn." Eric nickte wohlwollend, fasste Gwen an der Hand und zog sie hinter sich her aus der Menge.

Gwen spürte ihre Beine kaum und ihre Gedanken wirbelten durcheinander. Sie schämte sich, war aber gleichzeitig froh, weil Eric sie gefunden hatte, weil er lebte. Der Vogel hatte ihn nicht zerfetzt, wie sie befürchtet hatte.

Kaum waren sie um eine Straßenecke gebogen und außer Sichtweite, wurde sein Griff um ihren Arm schmerzhaft. Ehe sie sich versah, drückte Eric sie an eine Hauswand und hielt ihre Schultern gepackt, während er sie zornig anfunkelte. „Verdammt Gwen, wo warst du?"

Sie wand sich, aber Erics ließ sie nicht los. „Was?"

„Was?", äffte er sie nach. „Ich dachte du wärst tot! Zerfleischt von diesem Vieh! Und jetzt spazierst du hier herum."

„Du tust mir weh."

Eric gab sie frei und trat ein paar Schritte zurück. Seine Arme hingen wie leblose Stricke herunter.

„Ich habe euch die ganze Nacht gesucht", sagte Gwen atemlos. „Ihr wart plötzlich fort und ich habe das Lager nicht mehr gefunden. Ich ... bin in einen See gesprungen, und als die Eule plötzlich fort war, dachte ich ..." Sie sprach nicht zu Ende. Sie musterten sich eine Weile schweigend. Sie wusste nicht mehr, was sie noch sagen sollte.

Irgendwann nickte Eric. Ein Lächeln legte sich über die ernsten Züge, aber sie bezweifelte, dass es echt war.

„Das war übrigens ein sehr kläglicher Versuch etwas zu stehlen." Er legte den Kopf schief. „Ist dir kalt?"

Erst jetzt merkte Gwen, dass sie am ganzen Körper zitterte. „Ein wenig", log sie.

Das Lächeln, das nun Erics Lippen umspielte, spiegelte sich auch in seinen Augen wider. Der Dieb griff in die Taschen seiner Hose und zog jeweils einen schmalen Fladen Brot heraus. „Frisch eingekauft!"

Gwen schüttelte den Kopf. „Du hast doch nicht gerade ..."

Eric warf ihr ein Brot zu und sie fing es auf.

Es roch herrlich und sie konnte sich nicht beherrschen. Sie biss ein großes Stück davon ab. Es schmeckte besser als alles, was sie je gegessen hatte.

Eric lachte und sie wunderte sich, wie anders er aussah, wenn er das tat.

„Komm!" Er lief in eine schmale Gasse und Gwen folgte ihm ohne zu Zögern.

„Wohin gehen wir?"

„Ich bin schon etwas länger auf dem Markt."

„Wie meinst du das?" Gwen strich sich eine Haarsträhne aus dem Gesicht.

Eric legte ihr einen Finger auf den Mund.

Der Dieb sah sich nach allen Richtungen um und trat an einen kleinen Haufen Unrat heran, der sich an einer Wand auftürmte. Vorwiegend Holztrümmer. Er kramte darin herum und zog schließlich einen kleinen, aber prall gefüllten Sack hervor. Er öffnete ihn und als Gwen hineinsah, knurrte ihr Magen in freudiger Erwartung. Der Dieb war fleißig gewesen. In dem Sack kamen Brot und kleine Kuchen, leuchtende Apfel, saftige Birnen, etwas Käse und Würstchen, die verführerisch rochen, zum Vorschein.

Eric schloss den Sack und zwinkerte. „Aber bevor wir mit unserem Festmahl beginnen, sollten wir uns ein gemütliches Nachtquartier suchen, Mylady."

„Eric?"

Der Dieb hob eine Braue.

„Wo ist Mirakel?"

Sein Blick verdüsterte sich und ein Stich ging durch ihr Herz. „Ist er ..."

„Nein." Eric winkte ab. „Er ist beim Feuer geblieben, als ich dir hinterhergerannt bin. Als ich wiederkam war das Feuer aus und der Druide verschwunden." Er seufzte. „Ich weiß nicht, was mit ihm passiert ist." Er zwinkerte ihr zu. „Mach dir keine Sorgen. Es wird ihm schon gut gehen. Hier im Ort ist er jedenfalls nicht aufgetaucht. Sicher ist er voraus gegangen, um dich auf dem Weg zum Mondsee wiederzufinden."

Gwen hoffte das. Aber sie zweifelte auch, ob sie den Weg ohne den Druiden überhaupt finden würde.

Die beiden verließen die Stadt, um sich eine nahe gelegene Scheune für die Nacht zu suchen. Sie fanden eine, deren Tor nicht verschlossen war und bei der es nicht lange dauerte, ehe sie im weichen Stroh saßen und Erics Beute verspeisten.

Gwen genoss das wohlige Gefühl, das sich in ihrem Magen ausbreitete. Sie kuschelte sich ins Heu und döste.

Eric räusperte sich. „Es ..." Er zögerte. „Es tut mir leid."

Sie drehte sich auf die Seite, um den Dieb anzusehen, der etwas entfernt von ihr im Schatten lag. „Was?"

„Ich war eben grob zu dir. Und gestern am Bach auch. Mehrfach eigentlich."

„Schon gut." Sie konnte seinen Gesichtsausdruck nicht lesen, er lag zu sehr in der Dunkelheit der abendlichen Scheune. Eric starrte einen Punkt an der hinteren Scheunenwand an. „Was war das für ein Tier? Ich habe so eine Eule noch nie gesehen." Er stieß ein keuchendes Lachen aus. „Oder bin von einer angegriffen worden."

Gwen schwieg. Sie wollte nicht an den Vogel denken. Nicht jetzt.

Stroh raschelte, als sie sich auf die andere Seite drehte. Sie schloss die Augen und ließ sich von der bleiernen Schwere überwältigen, die sie in einen traumlosen Schlaf hinunterzog.

„Wie ist das passiert?", grollte Gardon.

„Ich weiß es nicht, Herr." Hydria wickelte sich eine Locke um den Zeigefinger. Sie war auf der Hut und sprach sehr vorsichtig: „Vermag der Donnervogel euch nicht ..."

Gardon schnitt ihr mit einer Handbewegung das Wort ab. Er wollte ihr gewiss nicht anvertrauen, wieviel seine Eule ihm durch ihre Augen zeigen konnte. Oder wie wenig. Mehr kleine Fetzen von Erinnerungen und verwischte Schemen mit dem ein oder anderen scharfen Bild dazwischen. Er brauchte die Informationen aus Hydrias Kristallkugel. Auch das musste er dringend ändern. Aber zurzeit besaß er nicht die Kraft dazu.

Seit der Rückkehr des Donnervogels, grübelte er darüber nach, ob er angenehm überrascht oder beunruhigt sein sollte. Mit gerunzelter Stirn starrte er unverwandt aus dem Fenster, auf sein totes Land hinaus. „Hat sie das getan?"

Hydria lachte. „Wohl kaum! Sie hat sich vor Angst in einen See gestürzt und wäre fast ertrunken. Ich glaube, sie weiß auch nicht, was den Donnervogel angegriffen hat. Ist er schwer verletzt, Meister?"

Gardon lachte. Er würdigte sie nicht einer Antwort.

Hydria stemmte die Hände in die Hüften und konnte den giftigen Stachel, den sie auf der Zunge spürte, nicht herunterschlucken. „Ich weiß wirklich nicht, warum Ihr dem Gör so viel Interesse schenkt! Der Vogel soll aufhören mit ihr zu spielen und sie endlich töten. Ich hätte ..."

„Achte gut auf deine Worte!", unterbrach Gardon sie kühl.

„Sie hat Angst vor der Dunkelheit, die in ihr ist", bohrte Hydria den Stachel noch tiefer in die Geduld ihres Herrn. „Sie könnte die Macht nicht einmal benutzen, wenn sie begreifen würde, was sie in sich trägt. Das kurze Aufflammen war reiner Zufall. Sie ist ein unwürdiges Nichts! Andere haben den Ruf gehört und sich bereits auf den Weg gemacht. Auf sie solltet ihr euer Augenmerk lenken."

„Schweig!", zischte Gardon und fuhr zu ihr herum. Auf seinem Gesicht spiegelte sich ein unheilvolles Gemisch aus Hass und Wut.

„Und sie konnte sich nicht einmal etwas zu Essen beschaffen", sprach Hydria weiter. „Sie könnte allein keinen Tag überleben."

Mit einem schnellen Schritt war er bei ihr und packte sie fest an den Schultern. Das Gesicht der Frau verzog sich vor Schmerz, aber dennoch lächelte sie.

Gardon schüttelte sie grob und ihr Kopf flog in den Nacken. „Halt den Mund, Hexe!" Er stieß sie von sich. Taumelnd prallte sie gegen die Wand, dass es ihr den Atem aus den Lungen trieb.

In Gardons Augen funkelte Zorn, als er ihr Haar ergriff und sie daran zu sich hoch zerrte. Ganz nah kamen seine Lippen ihrem Gesicht. Hydria spürte seinen Atem auf ihrer Haut und erschauerte.

„Wage nicht noch einmal, deine Stimme ohne meinen Befehl zu erheben!"

Hydria presste sich an ihn und ihr Herz schlug so heftig, als wolle es das seine berühren.

Gardons Gesicht verzog sich, als ekelte er sich. Er ließ die Hexe los und ließ sie stehen. Am Fenster setzte er sich auf einen Stuhl und sah wieder hinaus. „Verschwinde."

Regungslos stand Hydria da. Abgewiesen und verachtet. Hass flammte durch jede Faser ihres Körpers, aber sie sagte nichts und tat wie geheißen. Sie verließ den Raum, vergiftet von Eifersucht. Sie schmeckte den Hass blutig auf ihrer Zunge. Sie musste sich abreagieren. Sie musste den Druck aus ihrem Körper bekommen, der sie fast zerspringen ließ.

Also stieg sie die steinernen Treppen hinab in die untersten Gewölbe der Burg. Stufe um Stufe, Treppe um Treppe, bis sie endlich unten ankam. Dort, wo man Angst vor ihr hatte und wo sie Macht ausüben konnte.

An der dicken Eichentür, die in den Kerker führte, standen zwei Wachen und öffneten ihr. Demütig senkten sie die Köpfe. Sie genoss es und trat ein.

Sofort schlug ihr die muffige, nach Schimmel und Tod riechende Luft entgegen. Hier wurde das Dämonenfutter aufbewahrt. Tief sog sie den Duft des Kerkers in sich ein.

„Macht einen bereit", fuhr sie eine Wache an. „Die Dämonen haben Hunger."

Und ich auch.

„Wach auf!"

Hände.

Sie spürte das Gewicht von Händen und fuhr hoch. Sie riss die Augen auf.

„Hey, Hey. Alles in Ordnung?"

Gwen blinzelte und erkannte Eric vor sich, der die Stirn runzelte. Sie wischte sich über die Augen und fühle klebrigen Schweiß im Gesicht. Sie hatte wieder vom Mondsee geträumt. Und irgendetwas hatte sie erschreckt. Was nur?

„Ob alles in Ordnung ist." Erst jetzt bemerkte Gwen, dass Eric flüsterte.

„Ja, ich ..."

Er brachte sie mit einer entschiedenen Geste zum Schweigen und lächelte sofort entschuldigend. „Sprich bitte leise."

Sie runzelte die Stirn. „Es geht mir gut." Sie zwang sich zu einem Lächeln.

Eric nickte. „Ich habe etwas gehört. Ich glaube der Bauer ist vor der Scheune."

Instinktiv fuhr ihre Hand zum Hals hinauf und berührte den weichen Stoff von Erics Halstuch.

Erste Lichtstrahlen des beginnenden Morgens stahlen sich durch die Dachritzen hinein.

„Komm." Eric sprang auf und riss Gwen mit sich. Mit schnellen Schritten, die das Stroh rascheln ließen, liefen sie auf das Tor zu.

„Nein." Sie versuchte Eric zurückzuhalten. „Wir müssen uns verstecken."

Aber Eric ließ sich nicht beirren. „Wer sich versteckt, zeigt, dass er schuldig ist." Er lauschte. „Du wartest hier", entschied er und öffnete das Tor einen Spalt. Vorsichtig spähte er hinaus.

Der Morgen war noch jung und die Luft so frisch, dass Gwen fröstelte.

„Ich muss mich wohl doch getäuscht haben", sagte Eric mehr zu sich selbst. „Trotzdem verschwinden wir besser."

Er öffnete die Tür noch etwas mehr und glitt hinaus ins Freie.

Gwen folgte ihm. Die plötzliche Helligkeit blendete sie. Sie kniff die Augen zusammen, atmete die kühle Luft ein und merkte erst in diesem Moment, wie stickig es in der Scheune gewesen sein musste. Als sie die Augen öffnete, konnte sie Eric nicht entdecken. Um welche Ecke war er verschwunden?

Da hörte sie ein leises Rascheln auf der linken Scheunenseite und hastete hinter ihm her.

„He, warte auf mich!" Sie erstarrte mitten im Schritt.

Statt ihres Weggefährten blickte sie ein aufgedunsenes, mürrisches Gesicht an. Eric hatte sich nicht getäuscht. Der Bauer und Besitzer ihrer nächtlichen Unterkunft schritt tatsächlich mit einem Handkarren voll Stroh und einer Heugabel zur Tat in den Tag.

Gwens Gedanken rasten. Was sollte sie tun?

„Wen haben wir denn hier?" Der Gesichtsausdruck des Bauern wurde noch finsterer. Er hob die Heugabel und hielt sie Gwen vor die Brust. „Ist das etwa Heu aus meiner Scheune in deinem Haar?

„Ich ... suche einen ... Freund."

„So, so." Die Spitzen der Heugabel hoben sich ein gutes Stück. Fast berührten sie Gwens Kehle und sie wagte nicht, davonzulaufen. Ein Stoß und die Heugabel würden sich in ihren Hals bohren.

„Bitte. Ich möchte gehen."

Der Bauer lachte. „Erstmal bezahlst du für die Übernachtung, Lumpenpack!" Der Bauer spie aus.

Gwen bewegte sich nicht.

„Was ist nun?"

„Ich habe kein Geld."

Der Bauer beugte sich vor und Gwen musste vor ihm und der Heugabel zurückweichen, bis sie das Holz der Scheunenwand im Rücken spürte.

„Dann wirst du deine Schuld eben auf andere Art begleichen!"

Gwen konnte nicht fassen, dass es schon wieder geschah. Schon wieder wollte man ihr Gewalt antun und schon wieder ließ sie es hilflos geschehen und wusste nicht, was sie tun sollte. Sie verachtete sich selbst dafür.

Die rosa Zunge des Bauern leckte über seine aufgesprungenen Lippen. Es glitzerte in seinen Augen, als freute er sich über seinen frühen Fang. Sie sah mit einem Mal wieder die Menschen auf dem Markt vor sich, die sie mit ihren feindseligen Blicken attackierten. Den knöchrigen Händler, der sie in den Schmutz stieß. Auch die drei Männer sah sie, die ihr das Mal aufgebrannt hatten und die Menge in Geseen, die sie am Scheiterhaufen hatten sterben lassen wollten.

Hass brodelte in ihr auf und kochte in ihrem Mund. „Lass mich in Ruhe!" Sie stieß die Heugabel beiseite und wollte sich an dem Bauern vorbei schieben, aber er griff nach ihrer Schulter und hielt sie fest. Sie gab ihm einen Hieb mit dem Ellenbogen, der ihn vor seinen Handkarren stolpern ließ, der daraufhin umkippte. Schimpfend trat er nach dem herausfallenden Stroh, dann riss er die Heugabel hoch und drängte Gwen zurück an die Scheunenwand. „Nicht so schnell, Schätzchen."

Das Heu am Boden fing Feuer. Von einer Sekunde auf die andere fraß es sich durch das Stroh rings um den Bauern und leckte nach seinen Hosenbeinen. Er keuchte und Gwen nutzte die Chance, ihm erst die Heugabel aus den Händen zu schlagen und ihm dann ihre Faust ins Gesicht zu donnern. Der Bauer riss die Arme hoch. Gwen trat ihm vors Schienbein und er ging in die Knie. Sie lief los, aber sie entfernte sich nur wenige Schritte. Dann blieb sie stehen und beobachtete den Bauern, der auf dem Boden herumrollte, um das Feuer auf seinen Kleidern zu ersticken. Er schrie wie ein Ferkel am Spieß. Er rappelte sich auf und versuchte das Feuer mit den Händen auszuschlagen.

Die Feuerzungen leckten gierig über das trockene Gras um ihn herum. Schon hatte es die Scheunenwand erreicht und kroch daran empor.

Gwen beobachtete es fasziniert. Noch nie hatte sie gesehen, wie sich ein Brand so schnell ausbreitete. Oder hatte sie den Anblick nur vergessen?

Der Bauer lief ein paar Meter weg, warf sich erneut auf den Boden.

Die Luft wurde heiß und Rauch trieb Gwen Tränen in die Augen. Aber sie konnte sich noch immer nicht abwenden.

Das habe ich getan. Ich weiß nicht wie, aber ich habe es getan.

Jemand packte sie am Arm und zog sie mit sich. Eric.

Die Scheune war schon völlig von Flammen eingehüllt, als sie fortrannten. Die ersten Nachbarn, die die Schreie des Bauern gehört hatten, kamen zu Hilfe. Menschen riefen aufgeregt durcheinander.

Was hast du angerichtet?, fragte ihre Vernunft. Aber Gwen empfand kein Mitleid, als sie mit Eric im Wald verschwand. Nur Genugtuung. Tropfen um Tropfen sickerte diese Erkenntnis in ihr Bewusstsein und bildete eine giftige Lache in ihrer Seele.

Den ersten klaren Gedanken fasste Eric erst, nachdem sie schon eine Weile im Dickicht gesessen und abgewartet hatten.

Niemand verfolgte sie. Noch nicht. Doch wenn das Feuer erst einmal aufgehört hatte zu wüten und zu zerstören, würde man es tun.

Eric hatte sich etwas abseits von Gwen niedergelassen. Er fühlte sich unwohl in ihrer Gegenwart. Er hatte alles gesehen, starr vor Faszination und Entsetzen. Das wie aus dem Nichts auftauchende Feuer, genau dort, wo Gwen mit hasserfülltem Blick hingestarrt hatte. Allein durch die Kraft ihres Willens.

Aber er wusste nicht, was ihn mehr erschreckte. Die Magie, die sie tatsächlich entfesseln konnte, oder der Ausdruck dabei in ihrem Gesicht. Eine Hexe. Dämonenbrut. Es stimmte wirklich.

Das Ausmaß des plötzlichen dämonischen Ausbruchs erschreckte ihn. Was hatte sich Gwen dabei gedacht? Diesen Schwächling von einem Bauern hätte er mit Leichtigkeit außer Gefecht gesetzt. Er war doch schon im Begriff gewesen, ihr zu helfen.

Eric beobachtete Gwen aus den Augenwinkeln. Und warum jetzt? Warum nicht, als die drei Männer sie in ihrer Gewalt hatten?

Gwen saß an einen Baum gelehnt da, ohne sich zu regen. In der Ferne stieg fortwährend Rauch auf. Schwarz kräuselte er sich in den Himmel hinauf.

„Warum starrst du mich an?" Ihre Worte klangen seltsam. Als ob es nicht ihre eigene Stimme wäre.

„Ich bin nur verwundert." Eric betrachtete seine Füße. „Beachtliche Leistung."

„Ich habe es mit Absicht getan", sagte sie tonlos. „Ich weiß nicht wie, aber ich wollte es."

„Ja." Er räusperte sich und stand auf. „Ich glaube, wir sollten jetzt verschwinden." Ohne ein weiteres Wort ging er los.

Gwen folgte ihm in einigem Abstand. „Wo gehen wir hin?"

Er warf ihr einen Blick über die Schulter zu. „Ich weiß nicht, wo der Mondsee liegt, aber ich kenne die Grenzen zum dunklen Land. Da willst du doch hin, richtig?"

„Und warum tust du das?"

Er blieb stehen.

„Du scheinst mir keiner zu sein, der aus Nächstenliebe handelt", fügte Gwen hinzu. Ihre Stimme klang ätzend, aber als ihre Blicke sich trafen, meinte er Schmerz in ihren Augen zu erkennen. Keine Wut. Nur eine hilflose Leere. Er verkniff sich zu erwähnen, dass vielleicht jemand in den Flammen gestorben sein könnte.

„Ich fühle mich irgendwie verantwortlich für dich. Wenn du die Antworten, die du suchst, im toten Land finden willst, dann soll es so sein."

„Mach dir keine Hoffnungen, du bekommst nichts dafür."

„Ich weiß." Sein Mund war ein schmaler Strich. „Aber so langsam habe ich das Gefühl, es ist für alle Menschen das Beste, wenn du dein Ziel erreichst." Er drehte sich um und schritt zügig aus.

Gwen folgte, lief aber ein paar Schritte hinter ihm.

Das Wesen nahm die Verfolgung wieder auf. Entzückt hatte es das Geschehen um den Brand beobachtet. Es mochte die Menschen nicht und das beruhte auf Gegenseitigkeit. Das Menschenweibchen war etwas anderes. Es hatte Feuer gespuckt.

Lautlos zog das Wesen durch das Unterholz. Es gluckste hin und wieder leise vor sich hin und ärgerte sich, dass das Weibchen nicht mehr allein war. Aber vielleicht würde sich das bald ändern lassen.

Es dauerte noch einige Tage, bis Gwen und Eric ihr Ziel erreichten. Sie verließen den Wald und begegneten keinem Menschen mehr. Eric vermied es, Gwen direkt anzusehen. Aus den Augenwinkeln beobachtete er sie und versuchte, ihren Gesichtsausdruck zu deuten.

Ihre Nähe zog ihn an. Er wollte ihr nahe sein. Und auch wieder nicht.

Sie glich einem scheuen Reh, an das man sich anpirschte, froh um jeden Schritt, den man auf es zu tun konnte, ohne dass es fortsprang. Mit dem Unterschied, dass sich ein Reh nicht von einem auf den anderen Moment in eine Raubkatze verwandelte, die alles und jeden in Stücke zerriss, der in der Nähe stand. Und trotzdem würde man beiden – Reh und Raubkatze – gerne über das verlockend geschmeidige Fell streicheln.

Regte sich hier nur sein Jagdtrieb? Seine Neugier? Oder etwas anderes?

Was käme zu Tage, wenn sie ihre Erinnerungen wiedererlangte? Der Vorfall an der Scheune lag wie ein Abgrund zwischen ihnen und Eric lief ratlos an seiner Abbruchkante entlang. Sollte er zu ihr hinüberspringen oder lieber auf seiner Seite bleiben?

Gwen hingegen lief neben ihm her, als wäre er überhaupt nicht anwesend. Sie hing ihren eigenen Gedanken nach.

Sie kamen an kein Dorf mehr und die Stunden zogen sich immer gleich dahin. Obschon sie viele Tage zusammen wanderten, wussten sie verschwindend wenig voneinander. Ihre Gespräche blieben oberflächlich. Trotzdem wurden sie einander vertraut.

Gwen fiel auf, dass Eric beim Gehen mit dem rechten Knie ein wenig einknickte. Mehr als mit dem linken. Bei jeder sich bietenden Gelegenheit kickte er Steine oder Nüsse aus dem Weg und suchte sich gern dicke Grashalme oder wildes Korn, um darauf herumzukauen. Er biss sich auf die Lippen, wenn er sich konzentrierte. Dadurch wurden sie ganz rot. Gwen ertappte sich dabei, dass sie ihm oft auf den Mund schaute.

In den frühen Morgenstunden weckte sein Schnarchen sie regelmäßig. Es klang wie ein fauchender Kater und nervte sie fürchterlich.

„Das kann nicht sein," versetzte Eric dann. „Da hat sich noch keine beschwert." Er lachte in sich hinein, wenn dann die kleine Zornesfalte auf ihrer Stirn erschien und sie die Augen verdrehte, ehe sie zur Seite schaute. Meistens nach rechts. Ihr glattes, ebenes Gesicht verbarg noch eine Überraschung. In den seltenen Fällen, wenn die Zornesfalte verschwand und Gwen lächelte, meinte er kleine Grübchen zu erkennen. Wenn sie tief in eine Beschäftigung versank, summte Gwen. Es waren immer andere Melodien, aber wenn er sie darauf ansprach, schüttelte sie den Kopf und wusste nicht woher die Lieder stammten, oder ob es sich überhaupt um solche handelte.

Gwens Erinnerungen kehrten nicht zurück und sie glaubte auch nicht mehr daran. Vielleicht hatte der Dämon in ihr alle Erinnerungen an ihr früheres Menschsein aufgefressen. Ihre einzige Hoffnung blieb der Mondsee. Falls er keine Sage war.

Im Moor würde es nicht viel Essbares für sie geben, deshalb machten sie längere Pausen, in denen Eric jagte, um einen Vorrat anzulegen.

Er wollte ihr zeigen, wie er Hasen oder Vögel erlegte, die sich gut mitnehmen ließen, aber Gwen sträubte sich dagegen. Sie brachte es nicht über sich und musste sich abwenden, wenn Eric die Tiere fürs Essen ausnahm. Sofort stiegen die Bilder ihrer zerfetzten Hündin Raja in ihr auf. Sie sammelte lieber Kräuter und Nüsse, die genauso nahrhaft und im Überfluss vorhanden waren.

Als der Wind ihr ein lanzenartiges hellbraunes Blatt vor die Füße wehte, jauchzte sie innerlich. Sie hob es auf und sah sich um, woher es kam. „Warte", rief sie Eric zu, der ein gutes Stück vor ihr ging.

Zu ihrer Rechten entdeckte sie die Edelkastanie. Sie lief zu dem weit ausladenden Baum, unter dem sich unzählige Maronen in ihren stacheligen Fruchtbechern türmten. Sofort machte sie sich dran und sammelte so viel sie tragen konnte. Die Maronen, die sich noch in ihren igelartigen Hüllen befanden, löste sie vorsichtig mit dem Fuß heraus, doch die meisten lagen bereits herausgeplatzt und glänzend auf dem Waldboden.

Eric half ihr beim Sammeln und bald zeigten sich ihre improvisierten Beutel aus Hasenfell voll und schwer. Maronen würden ihnen ein guter Proviant sein, aber sie trugen auch schwer daran.

Schließlich lag das Moor vor ihnen. Drohend und grau, als schluckte es alle Farben. Der Dunst, der zwischen den wenigen Sträuchern und Bäumen hing, verstärkte diesen Eindruck.

Das ist es also, dachte Gwen. Das Moor, das an das dunkle Land grenzt. *Hier werde ich vermutlich keinem Menschen mehr begegnen.* Sie empfand bei diesem Gedanken kein Bedauern.

„Du brauchst das nicht zu tun", stellte sie an Eric gewandt fest.

„Du würdest allein da rein gehen?" Eric deutete voraus.

„Natürlich. Du hast mich nur hierherbringen wollen. Dass du mitkommst, hast du mir nie angeboten." Sie spürte, wie er sie von der Seite musterte. Er hatte es in der Tat nicht ausgesprochen, aber sein ganzes Verhalten der letzten Tage legte ihr nahe, dass er sie nicht am Moorwald verlassen wollte. „Du kannst gehen. Ich gehöre vielleicht hier her, du aber nicht."

„Ich glaube nicht, dass du hierhergehörst." Eric deutete auf die knotigen Bäume, die am Saum des Moores wuchsen. „Dein Dämon vielleicht. Wenn es den Mondsee gibt, wirst du den vielleicht dort los. Dann brauchst du jemanden, der dich nach Hause bringt."

Sie runzelte die Stirn. Den Dämon loswerden? Ging das überhaupt? Wenn sie Mirakel richtig verstanden hatte, war er ein fester Teil von ihrem Selbst. „Ich will nur wissen, wer ich bin."

Was ich bin.

Sie ging mit energischen Schritten los.

Eric folgte ihr, doch er tat es nicht allein.

Gardon stieg zur Dachkammer hinauf. Die breite Eichentür ließ sich schwer öffnen, doch für ihn glitt sie auf, ohne dass er sie berühren musste.

Dunkelheit lag dahinter. Als der Herrscher der Nacht eintrat, entflammten die Kerzen in ihren Ständern und tauchten den Raum in flackerndes Licht. Fünf an der Zahl, die die Dachkammer gerade genug erhellten, um beim Herumgehen nicht gegen die Gegenstände darin zu stoßen.

Aber Gardon hätte das Licht ohnehin nicht gebraucht. Er sah auch bei tiefster Nacht noch sehr gut. Er war die Dunkelheit gewohnt, denn in seinem Reich wurde es niemals richtig hell.

Tageslicht, Sonne, die seine Haut wärmte, all das lag viele Winter zurück. Noch immer dachte er mit Ekel daran. An das prickelnde Gefühl und die grausame Helligkeit, die ihn blendete. So aufdringlich und heiß, dass er sofort in den nächsten Schatten flüchten wollte. Viel angenehmer schimmerte das kühle Licht des Mondes und das der Kerzen.

Aber hin und wieder musste er es auf sich nehmen, sich dem Sonnenlicht auszusetzen. Möglicherweise würde er das schon bald wieder tun müssen, schneller als ihm lieb war. Er würde sich unter die Menschen schleichen und ihr jämmerliches Treiben beobachten. Niemand erkannte ihn, wenn er es nicht zuließ, kein Mensch zumindest.

Er dachte an das Mädchen und fuhr sich durchs Haar.

Möglicherweise hatte er beim letzten Mal einen Fehler begangen.

Seine Neugier erwachte. Ein ungewohntes Gefühl.

Er durchstreifte den Raum. Die schwarzen Möbel bestanden alle aus dem steinernen Holz seines toten Waldes und zeigten trotz ihrer Schlichtheit eine hohe Kunstfertigkeit in Form und Verarbeitung. Viel wichtiger aber: Die Bäume, aus denen seine Diener Stühle, Schränke und den kleinen Tisch gefertigt hatten, würden ihm nicht mehr Schaden können. Sie waren nun so dunkel und schwarz wie seine Seele.

Von allem hob sich ein Möbelstück ab. Es zeigte mit seinen verschnörkelten Schnitzereien eine weitaus filigranere und aufwendigere Machart. Sogar eingearbeitete rote Edelsteine glitzerten im Kerzenlicht wie pulsierendes Blut. Blut, an dem sich seine Dämonen so gern nährten.

Grübelnd berührte er das kalte Holz und seine Finger glitten erschaudernd darüber.

Er wusste, Gwen hatte den Ruf gehört, der sie erwachen ließ. Aber genau das war unmöglich. Was würde geschehen? Und viel wichtiger noch: Was bedeutete das für ihn?

Hydria wollte sie vernichten. Vielleicht gebot dies die Vernunft. Andererseits konnte das Mädchen ihm auch von großem Nutzen sein. Je nachdem wie sie sich entwickelte.

Seine Hand fuhr weiter an dem Holz entlang. Lange Zeit stand das Möbelstück schon hier oben und wies dennoch nicht das feinste Staubkorn auf.

Womöglich verschwendete Gwen nur seine kostbare Zeit. Der Ruf traf sie versehentlich und sie blieb ein schwaches Mädchen. So oder so: Er würde entscheiden, was mit ihr passierte. Niemand sonst.

Er spürte, wie die Kälte in ihm aufstieg. Wie sich seine Gedärme verkrampften und eine so schwere Last auf seinen Brustkorb drückte, dass er kaum zu Atmen vermochte. Er hielt die Luft an und wartete, dass die Welle, die seinen Körper erfasste, vorüberzog. Minuten rannen dahin. Seine Hände zitterten. Er ging in die Knie. Seine Lunge schmerzte. Sein ganzer Körper schrie auf vor Pein, als läge er lebendig begraben unter einer Steinlawine.

„Bald", presste Gardon heraus und biss die Zähne so fest aufeinander, dass sein Kiefer knackte. „Bald bekommst du ... was du ... willst!"

Er kippte zur Seite und krümmte sich. Dann, von einem Herzschlag auf den anderen, bekam er wieder Luft. Gierig sog er den Sauerstoff ein. Auch der Schmerz verging. Nur die Last auf seiner Brust blieb zurück. Mühsam kam er zurück auf die Füße, wobei er sich an dem schweren Möbelstück vor sich hochzog. Mit beiden Händen hielt er das schwarze Holz umkrampft.

„Ich erfülle ... unseren Pakt", keuchte er in die Stille. „Hab noch etwas Geduld." Er zog die Hände zurück und verließ den Raum.

Die Tür schloss sich lautlos hinter ihm. Die Kerzen erloschen und hüllten die schwarze Wiege in undurchschaubare Nacht.

„Verdammt noch mal. Hilf mir!"

Gwen drehte sich um sich selbst. Ihr Blick glitt hektisch hin und her, um etwas zu finden, das stabil genug wirkte, um das Gewicht des Mannes auszuhalten. Doch die morschen Bäume erweckten eher den Eindruck, bei der kleinsten Belastung zu brechen. Um sie herum herrschte nur Moder und Verfall.

„Gwen!"

Ihr brach der Schweiß aus. Eric versank immer tiefer im Morast. Bis zur Hüfte war er schon in den braunen Brei gezogen worden. Blasen voll modriger Dämpfe stiegen rings um ihn herum auf. Viel Zeit blieb nicht, bis er ganz im Moorloch verschwand.

Gwen geriet in Panik. Sie kniete sich an den Rand des Lochs und beugte sich so weit vor, wie sie konnte. „Gib mir die Hand!"

Eric streckte den Arm aus. Der Morast hielt ihn in einer eisernen Umarmung fest und zwischen ihren ausgestreckten Händen lag eine ganze Armlänge.

„Das hat keinen Zweck!", fuhr Eric sie an und versuchte mit Schwung weiter auf sie zuzukommen. Aber dadurch versank er nur noch schneller.

Gwen wollte um Hilfe rufen, besann sich aber. Wer sollte sie schon hören, außer den unheimlichen Kreaturen, von denen sie ständig belauert wurden, ohne selbst jemals einer ansichtig zu werden?

„Verdammt, du bist doch eine Hexe!"

Gwen schnaufte. Das stimmte wohl, aber sie wusste, Tage nachdem sie das Feuer ausgelöst hatte, immer noch nicht wie. Und vermochte sie überhaupt mehr, als Feuer zu entfachen?

„Dein Hemd!", sie rutschte auf dem Bauch ein Stück über den Rand des Moorlochs hinaus. „Zieh dein Hemd aus und wirf es mir zu."

Mühsam zog Eric sein Hemd aus dem Morast und über den Kopf. Er brauchte viel zu lange und jede Bewegung beschleunigte den Prozess des Versinkens. Schon reichte ihm das Moor bis zur Brust.

Er warf Gwen das Ende seines Hemds zu. Er brauchte drei Versuche, bis Gwen ein Stück davon zu fassen kam. Sie musste noch weiter ins Moorloch hineinrutschen und spürte, wie die Erde unter ihren Ellenbogen weich wurde und nachgab. Sie zog. Aber auf dem Bauch liegend, konnte sie nicht genug Kraft aufbringen. Eric steckte schon zu tief im Morast.

Es ist deine Schuld, sagte die Stimme in ihr. *Nur deinetwegen ist er hier. Ein weiterer Mensch, den du bald auf dem Gewissen hast.*

Gwen schluckte die Tränen hinunter und zog.

Das Wesen beobachtete die Menschen interessiert. Nicht mehr lange und das Weibchen wäre wieder allein. Es legte den Kopf schief.

Das Weibchen schien ein großes Interesse an dem Männchen zu haben. Sollte das Männchen besser am Leben bleiben? Es konnte sich das nicht so recht vorstellen.

„Ich schaffe es nicht!", stöhnte Gwen.

„Ich weiß."

Gwen lief ein Schauer über den Rücken. Erics Stimme klang zu ruhig. Er kämpfte nicht mehr gegen den Sog an, der ihn hinunterzog. Er ließ das Hemd los.

„Es tut mir so leid." Sie konnte die Tränen nicht mehr zurückhalten. Sie rannen heiß über ihr erhitztes Gesicht. Hilflos zog sie das Hemd aus dem Morast und kroch rückwärts auf den festen Boden. „Ich suche Hilfe."

„Lass gut sein." Eric stieß einen tiefen Seufzer aus. „Gwen, ich ..." Er stockte und seine Augen weiteten sich. „Gwen, pass auf!"

Sie fuhr herum und schrie auf, als sie das grüne Ungeheuer auf sich zu stürmen sah.

Die Kreatur blieb abrupt stehen, als es den schrillen Laut vernahm und duckte sich. Blitzschnell breitete es zwei durchscheinende, schimmernde Flügel über die Augen und knurrte leise. Für ein Ungeheuer war sie recht klein. Eine zu groß geratene Echse mit glänzenden Schuppen und langem Schwanz. Konnte das ein Drache sein? Gwen kannte Sagen und Zeichnungen von ihnen, hatte sich die mystischen Wesen allerdings größer vorgestellt. Das Wesen reichte ihr gerade bis zur Hüfte.

Ein Flügel zuckte zur Seite und entblößte ein onyxfarbenes Auge.

„Gwen." Eric konnte nur noch einen erstickten Hauch ausstoßen. Sie fuhr herum. Er reckte das Kinn hoch, damit ihm kein Schlamm in den Mund drang.

„Eric. Nein!"

Der Miniaturdrache trabte neben sie und schnüffelte an ihrem Kleid. Gwen ignorierte ihn. Sollte er sie doch fressen. Aber stattdessen reckte er das Köpfchen in Erics Richtung und flatterte mit den kleinen Flügeln.

Er hatten Mühe, den plumpen Körper in die Luft zu bewegen, aber er schaffte es. Gwen beobachtete mit offenem Mund, wie er abhob und zu Eric flog. Bei ihm angelangt, tauchte der Drache die Krallenfüße in den Morast und suchte nach dessen Schultern.

Eric verzog das Gesicht, als scharfe Klauen ihn packten. Er keuchte.

Der Drache flattere stärker und zog Eric Stück für Stück aus dem Schlamm. Er schaffte es und brachte Eric ans Ufer. Dort angelangt ließ er ihn fallen. Eric blieb reglos liegen, sein Atem ging unregelmäßig und flach.

„Eric!" Gwen kniete neben ihm nieder. Von der Nase abwärts besudelte schwarz-brauner Schlamm seinen Körper und verfärbte sich an den Schultern rot. Sie streifte Morast von seinen Schultern und säuberte die Wunden notdürftig mit dem halbwegs sauberen Stoff seines Hemds. „Eric?" Behutsam strich sie ihm über die Wange.

Seine Mundwinkel zuckten und verzogen sich zu einem schiefen Lächeln. Ein Auge öffnete sich einen schmalen Spalt. „Machst dir ganz schön Sorgen um mich, hm?", hauchte er. Das Auge schloss sich wieder und sein Atem wurde ruhiger. Gwen bettete seinen Kopf vorsichtig auf das Hemd und streifte mit den Händen noch mehr Schlamm von ihm ab, dabei fühlte sie die Gänsehaut, die seine Brust überzog. Gwen sprang auf, um etwas Holz für ein Feuer zu suchen. Sie wandte sich um und prallte erschrocken zurück, weil der Drache unmittelbar hinter ihr stand und intensiv an ihr schnüffelte.

Schuppen wie aus grün glänzendem Metall bedeckten einen plumpen Körper, den langen Schwanz und die vier kurzen, muskulösen Beine. Kurze hornige Krallen saßen auf knubbeligen Zehen. Seine Flügel lagen gefaltet an seinem Rücken. Die fledermausartigen und leicht transparenten Schwingen wirkten so zart, dass sie in starkem Kontrast zu dem restlichen Körper standen. Sein Kopf saß am Ende eines langen Halses und trug ein Horn auf der Stirn, dort wo die Nasenwurzel aufhörte. An den Wangen wuchsen ihm winzige Flossen oder etwas in der Art.

Der Drache legte den Kopf leicht schräg und wirkte alles andere als gefährlich. Außerdem hatte er geholfen.

Gwen trat vorsichtig einen Schritt vor. Er duckte sich.

„Ich tue dir nichts." Gwen ging in die Hocke und streckte die Hand aus. Der Drache bewegte sich nicht. Gwen zögerte. Dann überwand sie ihre Angst und streichelte ihm über den Hals. Sie hatte erwartet, dass er sich kalt anfühlen würde, aber er war warm und seidig.

Der Drache gluckste und flatterte mit den Flügelchen. Auch die Miniflossen an seinen Wangen flatterten aufgeregt.

„Danke!", sagte Gwen. Dann sorgte sie für ein wärmendes Feuer. Von wem auch immer sie dies gelernt haben mochte, Gwen wusste, was sie zu tun hatte, selbst wenn das Holz moderte.

Das Feuer fraß gierig seine Nahrung, aber es rauchte fürchterlich. Tausende Glutfunkten stoben in den Himmel empor, um weit oben wie ersterbende Sterne zu verglühen.

Gardon stieg die Stufen des Turmes hinunter und begab sich umgehend zu Hydrias Gemächern. Aber die Hexe war nicht da.

Er verfluchte das Weib bei dem Gedanken, die ganze Burg Plerion durchsuchen zu müssen. Bei ihren zahllosen Gängen und Räumen konnte das ewig dauern. Viele von ihnen standen ohne Zweck leer, da es sowieso nicht viele Bedienstete gab, die dort hätten wohnen können. Die Zeit der rauschenden Feste lag Jahrhunderte zurück.

Einer von Hydrias bevorzugten Aufenthaltsorten, neben der Folterkammer, war die Bibliothek. Sie erstreckte sich über viele große und kleinere Räume, die mit all den Regalen voller Bücher einem Labyrinth glichen. Hier ruhten die ältesten Bücher Molandas. Gardon hatte eine Schwäche dafür. Neben den Menschen, die er als Dämonenfutter benötigte, gehörten sie zu dem meistgeraubten Gut, das seine Häscher ihm von ihren Streifzügen mitbrachten.

Aber schon im ersten Raum, den er betrat, fand er die Hexe. Sie las an einem kleinen Tisch einen in Schweinsleder gebundenen Folianten. Nur eine Kerze brannte und ließ ihre Augen dämonisch schimmern.

Sie sah auf, als er hereinkam und erhob sich, den Kopf demütig senkend. „Herr?"

Früher, dachte Gardon, hatte sie ihm viele einsame Stunden versüßt. Hatte er sie gern in seiner Nähe gewusst. Nun stellten ihre Launen seine Geduld auf eine harte Probe.

„Ich spüre ihre Nähe. Sie hat das Moor erreicht, nicht wahr?" Gardon verschränkte die Arme vor der Brust. „Hast du es nicht für nötig gehalten mir davon zu berichten?"

„Ihr habt mir verboten, ohne Aufforderung mit Euch zu sprechen, mein Meister." Sie wagte ein freches Lächeln, während sie um den Tisch herumglitt und auf ihn zukam. Ihre feingliedrigen Arme legten sich sanft um seine Hüften. „Ich befolge Eure Befehle, so gut ich kann." Die Hexe versuchte, in seinen Augen auf ein Gefühl zu stoßen, doch sie blieben unergründlich und leer. Sie wagte es, sich auf die Zehenspitzen zu stellen, um ihre Lippen auf die seinen zu legen. Sie hatte ihn schon so lange nicht mehr geschmeckt und gierte nach einer Berührung von ihm. Sie schloss die Augen und ihre Zungenspitze neckte seine Lippen.

Sein Mund blieb ihr verschlossen wie sein ganzer Körper. Er wartete regungslos.

Hydria erstarrte. Etwas Kaltes griff nach ihrem Herzen. Sie hob die Lider und wollte zurückweichen, als sie ihm direkt in die schwarzen Augen sah, die nun alles andere als ausdruckslos auf sie herabfunkelten, aber ihre Glieder gehorchten ihr nicht mehr. Wie eine frostkalte Klinge stieß sein Blick zu und bohrte sich so tief in ihren Geist, dass es schmerzte. Hydrias Wille wurde weit zurückgedrängt wie in den dunkelsten Kerker in Plerions steinernen Katakomben.

„Du wagst zu viel", hörte sie seine Stimme weit, weit entfernt, ohne dass sich seine Lippen bewegten. Sie nahm das prickelnde

Gefühl seiner Hand auf ihrer Haut kaum wahr, die sich langsam auf ihren Hals legte und in einer einzigen kraftvollen Bewegung zudrückte.

Eine Welle aus Qual überflutete ihren Körper, der nicht mal zucken konnte, so fest hielt die Lähmung sie gepackt. Nur ihr Herz schlug heftig gegen ihre Brust, während sie ihre Arme weiterhin um ihren Herrn schlang. Hydria hörte einfach auf zu atmen.

„Ich dulde dieses Benehmen bei keinem meiner Leibeigenen!" Gardons Stimme klang samtig in ihren Ohren. Ein Flimmern breitete sich an den Rändern ihres Gesichtsfeldes aus und tauchte die Welt in schwarz-weißes Flackern. Sie würde sterben, ohne zu begreifen, was mit ihr geschah. Ihre Lunge hatte vergessen, wie man atmete und ihr Herz geriet aus dem Takt.

„Und nichts anderes bist du, vergiss das nie!"

Der Schmerz verstummte jäh und wich einer seltsamen Mattigkeit in ihren Gliedern. Plötzlich gab es keinen Halt mehr. Gardon gab sie frei und ihre erschlaffenden Glieder brachen unter dem Gewicht ihres Körpers zusammen. Als sie auf dem Boden aufschlug, kam der Schmerz mit einer Gewalt zurück, die ihr Tränen in die Augen trieb. Sie keuchte und schnappte nach Luft. Ihr Geist fühlte sich leer und geschunden an. Jeder einzelne Muskel in ihrem Leib schrie vor Pein.

„Ich habe eine Aufgabe für dich", sagte Gardon ruhig, aber seine Stimme hämmerte in ihrem Kopf, dass sie die Hände auf die Ohren presste.

„Der Mann, den Gwen bei sich hat. Beseitige ihn!"

Hydria stieß würgende Laute aus.

Gardon ließ sie am Boden zurück und die Tür fiel leise hinter ihm ins Schloss. Unter all dem Schmerz pochte einer am schlimmsten. Der in ihrem Herzen, als Gardon Gwen beim Namen genannt hatte.

„Geht es wieder?"

Eric lehnte an einem Baum und hielt die Augen geschlossen.

Nur ganz langsam kamen seine Kräfte zurück, die ihm das Moorloch entzogen hatte. Er fühlte sich erschlagen wie noch nie. Dennoch nickte er und öffnete die Augen. Er deutete auf den Drachen, der sich mit geschlossenen Augen zu Gwens Füßen zusammengerollt hatte. Sein Atem ging ruhig und gleichmäßig. „Was ist das?"

Gwen musterte das Wesen und zuckte die Achseln. „Ein Drache. Denke ich." Sie legte die letzten Maronen aus dem Proviant in die sterbende Glut des Lagerfeuers.

Eric runzelte die Stirn. „Ziemlich klein für einen Drachen. Der reicht mir gerade bis zur Hüfte!"

Er stand auf und strauchelte, als sein Kreislauf schlappzumachen drohte. Aber er schaffte die paar Schritte zu Gwen hinüber und setzte sich neben sie. Er biss die Zähne aufeinander und konzentrierte sich.

In den würzigen Rauch des glimmenden Feuers mischte sich ein süßliches Nussaroma. „Und was macht der hier?"

Gwen lächelte, weil Eric die Stimme senkte, um den Drachen nicht zu wecken. „Er hat dein Leben gerettet."

„Aber warum?"

Die Öhrchen des Drachens begannen zu zucken, als Gwen ihn am Kopf kraulte. Er brummte zufrieden.

„Er scheint mir noch sehr jung zu sein", überlegte Gwen. „Vielleicht will er nicht allein sein."

„Hm", machte Eric. „Ich habe keine Lust seinen Eltern zu begegnen." Er streckte zögernd die Hand aus und streichelte dem Drachen über den Hals. „Danke Kleiner!"

„Ob er Feuer speien kann?"

Eric lachte auf. „Ich hoffe nicht! Ein Feuerdämon reicht mir!"

Gwen zog die Hand zurück. Noch in der Bewegung griff Eric danach und drückte sie. „War nicht so gemeint."

Sie wollte die Hand fortziehen, aber er hielt sie fest. „Erinnerst du dich mittlerweile an etwas aus deinem alten Leben?"

Sie schüttelte den Kopf. Eric ließ ihre Hand los.

„Wir sollten ihm einen Namen geben", brach er das Schweigen nach einer Weile.

Das Drachenkind gähnte ausgiebig, öffnete träge die Äuglein und schnüffelte an Erics verdrecktem Hemdsärmel.

„Wie ... wäre es mit Raim?", fragte Gwen halb sich selbst halb ihren Begleiter.

„Raim?" Eric schenkte ihr ein warmes Lächeln. „Klingt gut." Er kraulte den Drachen hinter dem Ohr. „Dann heißt du ab heute Raim, mein Kleiner."

Gwen stocherte mit einem Ast in der Glut und holte die knackenden Esskastanien nach und nach heraus. Die Maronen waren von außen verkohlt und die Schale aufgesprungen. Einmal geschält und davon befreit kamen die hellen weichen Früchte zum Vorschein. Sie schmeckten köstlich. Gwen ließ sich die Maronen langsam auf der Zunge zergehen. Sie ahnte, dass sie im Moor lange nichts Vergleichbares mehr zu essen bekommen würden.

Sie genoss den Augenblick, wie einen glitzernden Lichtstrahl in einer Wüste aus grauen Schatten. Es wurde nie richtig hell im Moor, dabei wuchsen die Bäume nur vereinzelt und in großem Abstand zueinander, als gingen sie sich aus dem Weg. Seit Tagen lag eine dichte graue Wolkendecke über ihnen, die in der Ferne mit dem Dunst verschmolz, der vom Moor aufstieg. Kein Sonnenstrahl fand hindurch. Aber die Schatten zwischen den Baumstämmen hatten nun tiefere Graunuancen angenommen, so dass Gwen vermutete, dass es Abend sein musste.

Das Moor war ein sonderbarer Ort und viel zu still. Die Bäume wuchsen zwar hoch, waren aber krank und morsch. Die Blätter färbten sich an vielen Stellen schwarz und vermoderten bereits an den Ästen. Und es wimmelte vor Ungeziefer. Dafür gab es kaum Tiere im Moorwald.

Gwen erhob sich. „Unsere Vorräte sind aufgebraucht. Ich versuche noch etwas fürs Frühstück aufzutreiben", log sie und wusste sofort, dass Eric ihr nicht glauben würde. Aber sie wollte allein sein und der Dieb nickte nur und tat beschäftigt mit der Glut.

„Gwen?"

„Ja?"

Er warf ihr sein Messer zu. Es steckte in einer Lederscheide. Gwen fing es auf. „Danke."

Sobald Gwen die Wärme des Feuers verließ, begann sie zu zittern. Aber sie hatte auch nicht vor, sich weit von Eric und dem Drachen zu entfernen.

Sie ging ein paar Schritte und ließ sich an einem Baumstamm herabsinken. Tief atmete sie ein und aus. Mit der Entspannung kamen die Tränen. Sie ließ sie fließen. Sie wollte weinen. Zärtlich streichelte die salzige Flüssigkeit ihr über das Gesicht.

Wie viele Tage waren vergangen, seit sie das Moor betreten hatten? Und noch immer erinnerte sie sich an nichts. Sie hatte nur herausgefunden, dass es etwas sehr Dunkles in ihr gab. Etwas Böses, das manchmal die Oberhand gewann.

Sie dachte an das Feuer, das sie gelegt hatte. Sie hatte es legen wollen. Sie wollte dem Bauern Böses tun, genauso, wie sie Melcom und dem Wolfsmann Böses hatte tun wollen.

Aber die dunkle Macht gehorchte ihr nicht. Gegen die drei Männer hatte Gwen sich nicht zu wehren vermocht und Salabi ... Nein, da hatte sich in ihr noch nichts geregt. Oder? Nein, ein Unfall, mehr nicht. Das hatte sie nicht gewollt. Die Macht erwachte anscheinend nur, wenn Gwen nicht daran dachte, genauso wie Mirakel gesagt hatte. Mirakel, wo er nur steckte?

Sie dachte an das verbrannte Dorf. An das Feuer, das dort gewütet hatte und wünschte sich sehnlichst, dass sie nicht auch hierfür die Verantwortung trug.

Wer bin ich? Was bin ich? Ich fühle mich nicht wohl bei den Menschen. Die meisten von ihnen hasse ich sogar. Wo gehöre ich hin?

Sie zog das Messer aus der Scheide und fühlte den kalten Stahl in ihren Händen. Irgendwo knackte ein Ast. Schlich sich eine der Kreaturen an sie heran, die ihnen schon den ganzen Tag nachstellten? Obwohl sich noch keins dieser Wesen gezeigt hatte, wussten Eric und Gwen, dass sie immerfort belauert wurden. Schatten, die vorbeihuschten, ein Rascheln in den Büschen. Gwen wagte nicht zu hoffen, dass sich dort weitere süße Drachenkinder versteckten.

Sie fasste das Messer fester. Sollten die Dinger nur kommen. Gwen hatte viel zu viel Angst vor sich selbst, um sich vor etwas anderem zu fürchten.

Zudem wirbelten ihre Gefühle wild durcheinander, als stände sie ohne Schutz in einem Sturm. Sie mochte Eric. Irgendwie. Sie fühlte sich wohl in seiner Nähe. Und auch wieder nicht. Sie fand keinen Ausweg. Um sie herum wehten Gedanken, Empfindungen und Ahnungen, ließen sich aber nicht greifen und schirmten Gwen vor ihrem eigenen Selbst ab, das alle Antworten kannte und Ordnung bringen konnte.

Wenn sie sich nur erinnerte. Statt sich selbst zu finden, hatte sie fast Eric an das Moor verloren.

Sie schloss die Augen. Die Erinnerungen mussten irgendwo in ihr schlummern.

Mirakel hatte ihr geraten, sich einer Visualisierung zu bedienen und darüber zu meditieren. Dies versuchte sie nun. Sie hätte das viel früher probieren sollen.

Sie dachte an ein Meer, das so schwarz und tief unter ihr lag, dass man nicht auf den Grund sehen konnte. Das all seine Geheimnisse für sich behielt. Sie stellte sich vor, wie kleine Wellen das Wasser bewegten, langsam und rauschend. Sie fühlte den Wind und roch salzige Meeresluft. Sie schmeckte das Salz auf ihren Lippen, während sie über den Wogen schwebte.

Gwen atmete tief und flog über das Wasser wie ein Meeresvogel. Irgendwo musste eine Stelle sein, an der ihre Erinnerungen herausschimmerten. Irgendwo musste sie ein Gefühl erhaschen. Aber in alle Richtungen erstreckte sich nur abweisendes, tiefschwarzes Wasser. Kein einladendes Schimmern. Sie fröstelte. Sie suchte weiter. Flog weiter.

Sie glitt über das Wasser hinweg und damit tiefer und tiefer in sich hinein, dass sie glaubte, körperlich im Moorboden zu versinken.

Und dann spürte sie, wie sich etwas nach ihrem Geist ausstreckte. Ein sanftes Leuchten. Sie flog dicht an die Wasseroberfläche heran, die nun ruhig und glatt unter ihr lag. Durch ihr Spiegelbild hindurch versuchte sie, auf dem Grund etwas zu erkennen. Heiß brodelte es dort unten. Sie genoss die Wärme, die aus dem Wasser zu ihr emporstrebte. Aber sie erkannte nichts weiter. Nur ihr eigenes Spiegelbild, von kleinen Wellen verzerrt. Langes Haar, das im Wind ihr Gesicht umwehte und sich kaum vom Nachthimmel abhob. Ihre Haare wurden dunkler und dunkler und waren bald nicht mehr vom Wasser zu unterscheiden. Nur die blassen Züge ihres Gesichtes und schwarze Augen, die sie aus dem Wasser heraus musterten. Schwarze Augen? Nicht ihre Augen. Nicht ihr Gesicht!

Das Gesicht eines Mannes. Sein Blick bohrte sich tief in ihren Geist. Er schmerzte. Sie presste die Lider zusammen, aber sie sah ihn noch deutlicher vor sich, böse Augen und einen spöttisch verzogenen Mund.

„Nicht! Es tut weh!"

Sie schlug die Hände vors Gesicht und sah, wie seine aus dem Wasser auftauchten. Sie packten zu und zogen Gwen zu sich in die Fluten.

Der Schmerz weckte sie.

Ihr Herz schlug heftig in der Brust. Dunkelheit. Schatten von Bäumen. Nur langsam erinnerte sie sich daran, wo sie war. Das

Moor. Sie fühlte den weichen Boden unter sich und roch den modrigen Geruch, der allem anhaftete.

Ihr Traum ließ sie los. Der Schmerz blieb.

Ihre linke Hand umkrampfte die Schneide von Erics Dolch. Sie versuchte, die Hand zu entspannen und ließ los. Sie blutete.

Der Traum hatte sie freigegeben und begann, zu verblassen. Sie konnte sich schon nicht mehr daran erinnern, wie der Mann im Meer ausgesehen hatte. Wie Eric?

Sie ballte die Hand zur Faust, um das Blut zu stoppen, das aus ihr heraus pochte. Es war nicht viel. Dann erst bemerkte sie das Gewicht auf ihren Beinen. Sie hielt den Atem an.

Das Gewicht drückte ihre Unterschenkel in den feuchten Boden und rührte sich nicht. Aber es atmete.

Mit der unverletzten Hand umfasste sie den Dolch und streckte die andere aus. Sie zitterte. Langsam tasteten ihre blutigen Finger über das Wesen, das auf ihren Beinen lag. Es fühlte sich an wie warmes Metall. Schuppig. Ihre Hand glitt höher und berührte ein Horn. Sofort stieß das Wesen ein leises Knattern aus und Gwen entspannte sich. Sie kraulte Raim hinter dem Ohr.

„Komm mein Kleiner", raunte sie und das Drachenjunge hob träge den Kopf. „Lass uns zurück zu Eric gehen."

„Ich könnte dich zerquetschen wie einen Wurm!", zischte die Hexe und ihre Schritte hallten laut von den Wänden der Gänge wider.

Ohne ihren Schritt zu verlangsamen, griff sie nach einer großen Vase und warf sie gegen die Wand. Es schepperte, als unzählige Scherben nach allen Seiten davonstoben.

Sofort kam einer der wenigen Diener, um flink die kläglichen Reste der Kostbarkeit aufzusammeln. Ließ Gardon sie etwa beobachten?

„Zerquetschen, ja!" Hydria ballte die Hand zur Faust und ihre Fingernägel bohrten sich tief in ihr Fleisch. Wenn sie dieses Gör schon nicht töten durfte, so wollte sie ihre Mordlust wenigstens an jemand anderem stillen.

Die Tür ihres Gemaches krachte laut hinter ihr ins Schloss. Sollte eben der Mann sterben. Ohne ihn würde Gwen ohnehin nicht lange im Moor überleben.

Hydria biss sich selbst in den Handballen, bis sie blutete und benetzte damit ihren Mund. Sie rief den Namen ihres bevorzugten Dämons und wartete, bis sie den vertrauten kalten Hauch in ihrem Nacken spürte. Dann trat sie an den mit Fratzen verzierten Spiegel und versenkte ihren Blick in ihn.

Sie ließ ihren Meister in dem Glauben, dass sie nur mit der Kristallkugel in die Welt blicken konnte. Sie vermochte längst viel mehr, als er ahnte. Sollte er je auf den Gedanken kommen, ihr die Kugel wegzunehmen, würde sie nicht blind sein.

Hydria schaute durch ihr eigenes Spiegelbild hindurch. Ihre Konturen verschwammen, als ob man einen Stein in einen See geworfen hätte. Unmittelbar danach sah sie Gwen.

Sie lag dicht an einem Feuer zusammengerollt und schlief. Der Mann lag ein Stück entfernt. Und noch ein Wesen kauerte dort. Hydria kniff die Augen zusammen. Ein Drache? Das Miniaturungeheuer hatte den Kopf auf die Brust des Mannes gelegt und schlief. Den schien es in seinen Träumen nicht zu stören.

Sie beachtete die Kreatur nicht weiter, konzentrierte sich auf Gwens Begleiter und runzelte die Stirn. Eigentlich war es viel zu schade um ihn, stellte Hydria fest und musterte ihn einige Zeit, ehe sich ein Lächeln auf ihre Züge schlich.

Wenn Gardon das Mädchen wollte, warum sollte sie den Mann dann nicht für sich nehmen? Er gefiel ihr und könnte ein Trost für die einsamen Stunden sein, in denen ihr Meister sie nicht beachtete. *Außerdem*, Hydria betrachtete ihre blutende Handfläche, deren Wunden sich schon wieder schlossen, *kann er noch einen anderen Zweck erfüllen.* Sie lächelte und ersann einen Plan. Er würde ihrem Meister nicht gefallen. Aber sie hatte auch nicht vor, ihn zu offenbaren. Gardon würde mit etwas List niemals davon erfahren.

Doch dazu brauchte sie noch ein paar Kleinigkeiten und eine gründliche Vorbereitung.

Erics Magen knurrte hörbar und Gwens Mundwinkel zuckten.

„Ja, lach du nur." Eric fletschte die Zähne. „Wenn wir nicht bald etwas Essbares finden, dann muss ich deinen zarten Körper verspeisen."

Obwohl die Sonne schon längst aufgegangen war, drang kaum ein Dutzend ihrer Strahlen durch die Wolken und das modernde Blattwerk.

Sie wanderten den ganzen Vormittag, bis sie in der Ferne eine gesunde Buche entdeckten. Gwen erkannte sie als erste. „Da, schau! Vielleicht haben wir Glück und finden ein paar Bucheckern."

Eric verzog das Gesicht und zuckte die Achseln.

Das fast zur Gänze herabgeregnete Laub der Buche bildete trotz des Moders ein herrlich duftendes Polster, in das sich Gwen sinken ließ. Sie breitete die Arme aus und schloss die Augen. Wie gut es roch. Endlich etwas anderes als der alles ausfüllende Gestank nach Tod.

„Keine Bucheckern", stellte Eric fest. Er wischte durch das Laub und legte vergammelte Überreste der Früchte frei.

Gwen richtete sich auf. Ihr Magen zog sich schmerzhaft zusammen.

„Hier!" Eric hatte etwas gefunden. Zwischen Schimmel und Moder lugte ein kleiner Keimling hervor. „Danke, Waldmutter!" Eric zupfte ihn behutsam aus der Erde, um ihn Gwen zu reichen. „Nimm!"

Keine üppige Mahlzeit, aber Buchenkeimlinge boten viele Nährstoffe und dieser barg schon jetzt die ganze Lebenskraft eines Baumes in sich. Gwen legte ihn sich auf die Zunge und genoss das nussige Aroma.

Dann versuchte sie auch ihr Glück und wischte durch das Laub. Tatsächlich fanden sie noch mehr Keimlinge.

Trotz des kargen Bodens wagten die Buchenkinder, Wurzeln zu schlagen und in die Höhe zu streben. Viel konnte ihnen der Boden nicht mehr geben.

„Sammle nicht alle Keimlinge." Eric steckte sich zwei in den Mund und kaute bedächtig.

„Warum nicht? Sie sterben sowieso."

„Vielleicht nicht. Vielleicht sind sie die Rettung des Moores." Eric legte einen weiteren Keimling frei und befreite ihn von dem ihn umgebenden Schimmel. Er pflückte ihn nicht. „Weißt du nicht, warum man zur Buche auch Mutterbaum sagt?"

Gwen lehnte sich zurück, bis ihr Hinterkopf den Stamm berührte. „Du denn?"

Eric deute auf den Keimling. „Er lebt von dem nahrhaften Laub seiner Mutter, aber das allein reicht nicht. Die Mutter versorgt ihre Kinder auch mit den Wurzeln. Ihre Zöglinge bekommen alles, was sie ihnen zu geben vermag, damit sie zu Bäumchen heranwachsen."

Ein Buchenblatt schwebte zu Boden und legte sich auf Gwens Schulter. An den Rändern färbte es sich schwarz. „Aber dann stirbt die Mutter."

Eric nickte. „Durch ihr Opfer überleben ihre Kinder vielleicht und beleben den Wald neu. Mehr Buchen bedeutet mehr Leben bringendes Laub für den Boden."

Gwen zupfte an dem hellgrünen Blättchen eines Keimlings. Wäre sie bereit ein solches Opfer zu bringen? Sie konnte es sich nicht vorstellen. Hatte ihre eigene Mutter ihr Leben für sie gegeben oder zugesehen, wie man einen Scheiterhaufen für ihre Tochter errichtete? Hatte Gwen gar ihre eigene Mutter verbrannt?

Sie riss den Keimling aus dem Boden und aß ihn auf.

Am späten Nachmittag setzten sie ihren Weg fort. Raim hüpfte umher und stieß seltsame Laute hervor, die wie das Brabbeln eine Kleinkinds klangen. Gwen sah ihn nie essen und sie fragte sich, womit er seinen Hunger stillte, wenn er hin und wieder verschwand. Aber stets fand er zu ihnen zurück und begleitete sie auf dem Weg durch das Moor.

Sie tasteten sich durch die trostlose Landschaft, die immer lichter wurde. Je weiter sie vordrangen, desto weniger Bäume hielten der feuchten Umgebung stand. Hier prägten überwiegend Erlen, Birken und Weiden die Landschaft. Durch ihre wasserresistenten Wurzeln konnten sie der Versumpfung des Waldes widerstehen. Alle anderen Bäume faulten und der Moder ließ sie immer mehr zur Erde zurückkehren. Anhand der sich ändernden Vegetation wussten Gwen und Eric, dass sie sich auf dem richtigen Weg immer weiter hinein in das Moor und Richtung Ursprung des dunklen Landes befanden. Wenn der Mondsee existierte, dann dort.

Zuletzt verschwanden auch die Konkurrenten der Erlen um die Nährstoffe im Boden. Soweit das Auge reichte, sah Gwen bald nur noch ihre schwarzbraune schuppige Borke. Sie hob einen Zweig vom Boden auf, an dem die kleinen, schwarzen Zapfen hingen. „Glaubst du immer noch, dass der Moorwald wieder zum Leben erwacht?" Gwen warf den Zweig weg.

„Kräftige Erlen legen den Boden trocken." Eric zwinkerte und Gwen verdrehte die Augen.

„Du bist ja auf einmal so weise wie Mirakel," stöhnte sie. „Außerdem sind sie nicht kräftig. Sie wachsen krumm und verknotet, als hätten sie Schmerzen."

„Wenn Mirakel dir weniger von magischem Hokuspokus und mehr vom echten Leben erzählt hätte, würdest du vielleicht nicht durch ein totes Reich streifen und einer Sage nachjagen."

Sie blieb stehen. „Hör auf, dich wie mein Lehrmeister aufzuspielen."

Sie erinnerte sich, wie Eric den richtigen Baum gefunden hatte, um ihre Verbrennung zu heilen. Sie tastete an ihren Hals. Das Mal tat kaum noch weh, wenn sie es berührte.

„Wenn die Erlen den Sumpf nach vielen Jahren trockengelegt haben, dann kommen die anderen Baumarten zurück. Ihre Samen schlummern hier unter uns im Boden. Wenn sie zurückkehren, verdrängen sie die Erlen, weil sie höher wachsen und den Erlen das Licht nehmen. Ich verstehe nichts von Magie und Baumgeistern, Gwen, aber ich weiß, dass alles im Leben für irgendetwas gut ist, auch wenn wir es erst nicht sehen."

Sie verdrehte die Augen und schaute zur Seite. „Was soll daran gut sein, dass die Erlen den Wald retten und am Ende doch sterben müssen, weil die anderen Bäume ihnen das Licht zum Leben nehmen?"

Eric setzte zu einer Antwort an, schüttelte dann aber den Kopf. „Du nimmst das alles viel zu schwer. Du grübelst den ganzen Tag und bemitleidest dich selbst."

„Was tue ich?" Gwen blieb stehen und verzog das Gesicht, dass Eric einmal mehr meinte, direkt ihrer dunklen Seiten gegenüberzustehen. Die steile Falte grub sich scharf in ihre Stirn.

Eric breitete die Arme aus. „Du versuchst gar nicht gegen deine dämonische Seite anzukämpfen. Bis wir den See gefunden haben, hat sie das letzte bisschen von dir erobert, das noch menschlich ist. Vielleicht ist das der Grund, warum du dich an dein Leben nicht erinnern kannst."

„Was geht dich das an? Du hast keine Ahnung, wie das für mich ist, von allen verurteilt zu werden."

Raims Kopf ruckte zwischen beiden hin und her, dann duckte er sich und knurrte.

Eric lachte. „Ach nein? Glaubst du mir geht es anders? Und ich kann mich nicht damit entschuldigen, dass ich ein Mischwesen und halb dämonisch bin."

„Dann geh doch!", schrie Gwen. „Ich habe dich nicht gebeten, hier zu sein."

Eric seufzte und suchte nach Worten, aber dann änderte sich etwas in Gwens Gesichtsausdruck.

„Was ist das?" Sie deutete auf einen Punkt hinter ihm und er drehte sich um.

„Ein Turm!"

Sie tauschten einen Blick und ihr Streit war vergessen. Als wüsste Raim, um was es ging, witterte er in die Richtung und lief dann voraus.

Der Turm stand auf freier Fläche, weit entfernt vom nächsten Baum, dennoch lag er im Dunkeln. Über ihm wogte eine dichte, dunkelgraue Wolkenschicht, die noch bedrückender wirkte als der übliche Wolkenschleier am Himmel.

Der Turm ragte weit empor und das spitz zulaufende Dach, war unter der wabernden Wolkenmasse nur zu erahnen.

Gwen fröstelte. Der Turm wirkte in dieser Kulisse bizarr. Wer sollte ihn gebaut haben und wozu? Stammte er aus einer Zeit, lange bevor der Wald begonnen hatte, zu versumpfen und zu sterben? Oder danach?

Sie gingen näher heran. Für einen Augenblick glaubte Gwen ein sanftes Regen im Gestein auszumachen. Ein Seufzen oder Ausatmen. Aber die Bewegung wiederholte sich nicht. Als sie schließlich direkt vor dem Turm zum Stehen kamen, streckte Gwen zögernd die Hand aus. Große Steinblöcke formten die Außenmauer. Sie berührte einen mit den Fingerspitzen. Kaltes Gestein. Natürlich! Und doch glaubte sie, ein schwaches Vibrieren darin wahrzunehmen, ein Pulsieren. Oder bildete sie sich das ein und spürte nur ihren eigenen Puls? Der Turm wirkte wie ein lebendes Tier.

„Ist jemand hier?", rief Eric.

Gwen zuckte zusammen. Sie ertappte sich dabei, froh zu sein, dass Eric keine Antwort bekam. „Meinst du, hier wohnt jemand?", flüsterte sie.

Eric lief um den Turm herum. „Gute sechs Meter Durchmesser, schätze ich. Hier ist eine Tür!"

Raim wich von Gwens Seite, um dem Dieb zu folgen und verschwand aus ihrer Sicht. Sie lief hinter ihnen her.

Die kleine Tür lag versteckt unter Pilzgeflecht und verdorrten Ranken, die über die gesamte Seite des Turms wucherten.

Eric hatte sich schon daran gemacht, das Unkraut mit seinem Messer zu entfernen. Er stemmte sich mit all seinem Gewicht gegen die Tür. „Das Ding hier scheint das einzige Holz zu sein, das nicht vor Moder auseinanderfällt."

Es knarrte, als Eric die Tür aufstemmte und ihnen abgestandene Luft aus dem Turminneren entgegenschlug.

„Sollten wir nicht lieber weitergehen?"

„Komm schon!" Eric rieb sich die Hände. „Wir wissen doch gar nicht, ob wir noch auf dem richtigen Weg sind." Er deutete nach oben, wo halb im Wolkendunst verborgen ein Fenster lag. „Vor dort oben können wir uns neu orientieren." Er lächelte ihr zu, griff nach ihrem Handgelenk und zog sie mit sich in den Turm.

Tiefes Schwarz schluckte sie und Gwen fühlte sich sofort zurückversetzt in den Kerker von Geseen.

Die Tür fiel hinter ihnen ins Schloss und ihr Herz machte einen Sprung. „Eric, was soll das?"

„Ich habe die Tür nicht zugemacht." Gwen gefiel der unsichere Unterton in Erics Stimme nicht. Sie streckte die Hände aus und fühlte. „Raim?"

Eric streifte sie mit seiner Schulter und gab ihr einen leichten Schubs, der sie weiter in das Turminnere stolpern ließ.

„Entschuldige."

Sie hörte seine Schritte und seinen Atem. „Was tust du?"

„Raim scheint nicht hier zu sein." Dann erklang ein schwaches Keuchen, „Hilf mir. Die Tür klemmt."

Gwen tastete sich an die Seite des Diebes und gemeinsam versuchten sie die Turmtür aufzuziehen. Sie bewegte sich nicht.

„Es hat keinen Zweck", schnaufte Eric.

Gwen lehnte sich gegen die kalte Steinwand. „Es ist so dunkel." Sie hatte von außen gesehen, dass der Turm ein Fenster hatte. Draußen herrschte zwar nur trübes Dämmerlicht, dennoch musste es ein wenig Helligkeit in den Turm werfen. „Warum geht die Tür nicht mehr auf?"

Eric antwortete nicht. Sie streckte die Hand nach ihm aus, griff aber ins Leere. Ihr Atem beschleunigte sich. „Eric?"

„Ich bin hier." Seine Stimme kam von der hinteren Seite des Turmes.

Hier ist nirgendwo eine Treppe. Nichts! Nur nackte Wand, wohin man auch tastet."

Gwen zitterte. Auch wie in Geseen.

„Jetzt bist du doch froh, dass ich nicht gegangen bin, hm?"

Ein anderes Gefühl überdeckte ihre Angst kurzfristig. „Ich wäre weitergegangen und stünde jetzt nicht hier im Dunkeln!" Der Zorn auf Eric verschwand, kaum dass die Worte ihren Mund verließen. Sie wollte zu ihm gehen und ihm helfen, die Wände abzutasten. Wollte einfach seine Gegenwart spüren, aber sie stand reglos an der Wand. Die Schwärze schlich sich in ihren Körper und lähmte sie. Ihr wurde kalt, obwohl ihr gleichzeitig Hitze in den Kopf schoss. Ihre feuchten Hände zitterten. Sie presste sich gegen die Wand. Sie glaubte, ihr Beine würden jeden Moment nachgeben. Sie wusste nicht wovor sie Angst hatte. Sie wusste nicht einmal, wo diese so plötzlich herkam, aber der Schrecken stand genau neben ihr. Körperlich. Und bei der kleinsten Bewegung, würde er sie zerfetzen.

Ein Rascheln ließ Gwen zusammenfahren. Sie konnte nicht deuten, aus welcher Richtung es kam.

„Hier sind auch Ranken."

Die Luft schmeckte entsetzlich stickig. „Eric?"

„Sie sind ziemlich dick. Vielleicht kann ich daran zum Fenster hochklettern."

Sie versuchte, ihren Atem zu beruhigen und die zitternden Hände unter Kontrolle zu bekommen, während sie in die Schwärze über ihr stierte. „Wo ist das Fenster? Ich kann es nicht sehen."

„Na gleich da oben! Ich versuche es mal."

Aber so angestrengt sie auch suchte, sie fand kein Fenster, nur überall tiefstes Schwarz.

„Vielleicht sehe ich von da oben ja, in welche Richtung wir weitermüssen. Die Ranken scheinen durch das Fenster reingewuchert zu sein."

Werde ich verrückt? Gwen schloss die Augen und sank an der Wand entlang zu Boden. Vorsichtig setzte sie sich. Der Boden fühlte sich nicht wie Stein an. Festgetretener Moorboden, mehr nicht. Und doch beschlich sie das Gefühl auf der Zunge eines riesigen Untiers zu kauern.

Gwen lauschte und hörte Erics Atem. Es knisterte und raschelte leicht, als er die Ranken hinaufkletterte.

„Raim?", flüsterte sie. Wo war der kleine Drache? War er nicht mit hineingekommen?

Der Blick aus dem Fenster interessierte sie nicht mehr. Sie wollte nur raus. Gern hätte sie Eric gebeten, herunterzukommen und die Tür aufzubrechen, aber sie biss die Lippen aufeinander. Sie versuchte, sich einzureden, dass es keinerlei Grund zur Panik gab, dass in der Schwärze nichts lauerte, das nur auf einen geeigneten Moment wartete, um sich auf sie zu stürzen.

Eric kletterte langsam, aber kontinuierlich höher. Die Ranken boten wenig Halt und so rutschte er immer wieder ein gutes Stück dessen, was er gerade erklommen hatte, herunter. Immerhin hielten sie sein Gewicht und ließen sich gut packen, wenngleich sie sich seltsam unter seinen Händen anfühlten. Zu dick und zu glatt.

„Verdammt!" Er hatte das Fenster fast erreicht, als er erneut abglitt.

Dann endlich erreichte er das Sims. Die Ranken wuchsen tatsächlich zum Fenster herein. Von außen war ihm das gar nicht aufgefallen.

Er hielt sich mit den Armen am Fenstersims fest. „Ich bin oben!"

Er warf einen kurzen Blick hinunter. Gwen saß auf dem Boden und lehnte an der Wand weit unter ihm. Sie blickte nicht auf, als er sprach. Sein Atem ging schwer von der anstrengenden Kletterpartie. Er umfasste das Sims des Fensters fester und zog sich daran hoch. Erst als er sicher darauf kniete und sich an den Fensterrahmen lehnen konnte, ohne abzurutschen, gönnte er seinen Muskeln eine Pause und lockerte sie vorsichtig. Das Fenster lag direkt unter dem Dach des Turmes und ein Sturz aus dieser Höhe würde ihm den Hals brechen.

Er beugte sich vorsichtig über das überwucherte Fenstersims. „Ich kann das Ende des Moores nicht sehen. Überall die gleiche Aussicht!" Er bemerkte noch etwas anderes, beunruhigendes, das er lieber für sich behielt. Die Wolkenschicht bewegte sich unnatürlich. Sie pulsierte. Hier und da glitten Wellen und kleine Strudel über sie hinweg wie in einem Meer. Hatte jemand die Welt auf den Kopf gedreht? Eric bezweifelte, dass diese Wolken natürlichen Ursprungs sein konnten. „Ich komme runter!" Er griff nach den Ranken, um daran herabzuklettern und griff ins Leere. Um ein Haar stürzte er und konnte sich gerade noch am Fenstersims festhalten. Keuchend stieß er die Luft aus und starrte auf die Stelle, an der gerade noch die Ranken gewesen waren. Das konnte nicht sein! Mit den Füßen tastete er unter dem Fenster an der Wand entlang, aber auch hier fühlte er keinen Widerstand mehr. „Gwen?"

Keine Antwort. Vorsichtig sah er über die Schulter. Er blickte plötzlich in tiefstes Schwarz und konnte weder Gwen noch den Boden sehen.

Gwen lehnte an der Steinwand. Sie traute ihrem Zeitgefühl nicht mehr. Wie lange war Eric nun schon fort? Sie lauschte in die Stille, aber sie hörte auch keine Geräusche mehr von ihm. „Eric? Eric!" Hatte die Nacht ihn verschlungen? Gwen hielt es nicht länger aus. Panik kroch ihr die Kehle empor. Sie musste endlich hier raus!

Sie tastete sich zurück zur Tür und drückte ihr ganzes Gewicht dagegen. Nichts geschah. Sie trat so fest sie konnte gegen das Holz, aber sie spürte noch nicht einmal eine Erschütterung. Dann nahm sie ein wenig Anlauf und schlug mit der Schulter gegen ihr Hindernis. Der Schmerz schoss gewaltig durch ihre ganze Seite. Sie schrie auf. Das Pochen in ihrer Schulter wollte nicht mehr aufhören.

„Eric!" Sie schrie so laut sie konnte und schlug mit den Fäusten auf die Tür ein.

Dann fühlte sie tief in ihrem Körper ein Brodeln erwachen. Es dehnte sich aus und verteilte Hitze und Wut gleichermaßen in ihrem Leib. Bald füllten sie jede Faser ihres Körpers aus und Gwen schmeckte die Macht auf der Zunge, den Geschmack von Blut und Rauch.

„Gwen!" So oft und so laut Eric auch schrie, er bekam keine Antwort. Was geschah da unten? Warum konnte er nichts mehr sehen? Und, was besonders intensiv nach einer Antwort drängte: Wie kam er verdammt noch mal von hier oben runter?

Die Ranken hatten sich in Luft aufgelöst und weder innen noch außerhalb des Turmes konnte er eine Kletterhilfe entdecken, nur glattes Mauerwerk. Einen Sprung konnte er ebenfalls nicht wagen.

Eric versenkte seinen Blick in die Schwärze. „Gwen!"

Eine Erschütterung ließ die Wand aus Dunkelheit vibrieren. Er spürte sie in der Luft. Dann hörte er einen Schrei. Gwens Schrei, angefüllt mit Angst und Panik.

„Gwen! Was ist los?"

Ihr langgezogener Schrei wurde immer schriller. Eric fasste einen Entschluss.

Und sprang.

Eine Faust knallte in Gwens Gesicht.

Der Schlag kam so unerwartet, dass sie keine Zeit hatte, zu schreien. Sie prallte zurück und stieß ein ersticktes Keuchen aus. Sie riss die Arme zu ihrem Gesicht hoch. Aber sie führte die Geste nicht zu Ende, weil im selben Augenblick etwas auf sie fiel und sie von den Füßen riss.

Etwas lag auf ihr. Warm und schwer.

Gwen konnte sich nicht bewegen. Sie wollte es auch nicht. Sie wollte die Augen nicht öffnen. Sie wollte nur schlafen. Lange und tief.

Sie spürte kaum, wie die Last von ihrem Körper plötzlich verschwand und kühle Hände nach ihr griffen. Sie rüttelten leicht an ihren Schultern. Sie wollte die störenden Hände wegschieben, aber dann klatschten sie ihr ins Gesicht. Ganz leicht nur, aber sehr unangenehm.

Plötzlich kam die Erinnerung zurück und sie schlug die Augen auf.

„Was …" Sie sprach nicht weiter und blickte in ein anmutiges Frauengesicht. Himmelblaue Augen musterten Gwen, umrahmt von langen schwarzen Wimpern. Blondes, fast wie Gold glänzendes Haar fiel der Frau weit über die Schultern. Da die Frau bei ihr am Boden hockte, konnte sie nur vermuten, dass sie ihr bis zu Hüfte reichten.

Sie starrte sie an und brauchte eine ganze Weile, um ihre Gedanken an die Stelle ihres Bewusstseins zu schieben, wo sie hingehörten und die entscheidenden Fragen zu formulieren: *Wo kam die Frau her? Warum ist es plötzlich so hell? Bin ich tot?*

Die Frau wartete geduldig. Sie hatte eine kleine Stupsnase und zarte makellose Haut. Ihre Lippen leuchteten in so tiefem Rot, dass sie entweder bluteten oder geschminkt sein mussten.

Gwen blinzelte. Die Haut ist gar nicht so makellos, stellte sie träge fest, sondern weiß gepudert. Was machte diese geschminkte Frau, gekleidet in ein rotes Samtgewand, das von einem goldenen Gürtel gehalten wurde, in diesem dreckigen Moor?

Die Frau verzog die roten Lippen zu einem Lächeln und ein Ruck ging durch Gwens Körper. Sie sprang auf, über sich selbst verblüfft, dass ihr dies ohne Schmerzen gelangt, und wirbelt herum. „Eric?"

Der Dieb stand regungslos da und starrte finster auf einen in schwarz gekleideten, hochgewachsenen Mann, der ihm die Klinge seines Schwertes an die Kehle hielt.

Eine Hand legte sich von hinten auf Gwens Schulter. „Keine Angst, er kann dir nichts mehr tun!", sprach die Blonde.

„Was? Nein!" Gwen verstand die Situation nur vage wie in einem Traum. Sie schüttelte die Hand der Frau ab und trat neben den fremden Mann, um seine Schwertklinge herunterzudrücken.

Das Haar des Mannes zeigte die gleiche Farbe wie das der Frau. Ein helles Samtband hielt es in seinem Nacken zu einem kurzen Zopf zusammen. Eine widerspenstige Strähne fiel ihm in die Stirn. „Er hat Euch nicht angegriffen, mein Fräulein?"

Eric nutzte die Gelegenheit und zog seinen Dolch. „Natürlich nicht! Verdammt, wer seid ihr?"

Der Blonde wich zu seiner Begleiterin zurück. Es war mehr eine Geste der Höflichkeit als Respekt vor Erics Dolch. Seine Klinge wirkte lächerlich in Anbetracht des Schwertes. Er stich sich die Haare aus dem Gesicht. Sein Schwert hielt er gesenkt, aber zum Angriff bereit.

„Er ist mein ... wir reisen zusammen", erklärte Gwen und runzelte die Stirn.

Helligkeit vertrieb die Schwärze, die bisher im Turm geherrscht hatte, und Gwen erkannte die dicke Steinwand mit ihren Ritzen und Furchen, die sie eben nur hatte ertasten können. Über ihr drang Licht, wenn auch trüb und grau, durch das Fenster herein.

Der Blonde kniff die Lider zusammen. „Er hat auf Euch gelegen, mein Fräulein. Ihr wart bewusstlos."

Gwen warf Eric einen Blick zu. Der senkte den Dolch und zuckte mit den Schultern. Er legte den Kopf in den Nacken und musterte das Fenster über sich eingehend. „Ich ..." Einige Herzschläge vergingen, ehe Eric seinen Satz vollendete. Es klang zweifelnd. „Ich bin gesprungen?!"

Der Fremde lachte. „Wohl kaum!"

Aber so absurd und unwahrscheinlich sich das anhörte, Gwen glaubte ihrem Reisegefährten. Andererseits wirkte Eric vollkommen unversehrt. Hatten die Ranken seinen Sturz gebremst? Sie wuchsen wie ein dichtes Zopfgeflecht durch das Fenster herein und reichten fast bis zum Boden. Allerdings sahen sie braun und trocken aus. Gwen berührte die porösen Fasern und die Ranke zerfiel unter ihren Fingern zu Staub. Eric konnte daran unmöglich hochgeklettert sein. Vielleicht an der Wand? Jetzt wo Gwen ihre Umgebung im Licht erkennen konnte, kam ihr der Turm von innen sehr viel kleiner vor.

„Die Tür." Gwens Atem ging schneller. „Habt ihr sie aufgebrochen?"

Aufgebrochen war genau das richtige Wort. Die Tür stand zwar sperrangelweit offen, aber zusätzlich klaffte in ihrer Mitte ein großes Loch mit zersplitterten Rändern, als hätte jemand mit einer Axt gewütet oder mit einem schweren Gegenstand mehrfach auf das Holz eingeschlagen. Aber warum sollte man eine Tür erst einschlagen und dann öffnen? Oder eine schon offene Tür zertrümmern?

„Nein." Die Stimme der Frau klang melodisch und so fein, als klirrte Glas, aber in ihr schwang auch eine Wärme mit, die Gwen beruhigte. „Wir fuhren mit unserer Kutsche vorbei, als wir Schreie hörten und die offene Tür bemerkten. Das erschien uns seltsam. Der Turm ist seit Jahren verriegelt."

Gwen schüttelte fassungslos den Kopf. Eric starrte weiterhin das Fenster an. Sie fasste sich an den Kopf. „Kutsche?"

„Ist wirklich alles in Ordnung, mein Fräulein?", fragte der Fremde.

Gwen versuchte, in den Gesichtern der Beiden zu lesen, was sie gerade denken mochten. Aber sie verrieten ihr nichts. Der

Fremde wirkte an diesem Ort genauso deplatziert wie die schöne Frau. Auch er trug vornehme, makellose Kleidung. „Ist Euch nicht wohl?"

Warum sprach er so seltsam mit ihr?

„Wir ... haben die Tür nicht mehr aufbekommen und dann ..." Gwen zuckte die Achseln. „Es war stockfinster."

Ehe Gwen zurückweichen konnte, legte der blonde Fremde ihr einen Arm um die Schulter. „Habt keine Furcht. Das Moor spielt einem manchmal üble Streiche. Jetzt ist es vorbei." Er warf Eric einen kalten Blick zu. „Ihr seid in Sicherheit!" Gwen wand sich aus seiner Nähe und wich zurück. Der Blonde hatte ein ebenso fein gezeichnetes Gesicht wie seine Begleiterin, wenngleich seine Züge etwas kantiger und härter wirkten. Sie konnte sein Alter nicht schätzen, jedoch wirkte sein Gesicht nicht so vom Leben gezeichnet wie das des Diebes.

Gwen stellte sich neben Eric. „Er hat mir nichts getan. Wirklich nicht. Etwas Seltsames ist hier passiert."

„Ich bin gesprungen", murmelte Eric. Dann packte er Gwens Arm und schob sie zur Tür. „Bloß raus hier!"

Kaum traten die beiden Fremden hinter ihnen aus dem Turm, warf Eric was von der schweren Holztür noch übrig war, krachend zurück ins Schloss. Nur noch das Loch im Holz gab einen Blick auf den dämmrigen Raum dahinter preis.

Gwen atmete hörbar aus.

„Mädchen, du bist so blass wie der Tod!" Die Schöne trat mit ausgestreckten Armen auf sie zu. Ihr Kleid raschelte bei jedem Schritt und als sich ihre schlanken Arme um Gwens Schultern legten, wie es die des Blonden zuvor getan hatten, konnte Gwen ihren wohlriechenden Duft einatmen. Er erinnerte sie an Lavendel.

Kaum ein paar Schritte entfernt stand tatsächlich eine Kutsche mit einem weißen Pferd davor.

„Du siehst so müde aus, mein Kind. Und hungrig!"

Kind? Gwen schätzte, dass die Blonde in ihrem Alter sein musste. Aber auch das ließ sich schwer sagen, wegen der Schminke.

„Am besten wir nehmen sie mit zu uns, Bruder." Sie entblößte zwei Reihen strahlend weißer Zähne, als sie lächelte.

Ihr Bruder neigte zustimmen den Kopf.

Die Frau zog Gwen sanft mit sich und nickte Eric auffordernd zu. Dieser zuckte die Achseln und trottete hinterher, drehte sich aber immer wieder zu dem Turm um. Auch als er neben dem Blonden auf dem Kutschbock Platz nahm, blickte er erst nach vorn, als der Turm hinter ihnen zwischen Bäumen und Dunst verschwand.

Die Fahrt im offenen Einspanner dauerte nicht lange. Ihre Retter stellten sich ihnen als Emelin und Peer vor. Sie behandelten Gwen und Eric wie kleine, verstörte Kinder und im Grunde fühlte Gwen sich genau so. Sie konnte nicht begreifen, wie ein so edel gekleidetes Geschwisterpaar, noch dazu mit einer Kutsche, im Moor unterwegs sein konnte. Und das Erlebnis im Turm ... Was war geschehen? Das Erwachen der Kraft tief in ihr, daran erinnerte sie sich. Ein Schlag in ihr Gesicht ... Gwen tastete mit den Fingern über Nase, Stirn und Wangen. Die Berührung fühlte sich normal an. Hatte sie etwas im Gesicht getroffen? War Eric auf sie gefallen? Von so hoch oben?

Sie erinnerte sich plötzlich, warum Eric überhaupt an den Ranken hochgeklettert war. Sie hätte ihn gerne gefragt, was er durch das Fenster gesehen hatte, aber er saß vor ihr, neben Peer auf dem Kutschbock und drehte ihr den Rücken zu. Stattdessen musterte sie Emelin aus den Augenwinkeln. Erst jetzt ging ihr auf, wie heruntergekommen sie neben ihr wirken musste. Völlig verdreckt, mit verfilztem Haar und zerrissenem Kleid.

Die Kutsche fuhr sehr schnell durch das Moor und während Peer den Wagen lenkte, erzählte Emelin ihnen, dass sie als einzige Menschen dort lebten.

„Aber, ich dachte ..."

„Dass es gefährlich ist, in einem Moor zu leben, das obendrein von Ungeheuern und Biestern bewohnt wird?", unterbrach Emelin sie und lachte. „Das ist doch dummer Aberglaube! Oder habt ihr hier schon ein Ungeheuer gesehen?"

„Das nicht", antwortete Gwen zweifelnd. Aber sie hatte ihre Gegenwart gespürt. Sie hatte Rascheln und Knacken gehört, von dem sie nicht glaube, dass ein Tier diese Geräusche verursacht hatte. Zumindest kein normales.

Raim! Gwen zuckte zusammen und sah sich um. Wie hatte sie das Drachenjunge vergessen können?

„Die Menschen von Molanda verbanden mit diesem Moor immer schon Dämonen und Ungeheuer", fuhr Emelin fort. „Aber nur, weil sie alles, was sie als Böse empfanden, hineintrieben." Sie schüttelte den Kopf. „Ich lebe nun schon seit meiner Geburt hier. Man muss diesen Ort einfach nehmen wie er ist!"

„Und wie ist er?", fragte Eric. In seiner Stimme schwang Misstrauen. „Ich könnte mir ein schöneres Heim vorstellen!"

Emelin lächelte. „Es ist besser, als man denkt!"

Gwen verzog das Gesicht.

„Natürlich, ich gebe zu, es sieht hier nicht sehr einladend aus." Emelin fuhr sich durch ihr blondes Haar. „Aber man lernt das Moor mit der Zeit zu lieben." Sie zwinkerte Eric zu und der zuckte schließlich mir den Achseln.

Gwen verstand nicht, was man an einem solchen Ort lieben konnte. Sterbende Bäume, toter, matschiger Boden, der einen verschlang, wenn man nicht Acht gab. Und dann diese ewige Dämmerung.

Die Kutsche wand sich in Schlangenlinien um Moorlöcher und Bäume herum. Gwen hielt Ausschau nach Raim, entdeckte ihn aber nirgendwo. Hatte das Drachenjunge sie verlassen?

Sie staunte, als sie die Burg sah. Diese war grob und gewiss nicht die schönste ihrer Art. Ein kompakter Kubus ohne Zierrat und Erker. Ihre mit Schießscharten bewehrten Mauern und Zinnen hoben sich kaum vom Haupthaus ab. Und doch fand Gwen sie weitaus schöner, als sie sich eine Burg im Moor ausgemalt hätte. Es gab zwar keine Türme, aber das Dach des Wohnhauses war mit tiefroten Ziegeln gedeckt, die sich von dem Grau-in-Grau der Umgebung deutlich abhoben.

Eric sprang vom Kutschbock, umrundete die Kutsche und reichte Emelin die Hand, um ihr herauszuhelfen. Sie lächelte zuckersüß. Gwen zog die Augenbrauen hoch. Ein ungutes Gefühl rumorte in ihrem Inneren, als würde ein garstiger Gnom an ihrer Magenwand entlang kratzen. Oder ein Dämon.

„Mein Fräulein?" Peer war ebenfalls, dabei allerdings vollkommen lautlos, vom Kutschbock gestiegen und reichte ihr die Hand.

„Danke!" Gwen nahm sie, kam aber nicht ganz so graziös aus der Kutsche wie Peers Schwester.

„Prächtig, nicht wahr?" Peer lächelte und klang stolz. Aber nicht auf herablassende Art.

Gwen nickte. „Wer hat sie gebaut?"

Sie fühlte sich seltsam, als Peer wie selbstverständlichen, ihren Arm unter seinen harkte und sie zum Burgeingang führte. Er roch nach Sandelholz und reifen Pfirsichen.

„Mein Urgroßvater, vor vielen Jahren." Er deutete auf Erics Halstuch, das Gwens Hexenmal verbarg. „Meine Urgroßmutter wurde auch gebrandmarkt."

Gwen wich das Blut aus dem Gesicht. Sie löste sich von ihm und sah sich nach Eric um. Er ging etwas hinter ihnen und unterhielt sich angeregt mit Emelin. Gwen berührte das Mal unter dem Halstuch. „Wie kommst du darauf?"

„Es war dieselbe Stelle." Sein Gesicht nahm einen harten Zug an. Er wirkte plötzlich, als drifteten seinen Gedanken weit fort und von dort aus konnte er seine sonst so gut verborgenen Gefühle nicht mehr aus seinem Antlitz verbannen. Wut und Schmerz brachen hervor.

„Wurde sie ..."

„Später!" Mit einer entschiedenen Geste unterbrach er Gwen, wurde aber umgehend wieder freundlich und Herr seiner

Gesichtszüge. Er lächelte entschuldigend „Ihr solltet euch drinnen etwas aufwärmen und stärken. Danach können wir uns unterhalten."

Er bot ihr seinen Arm. Sie zögerte, ließ sich dann aber von ihm in die Burg führen.

Anstatt der versprochenen Wärme lief Gwen ein eisiger Schauer über den Rücken, als sie die große Halle betrat.

Peer bemerkte ihr Frösteln. „Es ist am Anfang etwas erschreckend, aber das vergeht."

Nur wenigen Kerzen warfen mehr unruhige Schatten an die Wände, als dass sie den riesigen Raum zu erleuchten vermochten. Die hellen Fliesen und die gähnende Leere, die mangels Möbeln oder Zierrat herrschte, erweckte den Eindruck einer Eishöhle.

Sie bogen links ab in das Hauptzimmer, das hingegen einladend und weitaus behaglicher wirkte. Gwen fühlte sich nach der ersten Enttäuschung freudig überrascht. Ihre Füße versanken in flauschigen Teppichen, die den ganzen Boden bedeckten. In einem großen Kamin brannte und knackte bereits ein Feuer, davor luden Ohrensessel zum Aufwärmen ein. Was die Wände der Halle an Fülle entbehrten, machten jene dieses Raums wieder wett. Es gab keine Stelle, die nicht mit Regalen und Schränken voller Bücher, Ahnenbildern oder Wandteppichen bedeckt war. Große mehrarmige Leuchter mit brennenden Kerzen spendeten ein warmes Licht. Sie standen auf dem langen Esstisch und auf kleineren Tischchen im Raum verteilt. Das blankpolierte dunkle Holz der Möbel glänzte im Kerzenschein und spiegelte das tanzende Licht der Flammen, als wohnte ihnen Leben inne.

„Wir lassen die Kerzen brennen", erklärte Peer. „So fühlt es sich an, als wären wir nicht allein hier." Er zwinkerte. „Ihr würdet euch wundern, wie wir das Wachs herstellen."

Gwen runzelte die Stirn. Auf dem langen Tisch mit einem Dutzend mit rotem Samt gepolsterten Stühlen davor stand auch eine Vase mit frischen Schnittblumen. Sie wirkten genauso fehl an diesem Ort wie die ganze Burg und ihre Bewohner.

Eric ließ sich mit einem Seufzer in einen Ohrensessel fallen, als fühlte er sich schon heimisch. Emelin reichte ihm ein kristallenes Glas mit einer roten Flüssigkeit. „Süßen Wein?"

Peer leitete Gwen zu einem anderen Sessel und brachte noch mehr kostbare Gläser, in die Emelin für jeden Wein eingoss. Dann verschwand die blonde Frau in einem angrenzenden Raum.

„Sie wird etwas zum Essen bereiten", erklärte Peer und nippte an seinem Glas.

Für Gwen erweckte Emelin nicht den Eindruck jemals gearbeitet zu haben.

„Wohnt hier sonst niemand?", fragte Eric, dem wohl derselbe Gedanke kam.

Peer nickte mit einem Seufzen. „Wir wohnen tatsächlich allein hier." Er setzte sich Eric gegenüber und schlug die Beine übereinander. „Und woher kommen Sie beide, Eric?"

„Wir ..." Eric warf Gwen einen Blick zu.

„Wir sind auf dem Weg nach Hause", vollendete sie seinen Satz.

Peer wusste bereits, dass sie ein Hexenmal trug, aber es schien ihn nicht zu beunruhigen. Seiner Freundlichkeit und Hilfsbereitschaft tat das keinen Abbruch. Vielleicht, weil seine Urgroßmutter einst auch als Hexe gezeichnet wurde? Sein Gesicht verriet Gwen nichts über seine Gefühle und doch fühlte sie sich ihm im Geiste verbunden. Peer lächelte sie an und sie wurde sich bewusst, dass sie ihn anstarrte. Hitze stieg ihr in die Wangen. Hastig wendete sie sich von ihm ab und trank einen Schluck Wein. Er schmeckte süß und schwer. Schon breitete sich ein warmes Gefühl in ihrem Magen aus.

„Ist eure Wohnstatt weit entfernt?" Emelin kehrte zurück. Sie trug eine Schürze, die in starkem Kontrast zu ihrem Samtkleid darunter stand.

„Oh, nein ... wir sind nicht ...", Gwen suchte nach Worten.

„Wir haben nur zufällig denselben Weg", erklärte Eric und E-melin kicherte.

Gwens steile Falte grub sich in ihre Stirn. Der Dieb hing mit den Augen an Emelin. Gwen nahm noch einen Schluck Wein.

Emelin zwirbelte sich eine glänzende Haarsträhne um die Finger. „So, so. Und euer Weg nach Hause führt durch das Moor?"

„Wir sind wohl irgendwo falsch abgebogen."

Emelin sah amüsiert aus und glaubte ihnen offensichtlich kein Wort. Sollte Gwen ihnen von ihrem wirklichen Ziel erzählen?

„Das Essen wird noch eine Weile dauern. Peer, warum führst du die zwei nicht in ihr Zimmer?"

„Ihr oder ihre Zimmer?", fragte Peer und ein Schmunzeln zeigte sich um seinen Mund.

Gwen raffte sich aus dem Sessel auf. „Ihre Zimmer, bitte", betonte sie. „Nur wenn es keine Umstände macht."

Emelin blickte lauernd zwischen Eric und Gwen hin und her.

„Gewiss nicht, mein Fräulein. Wir haben Platz genug." Peer glitt elegant aus dem Sessel. „Hier entlang bitte."

Er ging voraus und Gwen wollte ihm folgen, doch da fasste Eric sie am Arm. „Gwen, kann ich ...", begann er, aber da drehte sich Peer zu ihnen um.

„Wir haben nicht mit Besuch gerechnet, deswegen sind die Zimmer etwas ..." Er suchte nach Worten.

„Das macht nichts", entgegnete Gwen. Sie flüsterte Eric ein „Später" zu und folgte ihrem seltsamen Gastgeber zurück in die Halle.

Ihr war die breite Treppe, die in die oberen Gemächer führte, eben schon aufgefallen. Ausgelegt mit einem schwarzen Teppich wand sie sich in einer ausgreifenden Linkskurve hinauf in die erste Etage.

Eric schlurfte mit etwas Abstand hinter ihnen her nach oben, wo ein breiter Flur an vielen geschlossenen Türen vorbeiführte.

Peer ging zielstrebig auf eine Tür am Ende des Gangs zu, öffnete sie und lud Gwen ein, einzutreten.

Der einstige Prunk des Zimmers, den deutliche Abnutzungsspuren trübten und eine dicke Staubschicht überzog, machte dadurch einen besonders traurigen Eindruck. Ein Laken verhüllte ein breites Bett. Daneben hing ein blinder Spiegel. Der flauschige Teppich war ergraut und hie und da spannten sich Spinnweben unter der Zimmerdecke. Die Luft schmeckte stickig.

Mit schnellen Schritten ging Peer zum Fenster, zog die schweren Vorhänge zurück und öffnete es, um frische Luft einzulassen. Dann zog er das Laken vom Bett und eine hübsche blassgrüne Tagesdecke mit goldenen Troddeln kam zum Vorschein.

„Es ist schön hier." Gwen lächelte ihn an und sein verschämtes Gesicht hellte sich auf. Sie meinte es ernst. Sie fand das Zimmer tatsächlich hübsch und gemütlich. Der Staub störte sie nicht.

„Leider vermögen meine Schwester und ich nicht den Verfall dieses Gebäudes aufzuhalten. Außerdem", er zwinkerte, „ist es Jahre her, dass wir zuletzt so interessanten Besuch bekamen."

Eric lehnte im Türrahmen und hielt die Arme vor der Brust verschränkt. Er verfolgte mit gerunzelter Stirn jede von Peers Bewegungen.

„Ich hole Euch Wasser zum Waschen", sagte ihr Gastgeber. „Und im Schrank müssten noch ein paar Kleider hängen. Bedient Euch, mein Fräulein!"

Peer verließ mit Eric den Raum und Gwen hörte, wie er Eric in das Zimmer gleich nebenan führte. Nach wenigen Minuten brachte er eine Schüssel und einen Krug mit dem versprochenen Wasser.

Dann ließ er sie allein. Sie genoss es. Wenngleich sie darauf brannte, sich mit Peer über seine Urgroßmutter unterhalten zu können.

Allein für sich und noch dazu in einem Raum, in dem sie sich geborgen und sicher fühlte, konnte sie endlich durchatmen. Erst jetzt bemerkte sie, wie ihr die Wände eines Zimmers gefehlt hatten, durch die sie niemand beobachten konnte. Sie fühlte sich geschützt.

Aber an den Wänden lag es nicht allein. Der Raum und die Möbel kamen ihr seltsam vertraut vor. Sie fuhr mit dem Finger an dem geschnitzten Fußteil des Bettes entlang. Hatte sie in ihrem früheren Leben in einem ähnlichen Zimmer gewohnt? Vielleicht war sie doch kein Kind eines Hufschmieds und seiner Frau und das Feuer in dem Dorf hatte nichts mit ihr zu tun.

Da hörte sie eine Stimme in ihren Gedanken: „Man muss die Parasiten ausrotten. Sie gehören nicht in diese Welt!" Damals hatte sie die Worte der Druidin nicht verstanden, jetzt hatte sie eine Ahnung, was sie damit gemeint haben könnte. Oder wen.

Das unangenehme Kratzen in ihrem Magen setzte wieder ein, wenn auch dumpf, als wäre ihr innerer Dämon betäubt vom Wein.

Sie wischte den Gedanken beiseite. Sie wollte auch nicht mehr an das seltsame Erlebnis im Turm denken. Sie zog die Tagesdecke zurück. Das weiße Leinen darunter fühlte sich kühl und einladend an. Sie streckte sich auf dem Bett aus und versank mit dem Kopf in einem mit Federn gefüllten Kissen. Sie schloss die Augen und stellte sich vor wie es wäre in dieser Burg zu leben und jede Nacht in diesem Bett, umgeben von Wänden, zu schlafen.

Vielleicht hatte Emelin Recht und das Moor barg einige Vorzüge. Ein positiver Aspekt drängte sich sehr überzeugend in ihre Gedanken: Hier gab es keine Menschen, die sie auf den Scheiterhaufen bringen wollten.

Sie fühlte, wie die Müdigkeit sie zu überwältigen versuchte und zwang sich aufzustehen.

Sie ging zum Spiegel und wischte über die glatte Fläche, bis sie sich im staubbefreiten, milchig gewordenen Glas betrachten konnte. Sie erschrak. Die Gestalt im Spiegel sah aus wie eine zerlumpte Bettlerin. Wie musste sie nur auf Peer wirken?

Ihre Hand strich über Erics Halstuch. Sie schluckte. Schließlich knotete sie es auf und presste die Lippen aufeinander.

Ihre Haut war nicht mehr geschwollen und die Rötung zurückgegangen. Aber das Mal prangte rosa vernarbt auf ihrem Hals. Tränen der Wut stiegen in ihr hoch. Gwen wischte sich ärgerlich über die Augen.

Sie roch an ihren Kleidern und verzog die Nase.

Schnell zog sie sich aus, wusch den Schmutz aus Gesicht und Haaren und schrubbte ihren Körper mit Seife ab. Als sie fertig war, sah das Wasser in der Schüssel trüb und fast schwarz aus.

Neugierig öffnete sie den Kleiderschrank. Einst prachtvolle Kleider mit feiner Spitze und aus kostbaren Stoffen kamen zu Tage. Allerdings nisteten Motten im Schrank und fraßen sich seit vielen Jahren an den schönen Gewändern satt. Für wen waren die Kleider genäht worden? Für Peers Urgroßmutter? Gwen suchte ein paar Kleider heraus, die halbwegs heil aussahen. Sie entschied sich für ein schlichtes grünes. Es passte ihr gut und wurde mit einem geflochtenen, goldfarbenen Gürtel zusammengehalten wie Emelin einen trug. Gwen besah sich im Spiegel und staunte über die Verwandlung. Ihre Augen glitzerten nur wenige Nuancen dunkler als der anschmiegsame, warme Stoff.

Notdürftig wusch Gwen das Halstuch in der braunen Brühe ihres Waschwassers und seifte es ordentlich ein. Anstatt es zum Trocken aufzuhängen, wrang sie es kräftig aus und band sich den kühlen Stoff wieder um. Auch wenn Peer wusste, dass Gwen ein Hexenmal darunter versteckte, wollte sie nicht, dass sie es zu Gesicht bekamen.

Ein Wassertropfen rann ihr den Hals hinab und in den v-förmigen Ausschnitt hinein. Gwen wischte ihn fort und zupfte an dem Stoff herum. Das Kleid zeigte für ihren Geschmack viel zu viel Dekolleté. Sie suchte den Schrank noch einmal nach einem anderen Kleid durch, fand aber kein intaktes oder mit weniger tiefem Ausschnitt. Kritisch befragte sie ihr Spiegelbild erneut. Mit dem Daumen zeichnete sie die Rundungen ihrer Brüste nach, die der Ausschnitt nicht verhüllte. Eigentlich stand es ihr nicht schlecht. Es ließ sie erwachsener erscheinen. Aber es kam ihr auch albern vor.

Emelin trug ein genauso tief ausgeschnittenes Kleid, was bei ihr nicht zu freizügig wirkte, überlegte Gwen. Oder starrte Eric die schöne blonde Frau deshalb so unverhohlen an?

Gwen bürstete sich die Haare gründlich durch, bis sie glatt und seidig schimmerten und ließ sie über die rechte Schulter fallen, so dass sie sich wie ein Vorhang über den Ausschnitt legten.

Jemand klopfte.

„Peer?" Sie zupfte sich das Halstuch zurecht und öffnete die Tür.

Eric wartete davor. „Ich muss mit dir reden."

Auch er hatte sich gewaschen und stand ihr zum ersten Mal frisch und sauber, glattrasiert und mit gekämmten Haaren gegenüber. Er trug ordentliche Kleidung. Peer hatte ihm mit einer dunklen, für den hochgeschossenen Dieb etwas zu kurzen Leinenhose und einem groben weißen Hemd ausgeholfen.

„Komm rein!" Gwen trat beiseite. Eric huschte ins Zimmer und zog verstohlen die Tür hinter sich zu.

„Was ist denn los?"

Eric musterte sie von oben bis unten und sie fühlte sich unwohl. Dann schüttelte er den Kopf. „Was los ist? Findest du es nicht seltsam, diese beiden aus der Zeit gefallenen Burgbewohner hier im Moor anzutreffen? Und das was im Turm passiert ist?"

Sie verschränkte die Arme vor der Brust und vergewisserte sich unauffällig, dass der Stoff bedeckte, was er sollte. Sie wollte nicht über all die Erlebnisse der letzten Tage reden, geschweige denn darüber nachdenken. Sie wollte das Gefühl der

Geborgenheit, das sie in diesen Mauern empfand, nicht zerstören. „Peer und Emelin sind sehr nett."

Eric winkte ab. „Emelin ist harmlos. Aber bei Peer bin ich mir nicht so sicher." Eric setzte sich auf die Bettkante. „Ist doch seltsam, dass sie in einem Moor wohnen und noch dazu in diesem."

Gwen zuckte die Achseln. „Wir durchwandern es, um einen See zu suchen, den es vielleicht nur in meinen Träumen gibt." Im selben Moment überraschten sie ihre eigenen Worte und wie leicht sie ihr über die Lippen kamen. „Außerdem wurde ihre Urgroßmutter als Hexe gezeichnet. Wahrscheinlich sind sie geflohen und haben sich hier von den Menschen unbehelligt eine neue Heimat aufgebaut. Eine, in der sie nicht gejagt werden.

„Unbehelligt?", wiederholte Eric mit einem seltsamen Unterton, den sie nicht deuten konnte. „Und dass ihre Urgroßmutter als Hexe verurteilt wurde, beunruhigt dich nicht?"

Sie rollte die Augen und blickte zur Seite. „Nur weil sie das Mal bekam, muss sie keine Schwarzmagierin gewesen sein!"

„Und der Turm?"

„Ich weiß es nicht." Sie strich sich eine feuchte Haarsträhne aus der Stirn.

„Und was machen wir jetzt?", fragte Eric. Er kaute auf der Unterlippe.

„Vielleicht kennt Peer den Weg."

Eric verzog verächtlich das Gesicht. Er sprang auf und ging zum Fenster, wo er Gwen den Rücken zudrehte, ehe er sprach: „Du solltest diesem Jüngelchen nicht gleich so viel Vertrauen schenken. Du kennst ihn nicht."

Jemand klopfte an die Tür und Eric fuhr herum.

Gwen hob beschwichtigend die Hand. „Peer weiß von meinem Mal! Wir können ihm trauen, glaub mir. Er versteht es!"

Erics Kieferknochen zuckten. Seine Muskeln wirkten angespannt. „Wer ist da?"

„Das Essen ist bereit", antwortete Peer jenseits der Tür. „Entschuldigt, ich dachte das Fräulein ist allein. Ich wollte nicht stören."

„Du störst aber!", knurrte der Dieb.

„Eric!", fuhr Gwen ihn an und öffnete. „Entschuldige bitte, Peer. Eric ist nur gereizt. Wir haben einen langen Weg hinter uns."

„Du musst mich nicht erklären!", grollte er hinter ihr.

Peer lächelte amüsiert. Dann trat er einen Schritt zurück und musterte Gwen. Anders als bei Eric zuvor, fühlte sie sich nicht peinlich berührt dabei.

„Ihr seht atemberaubend schön aus, mein Fräulein."

Sie wusste nicht, was sie erwidern sollte. Sie spürte, wie das Blut ihr heiß und prickelnd ins Gesicht schoss und schämte sich wegen dieser kleinmädchenhaften Reaktion, was die Röte nur noch tiefer werden ließ.

Peer lächelte und bot ihr ihren Arm an. „Darf ich Euch hinunterbegleiten?"

Gwen gewöhnte sich langsam an die Geste und hakte sich ein. Sie fühlte sich noch immer deplatziert neben so viel Förmlichkeit. Aber irgendwie mochte sie das auch.

Eric schnaubte verächtlich.

Emelins Essen duftete verführerisch und Gwen versuchte, das lautstarke Knurren ihres Magens zu unterdrücken, als die blonde Frau ihnen auftrug. Kartoffeln mit Rosinen und ein knuspriger Braten. Dazu ein Salat aus einem Gewächs, das Gwen nicht kannte. Eine Moorpflanze, vermutete sie. Sie griff ordentlich zu, wenngleich sie sich fragte, wie Peer und Emelin dem toten Moorboden all die Nahrung abgewinnen konnten.

Emelin kicherte immerzu, doch Gwen störte sich nicht daran. Sie dachte nur an ihren Hunger und nicht an gute Tischmanieren.

Nach dem Mahl, brachte Emelin erneut von dem süßen Wein, den sie vor dem Kamin tranken. Sie erzählte ihnen, dass ihre Familie schon seit Jahrzehnten im Moor lebte, nachdem ihre

Urgroßmutter auf dem Scheiterhaufen als Hexe verbrannt worden war. Gwen versetzte es einen Stich. Sie hatte geglaubt, dass Peers Urgroßmutter auch die Flucht gelungen war. Dieser Irrtum drückte schwer auf ihre Stimmung.

„Uroma war eine große Heilerin", fuhr Emelin fort. „Früher schätzen die Dorfbewohner ihr Können als mächtige Druidin. Aber die Häscher und Schwarzmagier Gardons überfielen das Land immer öfter und als schließlich eine Seuche in ihrem Dorf ausbrach, gab man ihr die Schuld daran."

„Aber das ist doch dumm!", entfuhr es Gwen zornig.

Emelin lächelte dankbar. „Gegen den Dunklen Herrscher konnten sie sich nicht wehren, also suchten sie sich einen anderen Sündenbock. Aber meine Familie hielt zu ihr bis zuletzt. Deshalb zogen auch sie den Zorn der Leute auf sich. Sie flohen und fanden bei ihrer Suche nach einer neuen Bleibe schließlich diese Burg. Sie war verfallen und verlassen, aber sie haben sie gemeinsam wieder aufgebaut. Peer und ich wurden hier geboren."

„Aber dann kennt euch niemand in den Dörfern." Unverständnis lag in Erics Stimme. „Ihr könntet wieder zurückgehen. Ihr könntet ein normales Leben unter Menschen haben, weit fort von diesem düsteren Moor."

„Aber wir fühlen uns wohl hier und ..." Sie warf ihrem Bruder einen unsicheren Blick zu. „... wir wollen auch gar nicht zurück!"

Eric verzog den Mund.

„In einem Dorf hätten wir ständig Angst genauso verurteilt zu werden wie Uroma. Wir sind zwar keine Druiden oder magisch begabt, aber ..." Sie ließ den Satz in der Luft hängen.

Gwen konnte Emelin und Peer gut verstehen.

„Es ist nur ein wenig einsam", fuhr Emelin schließlich fort. „Früher war meine Familie größer und es kamen öfters verirrte und verstoßene Menschen zu uns, die in dieser Burg eine Zuflucht fanden. Die Zahl der Vertriebenen war früher groß. So bestand unsere Familie hier weiter und fand neue Freunde und ..." Sie suchte nach Worten, dann lachte sie schüchtern. „... Ehepartner.

Ihr glaubt nicht, was für ein buntes Treiben in diesen Mauern geherrscht hat, als wir noch klein waren!"

„Hm", machte Eric nur.

Emelin senkte den Blick. „Aber jetzt sind nur noch mein Bruder und ich übrig."

Eine Weile legte sich Schweigen über sie. Dann ergriff Emelins Bruder das Wort: „Nun, warum erzählt ihr uns nicht, warum ihr wirklich durch das Moor wandert?" Er schwenkte beiläufig seinen Wein im Glas.

Eric deutete ein Kopfschütteln an, aber Gwen ignorierte ihn. Sie hatte längst mit dieser Frage gerechnet und wusste keinen Grund, den Geschwistern nicht die Wahrheit zu erzählen.

Gwen gab alles preis. Ihr Erwachen im Wald ohne Erinnerungen. Auch von dem Vorfall in Geseen und den drei Männern berichtete sie und zuletzt von dem Mondsee aus ihren Träumen, den sie nun suchen wollte, um Antworten zu finden. Nach kurzem Zögern sprach sie das erste Mal aus, was Salabi in jener Nacht versucht und Gwen zur Mörderin gemacht hatte. Auch ihre Worte über die Parasiten verschwieg sie nicht.

Eric riss die Augen auf und versenkte seine Überraschung im Weinglas, das er in einem kräftigen Zug austrank.

Peer jedoch nickte aufmerksam und wirkte nicht schockiert. Nur traurig. Emelin seufzte voller Mitgefühl. Schließlich sank Gwen müde in ihrem Sessel zurück.

„Und warum begleitet Ihr sie, Eric?", fragte Peer.

Gwen merkte auf. Sie stellte sich diese Frage jeden Tag, wagte aber nicht, sie auszusprechen. Zu groß lastete die Angst auf ihrem Herzen, Eric könnte darauf keine Antwort wissen und sie daraufhin allein durch das Moor ziehen lassen. Sie tat, als hätte sie die Frage nicht gehört und trank einen großen Schluck Wein. Dabei beobachtete sie Eric verstohlen über den Rand ihres Glases.

Er klang beiläufig. „Ich finde ihre Geschichte interessant und glaube nicht, dass Gwen den Weg allein schafft. Außerdem ..." Er zwinkerte Emelin zu. „... habe ich zurzeit keine andere Beschäftigung. Da ist ein wenig Zerstreuung nicht schlecht."

Peer lachte, aber es klang gezwungen in Gwens Ohren. Sie wünschte, sie könnte Erics wahre Gedanken lesen. Oder zumindest Klarheit über ihre eigenen Gefühle bekommen.

Sie trank noch einen Schluck. Der Wein breitete sich angenehm und einlullend in ihrem Körper aus. Sie fühlte sich geborgen und sicher hinter den dicken Mauern der Burg. Sie würde einschlafen können, ohne Angst vor einer neuerlichen Gefahr haben zu müssen.

Sie fing einen Blick von Peer auf und er lächelte. „Es ist gut, wenn eine so schöne Frau nicht allein unterwegs sein muss."

Sie war froh, dass ihr Gesicht vom Wein ohnehin schön gerötet war. Es war ihr unangenehm, wenn man so über sie sprach. Sicher wollte er nur höflich sein.

Sie lauschte dem anheimelnden Geräusch des prasselnden Feuers, als ihre Augenlider langsam schwer wurden.

„Das dunkle Land", überlegte Peer. „Ich dachte immer, es sei nur eine Sage, genauso wie die Biester dieses Moores."

„Vielleicht ja, vielleicht nein." Eric füllte sein Glas mit Wein. „Irgendwo müssen Gardons Häscher schließlich herkommen."

Peer zuckte die Schultern. „Die Sage vom Mondsee kenne ich nicht."

Eric nickte, als habe er dies auch nicht erwartet. Er blickte zu Gwen hinüber, um zu sehen wie sie reagierte, aber sie hatte die Augen geschlossen.

Mondlicht flutete durch das Fenster und verlieh den Möbeln eine bläuliche Farbe. Der dünne Vorhang wehte sacht im Wind. Alles im Zimmer wirkte friedlich.

Sie lag im Bett. Die Federbettdecke umgab sie wie ein warmer, weicher Kokon. Hatte sie nicht eben noch in einem Sessel am Feuer gesessen und Wein getrunken?

Und wie konnte der Mond durch die dichte Wolkenschicht scheinen, die den Himmel bei Tag und Nacht konsequent verhüllte?

Gwen setzte sich auf und ein leichtes Pochen erwachte in ihrem Kopf. Sie verzog das Gesicht und schämte sich, zu viel getrunken zu haben.

Sie zog die Bettdecke zur Seite. Sie trug ein hellblaues Baumwollnachthemd.

Trotz schummrigem Gefühl rutschte sie auf die Bettkante und stand auf. Barfuß lief sie zum Fenster. Nur das Licht des silbernen Halbmonds bewahrte sie davor, irgendwo anzustoßen. Sie zog den Vorhang zurück, öffnete das Fenster ganz. Kalte Nachtluft schlug ihr entgegen. Sie schlang die Arme um den Leib und atmete tief ein. Sie erkannte Bäume und Sträucher. Wieder erstaunte sie dieser seltsame Ort. Unter ihrem Fenster begann ein großzügig angelegter Park. Bäume und Blumen wuchsen in säuberlich angelegten Beeten. Akkurat gestutzte Büsche und Hecken erstreckten sich in alle Richtungen und verschmolzen mit den dunstigen Schatten, ohne dass Gwen das Ende des Parks erkennen konnte. Er lebte und gedieh. Oder spielten ihr die nächtlichen Schatten einen Streich? Die Wege waren mit hellen Kieselsteinen befestigt und in der Mitte des Parks plätscherte ein Springbrunnen. Wenn sie die Augen zusammenkniff, konnte sie die Schemen von zwei Wasserspeiern erkennen.

Vielleicht erfüllten diesen Ort tatsächlich einmal Freude und das Geschwätz vieler Stimmen und nicht nur Staub und Einsamkeit wie heute.

Sie atmete tief. Die Luft schmeckte würzig. Ein Gemisch aus Harzgeruch und Nebel. Sie roch frisch und entbehrte des modrigen Moorgestanks ganz und gar. Die Mauern bildeten einen Wall und trotzten dem Moor wie eine Oase in der Wüste.

Wie schafften die beiden es, einen so großen Park zu pflegen und lebendig zu halten, wo doch alles ringsherum dem Verfall anheimfiel?

Wenn Gwen tief in sich hinein lauschte, fühlte sie, dass der Wunsch den Mondsee zu finden, schwächer wurde. Vielleicht gehörte sie gar hier her? Nach langer Zeit suchte wieder eine Verstoßene in der Moorburg nach Zuflucht und Frieden. Sollte sie Peer bitten, hierbleiben zu dürfen?

Wann hatte sie das letzte Mal vom Mondsee geträumt? Er schien ihr nun so fern und ihr Vorhaben so sinnlos.

Ihr stockte der Atem, als eine Gestalt am Brunnen vorbeihuschte. Vielleicht war es Raim, oder ... sie zwang sich zur Ruhe. Sicher hatte sie sich das nur eingebildet. Ohne einen weiteren Blick in den Park zu werfen, schloss sie das Fenster und zog die Vorhänge davor. Aber sie konnte ihr klopfendes Herz nicht beruhigen. Sie zog den Vorhang wieder ein Stück zur Seite und ... da war ein Schatten! Sie sah deutlich, wie jemand durch den Park schlich. Eine Gestalt, die sich kaum von den Schatten abhob, die sie umgaben.

Sie tastete sie sich zurück zum Bett, um sich anzuziehen. Das grüne Kleid lag gefaltet auf dem Stuhl. Als sie nach dem Stoff griff, fiel etwas herunter und landete mit einem dumpfen Aufprall am Boden.

Sie bückte sich danach. Schwarzes Leder schmiegte sich in ihre Hand. Sie zog einen Dolch aus der Scheide. Der von Eric war es nicht. Diese Waffe hatte einen gewundenen Griff und eine spiegelglatte Klinge, in der Gwen ihr verschlafenes Gesicht erkennen konnte.

Sie überlegte nicht lange, wo er hergekommen sein mochte. Sie zog sich an und ging zur Tür. Mit dem Dolch in der Hand trat sie auf den Flur hinaus. Das Herz schlug heftig in ihrer Brust. Sie wusste nicht genau, ob aus Angst oder Aufregung. Eine Gestalt im Park. Vielleicht Raim, vielleicht Eric, der nicht schlafen konnte und herumspionierte?

Sie wollte sich nicht in ihr Bett verkriechen und warten, bis die Nacht vorbei war. Sie wollte Antworten. Jetzt. Immerhin dieses Geheimnis konnte sie ergründen.

So leise sie konnte, stieg sie die Treppe in die Halle hinab. Die Stufen knarrten verräterisch und als sie endlich am Fuß der Treppe anlangte, glaubte sie schon, die ganze Burg aufgeweckt zu haben.

Die Kerzen brannten nicht mehr, aber ihre Augen hatten sich bereits an die Nacht gewöhnt. Sie erkannte genug, um hinaus in den Park zu finden, dort wies ihr das Mondlicht den Weg.

Sie hielt den Dolch griffbereit, rechnete aber nicht damit, ihn wirklich benutzen zu müssen. Ihre Schritte auf dem mit Kies bestreuten Weg knirschten laut.

Dann sah sie die Umrisse eines Menschen. Zumindest meinte sie, dass es der eines Menschen sein musste. So groß und schlank konnte es jedenfalls nicht der kleine Drache sein. Enttäuscht blieb sie stehen.

Der Schatten bewegte sich nicht. Er hatte kantige Konturen und stand völlig regungslos da. Starrte er sie an? Gwen zwang sich gleichmäßig zu atmen und ruhig zu bleiben. „Wer ist da?"

Die Gestalt rührte sich nicht.

Gwen tat einen vorsichtigen Schritt auf sie zu. Dann noch einen und noch einen. Immer näher tastete sie sich an den Schatten heran, bis sie plötzlich hinter sich ein Geräusch hörte. Blitzartig fuhr sie herum und riss den Dolch hoch. „Raim?" Sie wich einige Schritte zurück und stoppte jäh, als sie mit den Waden an einen Widerstand stieß. Ihr wurde bewusst, dass sie dem Schatten hinter sich genau in die Arme lief.

Mit einem Ruck drehte sie sich um und Gwens Mund öffnete sich zu einem Schrei, aber es kam kein Laut daraus hervor.

Das Gefühl der Sicherheit innerhalb der Burgmauern wurde tief erschüttert, angesichts einer hässlich verzerrten Fratze, die die Schatten nicht länger verhüllten und die unmöglich einem

Menschen gehören konnte. Der lippenlosen Mund entblößte zwei Reihen spitzester Zähne.

Gwen fühlte sich wie versteinert. Die dunklen Augen des Dämons quollen aus tiefliegenden Höhlen hervor und die nur wenige Meter von ihr entfernten riesigen Pranken des Dinges streckten sich nach ihr aus, als wollten sie sie zerfetzen. Der Dämon saß auf einer Mauer, bereit zum Sprung.

Gwen keuchte. Die schuppenübersäte Haut wirkte blass und fahl. Sie schimmerte nicht seidig wie die von Raim. Eher spröde und rau.

Endlich taumelte sie zurück, aber noch ehe sie sich umdrehen und fliehen konnte, wurde sie von hinten an den Schultern gepackt.

Diesmal schrie sie, riss sich los und wollte im Herumwirbeln den Dolch vorstoßen, aber ihr Handgelenk wurde umklammert und zurückgehalten.

„Ruhig Gwen!", drang eine Stimme durch den Schleier der Furcht zu ihren Gedanken vor. Sie versuchte, sich von dem Griff um ihr Handgelenk zu befreien und ihre andere Hand holte schon zum Schlag aus, als sie endlich erkannte, wer sie da festhielt. Ihre Pupillen weiteten sich und ihre Bewegung gefror. „Peer?"

Er lächelte. Sah er denn den Dämon hinter ihr nicht?

„Ich glaube, dass Ihr das nicht braucht, mein Fräulein", sagte er sanft und ließ sie los. „Mein Vater hatte einen seltsamen Geschmack, nicht wahr?"

Gwen blickte zitternd über ihre Schulter. Ein warmer Arm legte sich um ihre Schultern und Peer führte sie geradewegs auf das Ding zu.

Sie wollte den Dolch zücken, aber dann sah sie, dass kein Dämon versucht hatte, sie anzufallen. Sie stand einem der Wasserspeier gegenüber, dessentwegen sie um ein Haar Peer umgebracht hätte. Er saß in der Mitte des Brunnens und beugte sich über das Wasser. Der Widerstand, gegen den sie gestoßen war, erwies sich als der niedrige Brunnenrand.

„Aber ..."

„Ja." Peer, der sie bis jetzt festgehalten hatte, zog seinen Arm zurück und setzte sich auf den breiten gemauerten Rand. Nur das schmale Becken trennte ihn von dem Wasserspeier, der oberhalb auf dem Sockel hockte. Jetzt bemerkte Gwen auch das Wasser, das aber nicht aus seinem Mund ins Becken plätscherte, sondern aus mehreren klaffenden Wunden an seinem Hals. Der andere Wasserspeier lauerte hinter ihm und drehte ihnen seinen schuppigen und mit Hörnern gespickten Rücken zu. Gwen glaubte erst, dass der zweite Wasserdämon größer sei, als der, der sie bis ins Mark erschreckt hatte, aber dann erkannte sie, dass er auf der steinernen Figur eines Mannes kauerte. Die Figur sollte wohl einen Krieger darstellen, der im letzten Akt seines Todeskampfes mit den Monstern sein Schwert hochriss. Die Szenerie zeigte aber deutlich, dass die Dämonen gewannen.

Gwen rührte sich nicht. Selbst jetzt jagte ihr die Steinfigur noch Angst ein. Peer streckte die Hand nach Gwen aus. Sie ergriff sie zögernd und ließ sich zu ihm ziehen, wo sie sich neben ihn auf den kalten Brunnenrand setzte. Sie legte den Dolch zögernd neben sich und schwieg.

„Mein Vater", widerholte Peer leise, „hatte einen seltsamen Geschmack. Der Tod faszinierte ihn und all die Sagen über Monster und Dämonen fesselten sein Interesse. Für einen Brunnen ist die Idee allerdings geschmacklos." Peer seufzte und wand sich Gwen zu. Sein Blick fing den ihren auf. „Man munkelt, mein Vater ließ sich mit Dämonen ein." Er fasste nach Gwens Händen und nahm sie in die seinen. „Ihr seht, ich kann euer Misstrauen verstehen. Meiner Familie wurde viel Böses getan, auf Grund von dummen ungebildeten Menschen. Ich kann verstehen, dass Ihr ihnen auch nicht mehr vertraut."

Sie zögerte. „Ich traue dir." Sie kam sich dumm vor, bei diesen Worten.

Peers ließ ihre Hände los und die schwindende Wärme erzeugte einen eiskalten Schauer, der ihren Rücken hinunter kribbelte und sich auch auf ihren Armen ausbreitete. Sie wich nicht vor ihm zurück, als er ihren Hals berührte und den Knoten von Erics Halstuch öffnete.

Er ließ das Tuch achtlos zu Boden fallen. Seine warme Hand strich so leicht über ihr Brandmal, dass sie sie kaum spürte. „Du musst dich nicht verstecken, Gwen."

Sie wandte den Kopf ab.

„Gwen?" Peers strich ihr eine Strähne aus dem Gesicht. „Wenn du den Mondsee gefunden und eine Antwort auf deine Fragen bekommen hast, bitte komm danach zurück."

Er glaubt mir. Die Erkenntnis traf sie wie ein Blitz. Er glaubte offenbar auch, dass der Mondsee existierte und dass sie den Weg zu ihm finden konnte. Selbst Eric glaubte nicht daran. Nicht wirklich. Aber Peer offenbar schon.

Als sie ihn ansah, erkannte sie die Unsicherheit in seinem Gesicht. Ihre Angst verflog augenblicklich. Sie fühlte sich wohl und sicher bei dem blonden Mann. Dann tat sie etwas, was sie selbst überraschte. Sie beugte sie vor und küsste ihn. Sein Duft von Sandelholz und Pfirsichen umfing sie.

Seine Lippen blieben erst reglos, als Gwen sie berührte. Sie waren warm und weich und sie bekam eine leise Ahnung davon, wie Peer schmeckte. Dann erwachte er aus seiner Überraschung und seine Lippen öffneten sich. Arme schlossen sich um sie. Peer zog sie an sich und sie verlor sich ganz in diesem Kuss. *Habe ich schon einmal geküsst? Wurde ich schon von einem Mann geküsst?*

Sie tastete über Peers Körper und fühlte feste Muskeln unter seiner Kleidung.

Ja, hierher gehöre ich. Hier möchte ich eine Heimat finden!

„Vielleicht musst du auch nicht gehen", hauchte Peer, als er ihre Lippen kurz entließ, um sie dann erneut leidenschaftlich zu küssen. Seine Hände wanderten ihren Rücken hinauf, über ihre Schultern und ihre nackten Arme. Seine linke Hand fasste ihre und ihre Finger verschränkten sich ineinander. Seine rechte Hand wanderte forsch an den Rändern ihres Ausschnitts entlang abwärts. Warme Schauer wallten durch ihren Körper, die ihren Ursprung an einer Stelle hatten, die ihr fremd und vertraut zugleich schien.

Eng umschlungen saßen sie am Brunnen, während der Mond ein gutes Stück weiterwanderte. Sie legte den Kopf auf Peers Schulter. Sie sagte nichts. Sie genoss seine Nähe und schmiegte sich enger an ihn.

„Bitte bleib", flüsterte Peer und sie wollte in diesem Augenblick tatsächlich nichts anderes, als hier bei ihm bleiben und ihr restliches Leben an der Seite dieses Mannes verbringen. Aber ein Gedanke bohrte sich unangenehm in ihren Glücksrausch. Wenn sie blieb, würde sie sich jemals an ihr altes Leben erinnern?

Und Eric? Der Dieb hatte im Grunde recht, sie kannte Peer kaum ein paar Stunden. Und doch fühlte sie sich ihm so verbunden und verstanden. Und wenn sie nun blieb, sollte sie den Dieb einfach wegschicken? Er hatte all die Mühen auf sich genommen, um ihr zu helfen. Er hätte das nicht tun müssen, ob er an den Mondsee glaubte oder nicht. Das ungute Gefühl in ihrem Magen kratze sich an die Oberfläche zurück. Wollte sie sich die Blöße geben und ihr Vorhaben, den Mondsee zu finden, über Bord werfen? Sie stellte sich Erics belustigten Blick vor. Sie presste die Lider aufeinander und beschwor das Bild des Mondsees herauf. Das Bild aus ihrem Traum.

„Was hast du?" Ohne es zu merken, war Gwen von Peer weggerückt.

Er umfasste ihre Hand und streichelte den Handrücken mit dem Daumen. Mit großen, wunderschönen Augen sah er sie an.

„Ich muss den Mondsee finden", murmelte sie unsicher.

Peer schüttelte den Kopf. „Vielleicht wollte dich dein Traum auch nur hierherführen. Zu mir." Mit der freien Hand strich er ihr über die Wange. „Sag ja, Gwen. Sag, dass du bei mir bleibst."

„Ich möchte ja, aber ... Aber erst muss ich ihn finden."

Sie konnte nicht hierbleiben und ihren Traum ignorieren. Sie musste Gewissheit haben.

Das Lächeln verschwand aus Peers Zügen und sein Blick wurde hart. „Und wenn du ihn niemals findest?"

„Ich werde zurückkommen." Sein plötzlicher Widerstand gegenüber ihrem Vorhaben irritierte sie.

„Was erhoffst du dir? Weißt du, wie sie das Moor nennen?" Peer wartete ihre Antwort nicht ab. „Moor der Biester! Und was glaubst du, nach wem sie es benannt haben?" Peer zog spöttisch beide Augenbrauen hoch.

„Nach meiner Familie. Nach Emelin und mir, Gwen. Wir sind die Biester dieses Moores und in den Augen dieser dummen Menschen, bist du genauso ein verdammtes Biest wie all die anderen Unglücklichen, die sie hierhergetrieben haben! Was immer du herausfindest, du kannst dennoch niemals zurück."

Sie schluckte. Sie wollte etwas erwidern, aber ihre Zunge lag gelähmt in ihrem Mund. Er hatte vollkommen recht. Aber wie sollte sie Peer erklären, dass sie das nicht akzeptieren und ihren Plan aufgeben durfte? Wegen Eric.

„Vielleicht ist es besser, wenn du den See nie findest und deine Erinnerungen nicht zurückbekommst. Vielleicht ist das ein Segen!"

Um ihn nicht ansehen zu müssen, nahm sie den Dolch, der noch am Rand des Brunnens lag und befestigte ihn in seiner Scheide an ihrem Gürtel.

„Bitte Gwen." Peer zog sie an sich, um sie zu küssen, aber sie legte ihm eine Hand auf den Mund. „Peer, ich kenne dich erst wenige Stunden. Aber ich weiß, dass ich dich ..." Sie sprach nicht zu Ende. Aus irgendeinem Grund brachte sie die Worte nicht über die Lippen. „Ich werde zurückkommen", sagte sie stattdessen.

Sie versuchte, Peers Blick zu deuten. Aber seine Empfindungen blieben ihr verschlossen. Plötzlich entdeckte sie den großen Unterschied zwischen den beiden Männern. Eric war ihr mittlerweile so vertraut, dass sich seine Launen für sie zeigten wie in einem offenen Buch, ob sie ihr gefielen oder nicht. Bei Peer blieb alles geheimnisvoll verschleiert und damit ähnelte er ihrem eigenen Innenleben, das sie so oft verwirrte. Sie löste sich von ihm und stand auf.

Er deutete auf ihren Hals. „Bei uns musst du dich nicht verstecken. Ich habe dich nicht gefragt, warum sie dich zeichneten und ob sie damit recht haben. Es ist mir egal, ob etwas Dunkles in dir ist, denn hier darfst du so sein wie du bist."

„Aber ich weiß nicht, wer ich bin, wie ich bin", flüsterte sie.

„Ich will nicht, dass du gehst!"

Sie fröstelte. „Lass uns morgen weitersprechen."

Peer streckte die Hand nach ihr aus. Aber sie wich davor zurück. Wenn sie ihm jetzt nachgab und zurück in seine Arme fiel, würde sie den Mondsee nicht weitersuchen, das fühlte sie. „Gute Nacht, Peer." Sie zwang sich, ihm den Rücken zuzuwenden und ging zurück Richtung Burg, auch wenn ihr Herz dabei schmerzte.

Er ließ sie nur wenige Schritte weit kommen. Mit langen Schritten holte er sie ein, packte ihr Handgelenk und zog sie an sich. „Tu das nicht, Gwen!" Seine Stimme klang zwar immer noch sanft, aber befehlend und ohne einen Widerspruch zu dulden. „Lass mich nicht einfach stehen!"

„Lass das!" Sie schüttelte ihn ab. Ihr Handgelenk pochte. Sie hätte sich ihm am liebsten in die Arme geworfen, damit sein Ausbruch nicht alles zerstörte, damit er begriff, wieviel Kraft es sie kostete nicht zu bleiben. Sie hätte ihn auch gern noch einmal geküsst und gespürt, wie er sie fest an sich drückte. Sie wollte das so sehr. Aber sie konnte nicht bleiben. Sie könnte Eric nicht mehr in die Augen sehen, wenn sie jetzt hierblieb. Sie musste weiter und den Mondsee finden. Sie musste es zu Ende bringen, sonst würde sie die Zweifel niemals los.

Peer schwieg. Er sah traurig aus. Gwen seufzte. „Tut mir leid, aber ich muss das tun." Sie drehte sich um und verschwand nach wenigen Augenblicken im Inneren der Burg. Mit jedem Schritt wuchs in ihr die Angst, einen Fehler zu machen und eine besondere Chance zu verpassen.

Peer stand reglos da und wartete, bis sie aus seinem Sichtfeld verschwand, dann drehte er sich um und betrachtete nachdenklich den Brunnendämon, der Gwen solche Angst eingejagt hatte.

„Eric? Bist du wach?" Abermals klopfte Gwen an dessen Zimmertür. Diesmal lauter. „Hallo?" Dann endlich öffnete sie sich einen Spalt.

„Du?" Mit gespielter Ungläubigkeit rieb sich der Dieb die Augen.

„Hast du vielleicht Emelin erwartet?"

Eric zuckte die Achseln und grinste. „Vielleicht war sie schon da." Er lächelte so verschmitzt wie sie es noch nie bei ihm gesehen hatte. Zusammen mit dem glattrasierten Gesicht wirkte der Dieb jünger und irgendwie fremd. Als sie an ihm vorbei ins Zimmer ging, roch er auch anders. Oder lag dies an Peers Duft, in den sie so tief getaucht war?

Erics Zimmer glich dem ihren, wenngleich die Möbel anders angeordnet waren. Eine dicke Federbettdecke lag auf dem Boden und zwei Gläser, in denen noch Weinreste klebten, standen auf einer Kommode neben dem Bett.

Eric gähnte lautstark. „Und du? So spät noch auf?" Er trug nur die Hose vom Vorabend und seine Haare standen ihm wirr in alle Richtungen.

„Ja. Ich muss mit dir reden." Sie fühlte sich peinlich berührt und vermied, ihn anzusehen. Nicht, weil sie es nicht wollte, sondern damit er nicht merkte, wie sie ihn musterte. Sie schmeckte noch immer Peers Kuss auf den Lippen und die Erinnerung daran hinterließ ein angenehmes Flattern in ihrem Bauch. Sie ertappte sich dabei, wie sie das, was sie unter seinem Hemd gefühlt hatte, nun mit dem verglich, was sie bei Eric unbedeckt sah. Aber sie wollte auf keinen Fall, dass Eric das bemerkte. Sie hatte ihn schon halbnackt gesehen. Damals am Moorloch. Aber damals ging es um sein Leben. Erst jetzt sah sie ihn richtig, befreit von Dreck und Schlamm. Narben zogen sich über Brust und Schultern, die nicht alle von Raims Krallen stammen konnten. Manche wirkten wesentlich älter.

Eric setzte sich auf die Bettkante und zog die Decke vom Boden zurück auf die Matratze. Sein verschlafener Blick klärte sich langsam. „Nachdem du so tief und fest eingeschlafen warst, hätte ich nicht gedacht, dass du vor morgen Mittag wieder aufwachst."

„Warum?"

„Na, dein Sessel schien jedenfalls sehr bequem zu sein."

„Oh." Sie strich eine Haarsträhne zurück hinters Ohr. Sie erinnerte sich tatsächlich nicht daran, wie sie ins Bett oder gar in das Nachthemd gekommen war. „Wie bin ich denn ..."

Eric streckte sich die Glieder. „Na, ich habe ja schon Erfahrung darin, dich durch die Gegend zu tragen."

Sie schoss einen drohenden Blick auf ihn ab.

„Keine Bange. Emelin hat dich umgezogen. Sie ist sehr geschickt im Ausziehen. Du wolltest mit mir reden?"

Sie wusste nicht recht, wie sie anfangen sollte. Sie hatte ein so seltsames, nicht in Worte zu fassendes Gefühl, seit sie Peer im Park zurückgelassen hatte. Außerdem nervten sie die plumpen Andeutungen von Eric. Sie befleckten die Erinnerung an ihren und Peers Kuss. Sie wollte den jungen Mann nicht abweisen oder enttäuschen. Vielleicht wäre es doch nicht so schlimm, wenn sie hierbliebe und Eric seiner Wege ginge. Der machte ja ohnehin, was er wollte.

„Das trifft sich jedenfalls gut", riss Eric sie aus ihren Gedanken. „Ich will auch mit dir reden."

„Ach ja?" Erwartungsvoll wartete sie ab. Ob Eric ihr die weiteren Entscheidungen abnahm?

Er stand auf und ging ans Fenster. Er sah aufmerksam hinaus und drehte sich dann wieder zu Gwen herum. „Ich traue den beiden immer noch nicht, im Gegenteil!"

Sie hob die Augenbrauen und deutete mit dem Kinn Richtung Weingläser.

Eric lachte abfällig. „Man muss Frauen nicht trauen, um Spaß mit ihnen zu haben."

„Du bist widerlich!"

„Und du naiv." Eric kratzte sich gelangweilt am Kinn. „Du bist – neben seiner niedlichen Schwester – das erste weibliche Wesen, das dein Kavalier nach vermutlich langer Zeit zu Gesicht bekommt." Eric fixierte ihren Ausschnitt. „Und dann präsentierts du dich auch noch so!"

Gwen hätte gerne etwas nach ihm geworfen. Sie unterdrückte den Impuls, mit den Händen ihren Brustansatz zu bedecken, den ihr Ausschnitt betonte. Diese Genugtuung wollte sie ihm nicht geben. „Peer war zu jederzeit höflich und respektvoll. Im Gegensatz zu dir."

Aber ihr Handgelenk pochte, wo Peer sie vor wenigen Minuten gepackt hatte.

Eric zuckte die Achseln. „Sie sind ja freundlich und hilfsbereit", Eric verschränkte die Arme vor der Brust, „aber auch sehr seltsam. Wohnen allein hier im Moor. Geschwister. Und wollen nicht zurück unter Menschen?"

„Sie haben dir doch erklärt, warum." Sie fragte sich, ob bei Peer auch kleine Härchen auf der Brust wuchsen wie bei Eric. Nur vielleicht blond statt schwarz.

Eric winkte ab. „Ach ja, sie trauen den Menschen nicht mehr und haben Angst vor ihnen. Hier ist ihr Zuhause. Mal ehrlich Gwen, das ist doch Blödsinn."

„Blödsinn?" Sie hatte das Gefühl, Peer und seine Schwester verteidigen zu müssen.

Eric nickte. „Ich weiß nicht was mit den Beiden nicht stimmt, aber ich denke es ist besser, wenn wir morgen zeitig aufbrechen."

Sie schwieg.

„Und was wolltest du mir sagen?"

Sie seufzte. „Ich glaube ihnen." Sie atmete tief ein und aus. „Ich kann verstehen, warum sie dieses Moor einem Dorf mit Menschen vorziehen. Ich verstehe das sehr gut und ich glaube, ich ... Peer hat mich gefragt, ob ..."

Eric schnaufte „Na klar hat er das." Er schüttelte den Kopf. „Du willst hierbleiben?" Er kam auf sie zu und umfasste ihr Kinn. Sanft zwang er sie, ihn anzusehen. Seine Hände waren viel rauer als die von Peer. „Und der Mondsee?"

Wo sie sich bei Peer noch so sicher gewesen war, den See nicht aufgeben zu dürfen, so gewiss zeigte sich nun, dass sie die Chance, hier eine Heimat zu finden, nicht aufgeben wollte. Erics Zweifel bestärkten diesen Wunsch in ihr nur noch mehr. „Eric, ich weiß nicht sicher, ob es den Mondsee wirklich gibt. Ich zweifle auch daran, ob ich mich an mein früheres Leben erinnern will. Wo sollte ich denn schon hingehen?" Sie ließ es zu, dass er ihr die Hände auf die Schultern legte. „Du wirfst dein ganzes Leben weg, wegen den Erlebnissen aus wenigen Monaten? Vielleicht hast du eine Familie, die auf dich wartet. Vielleicht gibt es einen Grund, warum du diese Gabe hast. Du bleibst freiwillig hier?" Er strich mit der Hand über ihr Brandmal.

Sie fragte sich schuldbewusst, ob Eric sich wunderte, dass sie sein Tuch nicht mehr trug, und ob es immer noch am Brunnen lag.

„Du kannst mit mir kommen, wenn du möchtest. Egal wohin! Du gehörst nicht in diese Dunkelheit!"

Gwen wich ein paar Schritte zurück. Sie schüttelte den Kopf.

„In den letzten Tagen habe ich sehr viel Leid verbreitet. Vielleicht ist es besser für die Menschen, wenn ich hierbleibe." Sie funkelte ihn an. „Das war auch mal deine Meinung."

Eric lachte. „Hat Peer dir das alles eingeredet? Jetzt sag ich dir mal was, Mädchen! Wenn du dir ständig einredest, dass das Schicksal dein Leben schon beschlossen hat, nimmst du dir selbst die Möglichkeit, eigene Entscheidungen zu treffen!"

Sie drehte den Kopf weg und schwieg.

Eric legte die Stirn in Falten. „Du warst bei ihm heute Nacht. Du bleibst seinetwegen hier, richtig? Du wirfst all deine Pläne über den Haufen, wegen so einem hergelaufenen ..."

Gwen hob die Hand. Sie wusste nicht, was sie darauf antworten sollte. Die Worte in ihrem Kopf ergaben keinen Sinn. Sie wusste nicht, wie sie sie zusammensetzen musste, damit Eric sie nicht falsch verstand. „Es tut mir leid", sagte sie schlicht.

Eric nickte langsam. „Wenn du meinst, dass du hier glücklich wirst."

„Ich bin dir unendlich dankbar für alles", murmelte Gwen.

Ein müdes Lächeln flatterte kurz um Erics Mundwinkel. „Ich wäre mit dir bis zum See gegangen, damit du dich deinem Dämonen stellst. Ihn vielleicht los und geheilt wirst, damit du im Licht bei den Menschen leben kannst."

„Vielleicht kann ich gar nicht geheilt werden. Hier kann ich sein, wie ich bin."

„Dann endet unsere Reise hier."

Gwen fühlte Erleichterung. Sie hatte eine Entscheidung getroffen. Sie blieb bei Peer. Wärme umspielte ihr Herz und doch schmerzte es gleichzeitig.

„Ich wäre tot ohne dich." Erst als ihr diese Worte über die Lippen kamen, begriff sie, welche Wahrheit in ihnen lag. Ihr Mund wurde trocken.

Plötzlich flog die Tür auf und knallte gegen die Wand. Peer stand im Türrahmen. Sein Gesicht verzerrte sich vor Zorn, sein Mund presste sich zu einem schmalen Strich zusammen. Sein Kopf ruckte zwischen Gwen und Eric hin und her. „Also doch!" Peers Stimme troff vor Verachtung. „Du kannst dich wohl nicht entscheiden, wie?"

Gwen brachte keine Antwort heraus.

„Lass sie in Ruhe!", knurrte Eric und stellte sich vor Gwen, aber ihr entging nicht Peers eisiger Blick, der erst über Erics nackten Oberkörper streifte und dann über Erics Schulter direkt zu ihren Augen wanderte.

Sie schob Eric beiseite. „Peer, ich habe ihm nur gerade gesagt …"

„Halt den Mund, du falsches Weib!"

Sie blieb abrupt stehen. „Was?"

„Ihr vergnügt euch mir uns, esst und trinkt und dann hintergeht ihr uns. Aber hier herrschen andere Regeln. Jetzt bezahlt ihr für euren Aufenthalt."

Eric fasste Gwen am Arm und zog sie zurück. Geschockt ließ sie es geschehen.

„Mach dir keine Hoffnungen, Kleiner." Eric fasste sich an die Hüfte, wo gewöhnlich sein Messer hing. Jetzt allerdings nicht.

Peer grinste. „Suchst du was?"

Gwen biss sich auf die Lippen, die Peer eben noch sanft geküsst hatte. Nun veränderte sich der Mann vor ihren Augen. Sie glaubte, es sei nur eine Sinnestäuschung, ein Schatten, der auf sein Gesicht fiel. Seine Haut wurde Nuance um Nuance dunkler, bis sie fast schwarz aussah. Je weiter er die grinsenden Lippen zurückzog, desto mehr traten spitze lange Reißzähne aus seinem Mund hervor. Die schönen Augen schienen ihm aus den Höhlen zu treten und die ordentlich gekämmten Haare wurden matt und spröde.

„Peer nicht!", stieß sie hervor. Aber vor ihr stand nicht mehr Peer. Innerhalb von Sekunden verwandelte er sich zu einem Dämon, der dem auf dem Wasserspeier am Brunnen bis in alle grausamen Details glich. Nur war Peer nicht aus Stein.

Ein Knurren drang durch den Raum und Gwen dachte, es wäre von Peer gekommen. Aber es kam von Eric, der sich mit erhobenen Fäusten auf ihren Gastgeber stürzte. Eric warf sich mit seinem ganzen Gewicht auf den Dämon, dessen Verwandlung gerade abgeschlossen war. Die Wucht ließ das Wesen zurücktaumeln. Es stieß einen Laut aus, der Gwen in den Ohren schmerzte. Eric fing sich geschickt ab, sprang zurück und wollte die Zimmertür zuschlagen.

Der Dämon reagierte schneller. Er fing die Tür ab und Eric musste sich gegen das Holz stemmen, damit der schmale Spalt, durch den der Dämon ins Zimmer drängen wollte, nicht größer wurde.

„Gwen!", rief Eric. Aber sie stand nur da und starrte auf die große schwarze Pranke, die durch den Spalt hereintastete. Ihre krallenbesetzte Hand suchte nach Erics Fleisch. „Hilf mir!"

Endlich eilte sie an seine Seite und drückte auch ihr Gewicht gegen die Tür. Sie presste sich so fest mit der Schulter dagegen, dass ein brennenden Schmerz ihre ganze rechte Seite herunterzog. Sie brüllte dagegen an, rutschte mit den Füßen weg. Der Spalt wurde größer. Krallen kratzten über Holz. Der Dolch!

Gwen tastete an ihren Gürtel. Sie stemmte die Füße so fest in den Boden, wie sie konnte, doch der Spalt wurde immer größer.

Die Pranke des Dämons, die sich bis zum Ellenbogen ins Zimmer streckte, holte zu einem Schlag aus. Ehe er Eric erwischte, stieß Gwen mit dem Dolch zu. Peer heulte auf. So schrill, dass sie glaubte, ihr würde das Trommelfell platzen. Aber seine Pranke zuckte zurück und die Tür fiel ins Schloss. Eric drehte den Schlüssel herum. „Der Schrank, schnell!" Eric gab ihr einen Stoß zum Kleiderschrank hin und gemeinsam schoben sie ihn vor die Tür. Keine Sekunde zu spät. Es knallte, als sich der Dämon dagegen warf. Aber das Barriere hielt. Vorerst.

Peer warf seinen mächtigen Dämonenkörper wieder und wieder gegen die Tür, dass der Schrank bebte.

Gwens Hand hielt noch immer den Griff ihres Dolches umkrampft. Eine zähe dunkle Flüssigkeit klebte daran, die sie an Pech erinnerte und nicht nach Blut aussah.

„Wir müssen weg!" Eric lief zum Fenster, öffnete es und kalte Luft wehte herein. Aber Gwen erschien sie im Gegensatz zu der Kälte in ihrem Inneren warm. „Peer", flüsterte sie und wischte das Dämonenblut an der Bettdecke ab.

„Es ist zu tief, um zu springen!" Erics Stimme klang weit entfernt. „Gwen?"

Ein weiter Stoß ließ den Schrank erzittern und Gwen fuhr zusammen. Eine Hand legte sich auf ihre Schulter und als sie Eric ansah, lag ein tiefes Verstehen in seinen Augen. „Komm, wir müssen weg hier."

„Aber ..."

Eric schüttelte den Kopf. „Eine Lüge des Moores, Gwen. Mehr nicht. Was immer du bei ihm gefunden hast, ist nicht echt!"

Sie erwiderte nichts und ließ sich von ihm zum Fenster bugsieren. Er zog sich mit einer fließenden Bewegung erst sein Hemd über und band dann sein Messer um die Taille. Während er mit der einen Hand noch an der Schnalle nestelte, langte die freie nach einem zweiten Dolch, dessen Griff dem von Gwens Messer erstaunlich glich. Sie runzelte die Stirn.

„Hab ich hier im Schrank gefunden", erklärte Eric und riss das Laken von seinem Bett. „Deinen auch. Und jetzt hilf mir!"

Sie banden das Laken an den Fensterrahmen. Weit über dem Boden wehte es im Wind.

„Es ist zu kurz." Gwens Stimme klang ruhig, als stünde sie neben der Szene und beobachte zwei fremde Menschen, die von einem Dämon angegriffen wurden, ohne selbst betroffen zu sein.

„Aber lang genug, um am Ende einen Sprung zu riskieren!"

Ein weiterer Stoß und der Schrank wurde ein Stück verschoben. Durch eine schmale Lücke tastete eine Krallenhand.

„Los!" Eric gab ihr einen Schubs und Gwen kletterte auf das Fensterbrett. Verwundert, aber auch mit ein wenig Begeisterung registrierte sie, wie sicher und selbstverständlich sie die Bewegungen ausführte, um sich am Laken hinabzulassen. Es gelang ihr erstaunlich leicht, wenngleich das Kleid sie behinderte. Aber es hätte sie auch nicht gekümmert, wenn sie in die Tiefe gefallen und sich den Hals gebrochen hätte. Als sie das Ende des Tuchs erreichte, schloss sie die Augen und ließ sich, ohne nachzudenken, fallen. Sie wusste nicht, wie tief es noch war, aber der Aufprall ließ nicht lange auf sich warten.

Sie federte sich ab und rollte zur Seite, wo sie liegen blieb. Eric folgte ihr wenige Sekunden später.

„Mach schon!" Er zog sie hoch und rannte los.

Gwens Handgelenk, das eben noch nach Peers grobem Griff gepocht hatte, wurde nun von Eric fest umschlossen. Der Dieb zog sie hinter sich her.

Wie üblich, dachte sie bitter. Vermochte sie nicht, eine Entscheidung selbstständig zu treffen? Musste sie immer Spielball der Ereignisse bleiben?

Sie kamen nicht weit. Hinter ihnen erscholl ein so markerschütterndes Brüllen, das Gwen meinte sogar der Boden erzitterte.

Sie wollte sich umdrehen, aber Eric verstärkte sein Tempo und ließ sie unbarmherzig hinter sich her stolpern.

Immer musst du gerettet werden.

Kurz nach dem Schrei erklang ein lautes Plumpsen, dicht gefolgt von einem Fauchen. Peer wollte seine Beute nicht entkommen lassen.

Ich könnte ihm sagen, dass er sich irrt, schoss ihr durch den Kopf. Er ist nur wütend. Ich muss es ihm erklären, dann wird alles wieder gut.

„Schneller!", rief Eric atemlos.

Ein weiterer Schrei. Heller und klarer diesmal und aus einer anderen Richtung.

Emelin tauchte vor ihnen im Park auf und stürzte auf sie zu. Doch dass es sich tatsächlich um Emelin handelte, erkannte Gwen nur an dem Kleid, dass der Dämon trug.

Eric schlug einen Haken und riss so fest an ihrem Arm, dass ein Schmerz in Gwen Schulter aufflammte.

Der Abstand zwischen den Dämonen und ihnen wurde immer kleiner.

„Verdammt!"

Gwen wusste erst nicht, was Eric meinte, aber dann sah auch sie die Mauer, die Peers Besitz umgrenzte. Höhnisch ragte sie vor ihnen empor, aber Eric hielt weiterhin genau auf sie zu. „Du kletterst rüber!"

Gwen wollte widersprechen. Die Mauer war viel zu hoch und zu glatt. Aber kurz vor einem Aufprall stoppte Eric und formte mit seinen Händen eine Räuberleiter.

„Los!", schrie er sie an, aber sie zögerte.

Peer war ein Dämon. Aber das allein erschreckte sie nicht. Er zeigte ihnen jetzt lediglich das, was sie selbst in sich trug. Alles war nur ein Missverständnis! Sie könnte bestimmt mit ihm reden.

Aber dann sah sie Peers Blick im Geiste vor sich, mit dem er in Menschengestalt ihren Weggefährten angesehen hatte. *Ehe ich zu Wort komme, wird er Eric zerfetzen.*

Gwen trat mit einem Fuß auf Erics ineinander verschränkte Hände und stieß sich mit dem anderen vom Boden ab. Eric stemmte sein ganzes Gewicht gegen sie und schleuderte sie hoch. Mit Mühe erreichte Gwen den Mauerrand und hielt sich mit beiden Händen daran fest. Sie brauchte einen Moment, um ihre letzten Kräfte zu mobilisieren. Ihr Atem ging stoßweise und ihr Herz hämmerte in der Brust. Sie glaubte schon, sie hätte keine Kraft mehr, um über die Mauer zu klettern, aber da erscholl ein Dämonenschrei dicht unter ihr und sie zog sich hoch. Sie merkte nicht, wie ihre Hände sich am Mauerstein blutig aufschürften. Im nächsten Moment kam sie endlich oben an.

„Gib mir deine Hand!" Sie legte sich auf die Mauer und reichte Eric ihre Hand so weit nach unten, wie sie es wagte, ohne das Gleichgewicht zu verlieren.

„Das klappt nicht! Hau ab!" Ohne ein weiteres Wort lief Eric an der Mauer entlang davon.

Peers Brüllen fuhr wie eine rostige Säge durch Erics Kopf. Er riss die Hände an die Ohren und sah den Schlag dadurch zu spät kommen. Ein kurzes Aufblitzen von Mondlicht auf scharfen Krallen, mehr nicht. Dann fegte ihn der Schlag von den Füßen. Schon sauste eine weitere Pranke auf ihn herab. Diesmal konnte Eric sich zumindest wegrollen. Er rappelte sich so schnell auf, wie er konnte.

Emelin fletschte die Zähne. „Du willst nicht bis zum Frühstück bleiben. Liebster?"

Eric griff nach seinem Messer und wehrte damit einen neuen Hieb ab. Sein Handgelenk knackte, als die scharfe Seite der Klinge auf einen Dämonenarm prallte. Er konnte Emelin abwehren und gleich darauf zu einer eigenen Parade ausholen. Tief rammte er die Klinge in ihre Schulter. Schmerz explodierte in seinem Handgelenk. Die Bestie schrie und die Klinge glitt Eric aus der Hand. Sie blieb im Dämonenarm stecken. Emelin brüllte schrill. Auch hinter ihm wurde ein Knurren laut. Sehr nah. Peer hatte ihn fast eingeholt und setzte zum Sprung an. Eric fuhr herum und rannte. Krallen wollten in seinen Rücken schneiden, bekamen aber nur etwas Stoff von seinem Hemd zu fassen.

Steine des Parkweges knirschten unter seinen Füßen und bremsten ihn. Aber er hatte nicht vor zu sterben. Nicht hier!

Er hechtete an der Mauer entlang. Allein schaffte er es niemals hinüber. Der Schmerz in seiner Seite pochte so schlimm, als steckte ein Messer darin. Er bekam kaum noch Luft. Trotzdem zwang er seine Beine zum Weiterlaufen. Peers Atem schnaufte dicht hinter ihm.

Ein Schatten tauchte vor Eric auf, die Arme weit nach ihm ausgestreckt. Aber es waren zu viele Arme, um Emelin zu sein. Oder? Wo steckte sie?

Eric wollte einen Bogen um den Schatten einschlagen, doch dann erkannte er, dass er zu einem Baum gehörte, der seine Rettung bedeuten könnte.

Er raffte seine letzten Kräfte zusammen und stellte sich vor, von wütenden Dörflern verfolgt zu werden, wie er es schon oft erlebt hatte, und nicht von zwei nach Blut lechzenden Dämonen.

Der Baum wuchs direkt an der Mauer empor und ragte auch ein gutes Stück über sie hinweg. Er konnte nur hoffen, dass die Äste sein Gewicht trugen und er den untersten erreichen konnte.

Gerade als er ein triumphierendes Kreischen hinter sich hörte, stieß Eric sich, ohne langsamer zu werden, vom Boden ab und packte den rettenden Ast. Der knarrte laut, als er sich daran hochschwang. Das plötzliche Gewicht des Mannes ließ das Holz aufächzen. Dann brach er und Eric fiel. Blitzartig riss er die Arme hoch, bekam einen höheren Ast zu fassen, der ihn hoffentlich halten konnte und klammerte sich daran fest. Er brüllte, als er das verletzte Handgelenk belastete, aber er zwang sich, den Griff nicht zu lockern und zog sich hoch.

Eine eiserne Klaue legte sich um seinen Fuß und Eric stöhnte, als sich Krallen in seinen Knöchel bohrten, und sich die Schmerzen in seinem Körper vereinten.

Er wand sich, trat um sich und stemmte sich gegen die Kraft, die ihn vom Baum zerren wollte. Dann stieß sein Fuß gegen einen Widerstand und das Biest kreischte zornig. Die Krallen lockerten sich leicht und Eric riss sich los. Klebriges Blut rann aus langen Schnitten, wo die Krallen sein Fleisch aufrissen.

So schnell es seine geschwächten Glieder zuließen, kletterte er an den Ästen in die Höhe und erreichten den Mauersims. Er hatte nicht mehr die Kraft an der anderen Seite herabzuklettern und hoffte, Emelin und Peer würden ihn nicht jenseits der Mauer verfolgen. Er rollte sich über den Mauersims hinweg und ließ sich in die Tiefe fallen.

Die weit in das Moor hineinhallenden Schreie der Dämonen hörte er schon nicht mehr.

Die Einsamkeit tat Gwen körperlich weh.

Seit ihrer Flucht aus der Moorburg, waren Sonne und Mond zweimal hinter der dichten Wolkendecke über den Himmel gezogen, ohne dass sie ein wenig tröstliches Licht auf den Moorboden geschickt hatten. Das Geschehen auf der Burg hatte tiefe Wunden in Gwens Seele hinterlassen, durch die ihre Kraft und Hoffnung ins Nichts versickerte. Neben ihren Erinnerungen verschwanden auch alle Gefühle. Alles wirkte dumpf und leer.

Sie spielte mit dem Gedanken, zurückzukehren.

Es gab ein Band zwischen Peer und ihr. Oder entsprang dies nur ihrer Einbildung? Ein weiterer fauler Zauber des Moors? Sie wollte das nicht glauben. Peer verstand sie, weil er ein ähnliches Schicksal teilte. Peer war echt. Ein Mensch mit dunkler Seite, genau wie sie. Nur das sie sich nicht in einen Dämon verwandelte. Zumindest nicht äußerlich.

Die süße Erinnerung an Peers Kuss lag immer noch auf ihren Lippen und seine Worte hallten ununterbrochen in ihrem Kopf wider: „Wir sind die Biester dieses Moores, und in den Augen dieser dummen Menschen bist du genauso ein verdammtes Biest wie all die anderen Unglücklichen, die sie hierhergetrieben haben. Was immer du herausfindest, du kannst dennoch niemals zurück."

Sie fröstelte. Das Moor vergiftete sie mit einer Leere, die sie innerlich aufzehrte. Ein Leben hier, eingesperrt in die Moorburg, konnte sie das auf Dauer erfüllen? Selbst mit Peer?

Sie blickte hoch in den wolkenverhangenen Himmel. Kannten Emelin und Peer die Wärme des Sonnenlichts, zwitschernde Vögel? Hier gab es nur Grau und Schwarz. Auch wenn der Park einen anderen Anschein erweckt hatte. Um ihre Burg, ihre Insel, lag ein Niemandsland und dort wo das Moor endete, lebten Menschen, die ihresgleichen bei lebendigem Leib verbrannten. Wie konnte man Peer da einen Vorwurf machen, dass er die Beherrschung verloren hatte, als er dachte, sie hätte sich für Eric entschieden? Oder hatte sie das?

Sie blieb stehen und wartete, bis der Dieb zu ihr aufschloss. Er ließ es sich nicht anmerken, aber seine tiefen Schnittwunden und das verstauchte Handgelenk bereiteten ihm große Schmerzen. Mindestens eine gebrochene Rippe durch den Mauersturz bereitete ihm zusätzliche Probleme. Abgesehen davon, drohte ihre Freundschaft ebenso zu zersplittern, und obwohl sie ihre Beziehung niemals wirklich als harmonisch empfunden hatte, vermisste sie die Zeit ihrer Wanderung, bevor sie den dunklen Turm entdeckt hatten.

„Wir müssen uns weiter rechts halten, der Boden wird unsicher", stellte Eric fest, als er an ihr vorbeihumpelte, ohne langsamer zu werden.

Immer öfter stießen sie auf weit ausgedehnte Moorlöcher, die sie umrunden mussten. Manchmal gerieten sie in Sackgassen, was sie besonders frustrierte. Es grenzte an ein Wunder, dass sie nicht einen unbedachten Schritt in den Tod taten. Noch einmal würden sie sich nicht aus dem Griff des Moores befreien können. Sie waren zu geschwächt. Essbares gab es kaum. In der Nähe der Moorburg hatten sie noch hin und wieder ein Tier entdeckt, dass sie jagen konnten, oder unscheinbare Pflanzen, die mutig ums Überleben kämpften. Aber nicht hier. Hier hatte die Natur endgültig den Kampf aufgegeben. Alles schien tot. Und ob sie sich überhaupt noch auf dem richtigen Weg abmühten, blieb genauso ungewiss wie der Verbleib von Mirakel und des kleinen Drachenkinds.

Gwen blieb ein paar Schritte hinter Eric zurück, damit sie sich an sein Tempo anpassen konnte und ihm nicht das Gefühl gab, er sei zu langsam. Ein paar Mal setzte sie an, um mit ihm zu sprechen, aber sie wusste nicht wie oder was. Sein Schweigen machte sie unsicher. Wenn sich sein Gesicht nicht schmerzverzerrt oder erschöpft zeigte, bemerkte sie ganz deutlich seine Wut. Sie zweifelte nicht daran, dass er ihretwegen so empfand.

Schließlich tauchten in der Ferne ein paar Hügel auf, die das monotone Bild des Moores unterbrachen. Keine sanften und grasbewachsenen Erhebungen, die sich dem Himmel entgegenwellten. Die Hügel vermittelten den Eindruck von verknorpelten

Geschwülsten, die steinig und verschorft aus dem Moorleib herauswucherten. Immerhin musste der Boden dort trockener sein. Außerdem stieg dort kaum Dunst auf und die Luft in der Ferne wirkte klar. Sie schlugen automatisch die Richtung zu den Hügeln ein. Vielleicht konnten sie sich auf dem höchsten neu orientieren. Aber so lange sie auch liefen, die Hügel wollten nicht näher kommen.

„Verdammt", zischte der Dieb und ließ sich zu Boden sinken.

„Wird es schlimmer?" Gwen kniete sich neben ihn und betastete sanft seinen verletzten Fuß. Ein Fetzen ihres Kleides diente als Verband. Sie löste den blutverkrusteten Stoff vorsichtig. Er sog scharf die Luft ein und sie zog die Hand hastig zurück.

Dort wo die Krallen in sein Fleisch geschnitten hatten, war die Wunden entzündet. Außerdem war sein Handgelenk stark geschwollen.

Gwen versorgte seine äußeren Wunden so gut es ging, aber es gab nichts, mit dem sie Eric Linderung verschaffen konnte. Nicht mal sauberes Wasser. Was hätte sie jetzt für eine Handvoll Kräuter oder etwas Harz gegeben. „Es tut mir so leid."

Eric schöpfte mit seinen Händen die oberste Schicht einer Schlammpfütze und trank einen Schluck. „Tut es dir um mich leid oder um Peer?"

Sie biss sich auf die Lippen und versuchte, die Tränen fortzublinzeln. Es gelang ihr nicht. Sie drehte sich weg.

„Schon gut." Eric streckte seinen Arm aus und zog sie an sich. Sie ließ es geschehen. Sie hoffte, er merkte nicht, wie sie zitterte.

Eric seufzte. „Es ist nicht deine Schuld. Wir finden den Mondsee schon."

Er drücke sie etwas fester an sich und sie versuchte nicht mehr, die Tränen zurückzuhalten.

„Hör mal, Gwen. Warum hörst du nicht endlich mit der Grübelei auf, ob du nun gut oder böse bist? Dass du dein Leben wegwerfen und einfach im Moor bleiben wolltest, bei diesen ... Das macht mich fertig. So bist du nicht! Ich mag dich und, naja ..." Er machte eine Pause und sie fühlte, wie sich sein Brustkorb hob und senkte. Es wirkte beruhigend. „Es tut mir leid Gwen, sei einfach du selbst. So wie es in jedem Moment aufs Neue passiert."

Sie dachte über seine Worte nach. Aber wie konnte sie, sie selbst sein? Sie wusste nicht wie das ging. Wie konnte er sie da mögen?

Irgendwann hörte sie auf zu zittern. Erics Wärme vertrieb die Kälte und ein wenig Verzweiflung. „Wir sollten weitergehen."

„Hm." Eric ließ sie nicht gleich los und blinzelte müde, als wäre er eingenickt.

Sie löste sich vorsichtig. „Du solltest noch etwas trinken."

Sie verband Erics Knöchel mit einem frischen Stofffetzen aus ihrem Kleid, der noch einigermaßen sauber war. „Ruh dich noch etwas aus. Vielleicht finde ich einen Stock für dich."

Sie suchte den Boden ab, den eine leichte Schimmelschicht bedeckte und eine Art Schwamm, der auch auf den herumliegenden Ästen wucherte. Sie waren alle morsch und zerbrachen schon, wenn Gwen nur wenig Druck auf sie ausübte.

Ein tiefer, grollender Laut ertönte. Gwen fuhr herum. Der Schrei wurde lauter und schriller.

Aber Weder Peer, noch Moorbiester näherten sich. Dieser Feind glitt viel leiser durch die Luft und seine großen Schwingen zerschnitten die aufsteigenden Dunstschwaden. Ohne den Jagdlaut hätte er sein Opfer töten können, ohne dass Gwen es bemerkt hätte. Aber er wollte, dass sie ihn kommen sah.

Diesmal verspürte Gwen keine Angst. Sie lief auch nicht weg. Sie wartete.

Sie spürte die starren Augen des Vogels, als schlössen sich kalte Finger um ihr Herz. Seine Krallen streckten sich nach ihr aus. sie schloss die Augen.

Da traf sie ein großes Gewicht im Rücken und schleuderte sie zu Boden. Schlamm und abgestandenes Wasser drangen ihr in Nase und Mund. Sie schlug um sich und rang nach Atem, verschluckte dadurch nur noch mehr Schlamm und hustete erstickt.

Der Vogel sauste über ihrem Kopf hinweg wie ein schwarzer Blitz und sie fühlte den Luftzug seiner gewaltigen Schwingen.

Eric rollte von ihrem Rücken. „Bist du jetzt völlig übergeschnappt! Willst du dich einfach so töten lassen? Wage das ja nicht!"

„Hör auf, dich immer einzumischen!", keuchte Gwen und spuckte Dreck aus. „Hau einfach ab!"

Eric rappelte sich mühsam zurück auf die Füße. „Was soll ich?"

„Hau ab!", schrie sie und warf eine Handvoll Schlamm nach ihm. Er klatschte auf seinen Bauch. „Geh einfach weg!"

Fassungslosigkeit trat in Erics Gesicht, aber nur kurz, dann wurde es ausdruckslos. Er drehte sich um und humpelte davon.

Die Eule schrie. Sie schraubte sich hoch in die Luft, wendete und setzte zu einem neuen Sturzflug an.

Gwens Herz pochte schneller, ohne zu wissen, ob wegen der Eule, oder wegen Eric, der tatsächlich tat, was sie von ihm verlangt hatte. Das Zittern kam zurück.

Die Eule sauste heran und Unsicherheit verdrängte ihren Wunsch zu sterben. Die Eule nahm ihr die Entscheidung ab, denn Gwen war nicht länger ihr Ziel. Der Luftzug ihrer Schwingen riss sie erneut von den Füßen, aber keine Krallen schlitzten ihre Haut auf. Sie fegten an ihr vorbei, direkt auf Eric zu. Gwen erkannte es noch im Fall. „Eric!", schrie sie entsetzt.

Der Dieb warf einen Blick über die Schulter. Seine Augen weiteten sich. Im letzten Moment konnte er sich zu Boden werfen, so dass die Eule seinen Kopf um Haaresbreite verfehlte. Aber diesmal ließ sie sich weniger Zeit, um zu ihrem Ziel zurückzukehren. Sie flog eine Kurve und kam mit schnellen Flügelschlägen zurück. Eric wollte sich aufrichten, aber sein geschundener Körper konnte kaum noch die Kraft dazu aufbringen. Er knickte ein, kaum dass er sich auf die Ellenbogen gestützt hatte. Träge und viel zu langsam entging er den Klauen ein zweites Mal, indem er sich zur Seite rollte. Reglos und mit geschlossenen Augen blieb er auf dem Rücken liegen

Gwen brüllte innerlich, um ihre Dämonenkraft zu wecken. Sie sehnte sie herbei, brauchte sie. Sie konnte nicht warten, bis sie sich endlich regte.

Sie sprang auf die Füße und rannte zu einem nahen Baumgerippe, um einen großen Ast abzureißen.

Schon stieß der Donnervogel erneut auf Eric nieder, der sich nicht länger wehren konnte. Aber Gwen erwartete ihn und holte aus.

Der Ast brach, als er auf den Vogel prallte, aber der ausreichend harte Schlag ließ die Eule in der Luft taumeln. Ihre Schwingen streiften den Boden und flatterten wild, um neuen Aufschwung zu bekommen. Wesentlich weniger elegant als zuvor, schraubte sie sich in den Himmel. Sie ließ Gwen keine Zeit, einen neuen Ast zu suchen, mit dem sie Eric verteidigen konnte.

„Dein Dolch", stöhnte Eric, während die Eule neuen Schwung nahm.

Gwen stellte sich vor den kauernden Eric, griff an ihren Gürtel und zog die Waffe aus der Scheide. Die Klinge fühlte sich schwer an in ihrer Hand, aber sie wirkte lächerlich angesichts des riesigen Vogels mit seinen langen, scharfen Krallen, die auf ihre Kehle zielten.

Eric teilte ihre Befürchtung. „Wirf ihn!"

Sie starrte konzentriert auf die Eule und holte aus, um das Messer zu schleudern. Die Eule stieß einen ungeduldigen Schrei aus, der in Gwen etwas weckte. Dieses raue Gefühl, das gegen ihre Eingeweide rieb, dieser Geschmack, den sie inzwischen schon kannte. Sie konzentrierte sich auf das rauchige Gefühl auf ihrer Zunge und ließ den Dolch sinken.

Sie fixierte den Vogel mit den Augen und wartete. Spürte, wie die Hitze in ihr aufstieg. Sie versuchte nicht, sie zu kontrollieren. Sie gestattete ihr die Kontrolle zu übernehmen und das zu tun, was sie am besten konnte. Zerstören. Denn sie war das Kind eines Dämons und zur Hälfte ein Teil der Finsternis.

Wenige Meter vor Gwen schlug der Donnervogel kräftig mit den Flügeln, um zu wenden. Der Windstoß fegte ihr die Haare aus dem Gesicht und den Dolch aus der Hand. Aber sie brauchte ihn nicht. Sie stemmte die Füße in den Boden und entließ den Vogel nicht aus ihrem Blick. Weitere Flügelschläge brachten Abstand zwischen ihn und sie. Er wollte wenden und fliehen, er spürte die Veränderung.

Plötzlich stieg Rauch von seinen Schwingen auf. Der Vogel schrie. Gwen roch angesengtes Horn. Flammen loderten in seinem Gefieder. Der Vogel brannte.

Sie konzentrierte sich auf die züngelnden Flammen, die über sein Gefieder leckten. Sie fühlte, wie die Macht aus ihr heraus kochte und den Vogel immer heißer brennen ließ. Die Eule kreischte lang und laut.

Sie fühlte den Wind auf ihren Wangen, den das hektische Schlagen der Eulenflügel erzeugte. Feuer bedeckte beide Eulenschwingen.

„Oh Göttin", hörte Gwen Erics Stimme hinter sich.

Mit weiteren vergeblichen Flügelschlägen landete die Eule auf dem Ast eines Baums. Schon griff das Feuer auf den Baum über. Die Eule saß ruhig da und starrte Gwen an, während sie mit samt dem Baum verbrannte.

Wie ein eisiger Wind wehte der Blick des Vogels durch Gwens Körper und die Hitze in ihr erlosch. Die Angst kehrte zurück. Der Vogel war nur noch eine Wolke aus Flammen, aber Gwen konnte seine Augen sehen. Schwarz und unendlich tief musterten sie sie durch die Feuerzungen.

„Er stirbt nicht", hauchte sie. Und doch konnte sie seine brennenden Federn riechen. Der Wind wehte ihr wabernden Rauch in die Augen und ließ sie tränen.

„Schnell weg hier." Eric kämpfte sich zurück auf die Füße und fasste Gwens Schulter, auf der er sich gleichzeitig abstützte.

Aber Gwen und der Vogel sahen sich unverwandt an. Zwei Feinde, die erkannten, dass sie sich ebenbürtig waren.

Erics Fuß brannte wie Feuer. Der Ast, auf den er sich stützte, entlastete ihn kaum, da er nicht sein ganzes Gewicht auf das morsche Holz verlagern konnte. Sie mussten viele Pausen einlegen.

Pausen, die von Mal zu Mal länger andauerten, bis sie schließlich beschlossen, an diesem Tag nicht mehr weiterzugehen. Sie hatten die ersten Hügel fast erreicht und würden am nächsten Morgen, mit dem Aufstieg beginnen können.

Kahl lag das zerfurchte Gestein vor ihnen.

Gwen sorgte sich, ob Eric die Kletterpartie mit seinem verletzten Knöchel und dem geschwollenen Handgelenk meistern konnte. Sie entfachte ein Feuer und sah sich ein letztes Mal nach heilenden Kräutern um. Aber hier wuchs schon längst nichts mehr. So wusch sie mit halbwegs sauberem Wasser aus einer Pfütze Schlamm und Dreck aus der Wunde und betete zu den Baumgeistern, dass sich der rote Ring darum nicht noch mehr ausbreiten würde.

„Was wohl aus Raim geworden ist?", fragte Eric schließlich.

Gwen zuckte die Achseln. Ein verfaultes Blatt segelte sacht auf ihre ausgestreckten Beine. Sie schnippte es fort und lehnte sich an einen Stamm. Sie konnte die Baumart nicht mehr erkennen. Aus der Ferne hatte er wie ein lebendiger Baum gewirkt, mit dichter Krone. Aber die Blätter waren an den Zweigen vermodert.

Sie schloss kurz die Augen und konzentrierte sich auf das Gefühl des Holzes in ihrem Rücken. Kein beruhigendes Rauschen aufsteigender Säfte. Keine Lebenskraft wie damals in Salabis Garten unter dem Birnenbaum. Nur totes Holz.

Ihr Magen krampfte sich zusammen. Sie trank etwas Wasser aus der Pfütze und verzog das Gesicht. Es schmeckte ekelhaft.

Ein weiteres Blatt schwebte herunter. Diesmal ließ sie es verweilen. Noch ein Blatt, weiß verschimmelt, landete auf ihrer

Schulter. Buche vielleicht. Gwen sah sich um. Überall segelte das tote Laub auf den Boden herab. Ein richtiger Regen aus Blättern.

Ein Gedanke kam ihr. Kurz, aber klar. Ein silberner See. Der Mondsee, auf dessen Oberfläche sich buntes Laub ausbreitete. Sie wischte den Gedanken fort. Der Mondsee blieb für sie unerreichbar.

Wie sollten sie ihn finden, wenn sie ohne Orientierung durch das Moor irrten?

Ihr Magen knurrte erneut.

Sie fühlte sich verwahrlost und dreckig. Das schöne grüne Kleid hing schlammverkrustet an ihrem abgemagerten Körper. Der zerrissene Saum reichte ihr nur noch bis zum Knie, weil sie es für Erics Verband benutzte.

Sie wühlte mit der Hand in der Erde neben sich und stieß auf eine Wurzel. Sie zog heftig daran und fischte eine dürre Pfahlwurzel mit wenigen Fasern aus ihrem Bett. Sie schnitt sie mit ihrem Dolch ab und warf sie Eric in den Schoss. „Hier."

„Danke." Eric nahm die Wurzel, wischte halbherzig Erde davon und aß sein karges Abendessen. „Schmeckt scheußlich!"

„Ja." Sie wühlte weiter und grub noch mehr Wurzeln aus. „Hier sind noch mehr." Sie biss hinein und kaute, bis sie sich überwinden konnte sie runterzuwürgen.

„Gut", erwiderte Eric in einem Ton, der wenig Begeisterung ausdrückte.

Sie aßen, bis sie ihre Mägen beruhigt hatten. Das Hungergefühl ging nie ganz weg. Dann saßen sie einfach da und starrten schweigend vor sich hin, während die Schatten länger und länger wurden.

„Siehst du das auch?", fragte Eric plötzlich und stand auf.

„Was denn?" Gwen erhob sich ebenfalls, konnte aber nicht erkennen was der Dieb meinte.

Eric antwortete ihr nicht und humpelte auf die nahen Überreste eines Busches zu, hinter den er sich duckte und durch das kahle Astwerk späte.

Gwen kniete neben ihm nieder. Grau-schwarz lagen die Hügel vor ihnen. Bei einem nur wenige Meter entfernten, bewegte sich etwas. Unten an seinem Fuß hüpfte etwas Helles in einem sehr dunklen Zentrum auf und ab.

„Ein Höhle."

Gwen nickte. „Scheint so." Das Licht im Zentrum flackerte. „Was glaubst du was das ist? Eine Fackel vielleicht?"

„Irgendjemand ist da." Erics verzog das Gesicht und zuckte die Achseln. „Lass es uns herausfinden!"

Sie teilte seine Neugierde nicht. Ihr war das ganze unheimlich und sie konnte sich kaum vorstellen, dass das Licht von einem normalen Menschen erzeugt wurde. Sie dachte an das merkwürdige Erlebnis im Turm, bevor sie auf das Geschwisterpaar getroffen waren. Der Gedanke an Peer versetze ihr einen Stich.

Hastig folgte sie Eric, der schon in Richtung des vermeintlichen Höhleneingangs huschte.

Tatsächlich kam ein breiter Riss zum Vorschein, der sich über eine steile Abbruchkante am Fuß des Hügels zog. Er sah aus, als hätte ein Riese ein Stück von einem Kuchen abgeschnitten und mit der Klinge in den Überresten gestochert. Da ein paar Baumgerippe und tote Büsche drumherum vermoderten, hatten sie den Eingang in die Höhle nicht bemerkt. Erst jetzt, mit dem tanzenden Licht darin, gab er seine Tarnung auf.

Gwen und Eric näherten sich seitlich und verbargen sich an der Außenwand, wo das Wesen im Inneren keine Gelegenheit hatte, sie zu erblicken.

„Still jetzt!", befahl Eric und verlagerte vorsichtig sein Gewicht auf seinen Gehstock, um um die Ecke in das Höhleninnere zu spähen.

„Was siehst du?"

„Nur dieses Licht. Lass uns hinein gehen."

Gwen zögerte. „Meinst du wirklich?"

Eric nickte. „Hier draußen erfahren wir nichts. Und drinnen bekommst du vielleicht wieder Gelegenheit, dich dem Tod in die

Arme zu werfen." Er nestelte an der Messerscheide am Gürtel, konnte aber Stock und Klinge mit einer verletzten Hand nicht gleichzeitig halten. Er ließ die Waffe stecken. Ohne auf Gwen zu achten, verschwand er in der Höhle. Sie fühlte sich wie vor den Kopf geschlagen. Sie schluckte ihre aufkeimende Wut und die Scham herunter, zog ihren Dolch und folgte ihm.

Schon nach wenigen Schritten wurde es so dunkel, dass sie die Hand nicht mehr vor Augen sehen konnte. Die Luft roch feucht und abgestanden und hinterließ ein schleimiges Gefühl in ihrer Kehle.

Ich will hier nicht sein. Sie fühlte sich beobachtet. Die Ahnung, dass gleich etwas Schreckliches passieren würde, ließ sie frösteln. „Eric?", wisperte sie.

„Ich bin hier." Eine kühle Hand berührte ihren Arm. Sie zuckte zusammen und er nahm sie wieder fort. Sie war froh, dass er nicht sah, wie sehr sie zitterte.

Weit vor ihnen in der Höhe erstarrte das tanzende Licht.

Sie fühlte sich wie in einem Traum. Eine Halluzination?

„Verdammt, was ist das?", hörte sie Eric sagen und in diesem Moment ertönte ein hysterisches, schrilles Kreischen, dass Gwen zu atmen vergaß und stockstoff erstarrte.

Der Schrei klang nach blankem Wahnsinn und hielt an, wurde immer lauter und lauter und das Licht bewegte sich wieder.

Gwen konnte sich nicht bewegen. Das Licht raste auf sie zu, begleitet von dem unmenschlichen Schrei, der dröhnend und in vielen Echos von den Höhlenwänden widerhallte.

Das Licht wurde unaufhaltsam größer und bald sahen sie auch einen Schemen, der eine Fackel hin und her schwenkte.

„Oh!", stieß Gwen hervor und sog scharf die Luft ein.

Die Gestalt kam näher, bis sie schließlich das Antlitz des Wesens erkennen konnte. Sie prallte zurück und nahm in einer Sekunde, die ihr wie eine Ewigkeit vorkam, das Äußere des Wesens wahr: Arme und Beine wirkten wie die eines Menschen und auch die Größe passte, wenn sie auch auf einen kleinen Menschen hindeutete. Ein Kind vielleicht. Aber das Gesicht verzerrte sich im flackernden Fackelschein zu einer Maske des Schreckens. Zu einem Schrei weit aufgerissen, hoben sich die bleichen Lippen kaum von der weißen Haut der Wangen ab. Eine Wolke aus grauem Filz umwehte die Gestalt und die im Feuerschein leuchtenden Augen schienen aus ihren Höhlen herauszuquellen.

Gwen wollte davonlaufen, aber sie konnte sich nicht rühren. Wie in einem Alptraum, wenn man gejagt wurde und der Feind immer näherkam und schon nach dem Träumenden langte, dieser aber nur starr auf sein Ende warten konnte. Aber sie glaubte nicht, dass sie im letzten Moment aufwachen würde. In diesem Moment fürchtete sie um ihr Leben. Sie erkannte, dass sie leben wollte. Zumindest wollte sie nicht so sterben.

Plötzlich explodierte ein weiteres helles Licht im hinteren Teil der Höhle. Eine Wolke aus Feuer flog auf sie zu. Sie erhellte die Höhle so schnell, dass mit einem Schlag die Schleier vor Gwens Augen verschwanden und auch die Schatten aus dem Gesicht des Fratzenmonsters.

Hatte sie selbst das getan? Aber nein, sie schmeckte die dunkle Macht nicht auf der Zunge.

Die Feuerwolke erlosch, ehe diese nach ihnen greifen konnte und trieb nur eine Welle aus Hitze vor sich her, die Gwen zurücktaumeln ließ. Die Gestalt mit der Fackel war fast bei ihnen.

Eric atmete hörbar ein. „Mirakel?"

„Mirakel!", rief Gwen atemlos.

Der Druide hörte auf zu schreien, aber nur, weil ihm die Puste ausging. Dafür hüpfte er gehetzt von einem Fuß auf den anderen, das Gesicht noch immer vor Angst verzerrt. „Schnell!", keuchte er. „Er ist hinter mir her. Lauft doch schon!" Er fuchtelte wild mit den Armen. „Ein Drache!"

Eric wollte zurück Richtung Ausgang humpeln, doch Gwen hielt ihn zurück. Sie riss Mirakel die Fackel aus der Hand.

Eine weitere Gestalt kam in der Ferne schnell näher. Jetzt wo Mirakel nicht mehr schrie, hörte sie auch das quietschende Brüllen, das der kleine Schatten von sich gab.

„Raim?"

Die Gestalt blieb abrupt stehen und stieß ein fragend klingendes Glucksen aus. Dann jagte sie weiter auf sie zu.

Nur wenige Herzschläge später hüpfte das Drachenjunge aufgeregt um sie herum. Es schnüffelte zwar immer wieder knurrend Richtung Mirakel, der sich an der Höhlenwand zusammenkauerte, aber dann gluckste es und leckte Eric über die Hand.

„Nehmt dieses Ding von mir weg!"

„Schon gut Mirakel. Er tut dir doch gar nichts." Eric lachte und ging in die Hocke. Er legte den Stock zur Seite und streichelte dem kleinen Drachen über den Hals.

„Er ist unser Freund", fügte Gwen hinzu, doch Mirakel schüttelte den Kopf. Er riss die Augen so weit auf, dass sie dachte, sie würden ihm aus den Höhlen fallen. „Freund? Dieses Ungeheuer versucht seit Tagen, mich umzubringen!"

Raim gurrte mit geschlossenen Augen, während Eric fortfuhr ihn zu kraulen.

Gwen setzte zu einer Erklärung an, um Mirakel zu beruhigen, aber da ertönte ein markerschütterndes Brüllen, das sie alle auf dem Absatz herumfahren ließ. Nicht aus der Höhle, nein, es kam vom Eingang!

Dort stand ein ... ja was? Trotz der Fackel in Gwens Händen hüllten schwarze Schatten das Ding ein, die nur die bizarren Kanten und Rundungen eines felsbrockengroßen Lebewesens sichtbar ließen. Eine Aura der Bedrohung umgab das Wesen, das den Höhleneingang fast vollständig ausfüllte.

Sie wichen zurück, ganz langsam. Mirakel keuchte. Raim duckte sich und knurrte.

Das Ding setzte sich in Bewegung.

Man konnte keine Füße oder etwas Derartiges sehen. Es floss oder glitt geräuschlos über den Boden. Direkt auf sie zu.

Raim trabte los. Eric griff instinktiv nach ihm, aber der kleine Drache war viel zu flink. Da stieß er dem Wesen auch schon seinen feurigen Atem entgegen, mit dem er zuvor Mirakel gejagt hatte.

Selbst das gleißende Licht des Drachenfeuers vermochte den Schatten nicht zu erhellen. Das Feuer hüllte das Wesen ein und Gwen musste geblendet die Augen schließen.

Ein Summen erfüllte die heiße Luft und als sie die Augen öffnete, war jede Spur des Feuers verschwunden und das Wesen wieder von vollkommenem Schwarz umgeben. Die einzige Veränderung stellten die glühenden Augen dar, die nun im Zentrum des Schattens leuchteten.

Das Wesen brüllte so laut, dass Gwen ihre Ohren vor Schmerz zuhalten musste.

„Was zum Teufel ist das?" Erics Stimme hallte wie durch Watte zu ihr durch. Sie schüttelte den Kopf, ohne ihre Augen von dem Schattending abzuwenden. Das Schwarz brodelte und schon setzte das Wesen seinen Weg fort.

Raims Feuer schien ihm nicht im Mindesten zugesetzt zu haben.

„Ein Schattenhorn!", flüsterte Mirakel ehrfürchtig.

„Ein Dämon?", fragte Gwen.

Mirakel schüttelte den Kopf. „Nein, ein Geschöpf Molandas. Aber sehr alt und zum Glück auch sehr selten."

„Na prima", schnaufte Eric. „Weg hier!"

Eric packte Gwens Arm und zog sie hinter sich her. Sie stolperte und ließ die Fackel fallen. Sie wollte sich danach bücken, aber Eric riss sie weiter.

Raim rannte voraus und Mirakel keuchte dicht hinter ihnen. Ohne Fackel fanden sie sich bald in völliger Schwärze wieder.

Wie sollten sie das Wesen nun erkennen? Zweifellos folgte es ihnen, aber Gwen hörte keinen Laut hinter sich. Nur ihre eigenen

Schritte, die von den Höhlenwänden widerhallten und das Schnaufen des erschöpften Druiden. Den Arm, den Eric nicht umklammerte, hielt sie schützend ausgestreckt, um nicht gegen eine Wand zu rennen.

„Mach was, Druide!", fuhr Eric den Alten an, bekam aber keine Antwort. Erics Stimme klang rau. Mit seinem verletzten Knöchel konnte er das Tempo nicht halten und wurde langsamer. Dass er überhaupt so schnell lief, musste ihm große Schmerzen bereiten. Statt Gwen am Arm zu ziehen, stützte er sich auf ihr ab. Mirakel überholte sie und übernahm die Führung.

Die Höhle dehnte sich immer weiter vor ihnen aus. Gwens Befürchtung, dass sie jeden Moment an die Rückwand stießen und in der Falle saßen, erfüllte sich nicht.

„Hier entlang!", schrie Mirakel und seine Schritte entfernten sich.

Auch Gwen und Eric änderten die Richtung, wenngleich Gwen ebenso wenig wie Eric sah, wohin der Druide lief. Sie folgte dem Klang seiner trippelnden Schritte nach rechts. Ein Gang zweigte hier ab.

Nach einer Weile rief Mirakel: „Nach links jetzt!", und sie bogen in die angewiesene Richtung ab.

Eric geriet ins Straucheln und sein Seufzen zeugte nicht von Erschöpfung. Sein Knöchel musste höllisch wehtun, dennoch biss er die Zähne zusammen und rannte weiter.

Mirakel gab eine neue Richtungsanweisung und Gwen vermutete, dass er auch in der Dunkelheit zu sehen vermochte. Aber wusste er auch, wohin er sie führte?

Ein Grummeln zeigte ihr, dass Raim dicht neben ihr lief und kein Problem hatte, mitzuhalten. Womöglich hätte er noch viel schneller laufen können. Seine Anwesenheit beruhigte sie, obgleich selbst sein Drachenfeuer ihnen offenbar nicht gegen das Wesen helfen würde.

Plötzlich stieß Eric mit dem Fuß an einen Widerstand und stürzte. Schnell ließ er Gwen los, um sie nicht mit sich zu reißen.

Stattdessen taumelte diese und stützte sich an der Höhlenwand ab. Sie war eiskalt und sie fuhr erschrocken zurück.

Ein ersticktes Keuchen, als Eric gegen den Druiden prallte und ihn zu Boden riss.

„Steh sofort auf, du Tollpatsch!", keifte Mirakel.

Eric knurrte.

Gwen hörte das Rascheln von Kleidung und Kratzen auf Stein, als die beiden sich aufrappelten. Erics Atem rasselte. Sonst blieb alles still.

„Wir haben es wohl abgehängt", flüsterte sie.

Die Männer antworteten nicht. Vermutlich lauschten auch sie in die Schwärze hinein.

Raims Kopf rieb an Gwens Bein und sie kraulte ihn hinter seinem Horn. „Wo sind wir?"

„Irgendwo im Inneren des Höhlenlabyrinths", antwortete Mirakel.

„Ach was?", knurrte Eric und Gwen hörte deutlich den Schmerz in seiner Stimme mitschwingen. „Und ich dachte wir wären wieder im Wald draußen. Aber das erklärt natürlich den vielen Stein um uns herum."

„Schweig!", zischte Mirakel. Ein dumpfes Klopfen, deutete an, dass er sich den Staub von den Kleidern wischte, den er unmöglich sehen konnte.

„Ich denke gar nicht daran! Und wenn wir nun wegen dir niemals hier rausfinden? Man sieht nicht die Hand vor Augen."

„Ich schon." Der Druide lachte. „Ich sehe die Grimassen ganz deutlich, die du mir schneidest."

„So? Dann sieh dir das mal an!"

„Du unverschämter ..."

„Hört auf!" Gwen seufzte. Sie ließ sich auf den Boden sinken, vermied aber, sich an die Wand zu lehnen. Fröstelnd schlang sie die Arme um den Körper. Wie im Kerker, fuhr es ihr durch den Kopf.

Raim legte ihr den Kopf auf die Beine. Sie war unendlich dankbar für seine Nähe.

„Ich wusste, wir würden uns wieder begegnen, Gwen!", sagte Mirakel, als sich sein Atem langsam beruhigte. „Ich wusste, wenn ich mich aufmachen würde, um den Mondsee zu suchen, würden wir uns früher oder später über den Weg laufen."

„Und weißt du, wo wir ihn finden?" Gwen wunderte sich über sich selbst, dass sie keine Spur von Hoffnung bei ihrer Frage empfand.

„Nun ja ... Nein, nicht direkt."

Sie nickte. „Eric ist verletzt. Kannst du ihm helfen?"

„Bloß nicht", giftete Eric und Mirakel schnaufte.

„Die Wunde an seinem Knöchel ist entzündet und das Handgelenk stark geschwollen", fuhr sie fort.

„All meine Heilkräuter sind aufgebraucht", versetzte Mirakel.

„Und mit seinen magischen Kräften ist es nicht weit her, wie wir wissen", fügte Eric hinzu.

„Hört schon auf damit!"

„Gwen?", fragte Mirakel nach einer Weile.

„Ja?"

„Hast du deine Kräfte in dir erforscht?"

Sie antwortete nicht gleich, so ergriff Eric für sie das Wort: „Wenn du etwas abfackeln willst, bist du bei ihr richtig."

„Hm?", machte der Druide.

Gwen spürte, wie Raim den Kopf hob. Sein ganzer Körper vibrierte unter dem Knurren, das er in Mirakels Richtung ausstieß. Sie legte ihm eine Hand auf den Kopf und er verstummte. Was hatte der kleine Drache gegen den Druiden?

„Nein." Sie lauschte in sich hinein. „Ich kann sie nicht kontrollieren. Wenn ich wütend bin, scheint sie aufzuwachen und dann ..."

„Feuer?"

„Ja."

„Ein Feuerdämon also. Aber das heißt nicht, Gwen, dass das das Einzige ist, was man damit anfangen kann. Du musst es versuchen!"

„Was denn?"

„Na, Erics Wunde zu heilen."

Sie runzelte die Stirn. „Das kann ich nicht."

„Natürlich!", beharrte der Druide. „Versuche es! Lass die Magie fließen. Hör auf, deine Gefühle zu unterdrücken."

„Lieber nicht", versetzte Eric und Gwen hörte am Rascheln seiner Kleidung, dass er sich aufrichtete. „Ich will meinen Fuß noch eine Weile behalten. Es geht schon wieder. Lasst uns weitergehen."

Sie setzten sich in Bewegung. Langsamer jedoch und so leise wie möglich, um die seltsame Schwärze um sie herum nicht auf sie aufmerksam zu machen. Raim schnüffelte hörbar und das stete Knurren richtete sich unmissverständlich gegen den Druiden.

Vermutlich kann er Mirakels magische Aura nicht leiden, dachte Gwen bei sich. Sie tastete nach Erics Arm und schlang ihn sich um die Schulter, damit er sich auf ihr abstützen konnte. Er zuckte zusammen. Ob aus Schmerz oder aus Verwunderung über ihre entschiedene Geste, vermochte sie nicht zu sagen. Sie legte ihren Arm um seine Hüfte. „Wenn ich nicht sterben oder dir den Fuß abfackeln darf, dann stütze ich dich, okay?"

Er stieß ein erschöpftes Lachen aus. Sanft legte sich seine verletzte Hand auf Gwens, die auf seiner Hüfte ruhte. Tatsächlich stützte er sich auf und sie setzten ihren Weg fort.

„Danke, dass du meine Anwesenheit doch noch etwas ertragen kannst," brummte Eric.

Ihr fehlten die Worte. In diesem Moment dankte sie der einhüllenden Dunkelheit, die die Tränen auf ihren Wangen vor dem Dieb verbarg. Sie verstand selbst nicht, warum sie weinte. Sie schmiegte ihren Kopf an Erics Seite und das Gefühl, dass zwischen ihnen wieder alles gut war, erzeugte ein Kribbeln in ihrem Bauch.

Eric drückte ihre Hand, zuckte mit leisem Stöhnen zusammen und ließ sie los, zog sie aber nicht weg.

Schier endlos erstreckte sich das Tunnelsystem und hinter jeder Biegung vermuteten sie, auf das Ende der Höhle zu stoßen, aber es ging immer weiter und neue Gänge zweigten ab. Die Erschöpfung lähmte ihre Sinne, so dass sie fast nicht bemerkt hätten, wie die rabenschwarze Dunkelheit sich Nuance um Nuance veränderte und Helle wich.

Eric erkannte es als Erster und blieb stehen.

„Was ist los?" Gwen unterdrückte ein Seufzen. Erics Körper wurde auf ihr immer schwerer.

Er antwortete nicht, hob aber die Hand und deutete in die Ferne. Erst da bemerke Gwen, dass sie seine Geste *sehen* konnte.

Sie folgte seinem ausgestreckten Arm. Ganz weit und unendlich klein zeigte sich ein sanftes Schimmern vor ihnen.

Ein fester Riemen löste sich von ihrem Herzen. „Ein Ausgang!"

„Bloß raus hier." Erics Stimme klang unendlich erleichtert.

Doch die Entfernung zu dem herbeigesehnten Tor aus dem Höhlensystem war größer, als sie glaubten. Es dauerte viele Minuten, bis das Schimmern überhaupt größer wurde. Aber die Erwartung endlich zurück ins Freie zu kommen, gab ihnen neue Kraft.

„Verdammt!" Eric hieb mit der unverletzten Faust gegen die Felswand und ließ sich dann schwer atmend an ihr herabsinken. Er winkelte die Knie an und blieb, den Kopf an den eiskalten Stein gelehnt, sitzen.

„Das kann doch nicht sein", stöhnte Gwen.

Mirakel sagte gar nichts. Er wickelte seinen Bart um den Hals und kratzte sich am Hinterkopf. Nur Raim schnüffelte interessiert und wagte ein paar Tapse aus dem Gang heraus.

Das, was sie für den Ausgang gehalten hatten, erwies sich als Eingang in eine größere Höhle, die aus irgendeinem Grund leuchtete.

Gwen sah genauer hin und erkannte, dass die Wände von einer Art Kristall überkrustet waren, das dieses Leuchten erzeugte. Sie musste den Kopf weit in den Nacken legen, um zur Decke blicken zu können, wo unzählige Stalaktiten wucherten, die an manchen Stellen mit Stalagmiten auf dem kalkweißen Boden verschmolzen und so gewaltige Säulen bildeten.

In der Mitte der Höhle gähnte ein Abgrund in tiefere Gewölbe, aus denen spitze Tropfsteine wie Nadeln zu ihnen heraufwucherten.

Wenngleich ihre Glieder schmerzten und der Boden zum Ausruhen lockte, faszinierte Gwen der Anblick. Sie wischte die Enttäuschung beiseite und folgte dem Drachen in die Höhle.

Sie trat näher an eine Ansammlung von Leuchtkristallen heran und strich vorsichtig mit der Hand darüber. Kälte kroch in ihre Finger, genauso wie aus den Höhlenwänden zuvor, aber dieses Gestein fühlte sich viel glatter und fast geschmeidig an. An manchen Stellen zeigte sich der Kristall milchig, an anderen wiederum klar wie Quellwasser und hie und da durchzogen ihn silbrige Einschlüsse, die in allen Regenbogenfarben schimmerten, je nachdem wie sie ihren Blickwinkel veränderte.

Aus der Nähe betrachtet, schien der Kristall kein Licht zu erzeugen. Erst wenn sie sich ein paar Schritte entfernte, erkannte sie das Leuchten, das von ihm ausging.

„Kein Ausgang." Mirakel stand nur wenige Meter von ihr entfernt. Er kehrte ihr den Rücken zu und stemmte die Hände in die mageren Hüften. Gwen presste die Lippen aufeinander. Auf der anderen Höhlenseite erregten Stalagmitsäulen, die sich in unterschiedlichen Höhen und Breiten der Höhlendecke entgegenstreckten, ihre Aufmerksamkeit. „Vielleicht dahinter?"

„Nein. Es gibt nur den Gang, durch den wir gekommen sind."

Sie hatten die gefürchtete Sackgasse erreicht.

„Dann halt abwärts, du Genie." Eric humpelte an ihnen vorbei und wagte sich näher an den Abgrund heran, blieb aber etwa fünf Schritt davor stehen. An den Abbruchkanten lagen loses Geröll und kleinere Kiesel. Der Boden wirkte instabil. Er reckte den Kopf nach vorn. Auch dort unten verbreiteten die Kristalle ihr Licht.

„Zu tief", erklang seine Stimme leise und tonlos.

„Vielleicht können wir irgendwie hinunterklettern!" Gwen schluckte, als sie im Kristalllicht Erics Handgelenk bemerkte, das noch dicker aussah und in unterschiedlichen Nuancen von gelb bis lila schillerte. Er konnte nicht klettern. Selbst für sie und Mirakel wirkten die Wände viel zu glatt, um daran Halt zu finden. Falls sie abstürzten, wurden sie entweder von den Gesteinsspitzen durchbohrt, oder der Aufschlag auf den weit entfernten Boden zerschmetterte ihre Knochen.

Eric schüttelte den Kopf. „Hier kommen wir nicht runter."

Er humpelte vom Abgrund fort und suchte die Höhle nach einem Ausgang ab. Anscheinend glaubte er dem Urteil des Druiden nicht.

Gwen setzte sich auf den Boden. Ihr Magen knurrte, aber noch schlimmer bohrte ihr Durst. Sie strich mit ihren Fingern über das Gestein und kam sich einmal mehr vor wie in einem Grab. Auch wenn der schimmernde Kristall an den Höhlenwänden etwas Reines, Friedvolles an sich hatte.

Mirakel untersuchte die seltsame Lichtquelle und Raim drückte sich am Eingang zur Höhle herum. Gwen versuchte, ihn herzulocken, aber er witterte mit bebenden Nüstern in ihre Richtung und blieb, wo er war.

Sie seufzte. „Hoffentlich finden wir überhaupt noch einen Weg hier raus."

„Hm", machte Eric und als sie aufsah trafen sich ihre Blicke.

„Mach ein Feuer", schlug er vor.

Sie runzelte die Stirn. „Ein Feuer?" Der Kristall spendete ihnen genug Licht. „Warum? Ist dir kalt?"

„Hör nicht auf ihn!" Mirakel stampfte auf sie zu und schenkte dem Dieb vernichtende Blicke „Ist es dir nicht hell genug? Willst du diese Bestie auf uns aufmerksam machen?"

Eric antwortet nicht, verdrehte nur die Augen und zog umständlich sein Messer aus der Scheide. Es entglitt ihm und fiel auf den Boden. Der Aufprall hallte laut an den Wänden wider, dicht gefolgt von Mirakels verärgertem Grunzen. Eric klaubte das Messer vom Boden und Schnitt sich etwas Stoff aus seinem schlammverklebten Hemd. Er musste ein paarmal ansetzen. Er konnte seine rechte Hand kaum bewegen und die Linke führte die Klinge ungeübt.

„Macht euch das eigentlich Spaß, immer mehr eurer Kleidung abzureißen?", ätzte Mirakel. „Wollt ihr nicht gleich nackt rumlaufen?"

Eric ignorierte ihn, schlurfte auf Raim zu und lockte das Drachenjunge zu sich. Er legte den Stofffetzen vor ihn auf den Boden und der Drache schnüffelte neugierig daran.

„Komm schon, Kerlchen", ermunterte Eric ihn und klopfte ihm unters Kinn. Raim legte den Kopf schief. Erst in die eine und dann in die andere Richtung, als überlege er, was der Dieb von ihm wollen könnte. Eric klopfte ihm erneut unters Kinn und dann auf den Stoff.

Da blies Raim tatsächlich eine winzige Flamme auf den Fetzen. Sie zuckte unruhig hin und her, bis sie sich einen Halt in den Stoff gefressen hatte und brannte dann ruhig und aufrecht. Eric musterte die Flamme konzentriert.

Gwen ging neben ihm in die Hocke. „Was machst du?"

„Achte auf die Flamme!"

Sie war nicht sehr groß und sah aus, wie Flammen nun mal aussehen, auch die eines Drachen wies keinen Unterschied auf. Dort, wo sie auf dem Hemdstück still vor sich hin brannte, schimmerte sie bläulich. In ihrer Mitte eine Farbe wie dreckiges Orange und dann immer heller werdend, bis zu ihrer Spitze hin. Normal eben. Sie erkannte daran nichts Ungewöhnliches. „Was ist denn mit ihr?"

„So sieh doch hin!"

Gwen seufzte. Die Flamme flackerte, als ihr Atem sie traf, dann brannte sie wieder still.

Endlich begriff sie, worauf Eric hinauswollte. „Sie brennt völlig ruhig!"

Die Flamme erlosch, als der Stofffetzen ihr keine Nahrung mehr bot.

„Kann mich vielleicht auch mal jemand erleuchten, was ihr da treibt?", grollte Mirakel. Eric wandte sich ab.

Gwen erklärte: „Hier geht kein Luftzug. Wir müssen tief in der Höhle sein."

„So ein Blödsinn!" Mirakel wischte ihre Worte mit schneller Geste beiseite. „Und wenn es draußen gerade windstill ist? Das ..." Er deutete auf den verkohlte Stoff. „... beweist überhaupt nichts!"

Gwen beobachtet Eric, der sich entfernte. Er humpelte ein Stück um den Abgrund herum. Sie runzelte die Stirn. Seine Rastlosigkeit gefiel ihr gar nicht, er sollte sich besser hinsetzen und seinen Knöchel schonen.

Raim folgte Eric schnüffelnd, bis ein heftiger Ruck das Drachenjunge durchzuckte und er sich eiligst von dem Schlund entfernte. Raim zog sich in respektvollem Abstand hinter einen Tropfstein zurück, kauerte sich hin und schloss die Augen.

„Was er wohl hat?", murmelte Gwen und hoffte, Raim witterte nicht das Schattenhorn.

„Er sollte sich nicht so weit über den Rand beugen", gab Mirakel in dem Irrtum zurück, ihre Worte galten dem Dieb.

„Was?" Eine steile Falte furchte Gwens Stirn.

Eric stand tatsächlich sehr nah an der Abbruchkante und beugte sich gefährlich weit vor.

„Sonst fällt er noch hinunter", fügte der Druide hinzu und ein kurzes Grinsen stahl sich auf seine Lippen.

Gwens Schritte hallten durch die Höhle, so dass Eric sich nicht umdrehen musste, um zu wissen, dass sie hinter ihm stand. „Wie tief schätzt du es?"

„Wirf doch einen Stein hinunter."

„Wozu?"

„Nun mach schon."

Gwen zuckte die Achseln und hob einen faustgroßen Brocken aus schneeweißem Gestein auf.

Eric machte ihr Platz.

Sie sah ihn abschätzend an. Seine Mundwinkel zuckten, während er auffordernd nickte. Seine Stirn glänzte fiebrig. Gwens Magen krampfte sich zusammen. Wenn er an seinen Verletzungen starb, würde sie sich das niemals verzeihen.

„Nun mach schon. Zähl' die Sekunden, bis er unten aufschlägt."

Gwen erschloss sich der Sinn seiner Aufforderung nicht, wollte ihm den Gefallen aber tun. Sie warf ihren Stein hinunter. Und wurde nass.

Erschrocken schrie sie auf, als das aufspritzende Wasser wie Regen auf sie und Eric herabfiel.

Aus Eric brach ein Lachen heraus, das den Wall aus Schmerz und Trübsinn sprengte, der Gwen und ihn gefangen hielt. Sie wischte sich Wasser aus dem Gesicht und schmunzelte. Sie mochte Erics Lachen. Es steckte an. Sie konnte es kaum glauben, der Abgrund erwies sich als glasklarer See. Durch den Steinwurf zogen sich Wellen in weiten Kreisen auf seiner Oberfläche entlang.

Sie schüttelte den Kopf und lachte befreit. „Wasser!"

Eric strich ihr eine nasse Haarsträhne aus dem Gesicht. Ehe sie wusste, was geschah, umschlang Eric sie mit einem Arm, zog sie an sich und küsste sie. Die Bartstoppeln piksten, aber seine Lippen waren viel weicher, als sie vermutet hätte. Erics Kuss drängte kraftvoll und viel forscher an ihren Mund als der von Peer. Ehe sie die Chance zu reagieren bekam, oder gar den Kuss zu erwidern, löste Eric sich von ihr und wandte sich dem See zu. Aber seine Hand griff die ihre und hielt sie fest. Eric lachte nicht mehr und sagte auch nichts. Gwen konzentrierte sich auf ihren Atem und folgte dann einfach seinem Blick. Ihrer beider Finger verschränkten sich ineinander.

Die Wellen legten sich. Nach einer Weile lag der See wieder vollkommen glatt vor ihnen. Gwen schaute nach oben und wieder auf die Wasseroberfläche, die die Höhlendeckte perfekt spiegelte.

Mirakel räusperte sich und drängte sich an ihnen vorbei, so dass Gwen Erics Hand losließ. Aus den Augenwinkeln sah sie sein schiefes Grinsen.

Mirakel ging in die Knie. „Faszinierend!"

Gwen trat näher an den unterirdischen See heran, bis sie neben dem Druiden direkt am Ufer stand, so dass nun auch ihr eigenes Spiegelbild, neben dem seinen im See erschien.

Der Druide tauchte die Hände ins Wasser und schloss einen kurzen Moment wohlig die Augen. Zu einer Schale geformt, schöpften seine Hände Wasser und führten es an die Lippen. Er trank einen winzigen Schluck. Gerade genug, um seine Zunge zu befeuchten.

„Trinkwasser!", jubelte er und schlürfte geräuschvoll den Rest, um gleich erneut Wasser zu schöpfen.

Auch Gwen und Eric labten sich an dem wohlschmeckenden Element. Seit Tagen hatten sie sich nur mit dreckigem Schlammwasser aus dem Moor zufriedengeben müssen. Gierig tranken sie das kostbare Nass. Raim war der Einzige von Ihnen, der scheinbar keinen Durst hatte.

Plötzlich knurrte der Drache und sprang aufgeregt auf und ab. Seine Flügel flatterten wild. Er witterte Richtung Höhleneingang.

Das Schattenhorn.

„Wir sitzen in der Falle!", stöhnte Eric.

Das Untier kam auf dem einzigen Weg, der in die Höhle hinein und wieder hinausführte. Schon zeigte es sich im Durchbruch. Schatten hüllten es weiterhin ein und nur seine Augen glühten dort, wo der Kopf sein musste. Eine Gänsehaut legte sich auf Gwens Arme.

Das Geschöpf verharrte kurz und schleppte sich dann so langsam weiter, dass es grausam lange dauerte. Und doch konnten die drei Menschen nur erstarrt dastehen und warten.

Das Drachenjunge atmete ein. Dann schoss eine Wolke aus Feuer auf das Untier zu und die abgestandene Luft wurde von einem schwefeligen Geruch erfüllt. Aber sein Feuer brachte nur die Luft um das Schattenhorn herum zum Flackern. Raim hockte zu weit entfernt.

Sonderbar war nur, dass sich der Schatten, der das Ding umgab, vor dem Licht nicht zurückzog. Beim ersten Mal hatte Gwen es für eine Sinnestäuschung gehalten, aber hier in der leuchtenden Höhle bestand kein Zweifel mehr: Der Schatten, der das Ding einhüllte, schluckte jegliches Licht, bevor etwas von der Gestalt des Wesens offenbart werden konnte.

Endlich reagierte Gwen und versuchte, die Magie in sich zu erspüren. Gegen den Donnervogel hatte sie es geschafft, sie in sich aufsteigen und fließen zu lassen. Sie wusste, wie sie sich anfühlte, wie der Sog ihrer Wut stärker an ihr zog und sie aus ihrem Unterbewusstsein heraufbeschwor.

Aber die Aufregung störte ihre Konzentration. Sie schloss die Augen und ballte die Fäuste. Schweißperlen benetzten ihre Schläfen. Sie fand das Gefühl nicht. Sie verspürte keine Wut und keinen Zorn. Nur Angst.

Mirakel wirkte einen Zauber. Er hielt das Beutelamulett um seinen Hals fest in der Faust und murmelte seltsame Worte, die für Gwen keinen Sinn enthielten. Dann streckte er die freie, rechte Hand vor und spreizte die Finger.

Die Luft flimmerte und gleißend weiße Flammen schossen aus seinen Fingerkuppen. Sie alle trafen ihr Ziel.

An der Stelle des Wesens, wo Gwen seinen Rücken vermutete, ließen sie sich nieder. Flammen wuchsen wie Blumen und breiteten sich schnell aus. Die Luft um das Schattenhorn herum wurde heiß und flirrte.

Aber es gab keinen Laut von sich. Es verharrte im Feuer und selbst die Flammen direkt auf seinem Leib durchbrachen nicht die Schwärze. Die Feuerblumen schrumpften und starben.

Mirakels Gesicht glänzte gerötet. Seine Finger zitterten.

Raim spie eine eigene Feuerwolke. Dann noch eine und noch eine. Sein Bäuchlein hob und senkte sich angestrengt.

Das Schattenhorn schien genauso feuerresistent zu sein wie der Donnervogel.

Mirakel versuchte den Zauber erneut, rief die Worte seiner Beschwörung lauter, dass sie in vielen Echos von den Wänden widerhallten und neue Feuerblumen auf das Wesen losließen. Auch diesmal absorbierte das Schattenhorn die Flammen ohne einen Laut. Nur das Glühen seiner Augen verstärkte sich und wurde gleißend weiß.

„Hört auf!", zischte Eric und legte Mirakel eine Hand auf den Arm.

Der Druide hielt tatsächlich inne und auch Raim hauchte keine weiteren Feuerwolken mehr. Vielleicht, weil er zu erschöpft dazu war.

Umgehend kroch das Wesen weiter auf sie zu.

Raim war hin und her gerissen. Er wollte sich eng an Gwen schmiegen, aber sie stand sehr nahe am Wasser, dem er auf keinen Fall zu nahe kommen wollte. Bald jedoch blieb ihm nur die Wahl zwischen den Fängen des Wesens oder dem für ihn verhassten Nass.

„In den See!", befahl Eric. Die drei Menschen stiegen in den See. Das Wasser war eiskalt.

Raim entschied sich für etwas anderes.

„Raim, nein!", schrie Gwen.

Der Drache stürmte auf das Schattenwesen zu. Doch er hatte nicht vor, sich dem Monster zu opfern. Kurz bevor er es erreichte, schlug er einen Haken und wich zur anderen Seite des Sees aus.

Das Wesen beachtete den kleinen Drachen nicht. Sein Ziel war ein anderes.

„Los weiter." Eric gab Mirakel einen Stoß weiter in den See hinein.

Gwen watete ein paar Schritte voraus. Das Wasser reichte ihr schnell bis zur Hüfte. Als Mirakel sie einholte, schaute nur noch der Kopf des Druiden aus dem Wasser heraus. In der Mitte des Sees warteten sie.

Würde das Wesen ihnen ins Wasser folgen?

Das Schattenhorn schlich langsam näher und erreichte schließlich das Ufer. Sein Hunger wuchs wesentlich schneller, als es sich fortbewegen konnte. Das Bohren seines Magens verzehrte es innerlich schon seit Tagen. Nicht oft kam etwas Lebendes in seine Fänge. Die Beute musste für viele Monate ausreichen. Das Feuer hatte ihm neue Kraft verliehen, aber nun brauchte es richtige Nahrung. Fleisch!

Es spürte bereits, wie es schwächer wurde. Aber das Fleisch war ins Wasser gegangen. Dorthin durfte es ihm nicht folgen. Es sei denn, es fraß schnell.

Eric blieb ein Stück hinter ihnen zurück. „Es fürchtet das Wasser!"

„Bist du sicher?" Gwens Stimme zitterte. Wegen der Kälte, nicht aus Angst. Der See ließ sie innerlich gefrieren.

„Dann sterben wir eben an Unterkühlung." Auch Mirakel brachte die Worte kaum heraus und japste wie ein Fisch an Land.

„Dann tu etwas," brummte Eric. „Du bist doch der Druide hier."

Mirakel antwortete ihm nicht.

Eric beobachtete das schwarze Untier. Es wartete. Vermutlich hatte es viel mehr Zeit, als sie. Er fasste einen Entschluss und watete zurück Richtung Ufer.

„Was machst du?" Gwen folgte ihm.

Etwa zwei Meter von dem Schattenwesen entfernt, blieb Eric stehen. „Wenn es das Wasser fürchtet wie Raim, dann können wir es vielleicht vertreiben", flüsterte er ihr zu.

Sie verstand und nickte. „Auf drei."

„Eins. Zwei ..."

Die Drei ging in ihrem Kampfgeschrei unter. Sie stürzten vor, schaufelten mit den Händen Wasser auf das Wesen und erzeugten Wellen, die das Wesen erreichen und zurückdrängen sollten. Das Schattenhorn brüllte. Wasser verdampfte zischend auf seinem Körper. Aber es wich nicht zurück.

Sein Brüllen brach nicht ab, schraubte sich immer höher und dröhnender zur Höhlendecke hinauf. Gwen widerstand dem Drang sich die Ohren zuzuhalten und ließ immer mehr Wasser aufwirbeln und gegen das Schattenhorn schwappen.

Dann ging endlich eine Bewegung durch das Wesen, aber anstatt zurückzuweichen, machte es einen Satz und stürzte sich zu ihnen in den See.

Eine Woge aus Wasser und Dampf ließ Gwen zurücktaumeln.

„Haut ab da!", kreischte Mirakel.

Gwen und Eric wichen zurück, als das Wesen wie ein riesiger Felsbrocken in den See klatschte. Das Wasser zischte schäumend vor ihm zurück und riss Gwen und Eric in einer großen Welle mit sich.

Gwen wurde von den Füßen gerissen und tauchte unter. Sie fühlte, wie sich das Wasser erhitzte und das so schnell, dass es in wenigen Augenblicken bereits unangenehm heiß wurde.

Prustend tauchte sie auf und wich dabei in die Mitte des Sees zurück. Aber ihr nasses, vollgesogenes Kleid behinderte sie dabei. Das Wesen brüllte und Gwen meinte, der Kopf müsste ihr davon zerspringen.

Ein dichter Nebel von verdampfendem Wasser waberte um das Schattenhorn, das sich im Wasser viel schneller als noch an Land bewegte.

Es stürzte auf sie zu.

„Los, los, raus da!"

Gwen watete so schnell sie konnte weiter. Mirakel hatte das andere Ufer bereits erreicht. Ein Schäumen und Spritzen verriet ihr, dass Eric nicht weit entfernt von ihr sein konnte.

Plötzliche klatschte etwas Großes dicht neben ihr ins Wasser und riss sie mit sich. Ein scharfer Schmerz schoss durch ihre Schulter. Und im nächsten Augenblick schlug erneut etwas neben ihr im Wasser ein.

„Sein Gebrüll lässt die Höhle einstürzen!"

Tropfsteine fielen wie gewaltige Speerspitzen von der Höhlendecke. Einer hatte Gwen gestreift und ihr die Haut an Arm und Schulter aufgeschlitzt. Etwas Schwarzes streckte sich nach ihr aus.

„Hau ab!"

Gwen wusste nicht, ob Eric sie oder das Untier meinte. Er spritzte einen Schwall Wasser auf das Wesen, das aber ohnehin fast vollständig wenige Armlängen von Gwen entfernt im See tauchte. Der Dampfnebel erreichte sie bereits, als dieser von Erics Wasserschwall aufgewirbelt wurde.

Das Wesen fauchte und hielt einen Moment inne. Gwen konnte den Abstand zu ihm vergrößern, doch Sekunden später glitt es brüllend weiter vorwärts. Immer mehr Tropfsteine und Felsbrocken stürzten herunter. Aufgewirbeltes Wasser nahm ihr die Sicht, ließ sie orientierungslos durch das tosende Wasser waten

Plötzlich fiel ein so großer Brocken von der Höhlendecke, dass eine Welle Gwen ein gutes Stück weiter dem Ufer entgegen schwemmte. Das Brüllen bekam eine andere Qualität und erstickte dann jäh.

Gwen riskierte einen Blick über die Schulter. Das Wesen musste von dem Felsen getroffen und unter Wasser gedrückt worden sein.

Sie kämpften sich weiter und weiter und das rettende Ufer kam näher.

Das Wesen erhitzte das Wasser, dass es zu sieden begann und sich Gwens Haut anfühlte, als würde sie brennen.

Gerade als sie ans Ufer klettern wollte, krachte ein Tropfstein auf den Höhlenboden und zerstob in tausend Splitter. Schützend hielt sie die Arme vor ihr Gesicht und fühlte, wie kleine Messer sie schnitten. Jemand packte sie im Nacken und riss sie mit sich.

Sie stolperte an Land. „Nicht anhalten!" Der Griff in ihrem Nacken wurde fester und stieß Gwen weiter. Sie taumelte vorwärts.

Das Brüllen verklang, aber überall um sie herum scheppterte, krachte und polterte es. Etwas zischte wenige Zentimeter neben ihr vorbei.

„Wir müssen zurück! Zurück in den Gang!", erkannte sie Mirakels Stimme.

Eric schrie etwas, aber seine Worte gingen im Getöse unter. Seine Hand in ihrem Nacken löste sich. Eric ruderte mit den Armen und fiel. Gwen fing seinen Sturz mit ihrer Seite ab, umschlang seine Hüfte und zog ihn mit sich.

Sie rannten um den See herum, um den einzigen Ausgang zu erreichen.

Gwen bemerkte den großen Schatten als erste. Er näherte sich von rechts. Aber zum Schreien fehlte ihr der Atem. So schnell ihre geschundenen Glieder und Erics Gewicht es erlaubten, lief sie weiter.

Sie hatten den Gang fast erreicht. Der Schatten fauchte. Gwen warf sich vor und riss Eric mit sich. Der Schatten streckte sich nach ihnen aus.

Der Boden erbebte unter herabstürzendem Geröll, als ein großer Teil der Höhlendecke herunterkrachte. Ein neuer Schmerz überdeckte den in ihrer blutenden Schulter, als Gwen auf dem Boden aufschlug. Die Luft wurde ihr aus den Lungen gepresst und sie konnte einen Augenblick nicht atmen. Staub und Dreck wirbelten um sie herum und alle Geräusche wurden dumpf.

Dann nichts mehr.

Gwen rollte sich am Feuer zusammen. Sein Knacken und Knistern wurde von Mirakels rhythmischem Schnarchen unterbrochen.

Raim hatte sich an ihrem Rücken zusammengerollt und das ruhige Atmen des Drachenjungen breitete sich in beruhigenden Wellen auf ihrem Körper aus. Sie blinzelte. Im Schein des Feuers sah sie noch eine Gestalt bei ihnen liegen. Sie lag ruhig da und regte sich nicht. Nur ein kaum merkliches Heben und Senken des Brustkorbs. Eric hatte in seiner Erschöpfung sogar mit dem Druiden eine Art Frieden geschlossen.

Der Stachel des Schreckens steckte ihnen noch tief im Gemüt.

Die Höhle lag weit hinter ihnen. Und selbst wenn das Schattenhorn überlebt haben und doch noch einen Weg aus der eingestürzten Höhle finden sollte, glaubte Gwen nicht, dass es ihrer Spur durch das Moor folgen konnte. Falls es sich aus seiner Höhle herauswagte.

Sie verlagerte ihr Gewicht eine Nuance zu schnell und bereute es sofort.

Schmerz schwappte durch ihre Glieder, die geprellt und mit Schnittwunden übersät, juckten und pochten, dass sie nicht in den Schlaf fand.

Sie kroch zu Eric und fühlte seine Stirn. Er stöhnte schwach. Das Fieber wurde schlimmer. Sie wünschte, sie hätten etwas von dem reinen Höhlenwasser mitnehmen können. Immerhin sahen Erics Wunden nun sauber aus und Gwen wollte glauben, dass die Schwellung an seinem Handgelenk etwas weniger prall aussah. Sie wischte ihm Schweiß von der Stirn und legte den Kopf in den Nacken.

Keine Sterne. Natürlich. Nichts drang durch die unnatürliche Wolkendecke. Dennoch tat die Dunkelheit des Moores beinahe wohl, im Gegensatz zu der Schwärze in den Höhlen. Ihre Wanderung durch die unzähligen Gänge hatte ewig gedauert und ihr

Zeitgefühl gänzlich durcheinandergewirbelt. Schließlich konnte Raim ihnen den Weg nach draußen weisen. Wie viele Tage hatten sie in den Schatten verloren?

Eric seufzte. Sein Kopf ruckte hin und her, gefangen in einem Fiebertraum. Gwen legte ihm eine Hand auf die Brust und sein Atem wurde gleichmäßiger. Einem Impuls folgend küsste sie ihn auf die Lippen. Ganz leicht, sie wollte ihn nicht wecken. Sie legte ihre Stirn vorsichtig gegen seine und flüsterte: „Halte durch. Bitte."

Sie rollte sich direkt neben ihm zusammen und wachte über seinen Atem, der wieder ruhig auf und ab ging. Irgendwann schlief sie darüber ein.

Sie stand auf dem Stein. Seine Kälte kribbelte angenehm unter ihren Füßen. Um sie herum herrschte Stille. Nur das leise Lied der Bäume rauschte, das der Wind in ihren Wipfeln dirigierte.

Gwen wusste, dass das Moor hinter ihr lag. Doch wo genau sich dieser Ort befand, offenbarte ihr der Traum nicht. Sie wusste nur, dass sie träumte.

Sie lauschte. Die Blätter raunten. Wisperten.

Dies war nicht irgendein Ort. Er würde ihr sonst nicht im Traum erscheinen. Hier wohnte etwas Besonderes. Von überall sickerte seine mächtige Aura in ihr Unterbewusstsein.

Auch aus dem See.

Mondlicht ließ seine Oberfläche erstrahlen und tauchte die zaghaften Wellen in glitzerndes Silber.

Etwas Geheimnisvolles ruhte am Grund des Sees. Die Gestirne, die Bäume und der Wind wussten es. Der Mond spiegelte sich nicht im Wasser, sondern der See im Himmel.

Sie fühlte sich ruhig und entspannt.

Als sie diesen Traum das erste Mal geträumt hatte, war ihr der See bedrohlich vorgekommen. Aber das Bedrohliche und die Gefahr lagen hinter ihr. Sie fühlte es in ihrem Nacken. Es schlich näher.

Der Wind blies stärker und die Blätter taumelten wie verwirbelte Schneeflocken herab.

Gleich würde es passieren. Die Stelle des Traums, an der eine Veränderung einsetzte und etwas mit dem See passierte. Eine Veränderung, die sie stets schweißgebadet erwachen ließ. Die Angst kam immer schneller als das Bild und ließ sie zu früh erwachen.

Schon tasteten die kalten Finger der Angst aus ihrem Unterbewusstsein hervor. Sie versuchte ihnen zu widerstehen.

Die Veränderung begann. Gwen stemmte sich gegen die Angst, wischte die tastenden Finger zur Seite und stemmte ihre Füße fest gegen das Gestein. Die Oberfläche des Sees begann zu vibrieren, als prasselte ein unsichtbarer Regen darauf. Gebannt starrte sie auf den See und erkannte, dass es tatsächlich regnete, allerdings nicht auf ihrer Seite der Wasseroberfläche.

Plötzlich hallte ein Lachen in Gwens Bewusstsein, das nicht ihr eigenes war.

Das Bild verwischte und alles ertrank in Schwärze.

Die Träumende stöhnte und drehte sich auf die andere Seite.

Erics Atem ging unruhig. Auch er träumte.

Etwas Schleichendes, streckte seine Finger nach ihm aus.

Auch ihn umgab Schwärze. Er war nicht allein darin.

Ein Schemen kam näher.

Gwen fühlte sich gefangen.

Sie wusste, dass sie träumte, aber sie konnte nicht aufwachen.

„Lass mich los!"

Aber die Schwärze hielt sie fest.

Der Schemen kam näher. Bewegte sich geschmeidig. Bog sich hin und her. Tanzte.

Die Gestalt nahm Konturen an. Eine Frau. Sie glitt mit fließenden Bewegungen auf ihn zu. Wirbelte um ihn herum.

Eric hörte eine vertraute Stimme. Sprach die Tänzerin? Nein.

Er konnte seinen Blick nicht von ihr abwenden, während sie ihn umkreiste und umkreiste.

„Gwen?"

Ihm wurde schwindelig. Er schloss die Augen, aber hinter seinen Lidern tanzte sie weiter. Er spürte, wie sie etwas um seinen Geist band. Seidig und anschmiegsam. Mit jeder Umdrehung wurde es fester und das Vergessen größer, das ihn einlullte.

Sie war ganz nah. Ein Gedanke blitzte kurz in ihm auf. „Nicht!" Aber der Gedanke entglitt ihm. Verschwand. Ausgelöscht.

Die Frau umkreiste ihn so nah, dass ihre braunen Locken ihn kitzelten.

Er öffnete die Augen und ertrank in einem braunen Meer. Gefangen in ihrem Blick. Sie hauchte ihm einen Kuss auf die Lippen. Die Berührung war wie ein Sog.

Als sich ihre Lippen entfernten, fühlte er körperlichen Schmerz. „Komm zu mir."

Er streckte eine Hand aus, aber sie glitt durch die Frauengestalt hindurch, die sich langsam entfernte und jegliche Wärme mit sich nahm. Er wollte ihr etwas zurufen, aber er fand die richtigen Worte nicht.

„Komm zu mir, Eric."

Er erhob sich von seinem Lager. Ohne die Tänzerin war alles leer und kalt.

„Komm zu mir."

„Ja."

Hydria erwachte mit keuchendem Atem. Sie blieb noch eine Weile in Ihrem Bett liegen und entließ den Dämon aus ihrer Beschwörung. Mit einem kalten Hauch entschwand er aus dem Fenster. Ohne seine Stärke fühlte Hydria sich gleich noch erschlagener. Jemanden im Traum zu bannen, kostete sie große Mühe, aber gleichzeitig einen zweiten Zauber auf ein anderes Wesen zu legen, zehrte an ihren Kräften. Diesmal war ihr das Unterfangen endlich geglückt, nach zwei entsetzlich frustrierenden Versuchen, den Willen des Mannes zu brechen. Unfassbar stark schmiedete sich sein Verlangen an das Mädchen. Hydria wollte Eric dadurch nur noch mehr und nahm sogar den Zorn Gardons in Kauf, der krachend auf sie niederschlug, weil sie so lange brauchte, um den Dieb zu beseitigen. Schließlich hatte Gardon die Geduld verloren und sein verfluchtes Federvieh geschickt. Zum Glück ohne Erfolg, wie sie mit großer Genugtuung zur Kenntnis nahm.

Aber nun trugen die schwierigen Vorbereitungen und die zäh dahingeronnenen Stunden endlich Früchte. Es war getan. Die Macht berauschte sie.

Er würde zu ihr kommen.

Sie richtete sich auf und strich über das Amulett, gefertigt aus verbotenen Zutaten und ihrem eigenen Blut. Es band den Mann nun an ihren Geist. Hielt ihn gefangen in einem Traum, aus dem er nie wieder erwachen würde.

Sie leckte über das warme Metall und genoss die Macht, die sie damit in ihren Händen hielt. Würde sie es zerstören, zerstörte sie damit auch die Brücke, die seinen Geist in der Traumwelt noch mit der Wachwelt verband. Er wäre dann nicht mehr an Hydria gefesselt, aber dennoch verloren in ewiger Schwärze und den Dämonen ausgesetzt, die sich an seiner Seele laben würden. Sie schmunzelte. Sollte sie es zerstören. Jetzt gleich?

Die Tür flog auf und schmetterte gegen die Wand.

Gardon trat ein. Sein Kiefer mahlte. Seine Hände ballten sich zu Fäusten.

Hydria rekelte sich noch ganz berauscht lüstern auf ihrem Bett. Gardon ragte groß und bedrohlich vor ihr auf. Die Hexe gurrte.

Er packte sie an den Haaren und zerrte sie aus dem Bett. Sie fauchte protestierend, blieb aber mit ergeben gesenktem Blick vor ihm auf dem Boden hocken. Sie hörte, wie er sich einen Stuhl heranzog.

„Hast du endlich meine Befehle ausgeführt?"

Hydria wagte es, ihn anzusehen und lächelte.

„Also?" In seinen Augen loderte es kalt.

„Ich habe soeben den Mann an ihrer Seite in meine Macht gebracht, Herr."

„Deine Macht?" Gardon zog eine schwarze Braue hoch.

„In Eure natürlich."

Gardon lehnte sich zurück. „Du hast dir viele Tage Zeit damit gelassen, Weib! Und warum der Aufwand? Sagte ich nicht, du sollst ihn töten?"

„Ich dachte, es wäre von Vorteil." Sie richtete sich auf und reckte das Kinn. „Er wird alles tun was ich … was Ihr befehlt. Er hat keinen eigenen Willen mehr."

Scheinbar gelangweilt sah Gardon durch das Fenster hinaus. „Und Gwen?"

Hass stieg in ihr empor, weil ihr Triumphgefühl ins Wanken geriet. Sie unterdrückte den Zorn, so gut sie konnte. „Sie wird stärker."

„Ist sie bereits stärker als du?" Gardons Augen fixierten sie.

Sie ballte eine Hand zur Faust und ihre Fingernägel schlitzen in ihr Fleisch. „Sie ist ein Wurm. Ein hilfloses Kind. Ich könnte sie jederzeit zerquetschen!"

Gardon musterte sie mit steinernem Gesicht. Sie wagte einen Moment lang, diesen Blick zu erwidern. Sie senkte ihren hastig, als Gardon sich erhob.

„Es reicht mir langsam mit dir, Hexe! Du befolgst meine Anweisungen, wenn ich es verlange und wie ich es verlange. Keine Alleingänge mehr! Ich dulde keinen Ungehorsam!" Gardon ergriff die Kristallkugel, die auf Hydrias Tisch thronte und warf sie energisch gegen die Wand direkt über ihr. Bergkristallscherben regneten auf sie herab.

Sie biss sich auf die Lippen.

„Jetzt ist es aus mit deiner Hellsicht. Der allessehende Blick ist dir ab sofort verwehrt! Hast du verstanden?" Seine Stimme grollte wie eine heranrollende Steinlawine. Sie nickte und wagte keinen Laut.

Er kam auf sie zu und nahm eine Strähne ihres Haares zwischen Daumen und Zeigefinger, zwirbelte sie und betrachtete die Locken. „Vergiss nie, dass ich dich auch zerquetschen kann." Er sagte es mit so sanfter Stimme, dass Hydria innerlich erzitterte. Dann fühlte sie seine Lippen an ihrem Ohr und sein Atem umschmeichelte ihren Nacken, als er flüsterte: „Stirbt sie, wirst du ihr nachfolgen. Nur wird dein Leiden ungemein länger andauern als das ihre."

„Ja, mein Herr", hauchte sie.

„Ich habe keine Verwendung für den Burschen. Ich habe Lakaien genug. Versenke ihn in einem Moorloch oder wirf ihn den Dämonen vor. Er stirbt noch heute Nacht! Hast du verstanden?"

Sie nickte.

Gardon entließ ihre Strähne.

Hydria sehnte sich mit jeder Faser ihres Körpers nach einer weiteren Berührung. Aber Gardon wandte sich ab und ließ sie, ohne ihr weitere Beachtung zu schenken, allein zurück.

Sie saß noch eine Weile da und gab sich ganz ihrem Hass hin. Dann stand sie auf, ging ans Fenster und blickte in die Dunkelheit. „Du wirst scheitern, du Gör. Dann wird er nicht mehr so fasziniert von dir sein."

Sie schloss die Augen und sah ihren Meister vor sich. Diesen großen Mann mit dem harten Gesicht, dem verwirrend sinnlichen Mund und den schwarzen Augen.

„Nein, du bekommst ihn nicht!" Aber sie musste sich beeilen. Ihr Herr durfte nicht erfahren, welches Wissen sie vor ihm verbarg.

„Wach auf!" Sie schüttelte den Druiden, bis er endlich die Augen aufschlug.

Mit einem Ruck fuhr er hoch. „Ist etwas passiert?"

„Eric ist weg!"

Der Alte entspannte sich, rieb sich den Schlaf aus den Augen. „Der wird schon nicht weit weg sein."

Aber Gwen hingen die letzten Fäden ihres Traumes nach. Wenn das nun kein Traum gewesen war?

Mirakel legte ihr eine Hand auf den Arm. „Was ist denn los?"

„Letzte Nacht da ..." Sie kam sich albern vor, weil sie ihren Traum so ernst nahm. Vielleicht würde Eric tatsächlich jeden Moment wiederkommen. Aber sie fühlte tief in ihrem Inneren, dass etwas nicht stimmte.

„Was war letzte Nacht?", drängte der Druide.

„Ich habe geträumt. Ich wollte aufwachen, aber es ging nicht."

Mirakel legte den Kopf schief.

„Es war, als ob mich etwas festhielte und ich deshalb nicht aufwachen konnte."

Mirakel machte eine wegwerfende Bewegung. „Du hast nur unser Erlebnis mit dem Schattenhorn verarbeitet." Der Druide deutete auf Erics zerwühlten Schlafplatz aus Laub und Reisig. „Vielleicht hat sich der Kerl davon gemacht."

Sie schüttelte entschieden den Kopf. „Nein auf keinen Fall."

Der ewige Zwist zwischen den Männer schlug ihr aufs Gemüt, das ohnehin nicht sonderlich positiv gestimmt war. Das trübe Grau des beginnenden Tages schluckte nicht nur das Licht, sondern auch ihre Zuversicht. Wie sollte sie dem Druiden erklären, dass Eric niemals einfach so fortgehen würde? Aber mit Mirakel ließ sich nicht diskutieren. Sie wollte ihm auch nicht erzählen, dass sie direkt neben Eric geschlafen hatte. Unter normalen Umständen wäre sie sicher aufgewacht, sobald sie seine Bewegungen neben sich gespürt hätte.

„Wie weit ist es noch?"

„Ich bin mir nicht sicher, Gwen. Ich kenne den Weg durch das Moor nicht und lausche dem Wind und den flüsternden Bäumen." Er hüstelte. „Naja, was von den Bäumen übrig ist. Davon bekomme ich eine Ahnung, wo etwas ist, eine Präsenz." Mirakel suchte nach Worten und zuckte schließlich resigniert die Achseln. „Verstehst du? Mal fühle ich etwas, dann wieder nicht. Die Präsenz ist nicht immer gleich stark. Aber seitdem wir die Höhle verlassen haben, ist sie wieder da! Ich fühle, es kann nicht mehr lange dauern."

Gwen wiegte den Kopf hin und her. „Also sind wir auf dem richtigen Weg?"

Der Druide lächelte. „Davon gehe ich aus."

Ihr Traum und dass Eric ausgerechnet an diesem Morgen verschwand, verwirrte sie. Da bemerkte sie noch etwas anderes. „Raim?", rief sie und ließ den Blick schweifen. „Raim?"

Der kleine Drache zeigte sich nicht.

„Er muss Eric gefolgt sein." Mirakel lächelte.

Ihr entging auch die Erleichterung in seiner Stimme nicht. Der Druide und der Drache mochten sich genauso wenig wie Mirakel und Eric. Mirakel streckte die Glieder, dass sie knackten, und machte sich dran seine Habseligkeiten zusammenzupacken. „Wir sollten zeitig aufbrechen."

„Eric ist verletzt. Er hat hohes Fieber. Wo soll er denn hingegangen sein?" Sie ärgerte sich über den Druiden. Sie versuchte auf dem Boden Spuren zu finden, die ihr Aufschluss darüber geben konnten, in welche Richtung Eric verschwunden war. Das Gestein der Hügel durchzog den Grund wie das Myzel eines gewaltiges Pilzes, was dem Boden mehr Stabilität verlieh. Sie sank mit den Füßen nicht mehr so tief ein, dadurch konnte sie Erics Spuren aber auch schlechter erkennen. Da ihr die Fähigkeiten einer geübten Fährtenleserin abgingen, gab sie das Unterfangen schließlich auf. Weit und breit lag die Landschaft so kahl und gespickt mit wenigen Bäumen und Sträuchern vor ihr, dass sie Eric nicht in der näheren Umgebung vermuten konnte.

Sie fühlte etwas in sich aufsteigen. Ein seltsames unangenehmes Gefühl, das seinen Ursprung in ihrem Magen hatte. Es rumorte und scheuerte an ihren Eigenweiden. Ihr Atem wurde schneller, die Hände feucht. Sie versuchte das Gefühl niederzukämpfen und atmete tief durch. „Eric ist verletzt. Seine Wunde ist entzündet. Wenn er im Fieber ..." Moorlöcher lauerten in der Nähe. Der Schreck traf sie wie eine Eulenklaue.

Mirakel hörte ihr nicht zu. Er kramte auf dem Boden herum.

„Eric!", rief Gwen so laut sie konnte. Sollten sie doch alle Bestien hören, sie schlichen ja doch nur um sie herum, ohne sich zu zeigen. Oder hatte sich eine in der Nacht vorgewagt und den bewusstlosen Dieb verschleppt? Vielleicht doch das Schattenhorn?

„Eric!"

Nirgends raschelten Blätter oder knackte ein Ast.

„Wir müssen weiter", sagte Mirakel. Seine Stimme klang jetzt sanft.

Sie runzelte die Stirn. Warum eigentlich? Und welchen Sinn ergab alles ohne Eric? Sie wollte den Mondsee mit ihm zusammen finden. „Wir warten hier auf ihn."

Aber ohne Nahrung würden sie nicht mehr lange durchhalten. Suchen konnten sie ihn genauso gut unterwegs. Gwens innere Zerrissenheit stand ihr ins Gesicht geschrieben.

Mirakel seufzte. „Mach dir keine Sorgen. Der ist zäh. Er taucht schon wieder auf."

„Aber mein Traum!", beharrte sie. „Außerdem spüre ich ständig, wie ich belauert werde, als kauere etwas im Schatten und wartet nur auf eine günstige Gelegenheit!"

Mirakel sah sich um. „Glaub mir, hier ist kein Biest. Ich bin schon eine Weile auf der Suche nach dir gewesen und habe viele gesehen, die versucht haben, mich zum Frühstück zu verspeisen. Sie lauern nicht lange nach der Beute. Dafür fressen sie viel zu selten."

Sie rieb sich die schweißfeuchten Hände an ihrem Kleid trocken. „Du hast viele gesehen?"

„Ihr nicht?"

Sie zögerte und schüttelte den Kopf. Sie brachte es nicht über sich Peer und Emelin als Biester anzusehen. *Wenn sie Biester sind, was bin dann ich?*

Peer. Sie dachte an seinen Kuss. Sogleich fühlte sie sich schuldig und wusste selbst nicht genau warum.

„Eric hat nach dem Erlebnis in der Höhle einfach keine Lust mehr auf Abenteuer", fuhr Mirakel fort.

Sie wurde ungehalten. „Wie kannst du das wissen? Er war die ganze Zeit an meiner Seite! Er würde jetzt nicht einfach so verschwinden! Und Raim auch nicht."

Mirakel breitete die Arme aus. „Bist du sicher? Vielleicht war es nur sein Pflichtgefühl." Der Druide schnaubte verächtlich. „Wenn er überhaupt so etwas besitzt. Und jetzt bin ich ja da und er wird nicht mehr gebraucht."

Doch! Die Gewissheit verunsicherte Gwen. *Doch, ich brauche ihn!*

Sie sprach es nicht aus. Sie schämte sich dafür. Wie konnte sie sich zu beiden Männern gleichzeitig hingezogen fühlen? Peer auf der dunklen, Eric auf der hellen Seite. Der Mondsee lag dazwischen. Wenn sie ihre Erinnerungen zurückbekam, vielleicht wusste sie dann auch, was sie wollte. Oder wen. Aber erhielte sie dann noch eine Wahl?

Sie sah Erics Gesicht vor sich. Wie er sie angesehen hatte, als sie die Scheune des Bauern angezündet oder sich entschieden hatte, bei Peer zu bleiben. Es versetzte ihr einen Stich.

Vielleicht lag Mirakel doch nicht so falsch? Eric hielt sie für ein Monster und nun, wo der Druide sie weiterführen konnte, musste er nicht länger als Kindermädchen bei ihr bleiben, und ihr ständig die Haut retten. Sie selbst hatte noch vor wenigen Tagen gewollt, dass er ging. Und der kleine Drache begleitete ihn, weil Raim natürlich lieber bei Eric blieb. Sie wischte verstohlen ein paar Tränen aus den Augenwinkeln.

Hör auf, dich selbst zu bemitleiden, wies sie sich zurecht. Mirakel hatte recht. Sie musste weiter. Der Mondsee. Sie musste ihn endlich finden. Sie durfte keine Zeit mehr verlieren.

Das Moor lag in tiefem Schlaf vor ihnen und Gwen kam sich vor wie eine Traumwandlerin. Sie konzentrierte sich auf den Weg vor sich und schob jeden aufwallenden Gedanken an die Verschwundenen wie eine dunkle Wolke beiseite, was aber nur weiteren grauen Himmel freilegte.

Mirakel hatte zunächst noch versucht, sie abzulenken und auf andere Gedanken zu bringen. Aber er stellte auch seinen Standpunkt vehement dar, dass Eric nach der Begegnung mit dem Schattenhorn aufgegeben und das Weite gesucht hatte, um seine Haut zu retten.

Das Moor saugte an Gwens Substanz. Die Schatten gruben sich immer tiefer in ihr Gesicht und machten ihren Schmerz sichtbar wie Narben.

Mirakel wollte den Weg nutzen und mit ihr die Macht in ihrem Inneren erforschen. Er wollte ihr zeigen, wie sie sie heraufbeschwören und kontrollieren konnte. Aber sie wollte nicht. Sie wollte damit nichts mehr zu tun haben.

Mirakel drängte sie, es zu versuchen. „Du kannst nur Gewissheit über das bekommen, was in dir liegt, wenn du alle Gefühle zulässt, die in dir aufsteigen. Sie sind ein Teil deines Selbst. Lass sie zutage treten und fühle, wie sie dich auf deinem Weg in verschiedene Richtungen zu lenken versuchen. Fühlen bedeutet nicht auch tun! Gefühle zuzulassen, bedeutet nicht, dass sie zu einer Handlung führen müssen. Dein dämonisches Erbe macht dich nicht zwangsläufig böse. Du musst lernen, es zu kontrollieren." Mirakel redete und redete, warf sich energisch den Bart über die Schulter und achtete gar nicht darauf, ob sie ihm auch zuhörte.

„Außerdem," fügte er hinzu, „ist es ganz natürlich, dass sich Gefühle verstärken, wenn man versucht, sie zu ignorieren. Also lass die Wut zu, die in dir ist! Wecke die Kraft damit und lass sie vorüberziehen!"

Sie schwieg. Sie kickte einen Stein vor sich her, der in einem Moorloch stecken blieb und blubbernd versank. Ihre Gefühle erschienen ihr so dumpf und fern wie das tote Moor, das sie umgab. Sie wollte, dass ihre Reise endlich zu Ende ging. Aber unter dieser schweren Stimmung lag noch eine andere Emotion verborgen. Sie kratzte und klopfte hartnäckig seit geraumer Zeit, doch sie konnte sie nicht recht fassen.

„Wie weit noch?", fragte sie, als sie eine kurze Pause einlegten, um ihren Durst mit abgestandenem Wasser und ihren Hunger mit bitteren Wurzeln zu stillen.

„Bald müsste es vor uns auftauchen."

„Bist du sicher?"

Mirakel nickte, aber Gwens Misstrauen gewann die Oberhand. Sie verzog den Mund.

„Wirklich." Der Druide streckte die Hand aus und deutete auf einen sanft ansteigenden Hügel, auf dessen Spitze sich knorrige Baumgerippe in den Himmel krallten. „Dahinter liegt unser Ziel!"

Das Gefühl wühlte sich an die Oberfläche. Gwens Haare auf den Armen stellten sich auf. Sie erzitterte. „Wie kannst du so sicher sein?"

Mirakel lächelte. „Ich weiß es eben. Spürst du es denn nicht auch?"

Sie zögerte. Sie versuchte, sich an das Gefühl aus ihren Träumen zu erinnern. Alles erschien ihr falsch. Andererseits reckte sich eine große Erwartung in ihrem Inneren und dehnte sich aus, als wollte sie nach etwas greifen, das jenseits des Hügels lag.

„Ja", sagte sie schließlich und sie setzten ihren Weg fort.

Schritt um Schritt kamen sie dem Hügel näher. Gwen mühte sich. Sie musste sich überwinden. Alles in ihr schrie, stehen zu bleiben. Ging das von dem Ort jenseits der Hügel aus? Wollte der See nicht gefunden werden? Gwens Schritte wurden kleiner, langsamer. Ihre Beine zitterten. Das ungute Gefühl, auf dem falschen Pfad zu sein, wurde immer drängender. Und doch trieb sie etwas an und verbot ihr stehen zu bleiben. *Ich kann nicht mehr zurück.*

Sie straffte sich innerlich und beschleunigte ihren Schritt. Sie Konzentrierte sich darauf, nach all den Gefahren und dem beschwerlichen Weg, ihre Reise zu Ende zu bringen. Sie wollte endlich ihr Ziel erreichen, den Mondsee.

Zeige mir, was ich bin. Was immer es auch sei.

Sie beschleunigte ihren Schritt weiter, bis sie rannte. Sie atmete schwer, als sie den Hügel heraufhetzte. Ob Mirakel ihr folgte, interessierte sie nicht mehr.

Geschafft! Das Ende ihrer Reise lag ihr nun endlich zu Füßen

„Nein", flüsterte sie. Die dumpfe Decke, die über ihren Gefühlen lag, wurde mit einem Ruck fortgerissen. Tränen drängten in ihre Augen, die ihre Sicht verschwimmen ließen. Tränen der Wut.

Der Hügel senkte sich sanft herab auf ein trostloses Tal, das in der Ferne jäh an einer gewaltigen Klippe abbrach. Das Moor lag hinter ihr zurück, das Land vor ihr entbehrte nun vollends jeglichen Lebens und erstreckte sich ausgedörrt und felsig so weit ihr Blick reichte. Eine Wüste aus Stein.

An der Abbruchkante erhob sich eine gewaltige schwarze Burg.

Mirakel tauchte neben ihr auf. „Wir sind da."

Als er eintrat, flammte eine einzelne Kerze auf.

Die Wiege aus dem schwarzen, versteinerten Holz seines Reiches stand noch genauso da, wie er sie verlassen hatte. Kein Staubkorn wagte es, sich darauf niederzulassen. Auch die blutroten Kissen und die Decken lagen tadellos darin, widerstanden Zeit und Verfall.

Er strich mit der Hand über ein seidiges Kissen, als er eine Bewegung hinter sich wahrnahm. „Was gibt es?", fragte er, bevor der Wolfsmann sich bemerkbar machen konnte.

Der große Mann in der schwarzen Rüstung verneigte sich tief. „Mirakel und die Frau sind hier, mein Herr."

Gardon leckte sich über die Lippen. „Dann holt unseren Gast herein."

„Lügner!"

Mirakel hatte die Hände weit von sich gestreckt. „Ich weiß nicht, was du damit sagen willst."

„Ach ja?" Gwen stürzte auf den kleinen Mann zu und holte zum Schlag aus, aber sie traf ins Leere. Der Druide verschwand. Von der einen zur anderen Sekunden löste er sich in Luft auf.

„Wo bist du?", brüllte Gwen und wirbelte herum.

Der Alte stand nun wenige Meter hinter ihr.

„Du hast mich die ganze Zeit angelogen!"

Mirakel wickelte sich den Bart zurück um die Schultern. „So würde ich das nicht sagen.

Enttäuschung, Hass und unendliche Verzweiflung bildeten einen engen Knoten um ihr Herz und behinderten sie beim Atmen. „Was ist das für eine Burg?"

„Plerion."

Sie schüttelte den Kopf. „Wer bist du?"

Ein Lächeln huschte über Mirakels ernste Miene. „Mirakel."

Sie ballte die Hände zu Fäusten. Der Knoten in ihr fing Feuer. Heiß und lodernd lag er in ihrem Inneren und die Hitze breitete sich aus.

„Wer bist du?", wiederholte sie. Ihre Stimme klang seltsam verzerrt.

Mirakel zwinkerte und machte eine einladende Geste in Richtung Burg. „Komm mit mir und finde es heraus."

Ihr wurde heiß. Mirakel hatte sie die ganze Zeit betrogen. Die Hitze strömte durch ihr Blut, brachte es zum Sieden. Was sollte sie jetzt tun? Die Burg des Dunklen Herrschers, was sollte sie hier? Warum hatte der Druide sie hergebracht?

Es prickelte auf ihrer Haut. Bald juckte es und Gwen rieb sich über die Arme. Warum hatte sie es nicht gemerkt und warum hatte sie ihm vertraut? Sie hätte es eher merken müssen, statt ihm blind zu folgen und keines seiner Worte anzuzweifeln.

Die Hitze drängte nach außen, die Luft um sie herum begann zu flimmern. *Ich bin so dumm. So dumm!*

Und allein.

Flammen schlugen über ihr zusammen und hüllten sie ein.

Sie brannte.

Feuerzungen leckten über ihren Körper und fraßen ihr Kleid, tanzten über Haut und Haare, aber sie spürte keinen Schmerz. Zumindest nicht äußerlich.

„Warum so hitzig, meine Liebe?"

Sie wusste nicht, ob das Feuer oder der Hass stärker brannten, als sie auf den Druiden zustürmte. War er überhaupt ein Druide?

Aber erneut verschwand er, ehe sie ihn zu packen bekam. „Bleib hier!", brüllte sie.

Diesmal blieb Mirakel verschwunden.

Allein.

Sie fiel schluchzend auf den steinernen Boden und schloss die Augen. Das Feuer erlosch und ließ sie nackt und frierend zurück. Es flackerte vor ihren Augen und ihr Gesichtsfeld engte sich ein, bis sie nur noch schwarzes Geriesel wahrnahm.

Sie kauerte auf dem Boden und ließ ihre gesamte Kraft, und all ihren Willen weiterzumachen, im Felsgestein unter sich versickerten.

Der Mondsee, er existierte nicht. Nur in ihrem Traum.

Als sie den Schrei des Donnervogels hörte, schloss sie die Augen. Vielleicht hätte sie sich noch einmal aufrichten und fortkriechen können. Aber sie blieb liegen und ergab sich. Dann würde es jetzt also enden.

Ein weiterer Schrei erklang sehr nah.

Natürlich. Salabi hatte sie töten wollen, weil sie Böses in sich trug. Ein Parasit. Gwen störte das Gleichgewicht ihrer Welt.

Sie konnte die Gewissheit nicht länger in ihr Unterbewusstsein verdrängen, dass sie selbst ihr Heimatdorf zerstört hatte. Salabis Tod lastete auf ihren Schultern, genauso wie der des Wolfsmannes. Vielleicht endete auch das Leben des Bauern in ihren Flammen. Und Melcom?

Natürlich hatte Mirakel sie tief ins Moor geführt, zu den anderen Biestern.

Sie ergab sich der Dunkelheit und wartete auf die tödlichen Krallen.

Die Abwesenheit von Allem.

Stille.

Schwerelosigkeit, als triebe sie durch endlosen Raum. Und doch war da etwas, das sie umhüllte. Gwen glitt weiter durch die Leere. Aber sie wurde gefüllt. Ganz langsam. Umschloss kühle Seide ihren Körper?

Sie lauschte gebannt. Aber kein Schrei des Donnervogels durchschnitt die friedliche Ruhe. Dann wurde sie sich ihrer Selbst bewusst. Der Schwere ihrer Lider. Sie schlug die Augen auf.

Durch ein Fenster fiel blasses Mondlicht ins Zimmer, silbrig und kühl.

Steinerne Wände umgaben sie. Sie lag in einem Bett. Der Gedanke zurück bei Peer zu sein, ließ sie vor Erleichterung seufzen. *Alles nur ein Traum.* Gut so, sie würde bei Peer bleiben. Ein Biest unter Biestern. Aber die schier endlose Reise, die Zweifel und ihre Flucht vor den Menschen endeten jetzt.

Ein dunkler Betthimmel spannte sich über ihr. Er passte nicht.

Dunkle Seide umschmeichelte ihren Körper. Gwen empfand sie als aufdringlich und viel zu intim.

Sie setzte sich auf. In ihrem Kopf pochte es.

Erst jetzt bemerkte sie ihre Nacktheit und zog hastig die Decke höher.

An dem kunstvoll gearbeiteten Gestänge des Betthimmels, hingen schwere Vorhänge, die zurückgebunden an die vier Pfosten, den Blick ins Zimmer erlaubten.

Ein großer Kamin dominierte die Wand vor ihrem Bett. Kalte Asche lag in der Feuerstelle. Ein kleiner Tisch nebst gepolstertem Sessel stand davor. Hier und da standen mehrarmige Leuchter mit erloschenen Kerzen darin. Nur der Mond spendete Licht.

Sie befühlte die Haut ihrer Arme. Sie ertastete weder Brandnarben noch blutige Striemen von Vogelkrallen. Sie stutzte. Auch die Prellungen und Schnittwunden, die sie sich in der Höhle des Schattenhorns zugezogen hatte, waren verschwunden, als hätten sie nie existiert.

Plötzlich registrierte sie eine Veränderung, die nicht sichtbar war.

Die angenehme Stille wurde bedrohlich, ihr wurde kalt. Etwas schlich sich heran.

Mit einem Zischen entzündete sich der Kamin. Sie duckte sich unwillkürlich. Kein Knistern, kein Knacken begleitete die Flammen. Stille hielt den Raum gefangen.

Bizarre Schatten tanzten an der Wand und Gwen vermochte nicht zu sagen, ob sie von dem entflammten Feuer herrührten oder von etwas Unsichtbaren, das durch das Zimmer schritt und sich vor seinem eigenen Schatten versteckte.

Die Tür öffnete sich und eine Wolke verjagte den Glanz des Mondes aus dem Raum und überließ ihn der Herrschaft des Feuerscheins. Eine große Gestalt trat ein. „Guten Abend."

Gwen erkannte den Herrscher des Dunklen Landes an seiner kraftvollen tiefen Stimme, wenngleich sie ihm nie zuvor begegnet war. Gleichzeitig zweifelte sie, dass dieser Mann alt genug dafür war, der Dunkle Herrscher zu sein. Mit seinem glattrasierten Gesicht wirkte er jünger als Eric.

Gardon musterte sie.

Eine Gänsehaut spannte sich auf Gwens Haut und sie zog die Decke bis zum Kinn hoch.

Seine Augen stöberten in ihren Gedanken, lasen ihre Gefühle. Sie öffnete den Mund, doch kein Laut kam ihr über die Lippen.

„Du bist nun endlich hier." Er lächelte bei diesen Worten und kam langsam näher wie ein Panther auf der Lauer nach seiner Beute, kurz bevor er zum Sprung ansetzte.

Als er am Bettrand anlangte, versuchte Gwen auf der anderen Seite hinauszuschlüpfen. Aber sie konnte noch nicht einmal den Kopf abwenden.

Gardons Blick glitt immer tiefer in ihren Geist und legte sich wie eine schwere Hand auf ihren Willen. Dabei fühlte es sich nicht unangenehm an. Sie spürte Wärme. Geborgenheit.

Sie versuchte, das Gefühl niederzukämpfen, aber etwas so Tröstliches lag in seinen schwarzen Augen, dass jede Motivation schwand.

Die Kerzen flammten auf und verbreiteten ein geschmeidiges Licht. Langsam streckte er die Hand aus und strich ihr die vom Schlaf wirren Haare aus dem Gesicht. Dann beugte er sich vor und drückte sie sanft in die Kissen zurück. Die Vorhänge lösten sich aus ihren Schlaufen und schlossen sich wie von selbst.

„Ich musste lange auf dich warten," raunte er und senkte sich über sie zu einem Kuss.

Sie wehrte sich nicht. Sie ließ es geschehen. Sein Kuss war lang und warm. Gwen wusste, hier gehörte sie hin. Aber warum küsste er sie auf die Stirn und nicht auf den Mund?

Sie wachte auf.

Sie fühlte sich benommen und brauchte eine ganze Weile, ehe sie begriff, dass sie geträumt hatte. Zumal sie tatsächlich in einem Bett lag. Als sie über das Lacken strich, spürte sie erleichtert, dass grobes Leinen sie zudeckte und keine Seide. Über ihr spannte sich auch kein Betthimmel und es gab keine Vorhänge. Nackt war sie allerdings tatsächlich unter ihrer Decke.

„Gut geschlafen?"

Gwen zuckte zusammen. Aus ihrer liegenden Position konnte sie nicht alles überblicken. Langsam richtete sie sich auf und zog die Decke dabei zum Hals hoch.

Der Raum lag in Schatten. Sie erkannte in der Nähe eines kleinen Fensters eine Gestalt auf einem Stuhl.

Gardon drehte ihr den Rücken zu und sah hinaus. Seine langen Beine lagen lässig ausgestreckt und übereinandergeschlagen auf der Fensterbank auf.

Er sah aus wie in ihrem Traum. Auch wenn Gwen sein Gesicht nicht sehen konnte, bestand für sie kein Zweifel. Das gleiche kurze schwarze Haar, die langen muskulösen Glieder, die Stimme.

Kannte er ihren Traum? Wieviel Wahrheit steckte darin? Sie wurde rot vor Scham und hoffte, er hielte den Blick weiter nach draußen gerichtet. Aber diesen Gefallen tat er ihr nicht.

„Ich habe lange auf dich gewartet," sagte er leise und nahm die Beine herunter. Sogleich fühlte Gwen die Last seines Blickes auf sich ruhen.

„Ruh dich aus. Dein Weg war weit." Gardon stand auf.

„Was willst du von mir?" Ihre Stimme klang brüchig. Sie schluckte, konnte ihre ausgedörrte Kehle aber nicht von dem kratzenden Gefühl darin befreien.

Gardon musterte sie genau wie in ihrem Traum.

Sie versuchte, das Zittern ihrer Glieder unter Kontrolle zu bringen. Nur das graue Leinen lag zwischen ihm und ihrem nackten Körper.

In Gardons Gesicht zuckte es. „Du siehst aus wie sie", sprach er mehr zu sich selbst. Dann ging er zu der einzigen Tür des Raumes. Nachdem er sie schon einen Spalt geöffnet hatte, verweilte er, als wäre er unschlüssig, was er als nächstes tun wollte. Er drehte sich wieder um und Gwen hielt den Atem an.

„Die Ähnlichkeit ist ..." Ein Ruck ging durch seinen Körper. „Schlafe solange und so viel du willst." Mit diesen Worten glitt er aus dem Zimmer.

Sie hörte, wie sich ein Schlüssel mehrfach im Türschloss drehte.

Hydria begab sich auf direktem Weg in die Bibliothek. Die nächsten Stunden würden über ihr Schicksal entscheiden. Das kleine Balg hatte die Bühne betreten.

Ihre Unruhe wuchs stetig und es gefiel ihr ganz und gar nicht, dass sie die nächsten Schritte ihres Herrn nicht absehen konnte. Sie konnte nur versuchen, ihn zu lenken. Nur durfte ihr Herr nichts davon erfahren!

Sie holte das Buch aus dem geheimen Fach und blätterte darin. Sie genoss ein großes Privileg, dass ihr Gebieter ihr gestattete, darin zu lesen, sich die Zauber anzueignen, mit denen sie die passenden Dämonen beschwören konnte.

Jahrelang hatte sie ihm treu gedient und sein Vertrauen nicht missbraucht, zumindest nicht über Gebühr. Aber nun würde sie sich nicht so ohne weiteres von ihrem Platz vertreiben lassen. Sie gehörte an seine Seite bis zum Ende aller Tage. Sie wollte ihm wieder so nahe sein wie damals, als er ihr sein Geheimnis anvertraut hatte. Als er mehr mit ihr teilte, als seinen Zorn.

Seit dieses kleine Miststück den Ruf vernommen hatte, war alles anders geworden. Sie verstand nicht, wie das hatte passieren können. Das Buch gab ihr keine Antworten darauf, so oft sie auch darin suchte. Doch zu dieser Stunde musste sie einen anderen Zauber finden.

„Hilf mir, Göttin!", flüsterte sie und strich liebevoll über die eng beschriebenen Seiten.

Als Gardon eintrat, las sie so vertieft, dass sie nicht wahrnahm, wie er sie musterte. Als sie ihn schließlich bemerkte, schlug sie ertappt das Buch zu.

„Mein Herr? Ist sie aufgewacht?"

„Warum nutzt sie ihre Kräfte nicht?", fuhr er die Hexe an, als ob die Feigheit des Mädchens Hydrias Schuld wäre.

Sie zuckte die Achseln. „Sie ist schwach. Sie hat Angst."

Sie fasste sich und stand auf, um den Kopf nicht so weit in den Nacken legen zu müssen. „Sie will die Kraft nicht, die ihr innewohnt. Sie erkennt nicht, wie wertvoll dieses Geschenk ist, mein Herr. Sie kann Euch niemals von Nutzen sein."

„Ich fühle ihre Kraft. Sie ist groß. Aber ihre Augen. Es ist als …"

Hydria war sich nicht sicher, ob er zu ihr sprach und wagte nicht zu antworten.

Ihr Herr strich sich durch das dunkle Haar. Eine Geste, die Verunsicherung ausstrahlte, die Hydria bis ins Mark erschreckte.

„Wer hat sie gerufen?"

„Es war Euer Ruf, mein Herr."

Gardon fuhr sich über das Kinn. Dann nickte er.

„Es ist alles bereit!", beeilte sich die Hexe zu sagen. „Das Ritual, mein Herr. Der Schwarzmond steht bald am Himmel! Ihr müsst euch vorbereiten. Lasst Euch von diesem dummen Mädchen, von diesem … Fehler nicht ablenken!"

Gardon runzelte die Stirn und sie fühlte, wie sein Blick eisig wurde.

„Wessen Fehler?"

Hydria schluckte. Sie wählte die nächsten Worte mit großem Bedacht. „Es muss diese Druidin gewesen sein. Die Bäume. Ein letztes Aufbegehren, bevor sie sich ergeben. Bevor sie einsehen, dass es nichts gibt, was man euch entgegensetzen kann."

„Und was sollte ich deiner Meinung nach nun mit ihr tun?"

Hydria wagte einen tiefen Blick in die schwarzen Augen ihres Herrn. „Das, was ihr mit allen tut, die nicht würdig genug waren! Tötet sie."

Ein Lächeln umspielte seine Lippen. „Du bist durchschaubar, meine Liebe."

Sie flehte zu allen Dämonen, dass dem nicht so war.

„Für das Ritual ist alles bereit, sagst du?"

„Ja, mein Herr."

Gardon langte über das Lesepult und zog das Buch zu sich heran. Er nahm es auf und strich über den ledernen Einband. „Sie sieht aus wie sie. Sie hat den Ruf gehört und ist ihr Spiegelbild."

Hydria ballte die Hände zu Fäusten. „Nein!"

Aber Gardon nickte. „Du hast es natürlich nicht für nötig gehalten, mich darauf hinzuweisen, nicht wahr?" Er schloss den Band und legte das Buch behutsam auf das Lesepult zurück. „Ich kann dich nicht mehr gebrauchen. Es wird jemand stärkeres an deinen Platz treten."

„Mein Herr, lasst euch nicht täuschen."

Zwei Wachen traten ein und stellten sich zu beiden Seiten Hydrias auf. Gardon nickte leicht und sogleich packten sie sie an den Armen. Fassungslos fügte sie sich.

„Du bist eben doch nur eine unwissende intrigante Bauerstochter, die ich ein paar Beschwörungen lehren konnte. Was weißt du schon? Sie ist kein Fehler! Sie ist ein Geschenk! Mit ihr an meiner Seite, werde ich mächtiger werden, als je zuvor. Vielleicht sogar mächtiger als ..." Er ließ den letzten Satz unvollendet und nickte den Wachen noch einmal zu.

Sie schleiften Hydria zur Tür. Ihre Füße gehorchten ihr nicht mehr. Dass er sich ihrer so schnell entledigen wollte, hatte sie nicht kommen sehen. „Das wirst du noch bereuen!", schleuderte Hydria ihm entgegen. „Ich verfluche dich! Sei verflucht in allen Leben, die du noch rauben wirst!"

„Die Leben, die ich lebe, sind der Fluch. Und der Fluch ist ewiger Schmerz", sagte er leise. Sie hörte ihn nicht mehr. Er ging um den Schreibtisch herum und öffnete das geheime Fach, um das Buch zurückzulegen.

Gwen dachte gewiss nicht an Schlaf. Sofort nach Gardons Verschwinden sprang sie aus dem Bett, um sich anzuziehen. Ein Kleid lag am Fußende und hob sich in seinem schlichten, grauen Leinen kaum vom Bettlaken ab. Gwen entdeckte es erst, als sie dieses mit sich riss und um den Leib wickelte. Das Kleid rutschte auf den Boden und die Gürtelschnalle klirrte.

Gwen hob das Kleid auf. Im Gegensatz zu jenem, das sie bei Emelin und Peer bekommen hatte, entbehrte es jeglichen Zierrats. Sie streifte es über. Statt schlicht und unscheinbar, schmiegte es sich schmeichelnd um ihren Körper und wirkte in der Verarbeitung kunstvoll genäht und wertvoll. Froh über den hoch schließenden Ausschnitt legte sie den weichen Ledergürtel um. Die runde blankpolierte Schnalle glich dem Vollmond. Vor dem Bett stand auch ein Paar leichter Schnürschuhe aus hellem Leder. Gwen streifte sie schnell über. Kein Teppich schützte ihre Füße vor dem kalten Fels der Burg.

Ihr Dolch fehlte. Natürlich. Vermutlich lag er bei der Asche ihres Kleids auf dem Hügel.

Gwen entzündete ein paar Kerzen und betrachtete sich in einem Spiegel. Die Frau, die ihr entgegensah, wirkte fremd.

Über ihren Körper hatten Feuerzungen geleckt und doch lag ihr Haar lang und glatt um ihre Schultern und ihre Haut zeigte nicht die kleinste Schramme, bis auf das Sternenbrandmal, das vollständig verheilt, aber deutlich erkennbar an ihrem Hals prangte. Das Kleid hatte einen Kragen, den Gwen hochschlagen konnte, sodass das Mal an ihrem Hals vollständig verdeckt wurde. Sie berührte die Stelle durch den Stoff.

Sie wünschte, sie hätte noch Erics Halstuch. Aber es lag verloren am Brunnen der steinernen Wasserspeier.

So lange konnte es nicht her sein und doch meinte Gwen, anders auszusehen. Das Moor hatte ihren Körper ausgezehrt. Sie fühlte ihre Rippen deutlich unter dem Stoff, wenn sie darüber strich. Ihre Wangenknochen zeichneten sich schärfer ab, ihre Gesichtszüge waren härter. Ihre Augen hatten etwas Strenges. Sie sah älter aus. Sie nahm ihr langes Haar zusammen und band sich einen Knoten im Nacken, was den Eindruck noch verstärkte.

Was würde Eric sagen, wenn er sie jetzt so sähe? Er würde sie wohl drängen, einen Fluchtweg zu suchen und statt sich im Spiegel zu begaffen.

Halbherzig untersuchte Sie das Zimmer. Die einzige Tür war verschlossen und vermutlich wartete eine Wache davor. Nach einem Blick aus dem Fenster, schloss sie auch diesen Fluchtweg aus. Es ging viel zu tief hinab für ein Wesen ohne Flügel.

Ein Wesen wie mich. Ein Wesen, das nicht verbrennt.

Gab es noch mehr Eigenschaften, die sie mit dem Donnervogel teilte? Sie wischte den Gedanken schnell fort.

Der Schlüssel drehte sich im Schloss. Sie suchte verzweifelt nach einer Waffe oder wenigstens etwas zum Werfen, fand aber nichts. Sie straffte sich innerlich, aber als statt Gardon Mirakel eintrat, konnte sie die Überraschung in ihrem Gesicht nicht verbergen.

Sie verschränkte die Arme vor der Brust.

„Du siehst sehr schön aus", sagte der Alte und sie fühlte den rauchigen Geschmack auf der Zunge aufkeimen. Sie fixierte Mirakel mit zu Schlitzen verengten Augen. Ob Mirakel wohl brannte?

Der Druide lachte. „Es wird meinem Herrn sehr gefallen, dass du die Macht in dir zu nutzen beginnst. Auch wenn ich es ihm vielleicht nicht mehr selbst sagen kann."

Sie blinzelte erschrocken.

Mirakel hob beschwichtigend eine Hand. „Keine Sorge, deine Gedanken kann ich nicht lesen. Aber du solltest sie weniger offensichtlich zur Schau tragen."

„Was wollt ihr von mir?" Sie bemühte sich, ruhig zu klingen. Aber ihre Stimme zitterte. Mit Scham merkte sie, wie es in ihren Augen feucht wurde. „Warum hast du mich hergebracht?"

Mirakel zuckte die Schultern. „Ich habe dich hierhin gebracht, weil du hierhin gehörst. Du solltest mir dankbar sein."

„Dankbar?", spuckte sie ihm entgegen.

Mirakel nickte. „Du wirst es schon noch einsehen."

„Du hast mich die ganze Zeit angelogen", versetzte Gwen.

Mirakel schüttelte den Kopf. Aber dann nickte er widerstrebend. „In dem ein oder anderen Punkt."

„Ach ja? Wann hast du denn nicht gelogen?"

„Gwen ..." Der Alte breitete die Arme aus „... ich meine es gut mit dir. Also ja, ich habe dich belogen. Ich bin kein Druide. Nicht mehr. Ich bin vor vielen Jahren ein Schwarzmagier geworden. Aber wenn ich dir das sofort gesagt hätte, wärst du niemals mit mir gekommen. Du hast doch mittlerweile selbst eingesehen, dass du anders bist. Du gehörst nicht zu den Menschen. In dir schlummert viel mehr."

„Und der Mondsee?" Sie fühlte, wie Tränen ihr über das Gesicht rannen und verachtete sich selbst dafür. „Existiert er oder nicht?"

„Du brauchst deine Erinnerungen nicht. Sie sind wertlos."

Mirakel trat ein Stück zur Seite und machte eine auffordernde Geste. „Komm mit mir. Der Herr will mit dir speisen. Er wird dir alles erzählen, was du wissen möchtest."

Gwen bewegte sich nicht.

Der Schwarzmagier erriet ihre Gedanken erneut: „Er hat es gar nicht nötig, dich anzulügen, Gwen."

Sie wischte die Tränen weg. Auch wenn sie anders aussah, sie fühlte sich wie ein hilfloses Kind. „Was will er von mir?"

Statt einer Antwort, machte Mirakel eine nachdrückliche Geste Richtung Flur. „Er mag es nicht, wenn man ihn warten lässt."

Sie folgte ihm einen langen Gang hinunter und beschritt unzählige Stufen. Dicht hinter ihr folgte ihnen eine Wache. Gwen erschauderte bei seinem Anblick. Sofort erkannte sie seine dunklen Gewänder und das verfilzte Haar. Das lange Messer an seinem Gürtel. Ein Wolfsmann.

Schließlich betrat sie einen großen, spärlich beleuchteten Raum. Die gesamte Burg lag in Dämmerschein. Gwen zählte sechs Kerzen in Wandnischen und noch einmal drei auf dem gedeckten Tisch, der neben den zwei Stühlen an den Kopfenden, das einzige Möbelstück im Raum darstellte. Die Leere nahm sehr viel Platz in der Burg ein.

Gardon erwartete sie bereits. Er lächelte. Seine Hände trommelten auf die Armlehnen seines Stuhls.

„Setz dich doch, Gwen."

„Tu, was er sagt", raunte Mirakel hinter ihr und verließ mit zügigen Trippelschritten den Raum. Auch der Wolfsmann ließ sie allein.

„Was willst du von mir?", platzte Gwen heraus.

„Setzt dich."

Sie blieb stehen.

Gardon griff nach einem Becher und betrachtete den Inhalt. „Du stellst meine Geduld besser nicht auf die Probe, mein Kind. Bisher hast du keinen Grund, mich zu fürchten." Er blickte von seinem Becher auf und sah sie direkt an. Erschrocken trat sie einen Schritt zurück. Das, was sie in seinen Augen sah, wirkte alles andere als menschlich.

Aber der Moment eilte vorüber und Gwen zweifelte an ihrer Wahrnehmung. Seine Iris verschmolz fast mit der Pupille, so dunkel legte sie sich darum, mehr nicht.

Sie schob ihren Stuhl zurecht und setzte sich.

Gardon wies mit der Hand zum gedeckten Tisch. „Greif zu, du hast Hunger."

Sie versuchte, sich zu beherrschen. Aber das Essen duftete so gut, dass ihr Mund sogleich Speichel produzierte. Den einzelnen großen Topf, aus dem heißer Dampf emporstieg, empfand sie wie ein Festmahl, obschon es nur eine Schale mit Brot und eine weitere mit Früchten dazu gab, die auf dem riesigen Tisch verloren wirkten.

„Eintopf?"

Ein schiefes Lächeln umspielte Gardons Lippen. „Wir leben bescheiden hier. Auf Prunk und Protz lege ich keinen Wert."

Er schnippte mit den Fingern und aus einer Nische trat ein Schatten ins Licht.

Gwen zuckte zusammen, weil der junge Mann so unerwartet auftauchte. Sie schätzte ihn kaum älter als sie selbst. Geräuschlos und ohne ein Wort zu sprechen, füllte er ihren Teller mit dem Eintopf und goss eine rote Flüssigkeit in ihren Becher.

Blut, schoss Gwen durch den Kopf.

„Wein", sagte Gardon.

Der junge Mann stellte den Krug zurück. Sein Blick wirkte seltsam entrückt. Gwen wollte ihm danken, aber er wendete sich ab und stellte sich in die Nische zurück wie ein Gegenstand, der nicht mehr gebraucht wurde.

Sie konnte sich nun nicht länger zurückhalten und aß, bis der Teller leer war. Dazu nahm sich mehrmals von dem luftig gebackenen Brot und den süßen Früchten. Tagelang hatte sie nur von bittern Wurzeln gelebt, die sie roh verzehren musste.

Kurz fürchtete sie, das Essen könne vergiftet sein. Aber warum sollte ihr Gastgeber das tun? Er könnte sie viel einfacher in einem Kerker verschmachten lassen.

Sie nippte an dem Becher. Der Wein schmeckte trocken und schwer. Er hinterließ ein raues Gefühl auf ihren Zähnen. Gardon bot ihr kein anderes Getränk an. Sie versuchte den Durst mit kleinen Schlucken zu stillen, um nicht zu viel davon zu sich zu nehmen. Der junge Mann trat noch zweimal aus seiner Nische heraus, um ihr nachzugießen und den Teller neu zu füllen.

„Ich hörte, du erinnerst dich an nichts aus deinem alten Leben?"

Sie stellte den Becher ab. Der Wein breitete sich warm in ihrem Bauch aus. Sie musste aufpassen, dass sie Herrin über ihre Gedanken blieb.

Sie nickte. „Warum bin ihr hier?"

Gardon beugte sich vor. „Sag du es mir! Du bis zu mir gekommen."

Sie schüttelte den Kopf. „Nein, Mirakel hat mich hergebracht."

Erst jetzt bemerkte sie, dass Gardon nichts aß. Sein Teller blieb unbenutzt. Er nippte nur hin und wieder an seinem Wein.

„Oh, nein, meine Liebe. Du bist meinem Ruf gefolgt. Nur habe ich dich nicht gerufen."

„Was heißt das? Warum sprichst du in Rätseln? Sag mir jetzt, wer ich bin!" Sie war es leid, auf Antworten zu warten.

„Trink noch einen Schluck Wein."

Sie nahm den Becher und schleuderte ihn dicht an Gardons Kopf vorbei und zog dabei eine rote Spur über den Tisch. Gardon zuckte nicht mit der Wimper.

Scheppernd kam der Becher auf dem Steinboden auf und ergoss seinen restlichen Inhalt wie eine blutige Lache. Der Diener beeilte sich sogleich, alle Spuren von Gwens Ausbruch zu beseitigen.

Gwen staunte über ihre eigene Kühnheit. Wachsam beobachtete sie das Gesicht des dunklen Herrschers, aber es blieb undurchschaubar.

Dann verzog sich sein Mund abermals zu einem Lächeln, das allerdings nicht in seine Augen übersprang. „Du bist die Tochter einer Heilerin. Aber das ist nicht von Belang. Das dämonische Blut, das durch deine Adern fließt, ist stärker als alles, was sie dir geben konnte."

Gwen lauschte in sich hinein, aber der Vorhang vor ihren Gedanken bewegte sich nicht.

„Mein Vater war Hufschmied!"

Gardon lachte so laut, dass sie zusammenzuckte. Ohne auf ihre Behauptung zu antworten, fuhr er fort: „Als diese jämmerlichen Gestalten von deiner wahren Abstammung erfuhren, versuchten sie, dich auf dem Scheiterhaufen zu verbrennen. Das Ergebnis hast du gesehen."

Gardon trank einen Schluck. „Sehr beeindruckend, meine Liebe. Ein ganzes Dorf in Schutt und Asche zu legen und das ohne Vorkenntnisse. Darauf können wir aufbauen."

Gwen fühlte sich so schwer, als lastete eine mächtige Eiche auf ihren Schultern und wollte sie mit ihrem Wurzelfilz in den Boden drücken.

Nun hatte sie also die Bestätigung erhalten. Sie hatte ein ganzes Dorf vernichtet. Ihre Heimat. „Meine Mutter?", flüsterte sie.

„Nein, die hast du nicht auf dem Gewissen, wenn dich das beruhigt", er ließ sich nachschenken. Der Diener stellte auch Gwen einen neuen Becher mit Wein hin.

Sie versuchte, einen Blick von ihm aufzufangen, aber er starrte ausdruckslos an ihr vorbei.

„Lebt sie noch?" Gwen versuchte, die keimende Hoffnung in ihrem Inneren zu unterdrücken.

„Der Hufschmied erschlug seine Frau, als er erfuhr, was sie ihm geboren hatte", zertrat Gardon den zarten Keimling sogleich. „Das ist im Grunde auch schon alles Wichtige über dein Leben, bevor du meinen Ruf gehört hast."

„Ach findest du, ja?", giftete sie. Sie kämpfte die aufsteigenden Wuttränen nieder. Nein, vor ihm würde sie nicht weinen. Sie würde ihm nicht zeigen, wie sehr sie schmerzte, sich nicht an ihre Mutter erinnern zu können. Dass alle Menschen, die sie – vermutlich – geliebt hatte, sich gegen sie gewandt hatten und durch sie umgekommen waren. Ihr blieb nicht einmal eine Erinnerung an diese Menschen. „Ich will mehr wissen, das kann nicht alles sein!"

Gardon zuckte mit den Achseln. „Nun, das ist zumindest alles, was ich dir über dein altes Leben erzählen kann. Aber das ist auch nicht von Belang. Dein wahres Leben, deine Bestimmung, begann, als du meinen Ruf hörtest und zu mir gekommen bist!"

„Ich habe keinen Ruf gehört!", schrie sie und wusste, dass sie sich wie ein trotziges Kind aufführte.

„Oh doch, Gwen. Ich rief meine Kinder zu mir und du bist gekommen."

Ihr verschlug es den Atem.

Gardon genoss sichtlich ihre Sprachlosigkeit. „Mein Donnervogel schickte euch den Ruf. Er rief euch zu mir, weil die Zeit gekommen ist."

Sie versuchte, das Gehörte zu verstehen. Der dunkle Herrscher wollte alle Dämonen, um sich scharen und in sein Land holen?

„Du hast den Dämon in mir gerufen, aber ..." Sie schüttelte den Kopf. „Nein, das ergibt keinen Sinn. Die Eule hat versucht mich zu töten."

Gardon trommelte mit den Fingern auf den Tisch. „Sei nicht so verdammt begriffsstutzig, Gwen! Mich scheren die anderen Dämonen nicht, die die Welt verseuchen! Ich rief meine Kinder zu mir. Mein Fleisch und Blut!" Seine Stimme wurde lauter. Für einen flüchtigen Moment glaubte Gwen, eine andere Präsenz starrte ihr aus den Abgründen seiner Augen entgegen. Sie presste die Lippen aufeinander.

„Ich rief meine Söhne zu mir. Wie schon viele Male zuvor. Viele sind zu mir gekommen durch das Moor. Viele starben dabei und nur die Stärksten schafften den Weg durch alle Prüfungen, um ihren Platz hier einzunehmen. So geschah es Jahrhunderte lang, weil ich es so wollte." Er deutete mit einem langen, schlanken Zeigefinger auf sie und es fühlte sich an, als treffe er Gwen mit einem Pfeil ins Herz. „Du allerdings ..." Er sprach nicht weiter.

Gwens Gedanken kreisten um das Gehörte, dass ihr fast schwindelig wurde. *Er ist mein Vater. Ich bin seine Tochter. Wie kann das sein? Er könnte höchstens mein großer Bruder sein.*

Auch diese Möglichkeit behagte ihr nicht. „Wie soll das gehen? Du bist ... ." Gwen stutze und schalt sich dann selbst eine Närrin. Bei Gardon durfte sie nicht den Fehler machen und von seinem Aussehen auf sein wahres Alter schließen. Er zwinkerte ihr zu.

Die Gewissheit ließ sie großen Ekel vor sich selbst empfinden. Sie sprang auf. „Nein, ich bin nicht deine Tochter! Du lügst!"

Auch Gardon stand auf, wenngleich viel langsamer. Er stützte sich mit den Fäusten auf den Tisch. Seine Stimme klang lauernd: „Du bist sogar meine *einzige* Tochter"

„Nein."

Sein Lächeln sah fast gutmütig aus. „Glaube mir, ich war ebenso überrascht. Mein Donnervogel hätte dich aus diesem Grund fast getötet. Töchter sind nicht vorgesehen. Es dürfte dich nicht geben." Er setzte sich wieder und verschränkte die Arme vor der Brust. „Und doch gibt es dich. Eine Tochter. Und du hörtest meinen Ruf. Das ist ... ungewöhnlich."

Sie krallte ihre Fingernägel in das Holz der Tischplatte.

„Was scherst du dich dann um mich?"

„Weil alles so geschieht wie ich es will. Ich brauche Söhne, also gehe ich und mache mir Söhne. Ich brauche keine Töchter, also werden auch keine geboren. So einfach ist das."

„Ganz schön anmaßend, meinst du nicht?" Gwen ließ die Tischplatte los.

Gardon kratzte sich am Kinn. „Was mache ich also mit einer Tochter, die es gewagt hat, gegen meinen Willen geboren zu werden. Eine Tochter, die so anders ist als meine Söhne und doch zu mir kam?"

„Ich kam nicht zu dir. Du hast mich mit Lügen hergelockt. Ich wollte nur zum Mondsee. Niemals zu einem Monster wie dir!"

„Der Mondsee, ja." Gardon runzelte die Stirn. „Mirakel erzählte von deinem Traum." Er winkte ab. „Vielleicht brauchst du ein wenig Zeit, um die neuen Erkenntnisse zu überdenken, mein Kind. Dein Bruder wird dich zurück auf dein Zimmer bringen."

„Mein ...", begann Gwen und verstummte, als der Diener aus seiner Nische trat und auf sie zukam. Kurz vor ihr blieb er stehen und wartete, dass sie ihn begleiten würde. Sie musterte ihn von oben bis unten. Sie kannte ihn nicht. Er sah ihr auch nicht ähnlich, wenngleich er die gleichen Augen wie der dunkle Herrscher hatte. Er überragte Gwen nur wenig und war somit viel kleiner als Gardon, aber ebenso stattlich gebaut. Er ließ die Arme hängen, als würde er schlafwandeln. Er erwiderte ihren Blick nicht und schaute weiterhin an ihr vorbei ins Leere.

„Er war der Stärkste diesmal. Er allein hat den Weg zu mir geschafft und sich würdig erwiesen."

„Würdig, dir Wein einzugießen und das Essen hinzustellen?", provozierte Gwen. „Alles ziemlich aufwendig, oder? Deine Wolfsmänner rauben seit Jahren Menschen aus den Dörfern, um dir zu Diensten zu sein. Warum ziehst du deine Söhne nicht gleich hier auf?"

Gardon leckte sich über die Lippen. „Du lehnst meine Lebensweise ab, und doch denkst du wie ich, mein Kind." Er lachte gewinnend. „Meine Söhne hier aufzuziehen, schlug fehl. Die Saat reift hier nicht gut. Kinder brauchen Licht zum Wachsen. Mütter ... . Und wenn ich meinen Kindern auch alles, was sie sich wünschen, bieten kann ..." Er beobachtete Gwen lauernd. „... dies leider nicht." Er deutete auf den jungen Mann. „Er ist für Großes bestimmt!"

„Nein, das ist doch alles gelogen!", wehrte Gwen ab, hörte aber Mirakels Stimme in ihrem Kopf: *„Er hat es gar nicht nötig, dich anzulügen, Gwen."*

Sie ignorierte ihren angeblichen Bruder. Sie wollte Antworten, und zwar alle. „Was willst du von mir? Was soll ich hier? Wenn du nur Söhne brauchst, kann ich doch gehen. Ich habe deinen Ruf nicht gehört. Ohne Mirakel wäre ich gar nicht hier."

Gardon kam um den Tisch herum. Er blieb so dicht vor ihr stehen, dass Gwen seinen herb-würzigen Duft riechen konnte. Sie erschauerte und konzentrierte sich darauf, nicht zurückzuweichen. Gardon fasste ihr ans Kinn und zwang sie sanft, ihn anzusehen. Dafür musste sie ihren Kopf in den Nacken legen.

Wieder die Kälte, die nach ihrem Herzen griff, nach dem, was in ihr menschlich war. Tief in ihrem Inneren wusste sie, dass er nicht log. Alles, was er erzählte, entsprach der Wahrheit. Aber er erzählte ihr nicht alles.

„Du überraschst mich, Gwen." Seine Stimme war kaum mehr als ein Flüstern. „Ein Gefühl, das ich lange nicht mehr hatte. Gwen, ich hatte nie eine Tochter. Du bist die erste. Und du bist die erste meiner Kinder, die sich mir widersetzt und ihre Gabe ablehnt, egal ob sie von den Menschen gebrandmarkt wird, einen Druiden an die Seite bekommt, der sie unterrichten will oder …" Sein Daumen strich über ihre Lippen. „… von der dunklen Seite verführt wird." Er zog die Hand weg und Gwen atmete hörbar aus. Mit einem Kopfnicken deutete Gardon auf den jungen Mann, der doch viel zu alt wirkte, um dessen Sohn sein zu können. „Sieh ihn dir an! Er ist stark und seine dämonischen Kräfte sind mächtig. Er kam den Weg allein und vernichtete alle Biester, die ihm im Moor begegneten. Biester, die dich aus irgendeinem Grund gemieden haben, übrigens." Gardon bog mit dem Daumen den Kragen von Gwens Kleid nach unten, sodass ihr Brandmal zum Vorschein kam. „Und doch ist dein Bruder ein willenloses Kind in meiner Gegenwart. Du nicht."

Sie wollte den Kopf abwenden, aber der unsichtbare Griff ihres Vaters verstärkte sich und hielt sie fest. Sie wollte die Augen schließen, aber sie konnte die Lider nicht bewegen.

„Ich kann dich zu einer großen Magierin machen. Du musst nur aufhören, dich an deine menschliche Seite zu klammern. Akzeptiere was du bist!"

Sie dachte an das tote Reich, das die Burg ihres Vaters umgab. Ein Land ohne Grün und Leben. Wollte sie das? Für Peer hätte sie es aufgegeben. Oder nicht?

Gardon lachte leise. „Wie ich schon sagte, kann ich euch alles bieten. Deinen kleinen Wasserspeier kannst du haben, wenn du ihn willst. Er war ohnehin schwer getroffen, dass du ihn verlassen hast."

Mit großer Anstrengung gelang es ihr, die Augen zu schließen. Dennoch spürte sie seinen Blick tief in ihrem Inneren und der rauchige Geschmack drängte auf ihre Zunge. Sie wünschte, sie könnte ihre Ohren vor seinen Worten verschließen „Ich will keine Schwarzmagierin sein, die die Welt um sich herum vernichtet."

„Vertrau mir, ich kenne dich. Ich weiß, wer du bist."

Gwen, die die Augen noch immer geschlossen hielt, spürte seinen Atem ganz dicht an ihrem Ohr. „Die Welt versucht, uns zu vernichten, Gwen. Die Welt hasst dich genauso wie mich. Wir müssen mächtiger sein, um bestehen zu können. Ich werde dich lehren, so mächtig zu sein, dass niemand dich bezwingen kann."

Der warme Atem verschwand. Sie fröstelte.

Sie spürte, wie Gardon um sie herum ging. Sie presste die Lider fest zu und stand stockstelf. Schon hauchte ihr Vater in ihr anderes Ohr: „Zusammen, werden wir alle bezwingen, die uns schaden wollen. Du gehörst an meine Seite! Zusammen wird unsere Macht wachsen, bis wir die ganze Welt durchdrungen haben, bis weit in andere Welten hinein. Hör auf dich zu zieren. Du hast dich doch längst entschieden."

Sie wartete, dass er weitersprach. Aber Gardon schwieg. Was erwartete er von ihr?

Der rauchige Geschmack auf ihrer Zunge zog sich zurück. Sie begann, am ganzen Leib zu zittern. Sie hoffte, er würde es nicht sehen. Aber als sie die Augen aufschlug, war Gardon nicht mehr da. Nur ihr Bruder stand ausdruckslos neben ihr wie zuvor.

Was sollte sie tun? Fliehen? Wohin?

Sie langte nach ihrem Becher und trank ihn in einem Zug aus.

„Bring mich zurück auf mein Zimmer."

Ihr Bruder nickte und setzte sich in Bewegung, um ihr die Tür zu öffnen. Keine Wache stand davor.

Plop.

Die Zelle war dunkel und feucht.

Das stete Tropfen des modrigen Wassers war das einzige Geräusch.

Plop.

Sie musste ihr restliches Dasein nicht im Kerker bei den anderen Gefangen fristen. Dort hätte sie noch viele andere Geräusche zu hören bekommen.

Plop.

Geräusche, von lebenden Menschen um sie herum. Hier musste sie es allein mit sich selbst aushalten.

Plop.

Gardon hatte sie herbringen lassen, weil er sie vergessen wollte. Er brauchte sie nicht mehr.

Plop.

Gwen sah aus wie *sie*. Deshalb hegte er keine Zweifel mehr an ihr. Hydria hätte gern sein Gesicht gesehen, als er es herausgefunden hat.

Plop.

Sollte Gwen nun an ihrer Stelle das Ritual für Gardon vollziehen? Er konnte es nicht allein tun, er brauchte eine Magierin an seiner Seite, die die schwarze Kunst vollzog.

Plop.

Konnte er wirklich glauben, dieses wehrlose verängstigte Kind könnte ihren, Hydrias, Platz einnehmen? Niemals! Diese Närrin wäre dem nicht gewachsen. Sie würde vor Angst kein einziges Wort über die Lippen bringen.

Plop.

Sie lachte innerlich auf. Gwen fehlte die Skrupellosigkeit dafür.

Und doch bohrte sich der Zweifel wie ein gesplitterter Fingernagel in ihren Geist. *Und wenn doch?*

Plop.

Dieses Geräusch würde sie irgendwann in den Wahnsinn treiben. Sie griff sich in den Ausschnitt und holte das Amulett hervor, das sie vor den Wachen verborgen hatte. Sie musste sich beeilen. Es blieb nicht mehr viel Zeit.

Plop.

Gardons Worte sickerten wie Gift in ihre Gedanken. Gift, das sich langsam ausdehnte und nach ihrer Seele ausstreckte.

Sie vermisste Eric.

Sollte der Dieb der einzige Mensch gewesen sein, der es ehrlich mit ihr gemeint und nicht gelogen hatte?

Gwen stand am Fenster ihres Zimmers. Es ging nicht zum Moor hin hinaus. Leider lag es auf der anderen Seite der Burg, denn sie hätte ihren zurückgelegten Weg gern von oben betrachtet. Die Aussicht auf dieser Seite der Burg schenkte ihr kaum Abwechslung. Soweit das Auge reichte, erstreckte sich eine steinerne Ödnis. Die Burg stand tatsächlich direkt am Rand der Klippe, die tief abfiel. Das Land sah aus, als hätte man ihm alles Leben ausgesaugt. Vermutlich hatte Gardon das. Tief unten entdeckte Gwen ein paar Reste von Baumstümpfen, die zu einem kleinen Wäldchen gehört haben mussten, aber der Ausläufer der Klippe verdeckte ihr die komplette Sicht und sie wagte nicht, sich weit aus dem Fenster herauszubeugen. Sofort wurden die starken Aufwinde spürbar. Die Höhe ließ Gwen die Beine weich werden.

Ein Scharren vor der Tür verriet ihr, das eine Wache davor stehen musste. Vermutlich durfte sie ihr Zimmer verlassen, denn ihr vermeintlicher Bruder hatte die Tür nicht wieder verschlossen, aber der Wolfsmann würde sie mit an Sicherheit grenzender Wahrscheinlichkeit nicht allein durch die Burg spazieren lassen.

Gardon brauchte sie für irgendetwas, das war ihr klar. Er handelte nicht aus Vaterliebe. Aber welche Alternativen boten sich ihr? Die Verlockung, sich einfach ins Schicksal zu fügen, wuchs, je länger sie darüber nachdachte.

Und ihr Traum? Der Mondsee?

Gwens Erinnerungen blieben in den Schatten verloren und langsam vermisste sie sie auch nicht mehr. Die Leere füllte sich mit anderen Dingen. Und doch wüsste sie gern mehr über ihre Mutter. Hatte sie Gwen geliebt? War sie zärtlich zu ihr gewesen?

Und wenn nicht? Wollte sie das tatsächlich wissen?

Sie ging zu ihrem Bett hinüber und legte sich vollständig angezogen hinein.

Wieviel hatte Salabi über sie gewusst, oder hatte sie nur gespürt, das alles an ihr falsch war? Dämonenbrut.

Immerhin erkannte Gwen, dass sie nicht sterben wollte. Sie könnte einfach aus dem Fenster springen, jetzt gleich. Aber sie wollte leben. Sie könnte akzeptieren, dass eine Schwarzmagierin in ihr schlummerte und diesen Weg gehen, wohin er sie auch führen mochte.

Lass los. Lass einfach los.

Gwen setzte sich auf. Sie erinnerte sich an diese Worte, aber nicht von wem sie stammten. Sie erklangen tief in ihr und brachten den Vorhang, der ihre Erinnerungen zudeckte, zum Schwingen.

Was sollte sie loslassen? Ihr altes Leben? Das Menschsein abstreifen wie die Raupe ihre alte, plumpe Hülle? Und zum Nachtfalter werden?

Ein Geräusch ließ sie aufhorchen.

Sie rutschte an den Bettrand und lauschte. Vor der Tür rumorte es. Stimmen wurden laut, aber ein Poltern überdeckte die Worte.

Dann ein Keuchen, gefolgt von einem dumpfen Aufprall. Metall klirrte.

Gwen wurde unruhig und sah sich, wie schon so oft, nach einer Waffe um. Aber der Stuhl wog zu schwer. Sie zog eine Grimasse. Es blieb ihr nur das Kopfkissen oder der kleine Wasserkrug auf dem Tisch.

Etwas knallte gegen die Tür. Sie sprang aus dem Bett.

Dann ... Stille.

Ihr Blut rauschte ihr in den Ohren. Die Türklinke senkte sich nach unten.

Sie lief zum Tisch und griff sich den Wasserkrug, der zumindest schwer aussah. Sie holte aus, um ihn auf ihren Besucher zu schleudern. Sie ließ ihn fallen, als sie den Mann erkannte, der eintrat. Der Krug zerschellte. Wasser ergoss sich über ihre Füße.

Gwen war auf der Hut.

„Eric?"

Er rührte sich nicht. Er lächelte.

Eine warme Woge überschwemmte ihren Körper, ehe sie diese aufhalten konnte. Eric hier anzutreffen, konnte nur bedeuten, dass er sie auch betrogen hatte. Dennoch freute sie sich so sehr, ihn unversehrt zu wissen, dass sie ihm um den Hals fallen wollte. Aber gehörte er tatsächlich zu Mirakel, und ihr ewiger Zwist sollte sie nur ablenken, damit sie nicht merkte, was wirklich um sie herum geschah?

Sie machte einen vorsichtigen Schritt auf ihn zu. Scherben knirschten unter den dünnen Ledersohlen.

Eric, kein Zweifel. Sie kannte jeden Zentimeter seines Gesichts, das sich sein Bart stetig zurückeroberte und ihm etwas Wildes, Unzähmbares verlieh. Dreck und verkrustetes Blut bedeckte ihn von oben bis unten. In diesem Moment hätte er als einer der wilden Wolfsmänner durchgehen können.

„Wie bist du hergekommen?" Gwen stand nun so dicht vor ihm, dass sie an ihm vorbei in den Gang schauen konnte. Zwei Wolfsmänner lagen auf dem Boden. Bewusstlos oder tot. Beides war ihr recht.

Erleichterung keimte in ihr und wuchs rasch heran. Eric kam um sie zu ... retten?

Eric antwortete weder, noch bewegte er sich.

„Was ist mit dir?" Sie streckte ihre Hand nach ihm aus. Sie wollte ihn berühren. Wollte fühlen, ob das Fieber ihn noch plagte. Aber ihre Hand hielt auf halber Strecke inne.

Sein Lächeln wirkte eingefroren und seine Augen ausdruckslos wie Eis. Gwen wich einen Schritt zurück.

Seine linke Hand hing schlaff herunter. Seine Rechte hielt er hinter seinem Rücken verborgen.

Er ist hier, um mich zu töten.

Natürlich.

Sie wich noch weiter zurück. Eine Scherbe bohrte sich durch ihren Schuh, aber sie nahm den Schmerz kaum zur Kenntnis. „Bitte sag etwas."

Ein Ruck ging durch seinen Körper. Seine Kiefer mahlten. Er setzte sich in Bewegung.

Sie ging rückwärts, bis sie am Fenster stand und der Luftzug ihr kalt über den Rücken fuhr. Sie hob die Hand. „Komm nicht näher."

Aber der Dieb kam näher und der Arm hinter seinem Rücken zuckte.

Etwas an seinem Blick kam ihr seltsam vor. Er ging durch Gwen hindurch, als bewegte er sich in einer Welt, jenseits der ihren. Warum sprach Eric nicht mit ihr?

Genau wie mein Bruder.

„Eric, bitte ..."

Die Hand kam langsam hinter seinem Rücken hervor und eine Klinge blitzte im Kerzenschein auf. Die Hoffnung in Gwen verdorrte wie die Moorbäume, bis nur noch ein steinernes Gerippe übrig blieb, das ihr schwer im Magen lag.

Eric hob das Messer. Kein Muskel zuckte in seinem Gesicht, als er ausholte. Er hielt das Messer mit der verletzten Hand. Das Gelenk war dick und dunkellila. Es musste höllisch weh tun.

Plötzlich verzog sich Erics Mund zu einem Grinsen, dass sie noch nie zuvor an ihm gesehen hatte.

Er sprang vor und Gwen warf sich zur Seite.

Eric knurrte, als er von seinem eigenen Schwung durch das offene Fenster zu fallen drohte und sich gerade noch an dem Fenstersims zurückstoßen konnte.

Gwen nutzte die Gelegenheit und sprang auf das Bett. Eric setzte ihr nach und kam davor zum Stehen. Schnell sprang sie auf der anderen Seite herunter und hechtete zur Tür. Er holte sie ein, viel schneller, als es ihm mit seinem verletzten Knöchel möglich sein konnte. Er bekam sie im Nacken zu fassen, noch ehe sie zur Tür hinausrennen konnte und riss sie an den Haaren zurück. Sie schrie auf und griff nach seiner Hand, aber sie konnte sich nicht losreißen.

Eric stieß sie zurück ins Zimmer, ohne sie loszulassen. Mit der Hand, in der er das Messer hielt, knallte er die Tür hinter sich zu.

„Eric, hör auf damit!", schrie sie, wusste aber, dass er nicht von ihr ablassen würde. Das war nicht ihr Eric. Existierte dieser überhaupt? Lügen. Alles Lügen. Sie kämpfte die Tränen zurück. Ein neuer Test von Gardon, um ihre Kräfte zu wecken?

Eric zwang sie in die Knie und holte aus.

Lass los, lass einfach los.

Vielleicht war es besser so. Er würde zu Ende bringen, was Salabi nicht vermocht hatte und sollte es ein neuer widerwärtiger Test von Gardon sein, würde sie ihm nicht die Genugtuung geben und ihn bestehen. Sie senkte den Kopf.

Sie hörte ein Geräusch.

Dann sprang die Tür auf und krachte gegen die Wand. Sie wagte nicht, hinzusehen, hörte aber ein undeutliches Murmeln und spürte gleichzeitig einen Luftzug. Sie wollte sich wegducken, aber Eric hielt sie fest.

Er stieß ein Brüllen aus, das jäh abbrach.

Nichts geschah.

Sie blinzelte und sah die Messerspitze dicht vor ihrem Gesicht. Sie verharrte in der Luft.

Ihr Blick glitt am Messer entlang. Erics Hand schimmerte grau. Sie entwand sich seinem starren, kalten Griff. Langsam wich sie zurück.

Der Dieb bewegte sich nicht. Sein Gesicht wirkte nicht mehr ausdruckslos wie Stein. Es war tatsächlich versteinert. Sein ganzer Körper war es.

„Wie lange willst du da noch hocken?"

Gwen kroch unter Eric weg. „Was hast du mit ihm gemacht?"

„Das siehst du doch," sagte Mirakel. „Ein Dankeschön wäre nicht schlecht."

Sie rappelte sich auf. Sogar Erics Augen lagen steinern und unbeweglich in seinen Höhlen.

„Wie hast du das so schnell gemacht?"

„Pf." Der Schwarzmagier hob das Säckchen, das er um den Hals trug, riss es ab und warf es Gwen vor die Füße.

„Das war nur Schau. Ein Druide braucht so etwas, ein mächtiger Magier wie ich nicht. Das ist der Vorteil, wenn man Dämonen beschwört. Diese Art Magie ist ungemein schneller und machtvoller als die der Bäume. Und effektiver, wie du siehst."

Mirakel drehte sich um und ließ Gwen stehen.

Diesmal wurde die Tür sorgfältig abgeschlossen.

Gwen verstand nicht, was passierte. Nichts ergab einen Sinn.

Sie ging vor dem versteinerten Eric in die Hocke. Seine groteske Haltung, in der er nun verharren musste, verriet ihr wie geschmeidig der Dieb sich einst bewegen konnte. Seine Augen blieben in ihrer Ausdruckslosigkeit eingefroren. Gwen erinnerte sich an das Glitzern darin, wenn er seine Scherze mit ihr trieb und wenn er lächelte.

Vorsichtig strich sie ihm über die kalten Wangen. Nichts ergab Sinn. Erics Rolle in Gardons Spiel mit ihr blieb ihr verschlossen. Gehörte Eric zu den Wolfsmännern oder nicht?

Ein Impuls überkam sie. Völlig absurd kam er ihr vor, aber sie gab ihm nach und küsste den steinernen Dieb auf die Lippen.

Sie verharrte so und trotz des kalten, spröden Gesteins wurde ihr warm und es handelte sich nicht um die dreckig-rauchige Hitze, die sie überkam, wenn sich ihr innerer Dämon regte. Die Wärme schmiegte sich seidig und klar um ihr Herz.

Schon wieder wurde der Schlüssel im Schloss gedreht. Ein Wolfsmann öffnete die Tür, wurde aber weggestoßen und sein Sturz riss die Tür vollends auf. Gardon ging es nicht schnell genug.

Dass Gwen seinen Ärger und die Überraschung so offen von seinem Gesicht ablesen konnte, ließ sie wachsam werden. Entweder er verstellte sich, oder Erics Auftauchen gehörte ganz und gar nicht zu Gardons Plänen.

„Bist du unversehrt?"

„Ja."

Der dunkle Herrscher nickte. Er trat an den Steinernen heran und betrachtete ihn mit gerunzelter Stirn. „Hübscher Bengel", sagte er schließlich und Gwen fühlte Zorn in sich aufsteigen.

„Was soll das alles? Ist das ein Teil deines Spiels? Was hast du mit ihm gemacht? Wer ist das?"

Gardon zog eine Augenbraue hoch. „Sag du mir das."

Sie runzelte die Stirn. „Er gehört nicht zu dir?"

Der dunkle Herrscher antwortete nicht. Er verzog den Mund missbilligend.

Sie rutschte ein Stück zurück und lehnte sich mit dem Rücken an das Bettende. Eine seelische Müdigkeit wollte sie überwältigen. „Töte mich doch einfach."

Gardon lächelte. Er ging zum Fenster und setzte sich auf die Fensterbank. Ein Schatten tauchte auf, der sich pfeilschnell näherte. Der Donnervogel sauste heran. Gardon streckte seinen Arm aus und die riesige Eule ließ sich darauf nieder. Er strich ihr behutsam über das Gefieder und es erstaunte Gwen, wie zärtlich der dunkle Herrscher mit dem Vogel umging.

„Ist er ein Dämon?"

Gardon schüttelte den Kopf. „Oh nein, er ist viel mehr."

Er zwinkerte Gwen zu. „Er ist eins der ersten Kinder unserer Welt. Ein Fleisch gewordener Zauber der ersten Bäume, die die Magie zum Schwingen brachten."

„Du hast ihn beschworen?"

Das Lächeln von Gardons Gesicht verschwand. „Nein. Ich nicht."

Donnervogel rieb seinen Kopf an Gardons Hand. „Er ist mein Schild und mein Schwert, in der Gestalt, die ich ersinne. Sein Federkleid ist nur die Hülle, die mein Wille ihm gibt."

Gardon stand auf und die Eule flog zurück in die Nacht hinaus.

„Bist du fertig, mit deiner Machtdemonstration?" Sie versuchte, abfällig zu klingen und hoffte, das Zittern ihrer Stimme verriet sie nicht.

„Bist du es nicht leid, immer nur das Opfer zu sein, Gwen?", konterte Gardon.

Sie schluckte. Er traf ihren wunden Punkt mit voller Wucht.

„Akzeptiere dein Erbe und lass dich von mir unterweisen. Dein Leben ist ein einziges Scheitern, dabei steckt so viel mehr in dir. Unterdrücke es nicht länger."

Sie wünschte, sie könnte Eric um Rat fragen. Sie spürte im Geiste seinem Kuss nach. Seinem echten, damals in der Höhle, auf der Flucht vor dem Schattenhorn. Sie zweifelte nicht mehr an seiner Ehrlichkeit. Sie klammerte sich an den Gedanken wie das letzte Blatt an den Baum, bevor die Sturmwinde es erfassten und mit sich rissen. Aber der Baum konnte dem Blatt keinen Halt mehr bieten. Der Wind riss es davon.

„Nun?", fragte Gardon erneut. „Wirst du dich unterweisen lassen?"

Sie nickte. „Ja, ich denke schon."

Gardon kam zu ihr und strich ihr eine Haarsträhne aus dem Gesicht, die sich aus dem Knoten gelöst hatte. Gwen hielt die Luft an. Sie mochte es nicht, wenn er sie anfasste, wagte aber auch nicht, sich abzuwenden. Stattdessen nickte sie in Erics Richtung. „Kannst du ihn zurückholen?"

Gardon trat einen Schritt zurück und sie atmete aus.

„Warum sollte ich?"

Ja, warum sollte er? Gwen wollte dringend mit Eric reden. Sie wollte aus seinem Mund die Wahrheit hören und sie wollte ihm die Wahrheit sagen, die sie tief in ihrem Herzen vor ihm versteckt hielt.

„Mein Kind, ich spüre deine Zerrissenheit. Aber die Menschen sind nicht länger von Belang für dich. Auf uns wartet so viel mehr."

Sie antwortete nicht. Sie schaute in Erics steinerne Augen.

„Ich weiß was gut für dich ist. Du bist ein Teil von mir. Es ist dir bestimmt, an meiner Seite zu stehen."

„Was soll ich denn tun?" Sofort zog eine eisige Kälte in ihren Körper ein, aber sie zwang sich, ihr Stand zu halten. „Was verlangst du von mir, wenn ich bei dir bleibe?"

Gardon lachte. „Du sagst das, als hättest du eine Wahl!"

Sie schwieg.

„Ich brauche eine Magierin an meiner Seite, die das Ritual durchführt, das mir meine Macht erhält. Wenn du mir hilfst, werde ich dich zu der mächtigsten Hexe ausbilden, die jemals unter dem Mond wandelte. Möchtest du nicht endlich stark sein?" Er streckte die Hand aus und reflexartig folgte Gwen der Geste, nahm sie und stand auf. Gardons Hand umschloss die ihre nicht so kalt, wie sie erwartet hatte. Sie fühlte sich sanft und kraftvoll an und irgendwie ... beschützend. Gardon griff nach dem hohen Kragen ihres Kleides. Er schob ihn herunter und streichelte über die verbrannte Haut des Hexenmals.

„Du wirst nie wieder so wehrlos sein", raunte er.

Sie strich seine Hand beiseite. „Was ist das für ein Ritual, bei dem ich dir helfen soll?"

„Wie alt schätzt du mich?", fragte er statt einer Antwort.

Sie zuckte die Achseln.

„Ich weile schon viele Jahrhunderte auf dieser Welt. Aber es hat seinen Preis." Er ging zum Fenster und sah hinauf in den

Himmel. Der Mond schimmerte bereits groß und fast vollkommen rund über ihnen. Gwen atmete erleichtert aus, als Gardon sich abwandte. Der dunkle Herrscher wirkte auf seltsame Art anziehend und abstoßend zugleich.

„Natürlich altert mein Körper, wenn auch nicht so schnell wie der eines gewöhnlichen Menschen. Aber er wird mit der Zeit schwächer und braucht eine ... Auffrischung."

Gwen glaubte zu verstehen, was genau dieses Ritual beinhalten sollte und stöhnte innerlich auf. „Deine Söhne."

Ein Lächeln erschien in seinem Profil.

„Was machst du mit ihnen?"

„Das weißt du bereits, wie mir scheint."

„Sag mir, was in dem Ritual mit ihnen passiert!", verlangte sie.

Gardon lehnte sich an die Wand und verschränkte die Arme vor der Brust. „Sie erhalten meine Macht und meine Jugend. Sie wurden dafür geboren. Sie wachsen heran und nur die Stärksten finden ihren Weg zu mir. Es ist ihre Bestimmung."

„Sag mir, was mit ihnen passiert!", schrie sie und konnte nicht länger ertragen, dass er ihr ständig auswich.

„Sie werden geopfert und sterben." Seine Stimme klang so gleichgültig, dass ihr schlecht wurde.

„Aber sie sind deine Kinder!"

„Sie erfüllen ihr Schicksal. So wie auch du dein Schicksal erfüllen wirst."

„Soll ich sie etwa töten?"

„Frauen schenken Leben. Männer nehmen es", murmelte er, als spräche er zu jemand anderem.

„Ich nicht", zischte sie.

Gardon stieß sich mit dem Fuß von der Wand ab. Gwen wich zurück, aber er packte sie fest an den Schultern und zog sie hoch, bis sie auf den Zehenspitzen stand. „Du wirst gehorchen, Tochter. Du bleibst an meiner Seite. Du wirst mich nie wieder verlassen."

Sie erstarrte. Sie dachte an den Diener, ihren Bruder, an sein ausdrucksloses Gesicht. Würde sie ihn töten können? Bewusst? Einfach so?

„Also." Gardon ließ sie los. Er wirkte ungeduldig. „Das Ritual muss am Tag einer Mondfinsternis vollzogen werden. Dies geschieht in zwei Tagen. Es ist nicht mehr viel Zeit. Der Mond hat Macht über den Energiefluss der Bäume. Die Macht der Bäume ist groß, auch in meinem Reich. Ich kann nicht alle Bäume töten. An der Mondfinsternis erliegt der Strom ihrer Säfte und sie fallen in einen tiefen Schlaf, in dem sie mich nicht stören können." Gardon verzog das Gesicht. „Gwen, hörst du mir auch zu?"

Sie schlang die Arme um sich, aber sie fand bei sich selbst keinen Halt. „Ja, aber ich weiß nicht ... ich kann das nicht." *Und ich will das auch nicht.*

Gardon schüttelte den Kopf. „Zweifel machen dich schwach." Er deutete auf Eric. „Du liebst diesen Mann." Es war eine Feststellung, keine Frage.

„Wenn ich dir helfe, holst du ihn zurück?"

„Du verstehst noch immer nicht, dass dies keine Entscheidung ist, die du treffen kannst", flüsterte er. „Es wird geschehen, weil ich es so beschlossen habe."

Er ging um Eric herum und berührte seine steinerne Schulter. Gwen wäre am liebsten vorgestürmt und hätte seine Hand weggeschlagen. Aber sie wagte es nicht. Sie musste sich beherrschen.

„Bitte ... Vater ..., hol ihn zurück." Es klang so falsch in ihren Ohren, wenn sie ihn so nannte. Etwas in ihr zog sich schmerzhaft zusammen. Gardon grinste. „Verabschiede dich von ihm."

Sie wollte schreien, aber kein Laut kam über ihre Lippen.

Ein zartes Vibrieren erfüllte die Luft und legte sich wie ein Bienenschwarm auf die Steinfigur, doch es nahm an Stärke zu. Das Gestein zitterte immer heftiger und dann zuckte und bebte die Steinfigur wie in einem bizarren Tanz.

So schnell wie es begonnen hatte, hörte es auf und Eric rührte sich nicht mehr.

Gwen hoffte schon, Gardon wollte sie nur erschrecken, um sie gefügig zu machen. Doch dann erklang ein seltsamer Laut. Ein Knirschen und Kratzen.

Ein Riss entstand auf Erics Wange und zog sich weiter herunter. Teilte sich in Verästelungen, die sich weiter und weiter ausbreiteten und wie feine Haarwurzeln bald den ganzen steinernen Körper durchzogen. Jetzt schrie sie doch, aber sie konnte nichts dagegen tun.

Die Steinfigur, die eben noch als Mann aus Fleisch und Blut vor ihr gestanden hatte, zersprang. Das Knirschen steigerte sich zu einem lauten Bersten und wie nach einer Explosion, regneten von einem auf den anderen Moment tausende von Gesteinsbrocken durch den Raum.

„Nein!" Sie riss die Hände schützend vor ihr Gesicht, aber kein Stein richtete einen Schaden an, obwohl sie wild durch den Raum geschleudert wurden wie Hagel in einem Wirbelsturm. Gwen wurde genauso wenig getroffen wie Gardon.

Ihr Schrei verstummte. Der Steinhagel kam zum Erliegen.

Nichts erinnerte mehr an Eric. Geröll und unzählige Gesteinssplitter lagen im Raum verteilt.

Tränen legten sich wie ein gnädiger Schleier darüber.

„Warum hast du das getan?", schluchzte sie. „Um mir zu zeigen, wie wehrlos und schwach ich bin?"

„Wehrlos und schwach bist du, weil du dich selbst dazu machst." Mit diesen Worten ließ er sie allein.

Gardon kochte. Ein Gefühl, dass er lange nicht mehr in dieser Qualität genossen hatte. Seine Schritte peitschten durch die Gänge und die Wolfsmänner, die ihm begegneten, drückten sich eilig in dunkle Nischen.

Warum hatte er das nicht kommen sehen?

Seine Hexe schaffte es aus dem Kerker heraus, ihn zu hintergehen. Dieser Bengel hätte nicht auftauchen dürfen. Er schwächte seine Position gegenüber seiner Tochter.

Zudem raubte es ihm kostbare Zeit, bis Gwen sich endlich in ihr Schicksal fügte. Wo nahm sie die Stärke her, sich ihm so lange zu widersetzen? Diese verdammten intriganten Weiber. Alles falsche Schlangen. Sie alle!

Hydria zumindest bekam den Lohn für ihren verbotenen Zauber. Auch wenn er sich sehr zügeln musste, um sie nicht gleich umzubringen. Es war ihm ein großes Verlangen, das Leben in ihr erlöschen zu sehen. Aber er durfte nicht vorschnell handeln. Wenn sich Gwen ihm in zwei Tagen weiterhin verschloss, würde er Hydria noch benötigen.

Benommen kauerte die Hexe auf dem Steinboden.

Ihr Atem beruhigte sich nur schwer. Schnell und keuchend flatterte er im Rhythmus ihres rasenden Herzschlags. Die Schmerzen in ihrem Kopf pochten dumpf gegen ihre Schläfen.

Als Gardon sie besuchte, glaubte sie sich schon dem Tode nahe. Aber er beschränkte sich darauf, in ihren Geist einzudringen und sie mit seinen schwarzen Gedanken zu quälen. Äußerlich unversehrt schrie ihr Körper vor Schmerz, bis sie sich nach dem Tod sehnte, doch der dunkle Herrscher schien sie noch zu brauchen. Oder als stille Reserve in der Hinterhand behalten zu wollen, falls Gwen versagte.

Hydria brüllte gegen die Schmerzen an. Der Schrei einer Löwin vor ihrem letzten Kampf.

Sie musste sich Gwen so schnell wie möglich vom Hals schaffen, ehe sie dazu nicht mehr in der Lage sein würde. Aber wie?

Von der einst starken Verbindung zu ihrem träumenden Sklaven spürte sie nichts mehr. Er musste tot sein und ihre einzige Chance, Gwen zu töten somit ausgelöscht. Ihr lag kein Werkzeug mehr in der Hand, um ihrer Rivalin zu schaden.

Sie versuchte, sich aufzurichten und schrie auf bei einer neuerlichen Welle aus Schmerz. Sie schmeckte Blut auf der Zunge, fühlte, wie ihr etwas Klebriges aus Mund das Kinn herunter rann.

Sie versuchte es erneut, ganz langsam.

Nach endlosen Minuten lehnte sie sich mit dem Rücken an die Wand und wischte sich das Blut aus dem Gesicht, das ihr auch aus der Nase quoll.

Die Scherben des Amuletts lagen in einer Ecke. Ihr Zauber endgültig erloschen. In Gardons Kerker bestand keine Möglichkeit, einen weiteren Dämon anzurufen. Gardon würde es sofort bemerken.

Die Mondfinsternis kam immer näher. Aber zu resignieren und sich dem Schicksal zu fügen, lag nicht in ihrer Natur. Sie hoffte auch nicht auf Hilfe oder eine gnädige Fügung, sie schritt zur Tat. Bis zu ihrem letzten Atemzug würde sie für die Verwirklichung ihrer Pläne kämpfen. Vielleicht sogar darüber hinaus.

Sie klaubte eine Scherbe vom Boden auf. Scharfkantig lag sie in ihrer blutverschmierten Hand. Konnte dies die Lösung sein?

Das Unterfangen barg ein großes Risiko. Ihre Kräfte schwanden. Aber da sie es nicht mehr wagen konnte, einen Dämon anzurufen, stelle die Magie der Bäume ihre einzige Chance dar. Ihre Gnade könnte Hydria genug Kraft für einen Zauber schenken, der Gardon verborgen blieb. Zumindest lange genug. Aber würden ihre hölzernen Feinde sie erhören? Floss noch genug Leben in ihren erkrankten Fasern?

Sie dachte nicht lange über das Für und Wider ihres Plans nach. Dafür blieb keine Zeit. Nur noch die Bäume konnten ihr helfen und das musste schnell gehen. Langes Flehen und Anrufen kam nicht in Frage. Da sie über keine anderen Hilfsmittel verfügte, gab es nur einen Saft, den sie als Tribut darbringen konnte, um schnelle Aufmerksamkeit zu erregen. Sie würde das Letzte geben. Das, was durch ihre Venen pulsierte.

Sie schnitt sich eine Pulsader auf. Sie beschwor die Worte aus ihrem Inneren herauf, die sie sich vor langer Zeit eingeprägt und die ihr ihr Vater, der Druide, zu sprechen aufs Schärfste verboten hatte.

Gwen stand am Fenster.

Trostloses steinernes Land erstreckte sich unendlich weit wie die Landschaft in ihrem Inneren. Wie lange würde ein Fall dauern?

Lass los, lass einfach los.

Aber sie brachte es nicht über sich.

Sie drückte den Stein in ihrer Faust fester. Sie kannte nach all den Stunden, in denen sie ihn hielt, jede Einbuchtung und jede Kante ganz genau. Er lag warm in ihrer Hand, ebenso warm wie Erics Hand, die ihre hielt, damals am unterirdischen See. Aber natürlich wusste sie, dass es ihre eigene Wärme war und nicht die seine. An Eric erinnerten nur noch dieser leblose Stein und ein Haufen Splitter und Trümmer. Gwen hatte jeden einzelnen Kiesel eingesammelt und zu einem Haufen aufgetürmt. Bis auf diesen Stein.

„Was war das mit uns, Eric?" Ein weiteres Geheimnis, das sie niemals lösen würde.

Sie drehte den Stein in ihrer Faust und strich mit dem Daumen in eine Kuhle, als sie auf ein leises Geräusch aufmerksam wurde. Als sie es wahrnahm, erkannte sie, dass es schon eine ganze Weile am Rande ihres Bewusstseins kratze. Wo kam es her?

Nicht von der Tür. Die Geräusche, die von dort kamen, kannte sie schon.

Sie fuhr herum. Ein schrilles Knirschen, als ob jemand mit dem Fingernagel über Glas schaben würde. Ihr Blick traf auf den Spiegel und sie erschrak. Seine Oberfläche war nicht mehr eben und fest. Sie zog kreisförmige Wellen, als ob jemand einen Stein in einen Teich geworfen hätte. Davon wurde dieser Laut erzeugt.

Die Spiegelfläche festigte sich wieder, nachdem die letzten Wellen verebbten. Doch zeigte er nicht mehr ihr eigenes Spiegelbild, sondern das einer fremden Frau.

Kastanienbraunes Haar lag wie ein Rahmen um ein fein gezeichnetes, zierliches Gesicht mit einer kleinen Stupsnase. Aber ihre Haut wirkte fahl. Die nussbraunen Augen musterten Gwen finster und der argwöhnisch verzogene Mund nahm der Fremden jegliche Anmut.

Gwen trat näher heran. „Wer bist du?"

Der Spiegel wirkte wie durchsichtiges Glas, wie ein Fenster, durch das die Frau zu ihr in den Raum schaute.

„Ich bin die, die von einem weinerlichen kleinen Mädchen von ihrem angestammten Platz vertrieben wurde." In der Stimme der Frau schwang das unangenehme Kratzen von Metall über Glas mit.

„Was willst du?"

„Meinen Platz zurück."

Gwen drehte den Stein in ihrer Faust. Was würde geschehen, wenn sie den Stein in den Spiegel schleuderte? Sie mochte die Fremde im Spiegel nicht und das beruhte offensichtlich auf Gegenseitigkeit. Was meinte sie mit *angestammter Platz?* An der Seite von Gardon etwa? Wirkte sie Zauber für ihn als Schwarzmagierin? Hinter der Hexe dehnte sich die Schwärze schier endlos aus und sie konnte nicht erkennen, wo sich die Fremde befand.

Gwen runzelte die Stirn. War sie mit der schwarzen Magie dieser Hexe vielleicht auch schon in Berührung gekommen? Sie packte den Stein fester, brachte es aber nicht über sich, ihn in den Spiegel zu schleudern.

„Du brauchst mich nicht so abfällig anzusehen", fauchte die Frau. „Du bist nicht besser als ich."

„Anscheinend sieht Gardon das anders?"

Das Gesicht der Frau wurde noch finsterer. „Hüte deine Zunge, Kindchen. Du bist nur ein Gefäß, in dem sein schwarzer Funke langsam zu einem dunklen Feuer heranwächst, das alles

Licht auslöscht. Durch deinen Weg hierher hat Gardon diesen Funken stetig genährt, aber dein Feuer raucht mehr, als dass es brennt!"

„Nun sag schon, was du willst!"

Die Hexe biss sich auf die Lippen. Dann murmelte sie etwas Unverständliches.

„Sprich lauter!"

„Dir helfen! Ich werde dir helfen, hier zu verschwinden!", spuckte die Frau und nun verzog Gwen ebenfalls den Mund.

„Du willst ... Das ist ein Trick!" Warum sollte ihr diese Fremde wohl gesonnen sein? Und doch leuchtete Gwen ein, warum dem so war. Sie wollte ihren Platz an Gardons Seite zurückhaben. Den Platz, den er seiner Tochter zudachte. „Vielleicht will ich nicht fliehen."

Die Frau lachte. „Ach, was? Du willst hierbleiben und nie wieder die Sonne sehen? Auf ewig an der Seite des Dunkels? Du schaust mir eher aus wie ein kleines Kind, dass barfuß über Wiesen spaziert oder unter einem lebenden Baum den Schmetterlingen nachfühlt."

Gwen antwortete nicht. Sie dachte über die Worte nach. „Du kennst mich nicht."

Die Hexe schmunzelte boshaft. „Du kennst dich scheinbar selbst noch viel weniger! Glaub mir, hier willst du nicht bleiben."

„Du aber schon?"

Die beiden musterten sich. Gwen fiel ein rötlicher Schatten am Kinn der Spiegelfrau auf. Verwischtes Blut? Vielleicht ein Trugbild der Spiegelung.

„Er wird dich zwingen, deinen Bruder zu töten", sagte die Fremde leise. „Und das wird erst der Anfang sein. Sein Zorn ist groß."

„Warum?" Gwen wandte sich ab. „Warum ist er so?"

Aber die Spiegelfrau antwortete nicht. Sie seufzte nur. „Es ist nicht mehr viel Zeit. Der neue Tag bricht bereits an. Der letzte Tag vor der Mondfinsternis. Entscheide dich."

Gwen drückte den Stein in ihrer Hand so fest, dass die Kanten sie in die Haut schnitten.

„Das ist mein Angebot." Eine einzelne Welle entsprang der Mitte des Spiegels und rollte über das Antlitz der Hexe. „Ich zeige dir einen Weg hinaus aus der Burg. Gardon hat mich eingesperrt, aber ich kann dich dennoch leiten."

„Wie? Soll ich den Spiegel mitnehmen?" Sie fasste den Rahmen. Sie konnte ihn von der Wand lösen, aber er wog sehr schwer.

„Nein, Dummchen. Leg dich Schlafen und lass mich in deinen Traum eintreten. Lass mich in deinen Geist, und wenn du aufwachst, wirst du meine Stimme hören."

„Du willst in meinen Kopf?"

„In deine Gedanken, ja."

„Aber dann ..."

Die Spiegelfläche schlug weitere Wellen und das kreischende Kratzen wurde so laut, dass es Gwen in den Ohren schmerzte.

„Ja, ich werde deine jämmerlichen Gedanken hören können. Ich werde wahrnehmen, was du wahrnimmst und wissen, was du weißt.

„Vergiss es!"

Die Hexe zuckte die Achseln. „Das ist der Preis für deine Freiheit. Außerdem wirst du auch meine Gedanken hören können."

„Und wissen, was du weißt," fügte Gwen hinzu.

Das Gesicht der Hexe verschwand in den Spiegelwellen. Schon erschienen Gwens eigene Züge in dem See aus Glas.

„Ich warne dich, unterschätze nicht meine Macht, Mädchen!" Die Stimme der Hexe verhallte, so dass Gwen sie unter dem Kratzen kaum noch hören konnte. „Du hast keine andere Wahl!"

Der Spiegel wurde starr und Gwen sah nur noch sich selbst.

„Das ist ein Trick! Das erlaube ich dir nie!", fauchte sie, erhielt aber keine Antwort mehr. Stattdessen hörte sie wieder dieses Wispern irgendwo tief in sich selbst.

Lass los, lass einfach los.

Der Tag kam und die Stunden verrannen wie Sand in ihren Händen. Gwen spürte, dass es nicht mehr lange dauerte. Bald kamen die Wächter, sie zu holen.

Jedes Mal, wenn sich die Tür öffnete, hielt sie gespannt die Luft an, aber es waren nur Diener, die ihr etwas zu Essen brachten. Keine schwarz gekleideten und wild aussehenden Wolfsmänner, sondern normale Menschen, die sich geduckt bewegten und ihren Blicken auswichen.

Sie war so müde. Doch wagte sie nicht, zu schlafen. Die fremde Frau würde versuchen in ihren Geist einzudringen.

Die Hexe stellte ihr eine Falle, daran bestand für Gwen kein Zweifel. Aber es konnte auch ihre letzte Hoffnung auf Flucht bedeuten. Wollte sie überhaupt fliehen?

Immer wieder dachte sie an die Worte der Hexe, dachte an ihren Vater, der so dunkel und furchterregend tat. Sie fühlte sich in seiner Nähe nicht wohl. Wollte sie den Rest ihres Lebens an seiner Seite bleiben?

Verwundert, stellte sie fest, dass sie jetzt das erste Mal seit langem das Gefühl hatte, eine Wahl zu haben.

Sie konnte bleiben. Oder sie konnte versuchen, zu fliehen. Und was dann? Sie könnte zu den Menschen zurückkehren. Zurück zu Sonne und Leben. Aber hatte diese Wahl eine Chance? Immerhin lenkte Gardon ihr Schicksal. Sein schwarzes Blut floss durch ihre Venen. Seine dämonischen Kräfte steckten auch in ihr. Er konnte ihr wenigstens zeigen, wie man sie kontrollierte. Aber dafür musste sie erst ihren Bruder töten.

Gwens Kopf schmerzte. Sie legte sich aufs Bett. Sie könnte auch zurück zu Emelin und Peer. Aber würden die Dämonengeschwister sie aufnehmen? Peer … Sein Kuss.

Sie drückte den Stein in der Hand. Die Kanten schürften ihre Haut auf, aber sie presste den Stein nur noch fester. Sie vergrub ihr tränennasses Gesicht in den Kissen. Sie verdiente den Schmerz. Er pochte in ihrer Handfläche. Sie würde ihn als ihre Bestrafung annehmen. Sie würde sich in ihr Schicksal fügen.

Plop.

Sie würde hier bleiben für immer. Sie gehörte nicht mehr in die Welt der Menschen.

Plop.

Sie gehörte in die Schatten.

Plop?

ACH JA? DAFÜR BIST DU NICHT GESCHAFFEN, GLAUB MIR, KLEINE.

Sie verzog das Gesicht vor Schmerz. Diese Stimme schnitt ihr tief in die Gedanken.

Plop. Ein fernes Platschen schlug ihr von innen gegen die Stirn, als wolle ein Hammer den Knochen zerschlagen.

„Mir ist so kalt", sagte sie. „Ich bin so müde."

MIR IST KALT! ICH BIN SO MÜDE! HÖR AUF ZU JAMMERN UND WACH ENDLICH AUF!

„Es soll endlich aufhören."

WACH AUF!

Gwen fuhr hoch. Hatte sie geschlafen?

Sie wischte sich über die Augen und sah sich um. Sie fühlte sich beobachtet. Aber es war niemand zu sehen.

NATÜRLICH IST NIEMAND ZU SEHEN, DU IDIOTIN!

Und da spürte sie diese furchtbare Kälte und das Fremde, das sich in ihrem Kopf eingenistet hatte.

DAS KOMPLIMENT GEBE ICH ZURÜCK!

Die Hexe war in ihrem Kopf!

DU BIST JA BLITZGESCHEIT

„Verschwinde!"

ERST LÄSST DU MICH EINE EWIGKEIT WARTEN UND DANN SOLL ICH SO SCHNELL SCHON WIEDER GEHEN?

Das Lachen der Hexe in ihrem Kopf dröhnte so unerträglich laut, dass Gwen die Hände an die Ohren presste. Natürlich ohne Erfolg.

„Geh weg! Ich will das nicht!"

DU WILLST BLEIBEN? TATSÄCHLICH?

Sie drängte die Tränen zurück. „Geh."

GIB DIR KEINE MÜHE. ICH FÜHLE, WAS DU FÜHLST. HÖR AUF DICH ZU BEMITLEIDEN. STEH JETZT AUF! WIR GEHEN.

„Du gehst."

Gwen fühlte Ungeduld und einen brodelnden Hass in sich aufsteigen.

Nein, in der Hexe ... Hydria aufsteigen. Sie fühlte, was die Hexe fühlte.

Gwen musste würgen.

DAS SIND DIE NEBENWIRKUNGEN.

Sie erbrach sich neben dem Bett.

BIST DU FERTIG? SIE WERDEN DICH GLEICH HOLEN KOMMEN.

Sie strich sich eine verschwitzte Strähne aus dem Gesicht.

BEANTWORTE DIR SELBST NUR EINE FRAGE: WILLST DU DEINEN BRUDER FÜR DEN MEISTER TÖTEN?

Gwen spürte, dass Hydria es nur zu gern für Gardon tun wollte. Sie allerdings ...

ALSO DANN HÜPF ZURÜCK INS LICHT, HÄSCHEN.

Mit einem fremden Geist verbunden zu sein, der auch noch ihre Gedanken und alle Erinnerungen lesen konnte, fühlte sich seltsam an.

VIEL IST DAS NICHT, KEINE SORGE.

„Kannst du leiser ... denken? Du bist unerträglich laut."

UND DU BIST UNERTRÄGLICH JÄMMERLICH.

„Kannst du mir wenigstens helfen, mich zu erinnern?"

WARUM SOLLTE ICH?

Aber sie wusste, dass auch Hydria das nicht konnte. Sie wusste es, weil Hydria es wusste. Auch die Gedanken und Erinnerungen der Hexe lagen offen vor Gwen ausgebreitet. Sie musste sie nur lesen. Es ging ganz leicht. Scharf sog sie die Luft ein. „Das ist ..."

WER HAT GESAGT, DASS ICH EINE SCHÖNE VERGANGENHEIT HATTE?, fauchte Hydria.

Gwen lief zur Tür. „Sie ist verschlossen."

Sie hörte, wie Hydria Wörter sprach, die ihr tiefe Wunden in den Geist zu schneiden schienen. Sie atmete tief gegen den Schmerz an und konzentrierte sich auf die Silben. Sogleich wallte ein eiskalter Sog durch ihren Körper und Gwen musste ein zweites Mal würgen. Sie wurde innerlich überschwemmt, als ertränke sie in schwarzen Fluten, aus denen es kein Entrinnen gab. Sie rang nach Luft.

Du bringst mich um!, dachte Gwen. Wie eine Ertrinkende schlug sie um sich und bekam den Griff der Tür zu fassen. Ihre Hand schloss sich so fest darum, dass die Knöchel weiß hervortraten.

Der kalte Sog schwappte über ihre Hand aus ihrem Körper heraus, floss in die Tür. Die Tür sprang auf und Gwen fiel auf den Flur hinaus.

Benommen blieb sie liegen. „Was war das?"

DU HAST EINEN DÄMON BESCHWOREN, DER DIE TÜR ÖFFNET.

„Das war ich nicht. Das warst du!"

VIELLEICHT HABE ICH ETWAS NACHGEHOLFEN.

„Es war ekelhaft!"

DÄMONEN FÜHLEN SICH NUN MAL SO AN. UND JETZT WEITER!

Aber sie stutzte. „Du hast ihn auf uns aufmerksam gemacht! Einen Dämon zu beschwören ..."

LASS DAS MEINE SORGE SEIN, HERZCHEN. WENN DU ES TUST, WIEGT IHN DAS NUR IN SICHERHEIT. SEIN BABY NIMMT SEINE GABE AN.

Der Gang war leer. Niemand bewachte ihr Zimmer. War sich Gardon ihrer so gewiss, dass er die Wache abgezogen hatte?

Gwen achtete darauf, das Geräusch ihrer hallenden Schritte zu vermeiden. Sie lief vorsichtig. Schließlich endete der Gang vor einer Wand. Links und rechts lagen zwei große Türen.

DIE TÜR LINKS!

Sie hörte hinter sich Schritte näherkommen. Sie riss die Tür auf und stürmte hindurch. Und erstarrte.

Direkt hinter der Tür saßen drei Wachen um einen kleinen Tisch und spielten Karten. Ihre Köpfe ruckten in Gwens Richtung.

DIE TÜR HINTER IHNEN.

Aber Gwen wich zurück und prallte gegen einen vierten Wächter, dessen Schritte sie zuvor gehört hatte.

„Na, wen haben wir denn hier?" Ein Wolfsmann warf seine Karten auf den Tisch und stand auf.

Ein muskulöser Arm packte Gwen von hinten um die Hüfte und hob sie hoch, als wäre sie eine Puppe. „Verlaufen?"

Hydria, dachte sie, *hilf mir!*

HILF DIR SELBST!, entgegnete die Hexe gleichgültig. Und Gwen fühlte, wie gespannt und schadenfroh die Hexe darauf wartete, was mit ihr geschehen würde.

Sie wusste nicht, was sie tun sollte. Sie beherrschte ihre Kräfte nicht.

Der Mann, der sie gepackt hielt, trug sie weiter in den Raum hinein. Die anderen standen auf und umringten sie. Da kam ihr ein Gedanke.

OH NEIN! WAG ES NICHT!

Aber natürlich wagte sie es und erforschte Hydrias Erinnerungen. Schnell schob sie alles beiseite, was ihr nicht weiterhalf, und fand bald die richtige Beschwörung. Sie erinnerte sich an die passenden Worte, als hätte sie sie schon viele Male zuvor ausgesprochen. Diesmal traf sie der kalte Sog nicht mehr unerwartet. Sie wappnete sich dagegen, während die Woge wie ein reißender Fluss um sie herum vorbeipreschte. Die Kraft durschwemmte sie unangenehm und ganz anders als die Male zuvor.

Der Mann, der sie umklammert hielt, presste ihr eine Hand auf den Mund, aber die Woge schwappte aus ihrer Kehle heraus und spülte die Hand einfach davon. Der Mann wurde von den Füßen gerissen, ohne dass er wusste, wie ihm geschah.

Gwen fing sich befreit ab, breitete die Arme aus und ließ die kalte Kraft des beschworenen Dämons aus sich herausfließen.

Ein Wolfsmann packte sie so fest am Arm, dass sie vor Schmerz aufschrie. Doch das nützte ihm nichts mehr. Er ließ sie los und starrte auf seine Füße. Auch die anderen Männer bemerkten den Bann. Sie konnten ihre Füße nicht mehr bewegen, als wären sie festgeklebt. In Wahrheit wuchs der steinerne Boden an ihnen empor und schloss sie ein wie eine zweite Haut.

Sie brüllten und schlugen um sich, doch nach wenigen Sekunden verklang auch der letzte Laut.

Gwen wand sich aus ihrer Mitte heraus, ohne sie zu berühren. Die schreckgeweiteten Augen der Wachen blickten versteinert wie die von Eric.

Sie fühlte den Stein in ihrer Hand, denn sie noch immer fest umklammert hielt. Warum hatte sie ausgerechnet diesen Zauber ausgewählt?

Sie steckte den Stein in eine Falte ihres Kleides.

Wessen Magie hatte dies gerade bewirkt? Ihre eigene oder die der Hexe? Beschworen die Worte der Hexe ihre eigenen Kräfte oder einen Dämon der Schwarzmagierin?

WEN INTERESSIERT DAS SCHON? WEITER! JEMAND KÖNNTE IHRE SCHREIE GEHÖRT HABEN.

Gwen lief um den Tisch herum.

Die Tür ließ sich schwer öffnen. Sie musste ihr ganzes Gewicht dagegenstemmen, doch es gelang und sie lief den nächsten Gang hinab.

Wie weit ist es noch?, fragte sie die Hexe in Gedanken. Und bekam sogleich eine Ahnung von unzähligen Gängen und Türen, die sie noch zu passieren hatte.

DA IST JEMAND!

Gwen machte sich bereit, den Dämon ein weiteres Mal zu beschwören. Doch dann erkannte sie die Gestalt, die sie bereits erwartete und blieb stehen.

MIRAKEL!, spuckte die Hexe.

Du kannst ihn wohl auch nicht leiden?

Stumm standen sie sich gegenüber. Selbst Hydria beobachtete gespannt was geschah, bis Gwen schließlich das Schweigen brach.

„Geh mir aus dem Weg."

Mirakel schüttelte langsam den Kopf.

TÖTE IHN!

„Wie bist du aus deinem Zimmer gekommen?"

„Geh mir aus dem Weg!", sagte Gwen mit Nachdruck und wühlte in Hydrias Erinnerungen nach anderen Zaubern.

WERD NICHT ÜBERMÜTIG! NICHT ALLE DÄMONEN SIND SO LEICHT ZU BESCHWÖREN.

„Gwen, ich bitte dich. Du begehst einen großen Fehler! Hier ist dein Platz!"

Sie machte einen Schritt auf Mirakel zu. „Ich lasse mich von dir nicht mehr anlügen! Ich glaube dir kein Wort, was immer du mir auch sagst. Und jetzt geh!"

Mirakel verschränkte die Arme und sie sprach Worte aus, deren Sinn sie nicht verstand. Schon fühlte sie den kalten Sog in sich aufsteigen, ohne auch dieses Mal zu ahnen, ob ihre eigene Kraft oder die der Hexe den Dämon beschwor.

Mirakel zuckte zusammen. Seine Augen verengten sich zu Schlitzen.

BEEIL DICH!

Mirakels Lippen bewegten sich stumm und seine Hand sauste durch die Luft, als wolle er sie zerschneiden.

Sie fühlte einen Windstoß, der sie einen Schritt zurück taumeln ließ.

Ihre Worte verstummten und als sie weitersprechen wollte, bemerkte sie, dass ihre Lippen fest aufeinandergepresst wurden. Ihre Hand tastete nach ihrem Mund. Er fühlte sich normal an. Aber sie konnte ihn nicht öffnen. Sie wusste nicht mehr, wie das ging.

ER HAT DICH GEBANNT, DUMMCHEN.

„Was ist das? Wassermagie? Du willst mich versteinern?" Mirakel betrachtete sie misstrauisch. „Wo ist das Feuer, dessen du dich sonst bedienst?" Mirakel schüttelte die Füße aus, als wären sie eingeschlafen. „Ich will dir nichts tun, Gwen. Ich habe dich hierher in Sicherheit gebracht. Ich habe dir das Leben gerettet. Und so dankst du mir? Du willst mich töten?"

BESCHWÖRE DEIN FEUER! VERBRENNE IHN!

Aber sie zögerte.

„Gwen, versteh bitte. Wir können dich so vieles lehren!"

Im Gang hinter ihr hallten Schritte.

LAUF! NIMM DEN STEIN!

Mirakel hob beschwichtigend die Hände und kam einen Schritt auf sie zu.

Sie fühlte, wie Hydria in ihr aufbegehrte und durch sie einen Zauber wirken wollte. Aber sie drängte sie zurück.

Die Wachen hinter ihr kamen näher und als Gwen herumfuhr sah sie gleich fünf Wolfsmänner auf sie zueilen.

Ihr wurde heiß und sie fühlte den rauchigen Zorn, der sich auf ihrer Zunge ausbreitete. Also gut.

Aber da trat Mirakel an ihr vorbei und stellte sich genau vor sie. Die Wolfsmänner blieben stehen, scharrten unruhig mit den Füßen.

„Es ist alles in Ordnung!", sagte Mirakel beiläufig. „Ich führe sie herum."

„Aber da hinten ..."

Mirakel schnitt dem Anführer das Wort ab: „Der Herr billigt es, wenn sie sich ausprobiert." Mirakel hob die buschigen Augenbrauen. „Stellt auch ihr euch zur Verfügung oder habt ihr andere Verpflichtungen?"

Der vorderste Wolfsmann spie aus, trollte sich dann aber und seine Nachhut folgte ihm.

Als der Schwarzmagier sich zu Gwen umdrehte, fühlte sie wieder einen Luftzug und der Druck auf ihren Lippen wehte davon.

TÖTE IHN! GLAUB IHM NICHT!

Mirakel stand da und schaute sie aufmerksam an. „Deine Kräfte scheinen vollends erwacht zu sein, wie ich sehe? Was hast du mit seinen anderen Männern gemacht? Der Steinzauber, den du auch an mir anwenden wolltest? Woher kennst du ihn?" Mirakel legte den Kopf schräg und musterte sie. Sie antwortete ihm nicht.

„Ich werde gehen, Mirakel. Versuch nicht, mich aufzuhalten."

Zu ihrer Verwunderung nickte der Alte. „Erlaube mir, dir vorher etwas zu zeigen."

NEIN! GLAUB IHM NICHT, DU DUMMKOPF!

Hydria kochte vor Zorn, als sie spürte, wie Gwen tatsächlich darüber nachdachte. Hätte sie das Mädchen im Schlaf doch nur in einen Traum einsperren und dort festhalten können wie den Dieb. Sie hätte Gwen einfach hinausspazieren lassen und sich dabei an deren Mächten bedient. Es ruhte bei weitem mehr Kraft in dem Mädchen, als vermutet. Ein unerschöpflicher Quell von ...

„Was hast du getan?" Gwen sprach die Worte laut aus. Die Hexe konnte ihre Erinnerungen an Eric nicht länger vor ihr verbergen.

Mirakel fühlte sich angesprochen. „Ich sollte dich beobachten und zu ihm leiten, da der Ruf bei dir offenbar anders wirkte. Dein Traum vom Mondsee, das war ... ungewöhnlich", sagte Mirakel, doch Gwen hörte kaum hin. Sie beobachtete Hydrias Traumgestalt, wie sie um Eric herumtanzte und seinen Geist mit sich fortnahm.

„Aber dann habe ich dich gesehen und wusste sogleich, dass du anders bist als deine Brüder. Ich habe es gefühlt. Gwen, du musst verstehen, wer du bist."

Gwen wünschte sich nichts mehr, als die verlogene Hexe in ihrem Geist zu verbrennen.

NA DANN VERSUCH ES DOCH, KINDCHEN. MESSEN WIR UNSERE KRÄFTE.

Mirakel fasste Gwen an der Hand und sie schreckte zurück in die Außenwelt.

„Komm, du musst es selbst sehen!"

Seine Hand lag kühl auf ihrer. Wem sollte sie vertrauen? „Also gut, Mirakel. Zeig es mir."

Gwen ließ sich von Mirakel durch unzählige Gänge führen, über Treppen hinauf und hinab. Die Burg musste riesig sein. Wie sollte sich ein normaler Mensch in ihr zurechtfinden, ohne sich hoffnungslos zu verlaufen?

Während der ganzen Zeit hörte die Hexe in ihrem Geist nicht auf, zu fluchen und ihr Beleidigungen und Verwünschungen zuzuschreien, dass Gwen schon glaubte, ihr Kopf würde zerspringen.

HÖR SCHON AUF!, schrie Gwen im Geiste zurück, aber Hydria lachte nur.

ERST WENN DU UMKEHRST! SEI DOCH NICHT SO EINE NÄRRIN!

Gwen taumelte.

Schließlich führte sie ihr Weg immer höher hinauf und sie glaubte, dass dies wohl der höchste Turm der Burg sein musste.

BEI WEITEM NOCH NICHT, HERZCHEN.

Eine Wache stand vor der Tür. Mirakel schickte sie weg und der Wolfsmann gehorchte.

Mirakel genoss offensichtlich den Respekt der Männer. Welche Stellung nahm er neben Gardon ein?

SPEICHELLECKER.

Mirakel öffnete die Tür und trat zur Seite, um Gwen einzulassen. Sie biss sich auf die Lippen. War sie auf eine neue Lüge hereingefallen? Wartete in dem Raum das Ritual, das sie für Gardon durchführen sollte? Aber nein, als sie eintrat, fand sie sich in einer großen Bibliothek wieder.

Mirakel vollführte eine Handbewegung und in den Wandnischen flammten Kerzen auf, die den Raum erleuchteten.

Es mussten zehntausende von Büchern sein, die sich hier ordentlich in unzähligen Regalen aufreihten, die bis an die hohe Decke reichten. Ehrfürchtig ging Gwen hinein.

„Beeindruckend, nicht wahr?" Mirakel schloss die Tür. „Der Herr liebt Bücher." Er zwinkerte ihr zu. „Er wird sie dir alle zu Füßen legen, wenn du es wünscht."

WAS FÜR EIN GESCHWAFEL! MACH DEM EIN ENDE, SOLANGE NOCH ZEIT IST.

„Ist es das, was du mir zeigen wolltest?" Gwen versuchte unbeeindruckt zu klingen. Tatsächlich fuhr ein Schatten über Mirakels Gesicht und seine Mundwinkel rutschten nach unten.

„Nein, keineswegs." Er deutete in eine Nische, wo eine gepolsterte Bank zum Verweilen einlud. „Dort!"

Gwen folgte ihm. Erst verstand sie nicht, was der Alte ihr zeigen wollte, doch dann bekam sie eine Gänsehaut.

„Du siehst aus wie sie!"

Sie betrachtete das Gemälde, das die ganze Nische ausfüllte. Es zeigte das überlebensgroße Bildnis einer schönen Frau, die am Rande eines Sees stand. Der Mond trat gerade durch die Wolken und badete das Wasser in silberfarbenes Licht, das auch die schwarzen Haare der Frau zum Schimmern brachte.

Gwen sah die Frau im Profil. Ihr Blick hing gebannt am See.

„Wer ist das?", hauchte Gwen, nicht sicher, was sie mehr erschreckte, dass der See der Mondsee aus ihren Träumen zu sein schien, oder dass die Frau haargenau so aussah wie sie selbst.

„Das ..." Mirakel stellte sich neben sie und in seiner Stimme schwangen Stolz und Bewunderung gleichermaßen mit. „... das ist die Mondgöttin." Gwen fühlte, wie sich sein Blick auf sie richtete. „Deine Großmutter."

„Meine ..."Sie sprach nicht weiter. „Es gab sie wirklich? Die Mondgöttin? Und den See ...?

„Ja."

„Und sie ist meine Großmutter?"

BILD DIR JETZT BLOß NICHTS DARAUF EIN!

„Ja, Gwen." Mirakel fasste sie am Arm. „Verstehst du jetzt?"

Aber sie verstand gar nichts. „Die Mondgöttin soll meine Großmutter sein?"

„Aber ja!" Mirakel zog sie näher zum Bild heran. „Sie doch die Ähnlichkeit!"

„Aber dann ist Gardon ja ..."

ER IST EIN GOTT!

„Er ist ihr Sohn", bestätigte Mirakel. „Er gab seine Kraft, sein Wesen über Jahrhunderte hinweg an seine Söhne weiter. Aber ein Teil der Göttin schlief auch in ihm. Du bist die erste Tochter. Gardon vererbte dir nicht nur seine dunkle Essenz, sondern auch die Essenz seiner Mutter, der Mondgöttin. Du, Gwen, kannst vollenden, was sie begonnen hat!" Mirakels Stimme wurde immer lauter. Er lief auf und ab und gestikulierte wild mit seinen Händen. „Sie verließ vor langer Zeit unsere Welt, bevor sie sie heilen konnte. Du, Gwen, kannst nun ihr Werk vollenden. Lass dich ausbilden und erfülle dein Schicksal!"

Gwen zog einen Stuhl heran und setzte sich. „Ich dachte, es sei mein Schicksal, an Gardons Seite zu sein und seine dunkle Macht zu vergrößern. Ich dachte, ich habe einen Dämon in mir. Jetzt soll es eine Göttin sein?"

HÖR NICHT AUF SEIN GESCHWÄTZ. TÖTE IHN EINFACH UND LASS UNS VERSCHWINDEN.

Mirakel kniete vor ihr nieder, fasste ihre Hand und sah ihr mit flehendem Blick in die Augen. „Begreife doch, was das für dich bedeuten kann."

Sie zog die Hand weg. „Das ist doch Blödsinn."

Und doch erfüllte sie tief in ihrem Inneren Gewissheit. Sie erkannte eine verborgene Wahrheit, aber bei weitem nicht, was der Schwarzmagier sich von ihr erhoffte.

Hydria lachte.

„Gwen, lass mich erklären. Ich habe zu viel von dir verlangt. Es ist so ..." Der Alte suchte nach Worten. „Ich habe dir doch die Legende der Mondgöttin erzählt, damals."

Sie nickte.

„Sie ging in den See, sie wollte ein Ende setzen. Sie hat erkannt, dass sie etwas Böses in diese Welt gebracht hatte. Aber es war nicht ihre Schuld! Die Bäume wurden krank. Ihre Wurzeln reichten so tief, bis weit in andere Welten hinein. In die Anderswelten."

Sie schüttelte den Kopf. „Hör mit diesen Märchen auf."

DAS SIND KEINE MÄRCHEN.

„Weißt du eigentlich, was Dämonen sind?", fragte Mirakel.

Sie zuckte die Achseln. „Natürlich, es sind dunkle Wesen, böse Geister."

Mirakel schüttelte den Kopf. „Die Natur ist nicht schwarz und weiß, nicht gut und böse. Alles ist zu gleichen Teilen vorhanden. Alles ist ausgeglichen und alle Wesen, die vermeintlich guten und die bösen, gehören zu ihr. Wir alle sind Teil der Natur unserer Welt. Molanda ist Heimat vieler Geister, Biester, Drachen," Er machte eine weite Geste mit den Armen. „Sie alle schwingen im Einklang mit dem Lied unserer Bäume mit. Aber Dämonen, Gwen, sie sind nicht Teil unserer Welt. Sie gehören nicht hierher. Sie sind aus einer anderen Welt gekommen."

Sie wollte etwas erwidern, aber Mirakel hob die Hand. „Lass mich erklären! Die Anderswelten sind durch den Wurzelfilz der Bäume miteinander verbunden. Sie halten sich fest. Aber vor vielen Jahrhunderten ist etwas geschehen. Etwas passiert seitdem mit den Bäumen. Sie werden krank. Sie sterben ab und ihr magischer Fluss kann nicht mehr richtig von ihnen gelenkt werden. Die Geister einer anderen Welt kamen durch die kranken Bäume in unsere Welt. Sie ließen sich von ihrem aufsteigenden Saft über die Wurzeln in unsere Welt treiben. Aber hier gehören sie nicht hin. Sie stören das Gleichgewicht. Die Mondgöttin, deine Großmutter hat es erkannt!"

„Aber sie war doch eine gute Göttin!", fuhr Gwen dazwischen.

„Sie war gut. Gardon aber ist der Herrscher des toten Landes."

Mirakel nickte und schüttelte gleich darauf den Kopf. „Ich sagte doch schon, kein Wesen ist nur gut oder nur böse. Auch die Göttin nicht oder der Herr." Er sah traurig aus. „Ja, die Krankheit hat hier ihren Ursprung. Die Göttin wollte Heilung bringen und verließ ihren einzigen Sohn. Sie ließ ihn hier zurück. Allein. Und er wartete viele Jahre lang darauf, dass sie zu ihm zurückkehren würde."

Auch Hydria schwieg nun. Diese Geschichte ihres Meisters war auch ihr neu.

„Gardon erforschte seinerseits die neuen Dämonen. Erst, weil auch er auf der Suche nach einem Heilmittel war. Aber dann lernte er, wie er sich die Kräfte der dunklen Wesen zu Nutze machen konnte. Ihre Kräfte sind so viel mächtiger als die der Bäume und der Druiden und viel einfacher zu beschwören."

„Gardon war ein Druide?"

Mirakel nickte. „Er lehrte mich eines Tages, wie ich die Dämonen beschwören kann. Es ist so leicht und sie haben solche Kraft."

„Aber?"

Mirakel drehte Gwen den Rücken zu und betrachtete das Bild der Mondgöttin.

„Aber es schwächt unsere Welt noch mehr. Je mehr wir die Dämonen beschwören und sie uns zu Nutze machen, gar eins mit ihnen werden ... Druidische Magie stimuliert die Naturkräfte und regt sie zum Wachsen an. Dämonische saugt sie dagegen aus. Sie schwächt unsere Welt nur noch mehr. Die Dämonen verbrauchen die Kraft unserer Natur, geben ihr dafür aber nichts zurück."

„Das hast du mir schon einmal erklärt. Deshalb ist das Land hier tot."

Mirakel nickte. „Es blutet aus. Und es geht schneller, je geschwächter unsere Bäume sind. Die Dämonen sind hungrig. Längst reichen ihnen die Bäume nicht mehr, so dass wir sie füttern müssen mit ..."

„Menschen," spuckte sie aus. „Das ist widerlich!"

Mirakel zuckte die Schultern. „Notwendig."

„Warum hört Gardon dann nicht damit auf?"

Mirakel hob die Schultern und ließ kraftlos fallen. „Es ist wie ein Rausch. Eine Droge. Außerdem ..." Er drehte sich zu ihr herum. „... er muss weiter machen, es wäre sonst sein Ende. Er hat einen Pakt geschlossen."

NICHTS KANN DEN MEISTER TÖTEN!

Gwen tastete nach dem Stein. Sie zog ihn aus dem Stoff und fuhr mit dem Daumen über seine Vertiefungen. „Was für einen Pakt?"

Mirakel schüttelte den Kopf. „Ich habe dir schon zu viel gesagt."

„Sag mir die Wahrheit oder ich gehe!"

Mirakel wiegte den Kopf hin und her. „Er hat einen mächtigen Dämon beschworen, stärker als alle anderen. Aber er hat ihn nicht nur beschworen, er ..." Mirakel blickte zum Fenster und suchte nach einem Stern. Vergebens. „Er wollte mehr! Er hat den Dämon in sich aufgenommen. Sie sind jetzt eins. Verschmolzen. Aber der Preis dafür ist hoch." Er seufzte. „Sehr hoch."

„Und was erwartest du nun von mir?"

„Hilf uns. Hilf meinem Herrn aufzuhören, ihn vom Pakt zu befreien."

VERRÄTER!

Mirakel lächelte. „Du siehst aus wie sie, Gwen. Er hat so lange auf ihre Rückkehr gewartet. Nun bist du da."

Sie schüttelte langsam den Kopf und deutete zu dem Gemälde. „Ich bin nicht sie."

IN DER TAT.

„Du wirst es sein!" Mirakels Gesicht nahm einen harten Zug an. Entschlossenheit spiegelte sich darin. „Du wirst es lernen! Wir können so nicht weiter machen. Wir nehmen zu viel von unserer Welt und doch können wir nicht mehr damit aufhören. Es ist zu berauschend, zu einfach. Du musst einen Weg finden!"

„Ich?" Sie stand auf. Warum meinten alle zu wissen, wer sie war, was ihre Bestimmung sein sollte, ihr Schicksal? Sie wusste es selbst nicht, wie konnten es dann die anderen mit so einer Sicherheit zu wissen glauben? Sie wusste nur eines: Sie wollte nicht hier sein. Sie hatte es satt, dass andere ihr erklärten, was sie zu tun hatte.

„Aber ja. Es ist dein Schicksal."

„Nein!"

Mirakel sog hörbar die Luft ein. „Der Mond geht gleich auf. Mach dich bereit für das Ritual."

„Ich werde es nicht tun!"

Es blitzte finster in Mirakels Augen. „Oh doch, du wirst! Du wirst es lernen, deine dämonische Seite zu nutzen und dann wirst du lernen, wie man damit unserer Welt etwas zurückgeben kann, das sie heilen lässt! Du wirst die Dämonen mit unserer Welt verbinden. Damit auch mein Herr heil wird."

Mirakel ließ sie stehen und ging geradewegs auf die Tür zu.

TÖTE IHN JETZT!

Aber Gwen biss sich auf die Lippen. Sie würde niemanden mehr töten, wenn es sich vermeiden ließ.

Als Mirakel die Tür öffnete, standen zwei Wolfsmänner davor. „Bewacht die Tür!", wies er sie an. Ein letztes Mal drehte er sich zu Gwen herum. „Lasst sie nicht hinaus, bis ich sie hole!" Die Tür schloss sich und wurde verriegelt.

Gwen musterte das Bildnis ihrer Großmutter. „Du hast gewusst, dass ich aussehe wie sie, aber nicht, was das bedeutet", stellte sie fest, denn sie wusste was Hydria wusste.

SPIELT DAS JETZT EINE ROLLE?

Sie schüttelte den Kopf.

NA DANN LOS!

Sie befand sich nicht mehr auf dem Weg, den die Hexe ihr zugedacht hatte, aber es führten noch viele andere geheime Gänge hinaus.

Hätte Mirakel geahnt, dass Hydria sich in Gwens Geist verbarg, hätte er sie niemals allein in der Bibliothek zurückgelassen.

Zielstrebig ging sie zu dem Regal, das sie in Hydrias Erinnerungen sah und zog ein Buch heraus. Ein kleiner Hebel kam zum Vorschein. Sie zog daran und sogleich glitt das Bücherregal nach hinten und zur Seite auf. Dahinter klaffte ein schwarzes Loch in der Wand.

Sie holte sich eine Kerze aus einer Nische und überlegte.

OH NEIN, DAS TUST DU NICHT!

Aber sie wusste, was die Hexe wusste.

„Doch!" Sie ging noch einmal zurück und trat vor einen wuchtigen Schreibtisch.

ICH WARNE DICH!

Sie ließ sich davon nicht beeindrucken und öffnete das Geheimfach unter der obersten Schublade. Ein altes Buch lag darin. Gardons Buch, in dem er all sein Wissen über die Dämonen notierte.

SOBALD DU DAS BUCH AUCH NUR BERÜHRST, VERSCHWINDE ICH! ICH WERDE GARDON WARNEN!

Gwen lachte. „Hol ihn doch her. Ich habe ihm auch einiges über seine Hexe zu sagen." Sie zog das Buch heraus und blätterte es durch. Es befanden sich Zeichnungen darin und viele eng beschriebene Seiten auf vergilbtem Pergament.

ES STEHT DIR NICHT ZU!

Nachdem sie einmal bis zum Ende geblättert hatte, runzelte sie die Stirn und schlug noch einmal die ersten Seiten auf. „Es sind zwei unterschiedliche Handschriften."

Die Handschrift vom Anfang fuhr weich und leicht über das Pergament. Große schlanke Buchstaben mit schwungvollen Kurven. Nach dem ersten Viertel des Buches aber wechselte die Schrift von einer auf die andere Seite. Kleine, gedrungene und weniger geschmeidige Schriftzeichen setzten die Aufzeichnungen fort. Gwen konnte sich vorstellen, dass die zweite Handschrift Gardon gehörte. Man sah deutlich, mit welcher Kraft die Feder auf das Papier gedrückt worden war. Aber von wem stammte die erste Handschrift am Anfang des Buches?

Sie blickte zurück zu der Nische, in der das Bildnis ihrer Großmutter hing.

LEG ES ZURÜCK, ODER ICH LASSE DICH ALLEIN! DU WIRST DEN WEG NIEMALS HINAUS FINDEN.

„Es ist mir ganz recht, wenn du verschwindest."

Hydria kreischte in ihrem Geist so laut auf, dass Gwen schmerzerfüllt in die Knie ging und sich die Hände auf die Ohren presste. Aber sie konnte dem Schmerz nicht entgehen, er hallte direkt in ihrem Kopf.

Die Kerze fiel auf den Boden und erlosch. Ihr wurde schwarz vor Augen. „Hau ab!", zischte sie und biss sich auf die Lippen, bis sie Blut schmeckte.

Sie wollte schreien, aber damit würde sie die Wachen vor ihrer Tür auf sich aufmerksam machen.

Sie drückte Erics Stein fester und steckte ihn dann zurück in die Falten des Kleides. Mühevoll kam sie in die Höhe und riss das Buch an sich. Sie taumelte in den dunklen Geheimgang, fand den Mechanismus auf der anderen Seite, der die Tür wieder schloss und stand in tintenartiger Schwärze.

Ihr Herz pochte. Das Blut rauschte ihr in den Ohren. Sonst blieb alles still. Gwen lauschte. Sie horchte tief in sich hinein. Hydria war fort.

Etwas ging vor in seinen Mauern. Er spürte das.

Der Dämon in ihm rumorte unruhig. Er gierte nach neuem Leben, und um nichts in der Welt würde Gardon zulassen, dass etwas sich zwischen ihn und den Pakt stellte, den er zu erfüllen gedachte.

Er hatte dem Dämon neues Leben versprochen, um sein eigenes zu verlängern. Das Leben seines Sohnes und seine Tochter würde es ihm heute geben.

Auch wenn sie noch schwach und unerfahren war. Er würde sie anleiten. Sie würde ihn niemals verlassen.

Einem Instinkt folgend, begab er sich zu jener einsamen Zelle, in der seine verstoßene Hexe auf ihr Ende wartete.

Erst würde Gwen das Ritual für ihn vollziehen und dann konnte er ihr an Hydria zeigen, was die dämonischen Kräfte alles vermochten. Ein Lehrobjekt, eine lebende Puppe, an der Gwen üben konnte.

Aber die Beunruhigung wuchs. Sie nagte an Gardons Substanz. Dass er Hydria selbst dann nicht aus seiner Aufmerksamkeit verbannen konnte, wenn er sie tief wegsperrte, nervte ihn ungemein.

Die Wache vor der Tür öffnete sogleich, als ihr Herr sich näherte. Der Wächter hielt sich nicht mit Verbeugungen auf, sein Herr schätzte Verzögerungen nicht. Gardon trat ein.

Es stank nach abgestandener Luft, feuchtem Moder und Blut. Hydria kauerte in seltsamer Verrenkung auf dem Boden. Ihr Kopf lag weit überstreckt im Nacken und aus dem leicht geöffneten Mund drang ein schwaches Keuchen. Ihr immer schon blasser

Teint wirkte durchscheinend und so fahl wie bei einem Geist. Gardon brauchte kein Licht, um dies zu erkennen. Seine Augen waren so scharf wie die seines Nachtvogels.

Die Hexe hielt die Arme nach oben gestreckt und etwas Klebriges rann an ihnen herab. Der rote Strom, der aus ihren geöffneten Adern heraus pochte, versiegte bereits.

Gardon knurrte. Sie wagte es tatsächlich, ihn ein weiteres Mal zu hintergehen. Aber wie? Kein Dämon würde es wagen, ihrem Ruf hierher zu folgen.

Er packte Hydria mit einer Hand am Hals. Sogleich flammte ein Bild vor seinen Augen auf und er zog die Hand zurück, als hätte er sich verbrannt.

Grüne Wogen und rauschendes Wispern.

„Verschwindet!", brüllte er, und vermeinte, das entfernte Ächzen von Holz zu hören.

Seine Hände schlossen sich um den Hals seiner Hexe. Sie zeigte keine Reaktion. Ihre Augen waren geöffnet, aber die Pupillen so vergrößert, dass Gardon die braune Iris kaum erkennen konnte. Ihr Geist war fort.

„Du wirst mich niemals mehr verraten."

Mit einem Ruck riss er Hydrias Kopf zur Seite und brach ihr das Genick. Gardon fühlte, wie ein Rucken durch die Luft um sie herum ging, als hätte er einen morschen Ast zerbrochen. Das Leben in Hydrias starren Augen erlosch. Das Band zwischen Körper, Zauber und Geist, zerschnitt.

Gardon strich ihr eine braune Locke aus dem Gesicht. Langsam, beinahe zärtlich bettete er ihren Körper auf den Steinboden und war verblüfft über das Bedauern, das er empfand.

Doch das, was er in den erlöschenden Augen der Hexe gesehen hatte, beunruhigte ihn. Er schloss ihre Lider.

Konnte es sein ...?

Ja, kreischte der Dämon in ihm und die Gewissheit traf Gardon hart.

Er rief einen Wolfsmann zu sich. „Findet sie!", fuhr er ihn an. Dann trat er auf den Gang hinaus und brüllte: „Findet sie!"

Endlose Minuten tastete sich Gwen durch finstere Gänge. Sie rochen nach Moder und die Wände hinterließen feuchte, glitschige Schlieren an ihren Schultern, wenn sie daran vorbeistrich.

Ständig huschte etwas über den Boden. Manchmal trat sie auf etwas, das knirschte und sich seltsam unter ihren dünnen Ledersohlen anfühlte. Sie erschauderte vor Ekel und tastete sich weiter.

Hydria kam nicht zurück. Ihre Erinnerungen an die Gänge und verborgenen Wege blieben ihr jedoch erhalten, als wären es ihre eigenen. So kam sie langsam, aber stetig vorwärts.

Der Weg führte über viele Treppen und Korridore immer tiefer hinab, ohne dass Gwen einem Menschen begegnete. Die dunklen Flure erweckten nicht den Anschein, dass sie noch benutzt wurden.

Sie beeilte sich. Sie musste fort, bevor die Mondfinsternis begann. Oder zumindest musste sie versteckt bleiben, bis sie vorbeizog.

Wenn Gardon das Ritual nicht durchführen konnte, zerbrach dann seine Macht? Gwen bezweifelte das. Vermutlich würde er das Ritual mit Hydria durchführen. Oder allein. Brauchte er überhaupt jemanden dazu? Mirakel?

Sie jedenfalls wollte damit nichts zu tun haben. Und dennoch wuchs ihre Neugier. Sie wunderte sich über sich selbst, dass sie keinerlei Furcht mehr empfand. Sie wollte wissen, was es mit dem Ritual auf sich hatte. Sie wollte aber auch entkommen und sich weder in Gardons noch in Mirakels Pläne für sie fügen. Sie hatte es satt, Spielball der Erwartungen anderer zu sein, die ihr sagten wer sie zu sein hatte. Ihr Leben gehörte ihr allein. Niemand anderem.

In den dunklen Gängen von Gardons Burg, mitten im Toten Reich, fragte sie sich zum ersten Mal seit dem Erwachen im Moor, was sie eigentlich wollte. Was *wollte* sie tun? Wer *wollte* sie sein?

Sie wusste es zwar immer noch nicht, aber sie wusste zumindest, was sie nicht tun und wo sie nicht den Rest ihres Lebens verbringen wollte.

Die grauen Schatten um sie herum wurden etwas heller und von einem Moment auf den anderen stand sie im Freien.

Sie versuchte, sich zu orientieren. Der Mond erleuchtete eine steinerne Wüste, aber in der Nähe wuchsen auch vereinzelte knorrige Bäume. Kiefern, als letzte Wächter an der Burg Plerion, zehrten von dem wenigen, dass der versteinerte Boden ihnen noch zu bieten hatte. Doch solange sie der dunklen Macht trotzten bestand Hoffnung, dass der Wald einst zurückkehren konnte. Ihre Wurzeln fochten einen unerbittlichen Kampf gegen das harte Gestein im Grund und ihr Nadellaub bereitete das Bett für die Saat, in der die anderen Pflanzen und Bäume sich eines Tages wieder niederlassen konnten. Aber solange Gardons Dämonen ihre Lebenskraft schwächten, blieb wenig Hoffnung für neue Keimlinge.

Zu ihrer Linken rotteten sich die Bäume zu einem Rudel Ertrinkender zusammen und bildeten ein kleines Dickicht, das im Wind ächzte und stöhnte. In der Nähe entdeckte Gwen auch die Baumstümpfe, die sie von ihrem Fenster aus gesehen hatte. Sie staunte und legte den Kopf in den Nacken. Plerion thronte weit über ihr auf der Abbruchkante. Die geheimen Gänge hatten sie nicht nur durch die Burg, sondern auch durch den Fels unterhalb dieser geführt, so dass sie nun am Fuß der Klippe stand.

Eine schwere Last fiel von ihren Schultern, auch wenn sie noch lange nicht außer Gefahr war. Was würde Gardon mit ihr tun, wenn er herausfand, dass sie sich ihm widersetzte?

Sie stand eine Weile da und genoss den kühlen Wind, der ihr über die Wangen streichelte. Es pochte in ihrem Kopf. Hydrias Geist hatten ihn von innen wund gescheuert.

Sie strich sich eine schwarze Strähne aus dem Gesicht, die sich aus ihrem Haarknoten gelöst hatte. Allein mit den eigenen Gedanken zu sein, empfand sie nun als kostbares Geschenk.

Die Erinnerungen von Hydria hörten hier auf. Anscheinend hatte diese die Burg seit ihrer Ankunft nie verlassen und wusste nicht, wie es nun weiterging.

Sie klemmte sich das Buch unter einen Arm. Es war schwer. Viel schwerer, als Seiten und Einband allein hätten sein dürfen.

Alles Wissen des dunklen Herrschers stand hier aufgeschrieben. Alle Beschwörungen, die er einst durch seine Dämonen lernte. Und noch etwas mehr. Etwas, das ihre Großmutter vor Jahrhunderten begann.

Ein Geräusch, ließ Gwen zusammenfahren. Sie presste sich an die Felswand in ihrem Rücken.

Sie erinnerte sich zwar an den ein oder anderen Zauber der Hexe, wusste aber nicht, ob sie die Dämonen allein würde beschwören können. Der kalte Sog hatte sich so anders angefühlt, fließend wie Wasser. Ihre eigene Kraft materialisierte sich stets als ein heißes Brennen.

Ein weiteres Geräusch. Ein Kratzen und Knacken.

Gwen hielt den Atem an.

Mirakel wich dem Blick seines Herrn aus.

„Eure Männer suchen überall nach ihr. Es kann nicht mehr lange dauern, bis ..."

„Das interessiert mich nicht!"

Mirakel zog den Kopf ein. „Aber, wir tun, was wir können."

Gardon griff sich einen Stuhl und schleuderte ihn gegen die Wand, wo er krachend zerbarst. „Warum ist sie dann nicht hier?"

„Mein Herr ..." Mirakel wickele sich den Bart zurück um den Hals. „Es ist als ... als würde sie alle geheimen Wege eures Reiches kennen. Sie weiß, wo sie sich verstecken muss. Aber dennoch werden wir sie finden. Wo soll sie schon hin?"

Gardon knurrte und kam mit langen Schritten auf den Schwarzmagier zu. Mirakel wappnete sich innerlich, als der Dunkle ihn im Genick packte und zum Fenster schleifte.

Der Mond stand hell und prall am schwarzen Himmel.

„Ich brauche sie jetzt!"

„Vielleicht könnte ich …" Mirakel stieß ein Quieken aus, als die Fingernägel seines Herrn sich in seinen Nacken bohrten. „Es muss eine Frau sein, du Narr!"

„Ja, Herr. Es ist noch etwas Zeit. Die Kraft in ihr ist groß. Sie wird nicht viel Anleitung benötigen."

Gardon hob den Alten im Nacken gepackt hoch, als wäre er ein Spielzeug und schleuderte ihn dahin, wo zuvor der Stuhl sein Ende gefunden hatte.

Mirakel fing sich geschmeidig ab wie eine Katze. „Euer Sohn ist bereit. Er wartet auf euch, Herr. Die Finsternis hat noch nicht begonnen. Wir finden sie rechtzeitig!"

„Ich habe sie unterschätzt", hörte er seinen Meister sprechen. Aber der Alte war sich nicht sicher, ob er Gwen damit meinte.

Gardon starrte in die Nacht und als Mirakel sich vom Boden aufrappelte, erklang der Schrei einer Eule in der Ferne.

Ein großer Schatten huschte im Mondlicht vorbei und Gardon wusste, dass sein Donnervogel ihn nicht enttäuschen würde. Er würde sie finden. Sie würde ihn nicht verlassen. „Geh zu meinem Sohn", befahl er und ging an Mirakel vorbei, ohne ihn noch eines weiteren Blickes zu würdigen. „Ich werde meine Tochter selbst zurückholen."

Gwen versuchte, mit den Mauerschatten zu verschmelzen, aber sie wusste, dass man sie längst entdeckt hatte.

Das Kratzen kam näher. Dann ... Ein Glucksen.

Sie wagte ein Flüstern: „Raim?"

Das Kratzen wurde lauter. Krallen, die über Stein schabten. Ein kleiner Kopf, gefolgt von einem pummeligen Körper tauchte aus den Schatten auf. Der Kopf legte sich schief und die Nüstern bebten. Dann stieß das Drachenjunge ein Glucksen aus und lief auf Gwen zu.

Sie seufzte, kniete sich nieder und kraulte dem Drachen zärtlich den Kopf. Raim schmiegte sich an sie. Seine Wärme beruhigte sie. Sie war froh, doch noch einen Freund an ihrer Seite zu haben.

„Komm," flüsterte sie schließlich. „Wir müssen fort."

Raim verstand und lief voraus. Gwen folgte ihm und hoffte, er würde sich an den Weg erinnern, der ihn hierhergeführt hatte. Weg von der Burg, raus aus dem Moor.

Seltsam, dachte sie alarmiert. Warum waren keine Wachen hier draußen? Suchte man gar nicht nach ihr? Blieb ihre Flucht weiterhin unentdeckt?

Geduckt lief sie an den vereinzelten Bäumen vorbei, die verloren wie Waisenkinder im Schatten der Burg dahinvegetierten und gelangte endlich in den Schutz des nahezu toten Waldes. Die kahlen Bäume wuchsen kümmerlich und licht, schützten sie aber zumindest etwas vor unerwünschten Augen.

Gwen presste das Buch fest an sich. Es wurde bei jedem Schritt, den sie sich weiter von Plerion entfernte, schwerer. Ihre Schritte wurden langsamer.

Viele Male blieb sie weit hinter Raim zurück, der dann stehen blieb und auf sie wartete, dabei aber in alle Richtungen witterte und mit den Flügelchen schlug, als wolle er sie zur Eile antreiben.

Schließlich musste Gwen anhalten und nach Luft ringen. Ein Stechen in der Seite behinderte sie beim Atmen. Sie ruhte einen Moment aus.

Ein einziger Schrei durchschnitt die Nacht. Gwen hatte sich schon gefragt, wann er auftauchen würde. Der Donnervogel saß unweit von ihr auf einem Ast, als hätte er sie bereits erwartet.

Diesmal trieb er sie nicht vor sich her oder lenkte sie in die gewünschte Richtung wie ein verlorenes Schaf. Dabei hatte der Vogel nicht zimperlich agiert, aber auch ein Schäferhund biss manchmal zu. Vermutlich hatte Gardon auch das gewollt, damit sie ihre Kräfte zu nutzen lernte.

Die riesige Eule wartete aufmerksam. Sie ist schön, durchfuhr es Gwen, die das erste Mal die Gelegenheit bekam, den Vogel in aller Ruhe zu betrachten. Tatsächlich fühlte sie sich weder gejagt noch getrieben von dem Tier. Auf seltsame Art kam sie ihr plötzlich vertraut vor. Das Gefieder glänzte im Mondschein wie Seide und die Augen funkelten, als spiegelten sie das Licht der Sterne.

Gewiss würde Gardon nicht wollen, dass seine Eule Gwen tötete. Noch nicht. Verletzen vielleicht, aber nicht so schwer, dass sie das Ritual nicht mehr durchführen konnte.

Der Donnervogel erhob sich in die Luft und stürzte auf sie zu. Krallen und Schnabel reckten sich nach ihr, der Luftzug der Flügel wehte ihr die Haare aus dem Gesicht und rissen an ihrem Kleid, aber sie wich nicht zurück.

Gwen erwartete die Eule und ehe diese sie mit ihren Krallen erwischen konnte, duckte sie sich unter ihr weg. Aber der Vogel rechnete offenbar nicht damit, dass sie das Buch fallen ließ, um nach seinen Beinen zu greifen. Gwen schnappte sie und ließ sich auf die Knie fallen. Der Donnervogel kreischte und schlug kraftvoll mit den Schwingen, aber sie ließ nicht los.

Seine Flügel trafen sie hart wie Faustschläge und sein Schnabel hackte nach ihr. Schmerz brannte auf ihren Schultern, in ihrem Nacken. Blut rann ihr ins Auge, aber sie zerrte den Vogel zu Boden und versuchte, sich mit ihrem Gewicht auf ihn zu legen.

Er schlug so heftig mit den Flügeln, dass Gwen umgerissen wurde und der Vogel die Oberhand gewann. Sie fühlte, wie ihr die Kraft ausging und sich ihr Griff lockerte. Die mächtige Eule drückte sie zu Boden und scharfkantiges Gestein bohrte sich in ihren Rücken, während der Vogel mit seinem Schnabel auf sie einhieb. Krallen gruben sich in ihre Oberarme. Aber sie ließ nicht los und ihr Brüllen konnte einem Dämon imponieren.

Als Gwen schon glaubte, der Vogel würde sie am Ende doch töten, sprang Raim von der Seite auf ihn zu und verbiss sich mit seiner breiten Drachenschnauze in seinem Hals. Die Eule öffnete den Schnabel zu einem ersterbenden Schrei.

Mit blutigen Händen griff Gwen nach den Flügeln der Eule und riss so fest daran, wie sie konnte. Seine Klauen lockerten sich und der Vogel kippte zur Seite. Raim riss ihn vollends von ihr herunter. Sie sprang auf, langte nach dem Buch und hieb damit auf den Vogel ein, bis er sich nicht mehr bewegte.

Raim leckte sich über die Schnauze und drückte sich an Gwens Seite. Sie wischte sich Blut und Federn aus dem Gesicht. Das prächtige Gefieder des Donnervogels glänzte nun klebrig feucht. Sie wusste nicht, wo ihr eigenes Blut oder das des Vogels auf den zerzausten Federn klebte. Oder auf ihrem eigenen Körper. Blutschwestern im Tod.

Sie hörte Stimmen in der Ferne. Die Wolfsmänner wollten sie zurückholen.

Gwen nahm das Buch und lief weiter. Raim überholte sie nach einigen Schritten und bog scharf nach links ab. Sie folgte ihm und hoffte, er wusste wo er hinlief.

Die Stimmen wurden lauter. Sie versuchte, noch schneller zu laufen, aber nach dem kräftezehrenden Kampf mit der Eule konnte sie sich nur noch vorwärtsschleppen. Sie blinzelte erneut Blut aus den Augen und erkannte, dass sie direkt auf ein mattes Licht zu lief.

Die Stimmen riefen immer lauter durcheinander. Gwens Nackenhaare stellten sich auf. Gleich würde eine Hand nach ihr greifen und sie von hinten packen.

Aber nein! Gwen lief direkt auf die Stimmen zu. Sie warteten auf sie.

So lange schon.

Gwen stoppte jäh.

Gerade glaubte sie noch, geradewegs in die Hände ihrer Häscher zu laufen und nun konnte sie ihr Glück kaum fassen. Sie war allein.

Oder auch nicht.

Zumindest stammten die Stimmen nicht von Wolfsmännern oder von Menschen.

Das Wispern und Flüstern vieler Stimmen klang überrascht und aufgeregt zugleich. Plötzlich erkannte Gwen, dass nur das Rauschen unzähliger Blätter im Wind die Luft erfüllte. Und doch erkannte sie Worte in diesem Wogen und Wiegen der Bäume. Gesunder Bäume mit vollen saftigen Kronen die in bunten Herbstfarben leuchteten. Sie alle drängten sich an das Ufer eines Sees, in dem sich das Mondlicht spiegelte. Oder der See im Himmel?

Gwen trat langsam zwischen den gewaltigen Stämmen der Bäume hindurch. Sie wuchsen sehr hoch und doch verhinderten sie nicht, dass der volle Mond sich im Wasser des Sees spiegeln konnte. Schmale, silbrige Blätter trudelten auf die glatte Oberfläche.

Weiden umrahmten den See in der ersten Reihe. Etwas zurück erkannte sie Eichen, Birken und Eschen.

Wie ein glänzender Spiegel lag der Mondsee vor ihr. Er sah genauso aus, wie in ihrem Traum. Er existierte wirklich.

Sie lachte laut und Raim legte den Kopf schräg und witterte in ihre Richtung. Dicht drängte er sich neben sie und Gwen legte ihm eine Hand auf das schuppige Köpfchen. Sie spürte seine Muskeln an ihrer Seite zucken. Das Wasser machte ihn nervös.

Das Ziel ihrer langen Reise lag vor ihr. Am schwärzesten Ort Molandas. Was nun?

Sie ließ das Drachenjunge stehen und ging näher an die Wasseroberfläche heran, um hineinzusehen.

Das Ufer lief an dieser Stelle nicht sanft zum See hin aus. Das Wasser lag unterhalb eines kleinen Vorsprungs, an dem ein Stück des Ufers in den See gestürzt sein musste. Gwen tastete sich zum Rand vor und beugte sich darüber. Das Wasser lag nur etwa eine Armlänger unter ihr. Sie musterte ihre Spiegelung im Wasser. Sie schloss die Augen und lauschte tief in sich hinein.

Würden die Erinnerungen wiederkommen?

Sie wartete lange. Sie erinnerte sich nicht. Sie begann zu zittern. Warum hatte sie so oft von dem Mondsee geträumt, wenn nun rein gar nichts geschah?

Lass los. Lass einfach los.

Sie sah sich um. Wo kamen die Stimmen her? Aus ihrem Inneren? Aus dem Rauschen der Blätter?

Sie hat es mitgebracht.

Gwen drückte das Buch fester an ihre Brust. Das Buch ihrer Großmutter und ihres Vaters. All das Wissen über die Dämonen und wie man sie beschwor.

„Was soll ich damit tun?", fragte sie das Rauschen. Sprachen die Mondseebäume mit ihr?

Das Buch wog so schwer in ihren Händen, als wollte sein Gewicht sie mit sich in die Erde ziehen. Sollte sie es in den See werfen?

Das Rauschen wurde lauter und Gwen wich einen Schritt zurück.

Versteck es.

Sie zögerte nicht. Sie nahm die Stimmen im Rauschen der Baumkronen nun klar und deutlich wahr. Keine Bedrohung oder Lüge schwang darin mit. Gwen vertraute ihnen.

Unweit von ihr wuchs eine Weide nahe der Abbruchkante in den See. Ihre Wurzeln wanden sich in eleganten Schleifen und Spiralen zum Wasser hinab. An manchen Stellen bildeten sie höhlenartige Ausbuchtungen im abgerutschten Boden.

Gwen grub an der Unterkante des Abbruchs ein paar Wurzeln frei, so dass genug Platz für das Buch entstand. Sie schob es hinein und lehnte sich dafür ein Stück über den See hinaus. Sie fühlte eine Art Vibrieren. Ob es von den Wurzeln oder von der Wasseroberfläche ausging, vermochte sie nicht zu bestimmen. Als sie sich schließlich erhob, verbargen die Wurzeln das Buch vollkommen.

„Habt ihr Antworten für mich?"

Gwen erkannte keine Änderung in dem steten Blätterrauschen.

„Wer bin ich?"

Sie lauschte so gebannt auf die Bäume, dass sie das aufgeregte Knurren des Drachen ignorierte. Auch das kurz darauffolgende Quieken nahm sie kaum wahr.

Als der Klang von Schritten sie endlich aufschrecken ließ, blieb ihr keine Zeit mehr zur Flucht. Eine Gestalt packte sie grob am Arm und zerrte sie vom Ufer weg.

„Du wirst mich nicht verlassen!", donnerte Gardons Stimme. Er riss sie herum und stieß sie vor sich her. Sie stürzte, aber der dunkle Herrscher packte sie am Arm und zog sie grob in die Höhe. „Du wirst mir das Leben deines Bruders geben. Jetzt!"

Gardon versetzte ihr einen weiteren Stoß, der sie gegen eine Eiche prallen ließ. Schon langte er wieder nach ihr, aber sie klammerte sich am Baumstamm fest. „Nein, lass mich!"

„Dann wehr dich!", zischte Gardon und packte sie so fest an der von Eulenkrallen verletzten Schulter, dass sie aufschrie. „Gebrauche deine Macht!"

Sie fühlte den Hass in sich aufsteigen. Schon kroch sein rauchiger Geschmack auf ihre Zunge. Aber die dämonische Kraft zu benutzen, konnte nicht die richtige Lösung sein. Sie würde die Bäume damit weiter schwächen und Gardon noch stärker machen. Andererseits: Blieb ihr eine andere Wahl?

Der Stamm entglitt ihr und Gardon riss sie herum.

Er packte beide Schultern und zwang sie, ihn anzusehen. „Hör auf, mir zu trotzen! Komm mit mir!"

Nein, sie wollte nicht so sein wie er. Sie entschied sich gegen ein Leben in den Schatten, auch wenn das ihren Untergang bedeuten sollte. Sie drängte den Rauch zurück, der weiter und weiter in ihr aufstieg.

„Du willst sie benutzen, mein Kind. Tu es!"

Sie versuchte sich aus seinem Griff zu winden, aber er packte sie unnachgiebig stark wie ein Fels. Sie spuckte ihm ins Gesicht.

Gardon verzog nur leicht amüsiert den Mund. Aber sie ahnte, dass er ihr nur etwas vorspielte.

Sein Gesicht kam ihrem ganz nah. Seine Augen funkelten. Er packte ihren Blick und hielt ihn genauso fest wie seine Hände ihre Schultern. „Du wirst mich nicht verlassen!"

Sie hörte seine Worte direkt in ihrem Kopf. Hatten sich seine Lippen überhaupt bewegt? Sie schaffte es nicht, fortzusehen. Sie fühlte sich gelähmt.

„Wenn du nicht gehorchen willst, werde ich dich zwingen", sagte eine Stimme in ihrem Kopf. Sie hallte vielfach in ihrem Körper wider. Gwen hörte auf, sich zu wehren. Warum auch?

Sie wurde gegen den Stamm des Baumes gedrückt. Während sie glaubte, in den schwarzen Abgründen seiner Augen den Verstand zu verlieren, fühlte sie, dass der Baum in ihrem Rücken lebte. Sie fühlte die Säfte in seinem Stamm aufsteigen, sein Wachsen und Pulsieren. Sein Leben pochte in ihrem Rücken und sie hatte das Gefühl, in seinem Strom mitgerissen zu werden.

Sie floss nach oben bis in die Blattspitzen und schaute plötzlich von dort auf sich selbst und Gardon herab. Kaum war sie angekommen, floss sie mit dem Strom zurück in ihren Körper, aber sie fühlte jetzt das Vibrieren. Die Magie der Bäume, die sich durch die Blätter hindurch in die Luft schwang und die Welt durchzog wie unsichtbare Wurzeln.

„Du wirst mich nicht noch einmal verlassen! Du wirst für immer bei mir bleiben!", brüllte Gardon sie an und sie fühlte den Sog, der von seinen Augen ausging. Er wollte sie tief hinein in die

Dunkelheit ziehen. Aber die unsichtbaren Wurzeln der Eiche hielten sie fest.

Lass los, lass einfach los.

Also ließ sie los.

Ließ sich fallen und hörte auf, mit sich selbst zu ringen. Gwen ließ sich in sich selbst fallen wie einen Stein in einen Brunnen. Was immer sie am tiefen Grund ihres Unterbewusstseins erwarten würde, Dämon oder Göttin oder einfach nur ein Mädchen, es spielte keine Rolle. Denn alles gehörte zu ihrem Selbst.

Ihr Körper entspannte sich. Wurde weich wie das Holz, als nähme der Baumstamm sie auf, als sänke sie mit dem Rückgrat in seinen Stamm hinein. Verband sich mit ihm und wurde eins mit seinem Fluss. Sie musste nicht länger suchen, um die Wahrheit zu finden. Das Erbe, das man ihr in die Wiege gelegt hatte, war nicht von Belang.

Sie floss in einem gutmütigen Strom der Baumenergie und fühlte, wie er die ganze Welt mit seinen unsichtbaren Wurzeln erfüllte. Ein Summen und Vibrieren erfüllte die Luft. Warum war ihr das niemals aufgefallen? Gwen wollte weiter mit den Bäumen schwingen. Sie musste nicht mehr nach Antworten suchen. Sie trug die Antwort in sich selbst. Sie streifte alle Zweifel und Befürchtungen ab. Sie selbst war die Antwort. Eine unglaubliche Lust auf das Leben, das vor ihr lag, erfüllte sie. Sich selbst zu entdecken, barg keine Ängste und Schrecken mehr, nur Neugier und Abenteuerlust.

„Nein", hauchte sie. Der Sog seiner Augen wurde schwächer. Er griff vergeblich nach ihrem Willen.

Gardon knurrte.

„Nein, ich bin nicht die Mondgöttin und ich bin auch nicht deine Mutter", sagte sie mit fester Stimme. „Ich bin vielleicht deine Tochter, aber es ist nicht mein Schicksal, bei dir zu bleiben." Sie schaffte es, sich aus seinem Griff zu winden. Sie drückte ihn von sich und obwohl sie gar nicht viel Kraft aufwandte, wich Gardon zurück.

„Ich bin einfach nur Gwen", fuhr sie fort. „Und ich entscheide selbst, wer ich sein will. Ob ich den hellen oder den dunklen Weg beschreite. Und das kann ich jeden Tag aufs Neue tun. Und ich will weder hier bei dir bleiben noch dieser Welt mit meinen dämonischen Kräften schaden."

Gardons Gesicht verzog sich vor Entsetzen. Der Dämon in ihm stemmte sich gegen Gwens Willen. Aber die Wurzeln, die sie liebevoll umschlangen, liehen ihr ihre Kraft, nicht nur die Kraft der Eiche, alle Bäume gaben ihre Kräfte, denn sie waren miteinander verbunden.

„Ich bestimme über mein Schicksal! Ich allein!"

War das noch ihre Stimme, oder die Stimmen aller Bäume Molandas, die gerade aus ihr sprachen?

Gardon streckte eine Hand nach ihr aus, wagte aber nicht, sie anzufassen. „Gleich beginnt der Schwarzmond. Die Kraft der Bäume wird zum Erliegen kommen. Gerade kannst du dich vielleicht widersetzen, aber gleich wirst du wieder so schwach sein wie damals im Moor, als der Donnervogel dich aufgespürt hat. Wie zur Bestätigung schallte der Schrei einer Eule über den See.

Gwen erschauderte. Wollte selbst der Tod nichts mit diesem Biest zu tun bekommen?

Gardon legte den Kopf in den Nacken und Gwen folgte seinem Blick. Eine große Eule zerschnitt mit ihren Schwingen die Luft. Hoch über ihr schob sich etwas vor das Mondlicht.

Sie sah es auch am See. An seinem linken Rand wurde er schwarz, als würde sich die Erde auftun und unendlich weit in die Dunkelheit hinab reichen.

Gardon grinste.

Sie spürte, dass die Bäume langsam in einen tiefen Schlaf abdrifteten. Ihre Stämme wurden grau, als kletterte rauer Fels an ihnen hinauf und hüllte sie ein.

„Ich schleife dich zurück und werde dich lehren, was Gehorsam heißt, Tochter!" Er trat einige Schritte zurück bis an den See heran. „Oder vielleicht lasse ich es meinen Donnervogel tun."

Die Eule schoss vom Himmel herab, aber sie stieß nicht auf Gwen nieder. Sie griff ihren einstigen Meister an.

Gardons siegessicheres Grinsen erstarb jäh, als der Donnervogel ihn packte und in die Höhe riss. Der dunkle Herrscher brüllte auf, als die Eule ihn herumwirbelte und über dem See fallen ließ. Es klang, als wäre er gegen Felsen geschleudert worden.

Tatsächlich lag die Oberfläche des Sees so glatt wie ein Spiegel unter ihm. Und genauso fest und undurchdringlich. Erstarrt. Gardon spiegelte sich darin, als er sich aufrichtete.

Gardon fasste sich an die blutigen Schultern, wo die Krallen seines Vogels ihn gepackt hielten.

Der Donnervogel umkreiste ihn und stieß schließlich auf ihn herab. Der Schnabel des Tieres versetzte dem Mann einen Hieb, der ihn erneut von den Füßen riss. Er rutschte auf der spiegelnden Oberfläche weg und schlug mit dem Kopf so hart auf, dass Blut aus einer Platzwunde schoss.

Gardon brüllte animalisch und Gwen erschrak vor dem hassverzerrten Gesicht ihres Vaters. Oder zeigte sich nun der Dämon in seinem Antlitz?

Der Dunkle schloss kurz die Augen und die Wunden heilten. Das Blut sickerte zurück und neue Haut legte sich über die Schnitte. Nur sein zerfetztes Hemd erinnerte noch an die Verletzungen, wenige Sekunden zuvor.

Gwen drückte sich an den Stamm. Sie verstand nicht was geschah.

Der Donnervogel umkreiste den am Boden kauernden Mann ein paar Mal, dann flog er geradewegs auf sie zu und setzte sich weit über ihr auf einen Ast der Eiche.

Gardon reckte die Faust in seine Richtung. „Du wagst es, mich zu verraten? Sie hat dich für mich gemacht. Für mich!"

Der Vogel blieb stumm und wartete.

Gardon zeigte mit dem Finger auf Gwen. „Wie hast du das gemacht?" Aber er wartete nicht auf eine Antwort und hieb mit der Faust auf die harte Oberfläche des Sees ein. Viele Male.

Dann, er hatte die Faust bereits zu einem weiteren Schlag erhoben, hörte er auf. Er betrachtete eine Weile sein Gesicht in der Spiegelung. Er ließ die Hand sinken und wischte sich schweißverklebte Haare aus dem Gesicht.

Der Schatten des Schwarzmonds nahm schon ein gutes Stück des Sees ein und der dunkle Abgrund kam Gardon immer näher.

Der Herrscher des toten Landes stand auf und hob die Arme weit über den Kopf. „Das ist euer Werk!", schrie er zu den Wipfeln empor. „Redet mit mir!"

Aber sie sprachen nicht zu ihm.

„Du!" Gwen glaubte schon, er würde sich in seinem Zorn auf sie stürzen. Aber die Gegenwart des Donnervogels, der nun sie zu beschützen schien, hielt Gardon zurück. „Du magst vielleicht die Kraft meiner Mutter haben, Gwen, aber ich habe einen Dämon in mir aufgenommen. Ich habe einen Pakt mit ihm geschlossen vor vielen Jahrhunderten. Du bist ein halber Dämon! Du bist genauso seine Tochter, wie du meine bist. Du hast keine Wahl! Du bist verflucht und wirst Zerstörung bringen, wo du auch hingehst."

Sie schüttelte den Kopf. „Das ist meine eigene Entscheidung. Nicht deine."

Nur wenige Zentimeter trennten Gardon von dem Schatten des Mondes. Er wich zur Seite, aber je mehr der Schatten das Licht des Mondes verdrängte, desto schneller griff er nach dem verbleibenden Rest.

„Allein, dass du atmest, macht die Bäume krank!", zischte Gardon, wandte sich ab und schritt über die noch lichte Seite des erstarrten Sees davon, bis er die Böschung erreichte und ohne zu zögern zwischen den Bäumen verschwand.

Mit klopfendem Herzen wartete Gwen.

Der Schwarzmond eroberte sich immer mehr des silbernen Wassers. Gardon kehrte nicht zurück. Der Donnervogel über ihr wartete. Was hatte das alles zu bedeuten?

Als nur noch eine schmale, leuchtende Sichel vom See übrig war, trudelte ein Blatt auf die Oberfläche. Schaukelnd kam es auf dem Wasser zu liegen und zog weite Kreise auf dem letzten Silber, das im Schwarz verschwand.

Dunkelheit umfing sie. Erschöpft sank sie am Stamm der Eiche hinab und blieb sitzen. Alles um sie herum war schwarz. Der See klaffte vor ihr auf wie ein bodenloses Loch. Alles wirkte dumpf und gespenstisch still.

Raim wagte sich zu ihr vor und schmiegte sich an sie. Sein Glucksen nahm der Stille ihre unheimliche Stimmung. Selbst Wind und Blätterrauschen schwiegen.

In dieser Stunde musste das Ritual ausgeführt werden. Der Moment, dass die Säfte der Natur zum Erliegen kamen, würde nicht lange anhalten. Gardons Dämon gierte nach neuem Leben. Aber Gwen saß hier. Gardon kehrte ohne sie zur Burg zurück.

War alles vorbei? Oder würde Gardon ihr seine Wolfsmänner schicken?

Aber selbst, wenn sie gewollt hätte, sie hatte keine Kraft mehr zu fliehen. Ihre Glieder wogen unendlich schwer und ihre Gedanken legten sich träge an den Rand ihres Bewusstseins. Der schwarze Mond hüllte Gwen und die Bäume ein mit seinem Schlummer.

Aber sie wusste endlich, wer sie war. Einfach Gwen. Und nur sie selbst konnte herausfinden, was das Leben für sie bereithielt. Mit dieser Gewissheit schlief sie ein.

Sie fiel in einen kurzen, traumlosen Schlaf, während die Welt um sie herum stillstand. Erst als sich Raim neben ihr regte, erwachte sie. Hatte sie nicht gerade erst die Augen geschlossen? Und doch fühlte sie sich ausgeruht und erfrischt. Und sie wusste, was sie tun wollte.

Ein kleiner Lichtstrahl stahl sich in das Dunkel, ein schmaler Streifen silbernes Mondlicht. Der Schwarzmond zog vorüber.

Sie hörte ein Flüstern. Je mehr Licht zurück aus der Dunkelheit kam, desto lauter wurde es. Sie ließ sich von den Stimmen umgarnen, von ihnen empor tragen, bis hoch in die Spitzen der höchsten Zweige. Dann floss sie mit ihnen zurück. Durch das

Blattgrün in die Zweige hinein. Zurück in den Stamm und hinunter in pulsierendem Fluss bis tief in das Dunkel der feinen Haarwurzeln hinab. Weit in das Erdreich hinein, wo die Bäume sich liebkosend umschlagen und die Wurzeln sich zu einem Netz verflochten, das nur die Natur selbst so stark zu weben vermochte.

Tief unten im Grund hörte sie die Bäume miteinander sprechen. Tief unterhalb des Sees.

Sie fühlte die Kraft des Mondes im Wasser über ihr.

Sie fühlte den Mond selbst und erkannte, dass die Wurzeln nicht einfach nur unter dem See wuchsen. Sie bildeten sein Bett. Dicht verflochten hielten sie das Wasser wie eine Schale. Sie waren eins mit dem See.

Und wir reichen tief.

Das schwarze Rund schob sich immer weiter zur Seite und entließ das Licht des Mondes aus seiner Gefangenschaft.

Gardon fühlte, wie die Natursäfte wieder zu fließen begannen. Ihr kurzes Verschnaufen flog vorüber. Sie erwachten. Sie streckten ihre Fühler, richteten sie neu aus und sponnen ein Netz um Gardons Burg. Er fühlte ein Vibrieren, als die Bäume bemerkten, dass sie auf kaum Widerstand stießen und das Netz dichter weben konnten.

Schon steckten sich auch die feinen Haarwurzeln im steinernen Boden in seine Richtung aus. Sie würden einen Weg zu ihm finden.

Der Dämon in ihm kreischte auf. Er verlangte nach neuer Kraft. Neuem Leben. Gardon konnte es ihm nicht mehr geben. Der Zeitpunkt verstrich ungenutzt.

Er wandte sich ab. Er lief durch den Raum und berührte die schwarze Wiege. Strich sanft über das Holz. Sie verließ ihn also. Schon wieder.

Gardon ergriff das Holz. Seine Fingernägel krallten sich in unbeugsamen Widerstand. Oder doch nicht?

Er krallte sich tief hinein in das Holz. Er fühlte es brechen. Unbändiger Zorn stieg in ihm auf. Er drückte fester zu und Splitter bohrten sich in seine Haut. Dann verschwand das Stechen in seinen Fingern plötzlich, genauso der Widerstand. Das Holz zerfiel. Feiner Staub rieselte aus seiner Faust.

Erschrocken wich er zurück, aber der Zerfall hatte schon die ganze Wiege befallen. Mit einem samtenen Rauschen zerfiel sie vollends und ließ nur einen Haufen dunklen Staub zurück, der hie und da im Licht des prallen Vollmonds glitzerte.

Die Tür ging auf und von dem Luftzug wurde der Staub aus dem Fenster geweht wie die Rauchwolke eines gelöschten Feuers.

Gardon fühlte eine Leere in seinem Inneren. Das Gewicht von hunderten Steinen verschwand von seinen Schultern. Er fühlte sich leichter, aber innerlich zerschlagen, als hätte man ihn gerade aus einer Steinlawine geborgen. Der Pakt war gebrochen. Der Steindämon fort.

Die steinerne Kruste um Gardons Herz platzte auf. Schmerz sickerte durch die Risse und ließ seinen Körper erbeben. Das Gefühl des Verlusts rollte über ihn hinweg. „Hol Hydria. Sie soll sofort kommen."

Mirakel wickelte sich langsam den Bart um die Schultern. „Herr", sagte er leise, „sie wird nicht kommen. Hydria ist tot."

Gardons Hand zitterte. Er ballte sie zur Faust. Alle verließen ihn. Und die eine, die bei ihm bleiben wollte, hatte er weggestoßen und schließlich getötet. Er meinte den Duft ihrer braunen Locken zu riechen, aber auch diese Erinnerung würde ihm bald entgleiten.

Er stützte sich mit den Fäusten an der kalten Steinwand ab. Die Zeit strich über seinen Körper, zupfte an ihm. Sie schob ihn zurück auf die Liste des Todes.

„Mein Herr?", fragte Mirakel.

Gardon schloss die Augen. „Ich weiß. Es ist vorbei."

Mirakel trat neben ihn und wagte es, ihm eine Hand auf die Schulter zu legen. Er musste sich dafür hochrecken. „Vielleicht ist es besser so, mein Herr."

Gwen zog die Schuhe aus.

Mit bloßen Füßen stieg sie auf einen Felsen, der ein Stück auf den See hinausragte, ohne einen Schatten auf das silbrige Wasser zu werfen.

Plerion lag weit hinter ihr, sein Schrecken erreichte sie nicht mehr. Der Mondsee aber ruhte vor ihr wie in ihren Träumen. Der letzte reine Ort im toten Land. Die Wurzeln der alten Bäume speisten ihre Kraft aus anderen Welten, aus denen noch keine Gefahr drohte. Vielleicht eroberten sie jetzt ihr Land zurück.

Sie konnten erstarken, da der nächste Schwarzmond unerreichbar für Gardon blieb. Wenn er nicht einen anderen Weg fand, einen neuen Dämon vielleicht, der einen Pakt mit ihm schloss. Aber Gwen bezweifelte das.

Und selbst wenn, die Bäume hatten Zeit. Sie konnten warten. Ihre Samen ruhten im ausgedörrten Boden und schlummerten, bis ihre Zeit zurückkam. Die Bäume des Mondsees überdauerten bereits Jahrhunderte seiner Herrschaft. Sie widerstanden den Gezeiten schon, als die Mondgöttin unter ihrem Blätterdach weilte und die ersten Zeilen in ihr Buch schrieb.

Damals wollte sie ihr Wissen für ihren Sohn verwahren. Wenn sie gewusst hätte, was er damit anfangen würde, hätte sie es für sich behalten? Ob sie eines Tages zurückkehrte?

Im Wurzelwerk der Weide blieb ihr Buch bis dahin besser verwahrt, als bei ihrem Sohn. Denn auch wenn Gwen sich nicht an ihre Vergangenheit erinnern konnte, wusste sie: Sie war nicht die Mondgöttin und würde es auch niemals sein.

Sie war Gwen. Und das war genug.

Blätter schwebten sacht auf die schimmernde Wasseroberfläche herab, deren Geheimnis Gwen nun kannte.

Sie öffnete ihren Haarknoten und ließ die Strähnen vom Herbstwind verwehen. Er strich ihr bereits deutlich kühler über die Arme. Der Winter stand kurz bevor.

Raim wurde unruhig. Er hatte Angst vor dem See und sie wollte ihn nicht weiter warten lassen. Sie kraulte ihn zärtlich und fragte sich wieder einmal, ob sie die richtige Entscheidung traf. Aber so lief das Leben nun einmal. Die Zukunft blieb ungewiss.

Sie zog Erics Stein hervor, schöpfte Kraft aus ihm. Sie würde ihren Gefährten niemals vergessen.

Raim winselte.

„Tut mir leid, mein Kleiner. Aber ich möchte fortgehen."

Raim senkte den Kopf, als verstünde er ganz genau, was sie damit meinte.

Sie ging in die Hocke, zog den Drachen an sich und drückte ihn fest. Als sie ihn losließ, leckte Raim mit rauer Zunge über ihre Wangen. Dann verschwand er im Dickicht und ging seiner eigenen Wege. Er konnte sie nicht begleiten.

Gwen hob den Arm. Der Donnervogel hocke geduldig auf seinem Ast weit über ihr. Jetzt breitete er seine mächtigen Schwingen aus zu einem letzten Flug in seiner alten Gestalt.

Beschworen von der Gnade der Mondgöttin flog er nicht mehr als Schild und Schwert für ihren Sohn. Der Herrschers des Toten Landes stand nicht länger unter seinem Schutz. Der Donnervogel war Teil dieser Welt. Ein reiner Geist aus der Magie der Bäume, kein Dämon. Jetzt, wo sie nicht mehr zweifelte und ihr Erbe akzeptierte, würde er Gwen beschützen. Aber was sie aus ihrem Erbe machte, entschied sie selbst.

Die Eule zog ihre Kreise höher und höher, bis sie nur noch einen kleinen Punkt vor dem prallen Mond erahnen konnte.

Als er langsam wieder größer wurde, wusste sie, lange bevor sie es erkennen konnte, dass die Eule in anderer Gestalt zu ihr zurückkam. Gardons Wille hatte sie in ihr mächtiges Gewand gekleidet, aber nun segelte ein viel kleinerer Schatten auf ihren ausgestreckten Arm herab. Der Rabe krächzte. Gwen hörte Zustimmung heraus und strich ihm behutsam über das schwarze Gefieder, das im Mondschein bläulich schimmerte.

Das Rauschen wurde lauter. Das Singen vieler Stimmen.

Als sie ans Ufer trat, vibrierte das Wasser im Takt des Liedes und Gwen summte mit im Kreislauf ihrer Welt.

Der Welt, die sie nun verlassen würde.

Als sie den Fuß in den See tauchte, benetzte es ihren bloßen Knöchel angenehm kühl. Es umschmeichelte ihre Haut und ließ sie bereitwillig eintreten. Die Bäume würden sich nicht vor ihr sperren wie vor ihrem Vater. Gwen durfte passieren.

Wie ihre Großmutter vor langer Zeit tauchte sie in den See. Der Rabe blieb ruhig auf ihrer Schulter sitzen. Sie fühlte Erics Stein in ihrer Hand. Sie verließ Molanda, um in eine Anderswelt einzutreten. Sie watete in das silberne Wasser, bis sie fast vollkommen davon umflossen wurde. Sie atmete ein letztes Mal in ihrer Welt ein und tauchte vollends in den Mondsee. Schon spürte sie den Sog der Wurzeln.

Sie würde den Ursprung der Krankheit suchen und versuchen, ihre Welt von den eindringenden Dämonen zu heilen. Aber nicht, weil es ihre Bestimmung war.

Sie tat es, weil sie es wollte.

Danksagung

Dank an die vielen lieben Menschen, die zur Veröffentlichung dieses Buches auf unterschiedlichste Weise beigetragen haben.

Ich danke meiner Verlegerin Silvia Klöpper, die mit ihrem Vertrauen und ihrer Entschlossenheit ermöglicht, dass meine Geschichte in der Welt Wurzeln schlagen darf.

Für die intensive Auseinandersetzung mit meiner Geschichte, die wertvolle Kritik und die große Geduld geht besonderer Dank an meinen Lektor Michael Siedentopf. Ich habe von ihm viel lernen dürfen.

Ich danke dem Bundesverband junger Autoren und Autorinnen e.V. (BVjA), meinen Vorstandskolleginnen und -kollegen und allen, die ich in den Seminaren rund ums Schreiben und bei den persönlichen Treffen kennenlernen durfte. Der Austausch mit anderen Schreibenden ist unbezahlbar.

Ich danke meinen fantastischen Kindern Emma und Lars für die vielen ungestörten Stunden, die ich in mein Manuskript abtauchen konnte. Ich liebe euch.

Meinem Ehemann Chris danke ich, dass er mit mir den Alltag wuppt und mich mit viel Kaffee und Schokolade durch alle Höhen und Tiefen begleitet. Danke, dass du an meiner Seite bist.

Meinen Eltern Monika und Jürgen danke ich für eine Kindheit voller Bücher, Gute-Nacht-Geschichten und Notizbücher für meine ersten Geschichten.

Den Leserinnen und Lesern dieses Buches danke ich von Herzen, dass sie sich für meine Geschichte entschieden haben. Ich hoffe, ich kann zu vergnüglichen und spannenden Lesestunden beitragen.

In Liebe, Eure Sabine

Über die Autorin

Sabine Riedel

Ich bin Jahrgang 1983 und lebe mit meinem Mann und meinen beiden Kindern in Nordrhein-Westfalen. Als gelernte Fachwirtin für Medien- und Verlagswirtschaft arbeite ich im Vertrieb einer regionalen Tageszeitung und verspinne die Wolle in meinem Kopf zu aller Art Geschichten.

Zehn davon wurden bereits in diversen Anthologien veröffentlicht. Zwei davon auch in den Anthologien *Fantastische Elemente – Feuer* und *Fantastastische Elemente – Erde* des Verlags GeschichtenZisterne. Meine erste eigene Veröffentlichung erschien 2021 im Twilight-Line Verlag: *Ein letzter Kuss*, eine Öko-Horror-Novelle.

Von Sabine Riedel sind folgende Erzählungen unter anderem bereits erschienen:

2021 – Anthologie Fantastische Elemente – Feuer, Die Geschichte der Anderen – Neue Glut, Verlag GeschichtenZisterne
2021 – Ein letzter Kuss, Twilight-Line Verlag
2023 - Anthologie Fantastische Elemente – Erde, Die Geschichte der Anderen – Zwergenlatein, Verlag GeschichtenZisterne

Printed in France by Amazon
Brétigny-sur-Orge, FR